Becky Bloom
Delírios de consumo na 5ª avenida

Outra obra da autora publicada pela EDITORA RECORD

Os delírios de consumo de Becky Bloom

SOPHIE KINSELLA

Becky Bloom
Delírios de consumo na 5ª avenida

Tradução de
ALVES CALADO

EDITORA RECORD
RIO DE JANEIRO • SÃO PAULO
2002

CIP-Brasil. Catalogação-na-fonte
Sindicato Nacional dos Editores de Livros, RJ.

K64b Kinsella, Sophie
      Becky Bloom – delírios de consumo na 5ª avenida / Sophie
      Kinsella; tradução Alves Calado. – Rio de Janeiro: Record,
      2002.
      464p.

      Tradução de: Shopaholic abroad
      Continuação de: Os delírios de consumo de Becky Bloom
      ISBN 85-01-06438-6

      1. Romance inglês. I. Alves-Calado, Ivanir, 1953-. II.
      Título.

                              CDD – 823
02-1369   CDU – 820-3

Título original inglês
SHOPAHOLIC ABROAD

Copyright © Sophie Kinsella 2001

Todas as personagens desta obra são fictícias. Qualquer semelhança
com pessoas reais, vivas ou mortas, é mera coincidência.

Todos os direitos reservados.
Proibida a reprodução, no todo ou em parte, através de
quaisquer meios.

Direitos exclusivos de publicação em língua portuguesa para o Brasil
adquiridos pela
DISTRIBUIDORA RECORD DE SERVIÇOS DE IMPRENSA S.A.
Rua Argentina 171 – Rio de Janeiro, RJ – 20921-380 – Tel.: 2585-2000
que se reserva a propriedade literária desta tradução

Impresso no Brasil

ISBN 85-01-06438-6

PEDIDOS PELO REEMBOLSO POSTAL
Caixa Postal 23.052
Rio de Janeiro, RJ – 20922-970

EDITORA AFILIADA

Para Gemma, que sempre soube a importância de uma echarpe Denny and George para uma garota.

Agradecimentos

Um obrigado gigantesco a Linda Evans, Patrick Plonkington-Smythe e toda a fabulosa equipe da Transworld; e, como sempre, a Araminta Whitley, Celia Hayley, Mark Lucas, Nicky Kennedy, Kim Witherspoon e David Forrer.

Agradecimentos especiais a Susan Kamil, Nita Taublib e todos da The Dial Press, que fizeram com que eu me sentisse incrivelmente bem-vinda em Nova York — e especialmente Zoe Rice, por uma maravilhosa tarde de pesquisa (fazendo compras e comendo chocolate). Também a David Stefanou pelos Gimlets e Sharyn Soleimani da Barneys, que foi tão gentil, e todo o pessoal que me deu idéias, conselhos e inspiração durante o caminho, em particular Athena Malpas, Lola Bubbosh, Mark Malley, Ana-Maria Mosley, Harrie Evans e toda a minha família. E, claro, Henry, que tem todas as melhores idéias.

Endwich Bank
AGÊNCIA FULHAM
3 Fulham Road
Londres SW6 9JH

Srta. Rebecca Bloomwood
Apto. 2
4 Burney Road
Londres SW6 8FD

18 de julho de 2001

Cara Srta. Bloomwood

Obrigado por sua carta de 15 de julho. Fico feliz em saber que a Srta. é cliente do Endwich há quase cinco anos.

Infelizmente nós não oferecemos um "Bônus de Cinco Anos" como a Srta. sugere, nem uma anistia para saldos a descoberto do tipo "Ficha Limpa — Comece de Novo". Concordo que ambas são boas idéias.

Em vez disso estou preparado para estender seu limite de cheque especial em mais 500 libras, elevando-o a 4.000 libras, e sugiro que nos encontremos em breve para discutir suas necessidades financeiras atuais.

Atenciosamente

Derek Smeath
Gerente

ENDWICH — PORQUE NOS IMPORTAMOS

Endwich Bank
AGÊNCIA FULHAM
3 Fulham Road
Londres SW6 9JH

Srta. Rebecca Bloomwood
Apto. 2
4 Burney Road
Londres SW6 8FD

23 de julho de 2001

Cara Srta. Bloomwood

Fico feliz em saber que minha carta de 18 de julho foi útil.

Entretanto, agradeceria se a Srta. deixasse de se referir pessoalmente a mim em seu programa de televisão como "Doce Smeathie" e "melhor gerente de banco do mundo".

Ainda que naturalmente me agrade a Srta. achar isso, meus superiores estão um pouco ansiosos com relação à imagem do Endwich Bank que está sendo apresentada, e pediram que eu lhe escrevesse falando sobre isso.

Desejando-lhe tudo de bom

Derek Smeath
Gerente

ENDWICH — PORQUE NOS IMPORTAMOS

Endwich Bank
AGÊNCIA FULHAM
3 Fulham Road
Londres SX6 9JH

Srta. Rebecca Bloomwood
Apto. 2
4 Burney Road
Londres SW6 8FD

20 de agosto de 2001

Cara Srta. Bloomwood

Obrigado por sua carta de 18 de agosto.

Lamento saber que está sendo tão difícil manter-se dentro dos limites do seu cheque especial. Sei que a liquidação de verão do Pied à Terre não acontece toda semana e certamente posso aumentar seu limite em 63,50 libras, se, como a Srta. diz, isso "vai fazer toda a diferença".

Entretanto, devo também recomendar que venha à agência para uma análise mais ampla de sua situação financeira. Minha secretária, Erica Parnell, ficará satisfeita em marcar uma hora.

Atenciosamente

Derek Smeath
Gerente

ENDWICH — PORQUE NOS IMPORTAMOS

Um

Tudo bem, não entre em *pânico*. É só uma questão de ser organizada, ficar calma e decidir exatamente o que eu preciso levar. E depois colocar tudo arrumadinho na mala. Puxa, não pode ser tão difícil, não é?

Afasto-me da cama atulhada e fecho os olhos, meio esperando que, se desejar com bastante força, as roupas se arrumem por magia numa série de pilhas bem dobradas. Como em todas aquelas matérias sobre como fazer as malas, que saem nas revistas, dizendo como ir para as férias com um sarongue barato e transformá-lo com habilidade em seis roupas diferentes. (O que eu sempre acho uma enganação total, porque, certo, o sarongue custa dez pratas, mas aí eles acrescentam um monte de roupas que custam centenas de libras, como se a gente não fosse notar.)

Mas quando abro os olhos de novo, a bagunça continua. De fato, parece haver mais ainda, já que enquanto meus olhos estavam fechados as roupas pularam secretamente das gavetas e saíram correndo pelo quarto. Para todo lado que olho, no quarto inteiro, há pilhas enormes e emboladas de... bem... *coisas*. Sapatos, botas, camisetas, revistas... uma cesta de presentes da Body Shop que estava em oferta... um curso Linguaphone de italiano que eu *preciso* começar... um treco que funciona como sauna facial... E, acomodados orgulhosamente na penteadeira, uma máscara e um florete de esgrima que comprei ontem. Só quarenta pratas num bazar de caridade!

Pego o florete e experimento uma pequena estocada contra meu reflexo no espelho. Foi uma coincidência real, porque eu vinha querendo ter aulas de esgrima há séculos, desde que li uma matéria sobre isso no *Daily World*. Você sabia que os lutadores de esgrima têm pernas melhores do que os outros esportistas? Além disso, se você se especializar, pode virar dublê num filme e ganhar uma grana preta! Então o que estou planejando é achar algum lugar que dê aulas aqui perto e ficar realmente boa, coisa que eu deveria pensar que vou fazer logo, logo.

E então — este é o meu planozinho secreto —, quando tiver meu distintivo dourado, ou o que quer que seja, vou escrever para Catherine Zeta Jones. Porque ela deve precisar de uma dublê, não é? E por que não seria eu? De fato ela provavelmente *preferiria* uma inglesa. Talvez ela telefone de volta e diga que sempre assiste às minhas participações na TV a cabo vai e que sempre quis me conhecer! Deus, sim. Não seria fantástico? A gente provavelmente vai se dar bem, descobrir que tem o mesmo senso de humor e coisa e tal. E aí eu viajo até sua casa de luxo e conheço Michael Douglas e brinco com o neném. Todos estaremos relaxados juntos como velhos amigos, alguma revista fará uma matéria sobre melhores amigos das celebridades mostrando a gente, e talvez até me peçam para ser...

— Ei, Bex! — Com o choque, as imagens felizes onde eu rio com Michael e Catherine desaparecem da cabeça e meu cérebro salta em foco. Suze, minha colega de apartamento, está entrando no quarto, usando um antiqüíssimo pijama de lã estampada. — O que você está fazendo? — pergunta cheia de curiosidade.

— Nada! — digo, colocando rapidamente o florete no lugar. — Só... você sabe. Mantendo a forma.

— Ah, certo — diz ela vagamente. — Então, como está indo a arrumação das malas? — Ela vai até o console da minha lareira, pega um batom e começa a passar. Suze sempre faz isso no meu quarto; simplesmente entra, vai pegando coisas, olhando e pondo no lugar de novo. Diz que adora o modo como a gente nunca sabe o que vai achar, como num brechó. O que eu tenho certeza de que ela fala no bom sentido.

— Vai indo bem. Só estou decidindo que mala vou levar.

— Ahh — diz Suze, virando-se com a boca meio rosa brilhante. — Que tal aquela creme pequena? Ou a grandona vermelha?

— Eu achei que talvez esta — digo, levantando a nova mala rígida verde-ácido de baixo da cama. Comprei no fim de semana, e é absolutamente estupenda.

— Uau! — diz Suze, arregalando os olhos. — Bex! É fabulosa! Onde conseguiu?

— Na Fenwicks — falo, rindo de orelha a orelha. — Não é incrível?

— É a mala mais chique que eu já vi! — Suze passa os dedos admirados sobre ela. — Então... quantas malas você tem agora? — Ela olha para o meu guarda-roupa, sobre o qual se equilibram uma mala de couro marrom, um baú laqueado e três frasqueiras.

— Ah, você sabe — digo, dando de ombros meio na defensiva. — A quantidade normal.

Acho que andei comprando um bocado de malas ultimamente. Mas o negócio é que durante séculos eu não tive nenhuma, só uma velha bolsa de lona. Então, há alguns meses, tive uma revelação incrível no meio da Harrods, meio tipo São Paulo no caminho de Mandalay. *Malas*. E desde então venho compensando os anos de vacas magras.

Além disso, todo mundo sabe que malas boas são um investimento.

— Eu vou fazer um chá — diz Suze. — Quer?

— Aah, sim, por favor! E um KitKat?

Suze ri.

— Definitivamente um KitKat.

Recentemente um amigo de Suze se hospedou no nosso sofá — e quando foi embora deixou uma caixa enorme com uma centena de chocolates KitKats. O que é um fantástico presente de agradecimento, mas significa que tudo que comemos, o dia inteiro, são KitKats. Mesmo assim, como disse Suze ontem à noite, quanto mais rápido comermos, mais rápido vão acabar — por-

tanto, de certo modo, é mais saudável simplesmente engolir o máximo possível.
Suze sai do quarto e eu me viro para a mala. Tudo bem. Concentre-se. Arrumação. Isso não deveria demorar muito. Eu só preciso do básico, um guarda-roupa mínimo para um fim de semana em Somerset. Até fiz uma lista, o que deveria tornar as coisas tranqüilas e simples.
Calças jeans: duas. Fácil. Desbotada e não tão desbotada.
Camisetas:
Na verdade, vamos botar três calças jeans. Eu *tenho* de levar a Diesel nova, é bacana demais, mesmo estando meio apertada. Só vou usar durante algumas horas no início da noite, ou coisa assim.
Camisetas:
Ah, e a bordada e curta da Oasis, porque ainda não usei. Mas essa não conta de verdade, porque é praticamente uma bermuda. E, de qualquer modo, os jeans praticamente não ocupam espaço, não é?
Certo, provavelmente chega de jeans. Eu sempre posso pôr mais alguns se precisar.
Camisetas: escolhendo. Então vejamos. Branca, obviamente. Cinza, também. Preta curta, preta comprida (Calvin Klein), outra preta comprida (sem marca, mas que na verdade é mais bonita), rosa sem manga, rosa com brilhos, rosa...
Paro na metade da transferência das camisetas dobradas para a mala. Isso é estúpido. Como é que eu posso

prever que camisetas vou querer usar? O sentido de usar camisetas é que você escolhe de manhã de acordo com o seu clima, como os cristais ou óleos de aromaterapia. Imagine se eu acordar no clima para minha camiseta "Elvis is groovy" e ela não estiver comigo?

Sabe, acho que vou levar todas. Ora, algumas camisetas não vão ocupar muito espaço, vão? Eu nem vou notar.

Ponho todas na mala e acrescento uns dois sutiãs tipo miniblusa para dar sorte.

Excelente. Essa abordagem minimalista está indo realmente bem. Certo, o que mais?

Dez minutos depois Suze entra de novo no quarto, segurando duas canecas de chá e três KitKats para a gente dividir. (Nós chegamos à conclusão de que quatro palitos, francamente, são demais.)

— Aí está você — diz ela. Depois me olha mais atentamente. — Bex, você está legal?

— Tudo bem — digo, com o rosto meio vermelho. — Só estou tentando dobrar esse casaquinho de lã para ficar menor.

Já coloquei uma jaqueta de jeans e uma de couro, mas a gente não pode confiar no tempo em setembro, pode? Puxa, no momento está quente e ensolarado, mas pode muito bem começar a nevar amanhã. E o que acontece se Luke e eu formos fazer uma caminhada no campo realmente rústica? Além disso, eu tenho esse fantástico casaquinho da Patagônia há séculos, e só usei uma vez.

Tento dobrá-lo de novo, mas ele desliza na minha mão e cai no chão. Meu Deus, isso me faz lembrar dos acampamentos com os Brownies, e de quando tentava enfiar meu saco de dormir dentro da mochila.

— Afinal, quanto tempo você vai ficar fora? — pergunta Suze.

— Três dias. — Desisto de tentar espremer o casaquinho até ficar do tamanho de uma caixa de fósforos e ele salta lepidamente na forma original. Sentindo-me ligeiramente descompensada, afundo na cama e tomo um gole de chá. O que não entendo é: como é que as outras pessoas conseguem viajar com pouca coisa? Você vê empresários o tempo todo entrando em aviões só com uma maleta com rodinhas e uma expressão presunçosa. Como é que conseguem? Será que eles têm roupas mágicas que encolhem? Haverá algum modo secreto de dobrar tudo até caber numa caixa de fósforos?

— Por que você não leva a sua mala grande também? — sugere Suze.

— Você acha? — Olho insegura para minha mala atulhada. Pensando bem, talvez eu não precise de três pares de botas. Ou de uma estola de pele.

Então me ocorre que Suze viaja quase todo fim de semana, e ela sempre leva só uma minúscula bolsa emborrachada.

— Suze, como é que *você* faz a mala? Você tem um sistema?

— Não sei — diz ela vagamente. — Acho que ainda faço o que eles ensinaram à gente na escola da Srta.

Burton. Você programa uma roupa para cada ocasião, e se mantém nisso. — Ela começa a contar nos dedos. — Tipo... durante o dia, jantar, na beira da piscina, jogo de tênis... — Ela ergue os olhos. — Ah, sim, e cada roupa deve ser usada pelo menos três vezes.

Meu Deus, Suze é um gênio. Ela sabe todo esse tipo de coisas. Seus pais a mandaram para a academia da Srta. Burton quando ela estava com dezoito anos, um lugar metido a besta em Londres, onde ensinam coisas como o modo certo de falar com um bispo e sair de um carro esporte usando minissaia. Ela também sabe fazer um coelho com tela de arame.

Rapidamente começo a anotar alguns itens num pedaço de papel. Isso é muito mais lógico. Muito melhor do que jogar coisas aleatoriamente numa mala. Desse modo não vou levar nenhuma roupa supérflua, só o mínimo essencial.

Roupa 1: beira da piscina (dia de sol)
Roupa 2: beira da piscina (dia nublado)
Roupa 3: beira da piscina (a bunda parece enorme de manhã)
Roupa 4: beira da piscina (outra pessoa tem roupa de banho igual)
Roupa 5:

O telefone toca no corredor, mas eu mal levanto os olhos. Posso ouvir Suze falando empolgada — e um instante depois ela aparece na porta, com o rosto todo rosado e satisfeito.

— Adivinha! — diz ela. — Adivinha!
— O quê?
— A Box Beautiful vendeu todas as minhas molduras! Acabaram de telefonar encomendando mais!
— Ah, Suze! Isso é fantástico! — guincho.
— Eu sei! — Ela vem correndo e nós damos um abraço enorme e meio que dançamos um pouquinho, antes de ela notar que está segurando um cigarro e que ele está quase queimando meu cabelo.

O espantoso é que Suze só começou a fazer molduras há uns meses — mas já fornece para quatro lojas de Londres, e estão vendendo muito bem! Ela saiu num monte de revistas, e coisa e tal. O que não é surpreendente, porque suas molduras são *bacanérrimas*. As últimas são em *tweed* púrpura e vêm numas caixas cinza e brilhantes lindas, todas embrulhadas em papel de seda turquesa. (Eu ajudei a escolher a cor exata, por falar nisso.) Ela é tão bem-sucedida que nem faz mais as molduras pessoalmente, manda os desenhos para uma oficinazinha em Kent, e elas voltam prontinhas.

— Então, você terminou de decidir que roupas vai levar? — pergunta ela, dando uma tragada no cigarro.
— Já — falo, brandindo meu pedaço de papel. — Escolhi tudo. Até o último par de meias.
— Muito bem!
— E a *única* coisa que preciso comprar — acrescento casualmente — é uma sandália lilás.
— Sandália lilás?
— Mmm? — Levanto os olhos inocentemente. —

É. Eu preciso. Você sabe, só um parzinho barato para combinar com umas roupas...

— Ah, certo — diz Suze, e faz uma pausa, franzindo a testa ligeiramente. — Bex... você não estava falando de um par de sandálias lilases na semana passada? Caras de verdade, da LK Bennett?

— Estava? — Sinto que fiquei meio ruborizada. — Eu... não lembro. Talvez. De qualquer modo...

— Bex. — De repente Suze me lança um olhar cheio de suspeita. — Agora diga a verdade. Você *precisa* mesmo de uma sandália lilás? Ou só quer comprar?

— Não! — digo na defensiva. — Eu preciso mesmo! Olha!

Pego meu planejamento de roupas, desdobro e mostro a Suze. Tenho de dizer que estou orgulhosa dele. É um fluxograma bem complicado, cheio de retângulos, setas e asteriscos vermelhos.

— Uau! — diz Suze. — Onde você aprendeu a fazer isso?

— Na universidade — digo modestamente. Eu li sobre administração e contabilidade; e é incrível com que freqüência isso vem a calhar.

— O que está neste retângulo? — pergunta ela, apontando para a página.

— Isso é... — Eu forço a vista, tentando lembrar. — Acho que é para se a gente for a um restaurante muito chique e eu já tiver usado meu vestido Whistles na véspera.

— E isso?

— Isso é se a gente for escalar uma montanha. E isso — aponto para um retângulo vazio — é onde eu preciso de uma sandália lilás. Se eu não tiver, essa roupa não vai funcionar, e nem esta... e a coisa toda se desintegra. Era melhor nem me incomodar em ir.

Suze fica quieta um tempo, examinando meu planejamento de roupas enquanto mordo os lábios ansiosa e cruzo os dedos nas costas.

Sei que isso pode parecer meio incomum. Sei que a maioria das pessoas não apresenta cada compra que faz à sua colega de apartamento. Mas o fato é que há algum tempo eu fiz uma promessinha a Suze, que deixaria ela controlar minhas compras. Você sabe. Só ficar de olho nas coisas.

Não entenda mal. Não é que eu tenha um problema de consumo, nem nada do tipo. Só que há alguns meses eu entrei numa... bem. Numa ligeira crise financeira. Na verdade foi uma coisa minúscula — nada com que me preocupar. Mas Suze quase pirou quando descobriu, e disse que, para o meu próprio bem, ela autorizaria ou vetaria meus gastos dali em diante.

E tem sido fiel à palavra. Na verdade é muito rígida. Algumas vezes eu morro de medo de que ela diga não.

— Entendi o que você quer dizer — declara ela finalmente. — Você não tem opção, não é?

— Exatamente — digo aliviada. Pego o planejamento com ela, dobro e ponho na minha bolsa.

— Ei, Bex, isso aqui é novo? — diz Suze de repente. Ela abre a porta do meu guarda-roupa e eu sinto uma pinicada nos nervos. Está franzindo a testa para meu lindo sobretudo novo cor de mel, que eu contrabandeei para dentro do apartamento um dia desses quando ela estava tomando banho.

Puxa, obviamente eu estava planejando contar. Só que não deu.

Por favor, não olhe a etiqueta de preço, penso febrilmente. Por favor, não olhe a etiqueta de preço.

— Hmm... é — digo. — É, é novo. Mas o negócio é que... Eu preciso de um bom sobretudo, para o caso de pedirem para eu fazer uma externa para o *Morning Coffee*.

— Isso é provável? — pergunta Suze, perplexa. — Bom, eu achava que o seu trabalho era ficar sentada no estúdio, dando conselhos financeiros.

— Bem... nunca se sabe. É sempre melhor estar preparada.

— Acho que sim — diz Suze, em dúvida. — E esse *top*? — Ela puxa um cabide. — É novo também!

— É para usar no programa — respondo prontamente.

— E esta saia?

— Para o programa.

— E essa calça nova?

— Para o...

— Bex — Suze me espia com os olhos apertados. — Quantas roupas você tem para usar no programa?

— Bom... você sabe — digo na defensiva. — Eu preciso de umas coisas de reserva. Puxa, Suze, é da minha carreira que nós estamos falando. Da minha *carreira*.

— É — diz Suze finalmente. — É, acho que sim. — Ela estende a mão para o meu paletó de seda novo. — Isso é bonito.

— Eu sei — digo felicíssima. — Comprei para usar no meu especial de janeiro.

— Você tem um especial de janeiro? Ahhh, sobre o que ele é?

— Vai se chamar Princípios Financeiros Fundamentais de Becky — digo, pegando meu brilho de lábios. — Deverá ser muito bom. Cinco segmentos de dez minutos, só comigo!

— Então... quais são os seus princípios financeiros fundamentais? — pergunta Suze interessada.

— Hmmm... bem, eu ainda não tenho nenhum — digo, pintando cuidadosamente os lábios. — Mas você sabe. Vou bolar quando estiver mais perto da hora. — Fecho o brilho labial e estendo a mão para o paletó. — Vejo você mais tarde.

— Certo — diz Suze. — E lembre-se, só um par de sandálias!

— Certo! Prometo!

Suze é um amor em se preocupar tanto comigo. Mas não precisava. Para ser sincera, ela não entende realmente como eu sou outra pessoa agora. Tudo bem, eu tive uma ligeira crise financeira no início do ano. De fato, num determinado ponto eu estava devendo... Bom. Na verdade era um bocado.

Mas então consegui o trabalho no *Morning Coffee*, e

tudo mudou. Virei minha vida completamente, trabalhei duro — e paguei todas as dívidas. É, paguei todas! Preenchi um cheque depois do outro — e limpei todos os cartões de créditos, todos os cartões de lojas, todos os vales para Suze. (Ela não pôde acreditar quando lhe dei um cheque de várias centenas de libras. A princípio não queria aceitar, mas depois mudou de idéia e foi comprar um incrível casaco de pele de ovelha.)

Honestamente, pagar aquelas dívidas foi a sensação mais maravilhosa e empolgante do mundo. Isso aconteceu há alguns meses — mas ainda viajo quando penso nisso. Não há nada melhor do que estar com todas as dívidas absolutamente pagas, há?

E olhe para mim agora. Sou uma pessoa completamente diferente da Becky antiga. Sou um ser humano reformado. Nem mesmo entrei no cheque especial!

Dois

Bem, tá legal. Eu entrei um pouquinho no cheque especial. Mas o único motivo é que recentemente venho olhando as coisas a longo prazo, e investindo pesado na minha carreira. Luke, meu namorado, é empresário. Tem uma empresa de relações públicas e coisa e tal. E disse uma coisa há algumas semanas que realmente fez sentido para mim: "As pessoas que querem ganhar um milhão, primeiro pegam emprestado um milhão."

Honestamente, eu devo ter uma mente empresarial pela própria natureza, porque assim que ele disse isso tive uma estranha sensação de reconhecimento. Até me peguei murmurando em voz alta: ele está muito certo. Como é possível ganhar dinheiro se não gastar antes?

Por isso investi num bocado de roupas para usar na televisão — além de uns bons cortes de cabelo, manicures e tratamentos de pele. E algumas massagens. Porque todo mundo sabe que a gente não consegue um bom desempenho se estiver toda estressada, não é?

Também investi num computador novo, que custou 2.000 libras — mas é um item essencial porque, adivinha só, estou escrevendo um livro de auto-ajuda! Logo depois de ter uma participação regular no *Morning Coffee* eu conheci uns editores bem legais, que me levaram para almoçar e disseram que eu era uma inspiração para pessoas em dificuldades financeiras em todo o mundo. Isso não foi legal? Eles me pagaram mil libras antes de eu sequer escrever uma palavra — e vou ganhar muito mais quando tiver publicado. O livro vai se chamar O Guia Financeiro de Becky Bloomwood. Ou talvez Administre o Dinheiro Como Becky Bloomwood.

Ainda não tive tempo para começar, mas realmente acho que o mais importante é conseguir o título certo, e o resto simplesmente vai se encaixando. E não é que eu não tenha feito nada. Já anotei *montes* de idéias sobre o que vestir na fotografia.

Assim, basicamente, não é surpresa que eu esteja meio enfiada no cheque especial no momento. Mas o fato é que todo aquele dinheiro está lá fora, me esperando. E felizmente o meu gerente do banco, Derek Smeath, é muito simpático. Na verdade, é uma doçura. Durante um longo tempo a gente não se deu bem — o que eu acho que era mais um problema de comunicação do que qualquer coisa. Mas agora acho que ele realmente entende qual é a minha. E a verdade é que, claro, eu sou muito mais sensata do que era.

Por exemplo, tenho uma atitude completamente diversa com relação às compras. Meu novo lema é "Compre Só o Que Você Precisa". Eu sei, parece quase simples *demais* — só que funciona mesmo. Antes de cada compra, eu me faço uma pergunta: "Eu *preciso* disso?" E só faço a compra se a resposta for "sim". É só uma questão de autodisciplina.

Assim, por exemplo, quando vou à LK Bennett, sou incrivelmente concentrada e direta. Quando entro, um par de botas de salto alto atrai meu olhar — mas olho rapidamente para o outro lado e vou direto para onde estão as sandálias. É assim que faço compra hoje em dia: sem pausa, sem procurar muito, sem olhar outras coisas. Nem mesmo aquele novo mostruário de sapatinhos baixos com lantejoulas ali. Simplesmente vou direto até a sandália que eu quero, pego no mostruário e digo à vendedora:

— Quero um par dessas número trinta e sete, por favor.

Direta ao ponto. Só compre o que você precisa, e nada mais. Esta é a chave para o consumo controlado. Nem vou *olhar* para aqueles escarpins cor-de-rosa chiquérrimos, ainda que eles combinem perfeitamente com meu novo cardigã Jigsaw.

Nem para aquele sapato de tira com salto brilhante. Mas são lindos, não são? Imagino como ficarão no pé. Ah, meu Deus. Isso é difícil mesmo.

O que *há* com os sapatos? Bom, eu gosto de quase todo tipo de roupa, mas um par de sapatos fabulosos consegue me reduzir a geléia. Algumas vezes, quando não há mais ninguém em casa, eu abro o guarda-roupa e fico só olhando para todos os meus sapatos, como uma colecionadora louca. E uma vez eu enfileirei todos na cama e tirei uma foto. O que pode parecer meio estranho — mas pensei: eu tenho um monte de fotos de gente de quem não gosto, então por que não tirar uma de uma coisa de que eu gosto?

— Aí está!

Graças a Deus a vendedora voltou com minha sandália lilás numa caixa — e quando a vejo, meu coração dá um pulinho. Ah, ela é linda. *Linda.* Toda delicada e de tirinhas, com uma amora minúscula perto do dedo. Fico apaixonada por ela assim que olho. É meio cara — mas todo mundo sabe que não se deve ser pão-duro com sapatos, porque podem machucar os pés.

Enfio os pés nelas com um *frisson* de deleite — e, ah, meu Deus, são fantásticas. De repente meus pés parecem elegantes e minhas pernas, mais compridas... e tudo bem, meio difícil andar com elas, mas isso provavelmente é porque o piso da loja é tão escorregadio.

— Vou levar, por favor — digo, e rio feliz para a vendedora.

Veja bem, esta é a recompensa por uma abordagem tão controlada ao consumo. Quando você compra uma coisa, realmente sente que *mereceu.*

Nós vamos para o caixa, e eu mantenho os olhos cuidadosamente longe do mostruário de acessórios. De fato, mal percebo aquela bolsa púrpura com contas pretas. E estou enfiando a mão na minha bolsa, me parabenizando por ser tão objetiva, quando a vendedora diz num tom casual:

— Sabe, nós temos essa sandália em laranja-claro também.

Laranja-claro?

— Ah... certo — digo depois de uma pausa. Não estou interessada. Já tenho o que vim comprar — e é o fim da história. Sandália lilás. Não laranja-claro.

— Acabou de chegar — acrescenta ela, procurando em volta. — Acho que vai ficar ainda mais na moda do que a lilás.

— Verdade? — digo, tentando parecer o mais indiferente que posso. — Bom, só vou levar essa, eu acho...

— Aqui está! — exclama ela. —Eu sabia que tinha uma por aqui.

E eu congelo, quando ela põe no balcão a sandália mais exótica que eu já vi. É um laranja pálido, cremoso, com a mesma forma de tirinhas da lilás — mas em vez da amora há uma tangerina minúscula perto do dedo.

É amor instantâneo. Não consigo afastar os olhos.

— Gostaria de experimentar? — diz a garota, e eu sinto uma pontada de desejo bem na boca do estômago. Olha só. É deliciosa. É a sandália mais gracinha que já vi. Ah, meu Deus.

Mas eu não preciso de uma sandália laranja-claro, preciso? Não preciso.

Anda, Becky. É só dizer. Não.

— Na verdade... — engulo em seco, tentando assumir o controle da voz. — Na verdade... — Meu Deus, eu mal consigo falar. — Hoje só vou levar a lilás. — Consigo por fim. — Obrigada.

— Certo. — A garota digita um código no teclado. — Então são oitenta e nove libras. Como vai pagar?

— Hmm... Cartão Visa, por favor. — Assino o tíquete, pego minha bolsa e saio da loja, sentindo-me ligeiramente atordoada.

Eu consegui! Consegui! Controlei meus desejos! Só precisava de um par de sandálias — e só comprei um. Entrei e saí da loja, completamente de acordo com o plano. Veja bem, é isso que eu posso fazer quando realmente quero. Esta é a nova Becky Bloomwood.

Por ter sido tão boa, eu mereço uma pequena recompensa, por isso vou a uma cafeteria, sento-me do lado de fora, ao sol, com um cappuccino.

Eu quero aquela sandália laranja, salta na minha cabeça quando tomo o primeiro gole.

Pára. Pára com isso. Pense em... outra coisa. Luke. O fim de semana. Nosso primeiro fim de semana juntos. Meu Deus, mal posso esperar.

Eu vinha querendo sugerir uma viagem de fim de semana desde que Luke e eu começamos a namorar, mas ele trabalha demais, seria como pedir para o primeiro ministro parar de governar o país um pouquinho. (Só que, pensando bem, ele faz isso todo verão, não é? Então, por que o Luke não pode?)

Luke é tão ocupado, ainda nem conheceu meus pais, e é por isso que eu estou meio preocupada. Eles o convidaram para ir almoçar no domingo, há algumas semanas, e mamãe passou séculos cozinhando — ou pelo menos comprou rins de porco recheados com abricó na Saimsbury's e um pudim de merengue e chocolate realmente chique. Mas no último minuto ele teve de cancelar porque houve uma crise com um dos seus clientes nos jornais de domingo. Por isso tive de ir sozinha — e foi tudo um horror, para ser franca. Dava para ver que mamãe ficou realmente desapontada, mas ela ficava dizendo, alegre: "Ah, bem, era só um almoço casual" — o que não era. Ele lhe mandou um gigantesco buquê de flores no dia seguinte, para se desculpar (ou pelo menos Mel, a secretária dele, mandou), mas não é a mesma coisa, é?

A pior parte foi que nossos vizinhos, Janice e Martin, apareceram para tomar um copo de xerez e "conhecer o famoso Luke", como disseram, e quando descobriram que ele não estava, ficaram me lançando aqueles olhares penalizados tingidos de presunção, porque seu filho Tom vai se casar com a namorada Lucy na semana que vem. E eu tenho uma suspeita horrível de que eles acham que eu tenho uma queda por ele. (Coisa que não tenho — muito pelo contrário. Mas uma vez que as pessoas acreditam numa coisa assim, é completamente impossível convencê-las do contrário. Ah, meu Deus. Que horror.)

Quando fiquei chateada com Luke, ele disse que eu também não conheci seus pais. Mas isso não é bem verdade. Eu falei brevemente com o pai e a madrasta dele num restaurante uma vez, ainda que não tenha sido meu momento mais brilhante. E, de qualquer modo, eles moram em Devon, e a mãe verdadeira de Luke mora em Nova York. Então, puxa, eles não estão exatamente à mão, não é?

Mesmo assim a gente se resolveu — e pelo menos ele está fazendo o esforço para ir nessa pequena viagem de fim de semana. Na verdade, foi Mel quem sugeriu a idéia do fim de semana. Ela disse que Luke não tinha férias apropriadas há três anos, e que talvez ele tivesse de ser gentilmente convencido da idéia. Por isso parei de falar de férias e comecei a falar de fins de semana fora — e isso deu certo! De repente Luke disse para eu separar este fim de semana. Ele mesmo reservou o hotel e tudo. Eu estou *tão* ansiosa para ir! Nós não vamos fazer nada, só relaxar e curtir — e passar um tempo juntos para variar. Maravilhoso.

Eu quero aquela sandália laranja.

Pára com isso. Pára de pensar nela.

Tomo outro gole de café, me recosto e me obrigo a examinar a rua agitada. Pessoas caminham segurando sacolas e conversando, e há uma garota atravessando a rua com uma calça bonita, que eu acho que é da Nicole Farhi e... ah, meu Deus.

Um homem de meia-idade, de terno escuro, está vindo pela rua na minha direção, e eu o reconheço. É Derek Smeath, meu gerente de banco.

Ah, e eu acho que ele me viu.

Tudo bem, não entre em pânico, ordeno-me com firmeza. Não precisa entrar em pânico. Talvez, antigamente, eu ficasse abalada ao vê-lo. Poderia tentar me esconder atrás de um *menu*, ou talvez até sair correndo. Mas tudo isso é passado. Hoje em dia o doce Smeathie e eu temos um relacionamento honesto e muito amigável.

Mesmo assim me pego arrastando a cadeira ligeiramente para longe da sacola da LK Bennett, como se ela não tivesse nada a ver comigo.

— Olá, Sr. Smeath! — digo toda animada enquanto ele se aproxima. — Como vai?

— Muito bem — diz Derek Smeath, sorrindo. — E você?

— Ah, eu estou bem, obrigada. O senhor... o senhor gostaria de um café? — acrescento educadamente, fazendo um gesto para a cadeira vazia diante de mim. Na verdade não espero que ele aceite, mas, para minha perplexidade, ele se senta e pega um *menu*.

Olha só que civilizado: eu estou tomando café com meu gerente de banco num café de calçada! Sabe, talvez eu descubra um modo de enfiar isso no meu segmento do *Morning Coffee*. "Eu prefiro a abordagem informal às finanças pessoais", direi, dando um sorriso caloroso para a câmera. "Meu gerente de banco e eu costumamos tomar um cappuccino juntos enquanto discutimos minhas estratégias financeiras atuais..."

— Por acaso, Rebecca, eu acabei de escrever uma carta para você — diz Derek Smeath, enquanto uma garçonete coloca um café expresso diante dele. De repente sua voz está mais séria e eu sinto uma pequena pontada de alarme. Ah, meu Deus, o que eu fiz agora? — Para você e todos os meus clientes — acrescenta ele. — Dizendo que eu estou indo embora.

— O quê? — Pouso o meu café fazendo barulho com a xícara. — O que quer dizer com indo embora?

— Estou deixando o Endwich Bank. Decidi me aposentar antes do tempo.

— Mas...

Encaro-o pasma. Derek Smeath não pode sair do Endwich Bank. Não pode me deixar na mão, logo agora que tudo estava indo tão bem. Quero dizer, eu sei que nós nem sempre nos vimos cara a cara — mas recentemente desenvolvemos um relacionamento bastante bom. Ele me entende. Entende meus saques a descoberto. O que farei sem ele?

— O senhor não é novo demais para se aposentar? — pergunto, consciente do desalento em minha voz. — Não vai ficar entediado?

Ele se recosta na cadeira e toma um gole do café.

— Eu não estou planejando parar de trabalhar totalmente. Mas acho que há um pouco mais na vida do que cuidar das contas bancárias dos outros, você não acha? Por mais fascinantes que algumas delas sejam.

— Bom... sim. Sim, claro. E eu fico feliz pelo senhor, honestamente. — Dou de ombros, meio embaraçada. — Mas vou... sentir falta do senhor.

— Acredite ou não — diz ele, sorrindo ligeiramente — acho que também vou sentir falta de você, Rebecca. A sua conta certamente tem sido uma das mais... interessantes com as quais eu já lidei.

Derek Smeath me lança um olhar penetrante e eu me sinto ruborizar ligeiramente. Por que ele precisa me lembrar do passado? O fato é que tudo aquilo acabou. Agora eu sou uma pessoa diferente. Sem dúvida as pes-

soas devem ter o direito de virar as folhas do caderno e começar a vida de novo, não é?
— Sua carreira na televisão parece estar indo bem — diz ele.
— Eu sei! É fantástico, não é? E paga bastante bem — acrescento, um tanto oportunamente.
— Seus rendimentos certamente cresceram nos últimos meses — diz ele, e pousa a xícara. Meu coração se aperta ligeiramente. — No entanto...
Eu sabia. *Por que* sempre há um "no entanto"? Por que ele não pode simplesmente estar feliz por mim?
— No entanto — repete Derek Smeath. — Suas retiradas também cresceram. Substancialmente. Na verdade, seus saques a descoberto estão maiores do que no auge de seus... será que devemos dizer?... seus excessos.
Excessos? Isso é maldade.
— Você realmente deveria se esforçar mais para se manter no limite do cheque especial — diz ele. — Ou melhor ainda, pagá-lo.
— Eu sei — respondo vagamente. — Estou planejando fazer isso.
Acabei de ver uma garota do outro lado da rua com uma sacola da LK Bennett. Ela está com uma sacola enorme — com *duas* caixas de sapato dentro.
Se ela pode comprar dois pares de calçado, por que eu não? Qual é a regra que diz que só se pode comprar um par de cada vez? Puxa, é arbitrário demais.
— E quanto às suas outras finanças? — pergunta

Derek Smeath. — Você está devendo alguma conta de cartões de lojas, por exemplo?

— Não — digo com um ligeiro tom de presunção. — Paguei todas há meses.

— E não gastou nada desde então?

— Só umas coisinhas. Praticamente nada.

De qualquer modo, o que são noventa pratas, não é? No grande esquema das coisas?

— O motivo para eu estar fazendo estas perguntas é que eu acho que devo avisá-la. O banco está se reestruturando, e meu sucessor, John Gavin, pode não ter uma abordagem tão tranqüila quanto a minha com relação à sua conta. Não sei se você percebe como eu tenho sido tolerante com você.

— Verdade? — digo, sem ouvir de verdade.

Puxa, imagine se eu começasse a fumar. Facilmente gastaria noventa pratas em cigarros sem nem pensar nisso, não é?

De fato, pense em todo o dinheiro que já economizei *não* fumando. Tranqüilamente o bastante para comprar um parzinho de sapatos.

— Ele é um homem muito capaz — está dizendo Derek Smeath. — Mas também é muito... rigoroso. Não é particularmente conhecido pela flexibilidade.

— Certo — falo, assentindo distraidamente.

— Eu certamente recomendaria que você cobrisse os saques sem demora. — Ele toma um gole de café. — E diga, você fez alguma coisa com relação a algum fundo de pensões?

— Hmm... eu fui visitar aquele consultor independente que o senhor recomendou.
— E preencheu algum formulário?
Contra a vontade, arrasto minha atenção de volta para ele.
— Bom, eu estou avaliando as opções — digo, e ponho minha expressão sábia, de especialista em finanças. — Não há nada pior do que correr para o investimento errado, o senhor sabe. Particularmente quando se trata de algo tão importante quanto um fundo de pensões.
— Verdade. Mas não passe muito tempo avaliando, certo? Seu dinheiro não vai se economizar sozinho.
— Eu sei! — digo, e tomo um gole de cappuccino.
Ah, meu Deus, agora estou me sentindo meio desconfortável. Talvez ele esteja certo. Talvez eu deva colocar noventa libras num fundo de pensão em vez de comprar mais um par de sandálias.
Mas por outro lado — de que adianta um fundo de pensão de noventa libras? Isso não vai exatamente me sustentar durante a velhice, vai? Meras noventa pratas. E quando eu estiver velha, o mundo provavelmente terá explodido, ou alguma coisa assim.
Ao passo que um par de calçados é tangível, está ali na sua mão...
Ah, que droga. Eu vou comprar.
— Sr. Smeath, eu tenho de ir — digo abruptamente, pousando minha xícara. — Há uma coisa que eu preciso... fazer.

Agora decidi, eu *tenho* de voltar lá o mais rápido possível. Pego minha bolsa e largo cinco libras na mesa.

— Adorei vê-lo. E boa sorte na aposentadoria.

— Boa sorte a você também, Rebecca. Mas lembre-se do que eu disse. John Gavin não vai ser paciente com você como eu fui. De modo que... olhe onde pisa, certo?

— Vou olhar! — digo toda animada.

E sem propriamente correr, desço a rua, o mais rápido possível, de volta à LK Bennett.

Tudo bem. Então, talvez falando de modo estrito, eu não precisava comprar um par de sandálias laranja-claro. Elas não eram exatamente essenciais. Mas o que me ocorreu enquanto eu as estava experimentando foi que, na verdade, eu não violei minha nova regra. Por que o fato é que eu *vou* precisar delas.

Afinal de contas eu vou precisar de calçados novos *em algum momento*, não é? Todo mundo precisa de calçados. E sem dúvida é mais prudente estocar agora, num estilo do qual eu realmente gosto, do que esperar até que o último par se gaste e eu não encontre nada bonito nas lojas. É sensato. É como... garantir minha posição futura no mercado de sapatos.

Quando saio da LK Bennett, toda feliz segurando minhas duas sacolas novas e reluzentes, há um brilho caloroso e alegre à minha volta. Não estou com vontade de ir para casa, por isso decido atravessar a rua até a Gifts and Goodies. Esta é uma das lojas que vendem as molduras de Suze e eu tenho um pequeno hábito de entrar sempre que passo na frente, só para ver se alguém está comprando uma.

 Abro a porta com um toque da sineta e sorrio para a vendedora que levanta a cabeça. É uma loja linda. É quente, perfumada e cheia de coisas maravilhosas como estantes de arame cromado e descansos de copos de vidro gravado. Passo por uma prateleira com cadernos com capa de couro cor de malva e levanto os olhos — e lá estão elas! Três molduras para fotos, de *tweed* púrpura, feitas por Suze! Ainda me empolgo sempre que vejo.

 Ah, meu Deus! Sinto um zumbido de animação. Há uma cliente parada ali — e ela está olhando para uma. Está segurando uma!

 Para ser franca, nunca vi ninguém comprando uma das molduras de Suze. Quero dizer, eu sei que tem gente que deve comprá-las, porque elas continuam vendendo — mas nunca vi isso acontecer. Meu Deus, isso é empolgante!

 Vou andando em silêncio enquanto a cliente vira a moldura. Franze a testa diante do preço, e meu coração se acelera um pouquinho.

 — É uma moldura para fotos realmente linda — falo casualmente. — Muito incomum.

 — É — diz ela, e coloca de novo na prateleira.

 Não! Penso desolada. Pegue de novo!

 — É tão difícil achar molduras bonitas hoje em dia — falo, puxando conversa. — Você não acha? Quando a gente encontra uma, deve simplesmente... comprar! Antes que mais alguém pegue.

— Acho que sim — diz a cliente, pegando um peso de papel e franzindo a testa para ele também.

Agora ela está indo embora. O que posso fazer?

— Bom, acho que vou comprar uma — digo com ênfase, e pego. — Vai ser um presente perfeito. Para um homem ou uma mulher... quero dizer, todo mundo precisa de molduras para retratos, não é?

A cliente não parece estar notando. Mas não importa, quando ela *me* vir comprando, talvez pense de novo.

Corro ao caixa, e a mulher atrás do balcão sorri para mim. Acho que é a dona da loja, porque eu a vi entrevistando funcionários e falando com fornecedores. (Não que eu venha aqui freqüentemente, é só coincidência ou algo do tipo.)

— Olá, de novo — diz ela. — Você realmente gosta dessas molduras, não é?

— É — digo em voz alta. — E o preço está *fantástico*! — Mas a cliente está olhando uma jarra de vidro, e nem mesmo escuta.

— Quantas você já comprou? Deve ser umas... vinte?

O quê? Minha atenção volta rapidamente para a dona da loja. O que ela está dizendo?

— Ou até mesmo trinta?

Encaro-a chocada. Será que ela está me monitorando, cada vez que venho aqui? Isso não é contra a lei?

— Uma tremenda coleção! — acrescenta em tom simpático, enquanto embrulha em papel de seda.

Eu tenho de dizer alguma coisa, caso contrário ela achará que sou eu quem compra todas as molduras de

Suze, em vez de o público em geral. O que é ridículo. Veja só: trinta! Eu só comprei umas... quatro. Cinco, talvez.

— Eu não tenho tantas assim! — digo apressadamente. — Acho que talvez você esteja me confundindo com... outras pessoas. E eu não entrei aqui só para comprar uma moldura! — Dou um riso alegre para mostrar como essa idéia é ridícula. — Na verdade, eu queria algumas... dessas aqui também. — Pego aleatoriamente umas grandes letras de madeira esculpida num cesto ao lado e entrego a ela. Ela sorri e começa a colocar em papel de seda, uma a uma.

— P... T... R... R.

Ela pára e olha perplexa para as letras.

— O que você estava tentando escrever? "Peter"?

— Hmm... é — digo. — Para o meu... meu afilhado. Ele tem três anos.

— Que lindo! Então aqui está. Dois E, e devolva o R...

Ela está me olhando com gentileza, como se eu fosse uma completa retardada. O que acho bastante justo, já que não sei soletrar "Peter" e é o nome do meu próprio afilhado.

— O total são... quarenta e oito libras — diz ela, enquanto eu enfio a mão na bolsa. — Sabe, se você gastar cinqüenta, ganha uma vela perfumada grátis.

— Verdade? — levanto os olhos cheia de interesse Seria bom ter uma vela perfumada. E por causa de duas libras...

— Tenho certeza de que eu poderia achar alguma coisa... — digo, olhando vagamente pela loja.
— Soletre o resto do nome do seu afilhado em letras de madeira — sugere a dona da loja, solícita. — Qual é o sobrenome dele?
— Hmm, Wilson — falo sem pensar.
— Wilson. — E, para meu horror, ela começa a procurar no cesto. — W... L... Aqui está um O...
— Na verdade — digo rapidamente —, na verdade, é melhor não. Porque... porque... os pais dele estão se divorciando e ele talvez acabe mudando de sobrenome.
— Verdade? — diz a dona da loja, e faz uma cara simpática enquanto põe as letras de volta. — Que pena. É uma separação litigiosa, então?
— É — digo, olhando em volta procurando outra coisa para comprar. — Muito. A... a mãe dele fugiu com o jardineiro.
— Está falando sério? — A dona da loja me olha, e de repente eu noto um casal perto ouvindo também. — Ela fugiu com o *jardineiro*?
— Ele era... muito gostoso — improviso, pegando uma caixa de jóias e vendo que custa setenta e cinco libras. — Ela não conseguia manter as mãos longe dele. O marido pegou os dois juntos no barracão de ferramentas. De qualquer modo...
— Minha nossa! — diz a dona da loja. — Isso é incrível!
— É totalmente verdadeiro — cantarola uma voz do outro lado da loja.

O quê?

Minha cabeça gira — e a mulher que estivera olhando as molduras de Suze está vindo na minha direção.

— Presumo que você esteja falando de Jane e Tim, não é? — diz ela. — Um escândalo tão terrível, não foi? Mas eu achava que o menino se chamava Toby.

Encaro-a, incapaz de falar.

— Talvez Peter seja o nome de batismo — sugere a dona da loja, e faz um gesto para mim. — Esta é a madrinha dele.

— Ah, você é a madrinha! — exclama a mulher. — É, ouvi falar de você.

Isso não está acontecendo. Não pode estar acontecendo.

— Bom, talvez *você* possa me contar. — A mulher se adianta e baixa a voz, em tom confidencial. — Tim aceitou a oferta de Maud?

Olho a loja silenciosa em volta. Todo mundo está esperando minha resposta.

— Aceitou — digo cautelosamente. — Ele aceitou.

— E deu certo? — pergunta ela, encarando-me ansiosa.

— Hmm... não. Ele e Maud acabaram... eles... eles tiveram uma briga.

— Verdade? — A mulher ergue a mão até a boca. — Uma *briga*? Por quê?

— Ah, você sabe — digo desesperadamente. — Uma coisa e outra... o fim da relação... hmm, na verdade, acho que vou pagar em dinheiro. — Enfio a mão na bolsa e ponho cinqüenta libras no balcão. — Fique com o troco.

— E a sua vela perfumada? — diz a dona da loja. — Você pode escolher baunilha, sândalo...

— Não importa — digo, indo rapidamente para a porta.

— Espere! — grita a mulher ansiosa. — O que aconteceu com Ivan?

— Ele... emigrou para a Austrália — digo, e bato a porta.

Meu Deus, essa chegou perto. Acho melhor ir para casa.

Quando chego na esquina de nossa rua, paro e faço uma pequena rearrumação nas bolsas. O que quer dizer que ponho todas dentro de uma bolsa LK Bennett e aperto até não dar para vê-las.

Não é que eu esteja escondendo nem nada. Só que... prefiro chegar em casa só com uma bolsa de compras na mão.

Espero conseguir entrar no quarto sem que Suze me veja, mas quando abro a porta da frente ela está sentada no chão da sala, empacotando alguma coisa.

— Oi — diz ela. — Comprou a sandália?

— Comprei — digo toda animada. — Sem dúvida. Tamanho certo e coisa e tal.

— Vamos dar uma olhada então!

— Eu só vou... desempacotar — digo casualmente e vou para o meu quarto, tentando me manter tranqüila.

Mas sei que estou com cara de culpada. Estou até *andando* feito uma culpada.
— Bex — diz ela de repente. — O que mais há na bolsa? Isso não é só um par de calçados.
— Bolsa? — Viro-me, como se estivesse surpresa. — Ah, *esta* bolsa. Hmm... só umas coisinhas. Você sabe... bobagens...
Vou me afastando cheia de culpa enquanto Suze cruza os braços, parecendo o mais séria que consegue.
— Mostre.
— Tudo bem, escute — digo apressadamente. — Eu sei que disse que era só um par. Mas antes que você fique com raiva, olhe só. — Pego minha segunda bolsa da LK Bennett, abro a caixa e tiro lentamente uma das sandálias laranja-claro. — Olhe só para isso.
— Ah, meu Deus — suspira Suze, olhando. — É absolutamente... estonteante. — Ela pega a sandália e acaricia suavemente o couro macio. Em seguida a expressão séria volta. — Mas você *precisava* dela?
— Sim! — digo na defensiva. — Ou pelo menos... eu estava fazendo um estoque para o futuro. Você sabe, como uma espécie de... investimento.
— Investimento?
— É. E de certo modo é uma *economia* de dinheiro, porque agora que tenho esta não vou precisar gastar mais dinheiro com calçados no ano que vem. Nenhum!
— Verdade? — diz Suze cheia de suspeitas. — Nenhum?
— Nenhunzinho! Honestamente, Suze, eu vou apro-

veitar ao máximo essas sandálias. Não vou precisar comprar mais durante pelo menos um ano. Provavelmente dois!

Suze fica quieta e eu mordo o lábio, esperando que ela me diga para levá-las de volta à loja. Mas ela está olhando a sandália de novo, e tocando a pequena tangerina.

— Calce — diz ela subitamente. — Deixe-me ver!

Com uma leve emoção eu pego a outra sandália e calço as duas — e estão simplesmente perfeitas. Minhas perfeitas sandálias laranja-claro, como Cinderela.

— Ah, Bex — diz Suze, e ela não precisa dizer mais nada. Está ali, em seus olhos suavizados.

Francamente, algumas vezes eu gostaria de poder me casar com Suze.

Depois de ter desfilado de um lado para o outro algumas vezes, Suze dá um suspiro contente, depois enfia a mão na bolsa grande para pegar a da Gifts and Goodies.

— Então, o que você comprou aqui? — diz ela interessada. As letras de madeira se derramam e ela começa a arrumá-las no tapete.

— P-E-T-E-R. Quem é Peter?

— Não sei — digo vagamente, pegando a bolsa da Gifts and Goodies antes que ela possa ver sua moldura lá dentro. (Uma vez ela me pegou comprando uma na Fancy Free e ficou toda chateada; disse que faria uma para mim, se eu quisesse.) — Você conhece alguém chamado Peter?

— Não. Acho que não... Mas nós podemos arranjar um gato e chamar de Peter, talvez!

— É — digo em dúvida. — Talvez... de qualquer modo, é melhor eu me aprontar para amanhã.

— Ahhh, isso me lembra — diz Suze pegando um pedaço de papel. — Luke ligou para você.
— Verdade? — Tento esconder o deleite. É sempre uma bela surpresa quando Luke telefona, porque, para ser honesta, ele não faz isso muito. Bom, ele telefona para marcar encontros e esse tipo de coisa, mas não costuma ligar para bater papo. Algumas vezes me manda *e-mails*, mas eles não são o que você poderia chamar de papo, são mais... bem, digamos assim: na primeira vez em que recebi um, fiquei bem chocada. (Mas agora meio que fico esperando por eles.)
— Ele disse que vai pegar você no estúdio amanhã ao meio-dia. E que o Mercedes tem de ir para a garagem, de modo que vocês vão no MGF.
— Verdade? É chiquérrimo.
— Eu sei — diz Suze, rindo de volta para mim. — Não é fantástico? Ah, e ele disse que você deve levar pouca coisa, porque o porta-malas não é muito grande.
Eu a encaro, com o sorriso se desbotando.
— O que você disse?
— Levar pouca coisa — repete Suze. — Você sabe: não muita bagagem, talvez uma bolsa ou sacola pequena...
— Eu sei o que significa "levar pouca coisa"! — digo, com a voz aguda de alarme. — Mas... não posso!
— Claro que pode.
— Suze, você *viu* quanta coisa eu tenho? — digo, indo para a porta do quarto e abrindo. — Puxa, olha só para isso.

Suze segue meu olhar, incerta, e nós duas olhamos para a minha cama. Minha grande mala verde-ácido está cheia. Há outra pilha de roupas ao lado. E eu nem *cheguei* à maquiagem e às outras coisas.

— Não consigo, Suze — gemo. — O que vou fazer?

— Telefonar para Luke e contar a ele? E dizer que ele terá de alugar um carro com porta-malas maior?

Por um momento fico quieta. Estou tentando imaginar o rosto de Luke se eu lhe disser que ele tem de alugar um carro maior para levar minhas roupas.

— O negócio — digo por fim — é que não sei se ele entende *completamente*...

A campainha toca e Suze se levanta.

— Deve ser a Special Express para pegar o meu pacote — diz ela. — Escute, Bex, vai ficar tudo bem. Só... tire umas coisas. — Ela vai atender à porta e me deixa olhando o amontoado sobre a cama.

Tirar umas coisas? Mas tirar o quê, exatamente? Não é que eu tenha posto um monte de coisas desnecessárias. Se eu só começar a tirar coisas aleatoriamente, todo o meu sistema desmorona.

Tudo bem, pense criativamente. *Deve* haver uma solução.

Talvez eu possa... secretamente prender um *trailer* no carro quando Luke não estiver olhando?

Ou talvez possa *usar* todas as minhas roupas, uma por cima da outra, e dizer que estou sentindo um pouco de frio...

Ah, não adianta. O que vou fazer?

Distraidamente, saio do quarto e vou para o corredor, onde Suze está entregando um envelope cheio a um homem de uniforme.

— Isso é fantástico — diz ele. — Se a senhorita assinar aqui... Olá! — acrescenta ele todo animado para mim, e eu o cumprimento com a cabeça, olhando inexpressiva o emblema em seu peito, que diz: *Qualquer coisa, para qualquer lugar, amanhã de manhã*.

— Aqui está o seu recibo — diz o homem a Suze, e se vira para ir embora. Ele está passando pela porta quando as palavras em seu emblema começam a saltar na minha mente.

Qualquer coisa.
Para qualquer lugar.
Amanhã...

— Ei, espere! — grito, no momento em que a porta vai bater. — Poderia esperar só um seg...

Paradigma, Livros de Auto-ajuda, Ltda.
695 Soho Square
Londres W1 5AS

Srta. Rebecca Bloomwood
Apartamento 2
4 Burney Road
Londres SW6 8FD

4 de setembro de 2001

Cara Becky

Muito obrigada pelo seu recado na secretária eletrônica. Fico realmente feliz em saber que o livro vai bem!

Você deve se lembrar, quando nós falamos há duas semanas, de que você me garantiu que o primeiro esboço estaria comigo dentro de alguns dias. Tenho certeza de que ele está a caminho — ou será que se extraviou no correio? Será que você poderia mandar outra cópia?

Quanto à fotografia de capa, use qualquer coisa com que você se sinta confortável. Um top Agnès B parece ótimo, e também os brincos que você descreveu.

Estou ansiosa para ver o manuscrito — e, de novo, deixe-me dizer como nos sentimos empolgados por você estar escrevendo para nós.

Desejando tudo de bom

Pippa Brady
Editora

EDITORA PARADIGMA: AJUDANDO VOCÊ A SE AJUDAR

EM BREVE! *Sobrevivência na selva,* do Brigadeiro Roger Flintwood

Três

Às cinco para o meio-dia do dia seguinte estou sentada sob as luzes fortes do estúdio do *Morning Coffee*, imaginando quanto tempo mais isso vai demorar. Normalmente meu segmento de conselhos financeiros termina às 11:40, mas eles ficaram tão envolvidos com a paranormal que disse ser o espírito reencarnado da rainha Mary da Escócia que tudo ficou embolado. E Luke vai chegar a qualquer minuto, e eu ainda tenho de trocar essa roupa...

— Becky? — diz Emma, que é uma das apresentadoras do programa e está sentada diante de mim num sofá azul. — Isso parece um tremendo problema.

— Absolutamente — digo, arrastando a mente de volta para o presente. Olho para a folha diante de mim, depois dou um sorriso simpático para a câmera. — Então, para recapitular, Judy, você e seu marido Bill herdaram algum dinheiro. Você gostaria de investir uma parte na bolsa de valores, mas ele está recusando.

— É como falar com uma parede de tijolos! — ressoa a voz indignada de Judy. — Ele diz que eu vou perder tudo, e que o dinheiro é dele também, e se o que eu quero é jogar, que eu posso ir...

— Sim — interrompe Emma suavemente. — Bom. Isso parece difícil, Becky. Dois parceiros discordando com relação ao que fazer com o dinheiro.

— Eu simplesmente não entendo o que ele quer! — exclama Judy. — É a nossa única chance de fazer um investimento sério. É uma oportunidade fantástica! Por que ele não consegue *ver* isso?

Ela pára, e há um silêncio expectante no estúdio. Todo mundo espera minha resposta.

— Judy... — faço uma pausa, pensativa. — Posso fazer uma pergunta? Que roupa Bill está usando hoje?

— Um terno — diz Judy, parecendo perplexa. — Um terno cinza, para trabalhar.

— Que tipo de gravata? Lisa ou estampada?

— Lisa — diz Judy imediatamente. — Todas as gravatas dele são lisas.

— Ele usaria, digamos... uma gravata com personagem de desenho animado?

— Nunca!

— Sei. — Levanto as sobrancelhas. — Judy, seria justo dizer que Bill geralmente é uma pessoa pouco aventureira? Que não gosta de correr riscos?

— Bem... sim — responde Judy. — Agora que você diz, eu acho que é.

— Ah! — diz Rory subitamente, do lado oposto do sofá. Rory é o outro apresentador do *Morning Coffee*. Ele tem uma aparência fantástica e adora seduzir estrelas de cinema, mas não é exatamente o Cérebro da Grã-Bretanha.

— Acho que vejo onde você quer chegar, Becky.

— Sim, obrigada, Rory — diz Emma, revirando os olhos para mim. — Acho que todos vemos. Então, Becky, se Bill não gosta de riscos, você quer dizer que ele está certo em evitar a bolsa de valores?
— Não — respondo. — Não estou dizendo isso, de jeito nenhum. Porque talvez o que Bill não esteja vendo é que existe mais de um tipo de risco. Se você investe na bolsa de valores, sim, você se arrisca a perder dinheiro a curto prazo. Mas se simplesmente deixá-lo guardado no banco durante anos e anos, há um risco ainda maior de que, com o tempo, a herança seja minada pela inflação.
— Ahá — intervém Rory sabiamente. — Inflação.
— Em vinte anos o dinheiro pode acabar valendo muito pouco, comparado com o que provavelmente renderia na bolsa. Então, se Bill tem apenas trinta e poucos anos e quer fazer um investimento de longo prazo, ainda que pareça arriscado, em muitos sentidos é muito mais *seguro* escolher uma carteira de ações equilibrada.
— Sei — diz Emma, e me dá um olhar cheio de admiração. — Eu jamais veria a coisa desse modo.
— Investimento bem-sucedido costuma ser simplesmente uma questão de pensar criativamente — digo com um sorriso de modéstia.
Deus, eu *adoro* quando consigo a resposta logo e todo mundo fica impressionado.
— Isso ajuda a você, Judy? — pergunta Emma.
— Ajuda. Ajuda, sim! Eu gravei em vídeo esse telefonema, para mostrar ao Bill hoje à noite.

— Ah, certo! — digo. — Bem, primeiro veja que tipo de gravata ele está usando.

Todo mundo ri, e eu me junto a eles depois de uma pausa — mesmo que na verdade não estivesse brincando.

— Hora de mais uma ligação do telespectador — diz Emma. — Estamos com Enid, de Northampton, que quer saber se tem dinheiro suficiente para se aposentar. É isso, Enid?

— É, é isso mesmo — vem a voz de Enid pela linha. — Meu marido, Tony, se aposentou recentemente, e eu tirei folga semana passada; só fiquei em casa com ele, cozinhando e coisa e tal. E ele... nós começamos a pensar... se eu também deveria me aposentar antes do tempo. Mas eu não tinha certeza se o dinheiro guardado era suficiente, por isso pensei em ligar.

— Que tipo de aplicação financeira você fez para a aposentadoria, Enid? — pergunto.

— Eu contribuí a vida inteira para um fundo de pensão — diz Enid, hesitando — e tenho umas duas poupanças... e recebi uma herança há pouco tempo, que deve pagar a hipoteca...

— Bem! — diz Emma, animada. — Até *eu* posso ver que você está bem preparada, Enid. Eu diria: feliz aposentadoria!

— Certo — diz Enid. — Sei. Então... não há motivo para eu não me aposentar. É o que Tony diz. — Há um silêncio, a não ser pela sua respiração insegura na linha, e Emma me lança um olhar rápido. Eu sei que o

produtor Barry deve estar gritando a ponto de preencher o espaço em seu ponto eletrônico.
— Então boa sorte, Enid! — diz ela toda animada. — Becky, falando de planejamento para a aposentadora...
— Só... espere um momento — falo, franzindo a testa ligeiramente. — Enid, não existe motivo financeiro óbvio para você não se aposentar. Mas... e quanto ao motivo mais importante de todos? Você *quer* se aposentar?
— Bom — a voz de Enid hesita ligeiramente. — Eu estou com cinqüenta e poucos agora. Puxa, a gente tem de mudar a vida, não é? E, como diz Tony, isso vai dar chance de nós passarmos mais tempo juntos.
— Você gosta do seu trabalho?
Há outro silêncio.
— Gosto. Sim. O pessoal é bom. Eu sou mais velha do que a maioria, claro. Mas de algum modo isso não parece importar quando a gente está se divertindo...
— Bom, acho que só temos tempo para isso — interrompe Emma, que esteve escutando atentamente seu ponto eletrônico. Ela sorri para a câmera. — Boa sorte na aposentadoria, Enid...
— Espere! — digo rapidamente. — Enid, por favor fique na linha se quiser conversar mais um pouco sobre isso. Certo?
— Sim — diz Enid depois de uma pausa. — Sim, eu gostaria.
— Agora vamos para a previsão do tempo — diz Rory, que sempre se empertiga quando a parte financeira termina. — Alguma palavra final, Becky?

— O mesmo de sempre — digo, sorrindo para a câmera. — Cuide de seu dinheiro...

— ... e seu dinheiro cuidará de você! — entoam Rory e Emma. Depois de uma pausa congelada, todo mundo relaxa e Zelda, a assistente de produção, entra no estúdio.

— Muito bem! — diz ela. — Material fantástico. Agora, Becky, nós ainda estamos com Enid na linha 4. Mas podemos nos livrar dela se você quiser...

— Não — digo surpresa. — Eu quero falar com ela. Você sabe, eu acho que ela não quer se aposentar.

— Tanto faz — diz Zelda, marcando alguma coisa em sua prancheta. — Ah, e Luke está esperando por você na recepção.

— Já? — Olho o relógio. — Ah, meu Deus... Certo, você pode dizer que eu não vou demorar?

Honestamente não pretendo passar muito tempo ao telefone. Mas assim que começo a falar com Enid, tudo sai — como ela está morrendo de medo de se aposentar, e como o marido só quer que ela fique em casa para cozinhar para ele. Como ela realmente ama o trabalho e que estava pensando em fazer um curso de informática, mas o marido diz que é desperdício de dinheiro... No fim estou completamente chocada. Falei exatamente o que penso, várias vezes, e estou no meio de perguntar a Enid se ela se considera uma feminista, quando Zelda me bate no ombro e de repente me lembro de onde estou.

Demoro mais cinco minutos para pedir desculpas a Enid e dizer que tenho de desligar, depois para ela se desculpar comigo — e nós duas dizermos "adeus" e "obrigada" e "não precisa falar" umas vinte vezes. Então, o mais rápido possível, vou para meu camarim e troco a roupa do programa pela roupa de viagem.

Fico bem satisfeita com a aparência quando me olho no espelho. Estou usando uma miniblusa multicolorida estilo Pucci, calça curta de jeans franjado, minha sandália nova, óculos Gucci (liquidação na Harvey Nichols — metade do preço!) e minha adorada echarpe azul-clara Denny and George.

Luke tem um treco de verdade quando vê minha echarpe Denny and George. Quando as pessoas perguntam como nos conhecemos, ele sempre diz: "Nossos olhos se encontraram sobre uma echarpe Denny and George" — o que é meio verdade. Ele me emprestou parte do dinheiro de que eu precisava para comprar, e ainda afirma que nunca paguei, de modo que ela é em parte dele. (O que é não *tão* verdade. Eu paguei a ele imediatamente.)

De qualquer modo, tendo a usá-la um bocado quando nós saímos juntos. E também quando ficamos em casa juntos. De fato, vou lhe contar um segredinho — algumas vezes nós até...

Na verdade, não. Você não precisa saber disso. Esqueça que eu falei.

Enquanto finalmente vou correndo para a recepção, olho o relógio — e ah, meu Deus, estou quarenta minutos atrasada. E lá está o Luke sentado numa poltrona mole, todo alto e lindo na camisa pólo que eu comprei para ele na liquidação da Ralph Lauren.

— Sinto muitíssimo — digo. — Eu só estava...

— Eu sei — diz Luke, fechando o jornal e se levantando. — Você estava falando com Enid. — Ele me dá um beijo e aperta meu braço. — Eu vi os últimos dois telefonemas. Foi um bom trabalho.

— E você não acreditaria em como é o marido dela — digo, enquanto passamos pela porta de vaivém saindo no estacionamento. — Não é de admirar que ela queira continuar trabalhando!

— Eu posso imaginar.

— Ele só acha que ela está lá para lhe dar uma vida fácil. — Sacudo a cabeça ferozmente. — Meu Deus, você sabe, eu nunca vou simplesmente ficar em casa preparando seu jantar. Nem daqui a um milhão de anos.

Há um silêncio curto, e eu levanto os olhos e vejo um sorriso minúsculo nos lábios de Luke.

— Ah... você sabe — acrescento rapidamente. — O jantar de ninguém.

— Fico feliz em ouvir isso — diz Luke afavelmente. — Fico especialmente feliz porque você nunca vai me preparar um cuscuz marroquino de surpresa.

— Você sabe o que eu quis dizer — digo, ruborizando ligeiramente. — E você prometeu que não ia falar mais nisso.

Minha famosa noite marroquina foi logo após termos começado a sair. Eu realmente queria mostrar a Luke que podia cozinhar — e, de acordo com o programa sobre culinária marroquina que assisti, tudo parecia muito fácil e impressionante. Além disso, havia algumas louças marroquinas em liquidação na Debenhams, então tudo deveria ter sido perfeito.

Mas ah, meu Deus. Aquele cuscuz encharcado. Foi a coisa mais revoltante que já vi na vida. Mesmo depois de ter experimentado a sugestão de Suze, de fritá-lo com *chutney* de manga. E havia *tanto*, tudo inchando em tigelas em toda parte.

De qualquer modo. Tanto faz. No fim nós comemos uma bela pizza.

Estamos nos aproximando do conversível de Luke no canto do estacionamento, e ele o abre com o controle remoto.

— Você recebeu meu recado, não foi? — pergunta ele. — Sobre a bagagem.

— Recebi. Olha só.

Presunçosa, entrego a ele a maletinha mais graciosa do mundo, que comprei na loja de presentes para crianças em Guildford. É de lona branca com corações vermelhos impressos em volta, e eu uso como frasqueira.

— É só isso? — diz Luke, pasmo, e eu contenho um risinho. Ha! Isso vai mostrar a ele quem consegue viajar com pouca bagagem.

Estou *tão* satisfeita comigo mesma! Tudo que tenho nessa mala é minha maquiagem e o xampu — mas Luke não precisa saber, precisa?

— Bom, é isso — digo, levantando as sobrancelhas ligeiramente. — Você disse para "viajar com pouca coisa".

— Disse mesmo. Mas isso... — Ele faz um gesto para a maleta. — Estou impressionado.

Enquanto Luke abre o porta-malas, eu me sento no lugar do motorista e puxo o banco para a frente, para alcançar os pedais. Sempre quis dirigir um conversível!

O porta-malas é fechado e Luke aparece, com um olhar interrogativo.

— Você vai dirigir, é?

— Parte do caminho, eu pensei — digo descuidada.

— Só para tirar a pressão de cima de você. Você sabe, é muito perigoso dirigir durante muito tempo.

— Você consegue dirigir com esses calçados, é? — Ele está olhando minhas sandálias laranja-claro; e eu tenho de admitir que o salto é meio alto para os pedais. Mas não vou admitir para ele. — Elas são novas, não é? — diz Luke, olhando mais atentamente.

Estou para dizer "sim" quando me lembro de que na última vez em que o vi eu estava usando calçados novos — e na vez anterior também. O que é realmente estranho e deve ser uma daquelas coisas que às vezes acontecem seguidamente.

— Não — respondo. — Eu tenho há séculos. Na verdade... — pigarreio — são os meus calçados para dirigir.

— Seu calçados para dirigir — ecoa Luke com ceticismo.

— Sim — digo, e ligo o motor antes que ele possa falar mais alguma coisa. Meu Deus, este carro é espantoso! Solta um rugido fantástico, e uma espécie de guincho quando engreno a marcha.

— Becky...

— Eu estou bem! — digo, e lentamente vou do estacionamento para a rua. Ah, este é um momento fantástico. Imagino se alguém está me olhando. Imagino se Emma e Rory estão olhando pela janela. E aquele cara do som que se acha tão maneiro com sua moto. Ha! Ele não tem um conversível, tem? Acidentalmente de propósito, encosto na buzina e, enquanto o som ecoa pelo estacionamento, vejo pelo menos três pessoas se virando para olhar. Ha! Olhem para mim! Hahaha...

— Minha flor — diz Luke ao lado. — Você está causando um engarrafamento.

Olho pelo retrovisor — e lá estão três carros se arrastando atrás de mim. O que é ridículo, porque eu não estou indo *tão* devagar.

— Tente acelerar um pouquinho — sugere Luke. — Digamos vinte quilômetros por hora, está bem?

— Eu *estou* acelerando — digo irritada. — Você não pode esperar que eu saia de vez a um milhão de quilômetros por hora! Há um limite de velocidade, você sabe.

Chego à saída, dou um sorriso casual para o porteiro que me lança um olhar surpreso e saio à rua. Sinalizo para a esquerda e olho uma última vez para trás, para ver se alguém que eu conheço acabou de sair e está me olhando cheio de admiração. Então, enquanto o carro atrás de mim começa a buzinar, paro cuidadosamente junto da calçada.

— Cá estamos — digo. — É a sua vez.
— Minha vez? — Luke me encara. — Já?
— Preciso fazer as unhas agora — explico. — E, de

qualquer modo, eu sei que você acha que eu não sei dirigir. Não quero que fique fazendo caras e bocas para mim até a gente chegar a Somerset.

— Eu não acho que você não sabe dirigir — protesta Luke, meio rindo. — Quando foi que eu disse isso?

— Não precisa dizer. Eu posso ver saindo da sua cabeça num balãozinho de pensamento: "Becky Bloomwood não sabe dirigir."

— Bom, nisso você está errada. Na verdade, o balão diz: "Becky Bloomwood não consegue dirigir com sua nova sandália laranja porque o salto é alto e pontudo demais."

Ele levanta as sobrancelhas, e eu me sinto ruborizando ligeiramente.

— Esses são meus calçados de dirigir — murmuro, passando para o banco do carona. — E eu tenho há quatro anos.

Enquanto enfio a mão na bolsa para pegar uma lixa de unha, Luke senta no lugar do motorista, inclina-se e me dá um beijo.

— Mesmo assim, obrigado por ter ajudado. Tenho certeza de que isso vai diminuir o risco de eu ficar exausto na estrada.

— Bem, que bom! — digo, começando a lixar as unhas. — Você precisa conservar a energia para todas aquelas longas caminhadas pelo campo que faremos amanhã.

Há um silêncio, e depois de um tempo eu levanto a cabeça.

— Sim — diz Luke, e ele não está mais sorrindo. — Becky... eu ia falar sobre o amanhã com você. — Ele faz

uma pausa e eu o encaro, sentindo meu sorriso desbotar ligeiramente.
— O que é? — digo, tentando não parecer ansiosa.
Há um silêncio. Depois Luke expira com força.
— O negócio é o seguinte. Surgiu uma oportunidade de negócios que eu realmente gostaria de... de aproveitar. E há umas pessoas dos Estados Unidos com quem eu preciso falar. Com urgência.
— Ah — digo insegura. — Bom, está certo. Se você trouxe seu telefone...
— Não pelo telefone. — Ele me olha direto. — Eu marquei uma reunião para amanhã de manhã.
— Amanhã? — ecôo, e dou um risinho. — Mas você não pode ter uma reunião. Nós vamos estar no hotel.
— E as pessoas com quem eu preciso conversar também estarão. Eu convidei.
Encaro-o chocada.
— Você convidou gente de negócios para o nosso fim de semana juntos?
— Só para a reunião. No resto do tempo seremos só nós dois.
— E quanto tempo vai durar a reunião? Não me diga! O dia inteiro.
Simplesmente não posso acreditar. Depois de esperar todo esse tempo, depois de ficar toda empolgada, depois de fazer todas as malas...
— Becky, não vai ser tão ruim assim...
— Você *prometeu* que tiraria uma folga! Disse que nós passaríamos um fim de semana romântico.

— Nós vamos passar um fim de semana romântico.
— Com todos os seus amigos empresários. Com todos os seus horríveis contatos, fazendo uma rede como... como vermes!
— Eles não estarão fazendo rede conosco — diz Luke com um riso. — Becky... — Ele tenta pegar minha mão, mas eu a afasto.
— Para ser franca, não vejo sentido em ir se você só está fazendo negócios — digo arrasada. — Eu poderia muito bem ficar em casa. Na verdade... — abro a porta do carro. — Na verdade, acho que vou para casa agora mesmo. Vou ligar do estúdio pedindo um táxi.
Bato a porta do carro e começo a andar pela rua, minhas sandálias laranja-claro fazendo claque-claque na calçada. Quase cheguei ao portão do estúdio quando ouço a voz dele, tão alta que várias pessoas se viram.
— Becky! Espere aí!
Paro e giro lentamente — e o vejo de pé no carro, digitando um número no celular.
— O que você está fazendo? — grito cheia de suspeitas.
— Estou telefonando para meu horrível contato nos negócios. Para desmarcar. Cancelar.
Cruzo os braços e o encaro com os olhos apertados.
— Alô — diz ele. — Quarto 301, por favor. Michael Ellis. Obrigado. Acho que terei de pegar um avião e me encontrar com ele em Washington — acrescenta para mim num tom cara-de-pau. — Ou esperar até a próxima vez em que ele e seus sócios estiverem todos juntos

na Inglaterra. O que pode demorar um tempo, tendo em mente as agendas completamente malucas deles. Mesmo assim, são só negócios. Só um contrato. É o único contrato que eu venho esperando fazer há...

— Ah... pára com isso! — digo furiosa. — Pára. Tenha a sua reunião estúpida.

— Tem certeza? — diz Luke, pondo a mão sobre o fone. — Certeza absoluta?

— Certeza — digo dando de ombros morosamente. — Se é *tão* importante assim...

— É bem importante — diz Luke, e me olha nos olhos, subitamente sério. — Acredite, caso contrário, eu não estaria fazendo isso.

Volto lentamente para o carro enquanto Luke guarda o celular.

— Obrigado, Becky — diz ele quando eu entro. — Sério. — Ele toca meu rosto suavemente, depois estende a mão para a chave e liga o veículo.

Enquanto vamos até um sinal de trânsito, olho para ele, e depois para o celular, ainda se projetando do bolso.

— Você *realmente* estava telefonando para o seu contato nos negócios?

— Você realmente estava indo para casa? — responde ele, sem mexer a cabeça.

Isso é que é tão irritante em sair com Luke. Você não consegue vencer nunca.

Viajamos durante uma hora pelo campo, paramos para almoçar num *pub* de um povoado, depois seguimos por mais uma hora e meia até Somerset. Quando chegamos a Blakeley Hall, sinto-me uma pessoa diferente. É tão bom estar fora de Londres — e já me sinto incrivelmente energizada e renovada por todo esse maravilhoso ar campestre. Saio do carro, espreguiço-me algumas vezes — e, honestamente, já me sinto mais em forma e tonificada. Admito que se fosse ao campo toda semana perderia uns três quilos, se não mais.

— Você vai querer mais disso? — diz Luke, baixando a mão e pegando o pacote quase vazio de Maltesers que eu estive beliscando. (Eu preciso comer no carro; caso contrário, fico enjoada.) — E essas revistas? — Ele pega a pilha de revistas que tinham estado aos meus pés, depois segura direito quando elas começam a escorregar de suas mãos.

— Eu não vou ler revistas aqui — digo surpresa. — Estamos no campo!

Honestamente. Será que Luke não sabe nada sobre a vida rural?

Enquanto ele está tirando a bagagem do porta-malas, eu vou até a cerca e olho pacificamente para um campo cheio de coisas marrom-amareladas. Você sabe, admito que tenho uma afinidade natural com o campo. É como se eu tivesse todo esse lado protetor, tipo mãe-terra, que veio gradualmente brotando em mim sem que eu notasse. Por exemplo, um dia desses eu me peguei comprando uma blusa de malha Fair Isle, no French Connection. E recentemente comecei a praticar jardinagem! Ou pelo menos comprei uns lindos vasos de cerâmica no Pier, escritos com "manjericão", "coentro" e coisas assim — e definitivamente vou comprar umas daquelas plantinhas no supermercado e botar uma fileira delas na janela. (Puxa, elas só custam uns cinqüenta centavos, de modo que se morrerem basta você comprar outra.)

— Pronta? — pergunta Luke.

— Sem dúvida! — digo, e volto meio cambaleando até ele, ligeiramente xingando a lama.

Vamos pelo chão de cascalho até o hotel — e eu tenho de dizer que estou impressionada. É uma grande casa de campo em estilo antigo, com jardins lindos, esculturas modernas no pátio e um cinema próprio, segundo o folheto de propaganda. Luke já esteve aqui algumas vezes, e diz que é seu hotel predileto. E um monte de celebridades também vem aqui! Tipo Madonna. (Ou seria a Spice Sporty? Alguém, sei lá.) Mas aparentemente elas são sempre muito discretas e ficam em algum chalé separado, e os funcionários nunca deixam ninguém entrar.

Mesmo assim, enquanto entramos no saguão eu dou uma boa olhada em volta, só para garantir. Há um monte de gente bacana com óculos da moda e jeans, e há uma loura que tem cara de famosa, e paro ali...

Ah, meu Deus. Sinto-me congelar de empolgação. É ele, não é? É Elton John! O próprio Elton John está parado ali, só a uns...

Então ele se vira — e é só um cara baixinho de agasalho e óculos. Droga. Mesmo assim, era *quase* Elton John.

Agora chegamos ao balcão de recepção, e um funcionário vestido num elegante paletó estilo Nehru sorri para nós.

— Boa tarde, Sr. Brandon — diz ele. — E Srta. Bloomwood. Bem-vindos ao Blakeley Hall.

Ele sabia nossos nomes! Nós nem precisamos dizer! Não é de espantar que as celebridades venham para cá.

— Coloquei vocês no quarto 9 — diz ele, enquanto Luke começa a preencher a ficha. — Dando para o jardim de rosas.

— Fantástico — responde Luke. — Becky, que jornal você gostaria ler de manhã?

— O *Financial Times* — digo tranqüila.

— Claro — concorda Luke, escrevendo. — Então é um *FT* e um *Daily World* para mim.

Dou-lhe um olhar cheio de suspeitas, mas seu rosto está completamente inexpressivo.

— Gostariam de chá de manhã? — pergunta o recepcionista, digitando no computador. — Ou café?

— Café, por favor — diz Luke. — Para nós dois, acho. — Ele me olha interrogativamente, e eu confirmo com a cabeça.

— Vocês acharão uma garrafa de champanhe de brinde no quarto — diz o recepcionista. — E o serviço de quarto funciona vinte e quatro horas por dia.

Esse é realmente um lugar de alta classe. Eles conhecem sua cara imediatamente, dão champanhe — e nem mencionaram ainda minha encomenda do Special Express. Obviamente sabem que é uma questão de discrição. Sabem que uma garota não quer necessariamente que o namorado saiba sobre cada pacotinho que é entregue para ela — e vão ter de esperar até Luke estar fora do alcance da audição antes de me dizer. E vá falar em serviço personalizado! *Isto* é que vale se hospedar num bom hotel.

— Se quiser mais alguma coisa, Srta. Bloomwood — diz o recepcionista, olhando-me significativamente —, por favor, não hesite em dizer.

Está vendo? Mensagens em código e tudo.

— Direi, não se preocupe — digo e lhe dou um sorriso cheio de conhecimento. — Num instante. — E pisco os olhos significativamente na direção do Luke, e o recepcionista me dá um olhar vazio, exatamente como se não tivesse idéia do que estou falando. Meu Deus, esse pessoal é bom!

Luke termina de preencher as fichas e as entrega. O recepcionista entrega a ele uma grande chave de quarto, antiquada, e chama um carregador.

— Acho que não precisamos de ajuda — diz Luke, com um sorriso, e levanta minha mala minúscula. — Não estou exatamente com um fardo enorme.

— Suba você — digo. — Eu só quero... verificar uma coisinha. Para amanhã. — Sorrio para Luke e, depois de um momento, para meu alívio, ele vai para a escada.

Assim que ele está fora do alcance auditivo, giro de novo para o balcão.

— Vou pegar agora — murmuro para o recepcionista, que se virou e está olhando numa gaveta. Ele levanta a cabeça e me olha, cheio de surpresa.

— Perdão, Srta. Bloomwood?
— Tudo bem — digo mais à vontade. — Você pode me entregar agora. Enquanto Luke não está aqui.

Um brilho de apreensão passa pelo rosto do recepcionista.

— O que exatamente...
— Você pode entregar meu pacote. — Eu baixo a voz. — E obrigado por não dar a entender.
— Seu... pacote?
— O pacote da Special Express.
— Que pacote da Special Express?

Encaro-o, sentindo que há algo errado.

— O pacote com todas as minhas roupas! O que você não quis mencionar...

Eu desmonto diante do seu olhar. Ele não faz a mínima idéia do que eu estou falando, faz? Tudo bem. Não entre em pânico. Alguém deve saber onde ele está.

— Deveria haver um pacote para mim — explico. — Mais ou menos desse tamanho... Deveria ter chegado hoje de manhã.

O recepcionista está balançando a cabeça.

— Sinto muito, Srta. Bloomwood. Não há nenhum pacote.

De repente me sinto meio oca.

— Mas... tem de haver um pacote. Eu mandei pela Special Express ontem. Para Blakeley Hall.

O recepcionista franze a testa.

— Charlotte? — diz ele, chamando para uma sala dos fundos. — Chegou um pacote para Rebecca Bloomwood?

— Não — diz Charlotte, saindo. — Quando deveria chegar?

— Hoje cedo — digo, tentando esconder minha agitação. — "Qualquer coisa, em qualquer lugar, amanhã de manhã"! Puxa isso significa em qualquer lugar, não é?

— Sinto muito — diz Charlote —, mas não chegou nada. Era muito importante?

— Rebecca? — vem uma voz da escada, e eu me viro, vendo Luke me espiando. — Alguma coisa errada?

Ah, meu Deus.

— Não — digo toda alegre. — Claro que não! O que poderia estar errado? — Giro rapidamente para longe do balcão e, antes que Charlotte ou o recepcionista possam dizer alguma coisa, corro para a escada.

— Está tudo bem? — pergunta ele quando o alcanço, e me sorri.

— Sem dúvida! — digo, com a voz dois tons acima do habitual. — Está tudo absolutamente ótimo!

Isso não pode estar acontecendo. Eu não tenho roupas.

Estou passando um fim de semana com Luke, num hotel chique — e não tenho roupas. O que vou fazer?

Não posso admitir a verdade para ele. Simplesmente *não posso* admitir que minha maletinha graciosa era apenas a ponta do *roupaberg*. Não depois de ter sido tão presunçosa com relação a isso. Vou ter de... improvisar, penso loucamente, enquanto viramos uma esquina e começamos a ir por outro corredor. Usar as roupas *dele*, como Annie Hall, ou... rasgar as cortinas e achar algum material de costura... e aprender rapidamente a costurar...

— Tudo certo? — pergunta Luke, e eu dou um risinho fraco de volta.

Calma, digo-me com firmeza. Só... calma. O pacote deve chegar amanhã de manhã, então só preciso agüentar uma noite. E pelo menos estou com minha maquiagem...

— Cá estamos — diz Luke, parando junto a uma porta e abrindo. — O que acha?

Uau. Por um momento minhas preocupações são varridas para longe enquanto olho o quarto enorme e arejado. Agora vejo por que Luke gosta tanto deste hotel. É estupendo — exatamente como o apartamento dele, uma cama enorme com um edredom gigantesco, um aparelho de som ultramoderno e dois sofás de lona.

— Dê uma olhada no banheiro — diz Luke. Eu o acompanho. E é estupendo. Uma gigantesca banheira de hidromassagem toda em mosaico, tendo em cima o maior chuveiro que eu já vi, e uma prateleira cheia de óleos de aromaterapia de aparência fenomenal.

Talvez eu pudesse passar todo o fim de semana no banheiro.

— Então — diz ele, virando-se de novo para o quarto. — Não sei o que você gostaria de fazer... — Ele vai até sua mala e abre. E eu vejo fileiras de camisas, todas passadas por sua faxineira. — Acho que primeiro a gente deveria desfazer as malas...

— Desfazer as malas! Exatamente! — falo animada. Vou até minha maletinha e ponho o dedo no fecho, sem abrir. — Ou então... — digo como se a idéia tivesse acabado de me ocorrer. — Por que não vamos tomar alguma coisa e desfazemos as malas depois?
Gênio. Vamos descer e encher a cara de verdade, e amanhã de manhã eu simplesmente finjo que estou com muito sono e fico na cama até meu pacote chegar. Graças a Deus. Por um momento ali eu estava começando a...
— Excelente idéia — diz Luke. — Só vou mudar de roupa. — Ele enfia a mão na mala e pega uma calça e uma camisa azul passadíssima.
— Trocar? — digo depois de uma pausa. — Existe... algum código rígido de vestimenta?
— Ah, não, não rígido. Você só não vai querer descer usando... digamos, isso que você está usando agora. — Ele aponta para minha calça jeans curta, rindo.
— Claro que não! — digo, rindo como se a idéia fosse ridícula. — Certo. Bem... Eu só vou... escolher uma roupa, então.
Viro-me de novo para a maleta, abro, levanto a tampa e olho para a sacolinha de esponjas.
O que vou fazer? Luke está desabotoando a camisa. Está calmamente pegando a azul. Num minuto vai levantar a cabeça e dizer: você está pronta?
Tudo bem, preciso de um plano de ação radical.
— Luke... mudei de idéia — digo, e fecho a tampa da maleta. — Não vamos descer ao bar. — Luke ergue a cabeça, surpreso, e eu lhe dou o sorriso mais sedutor que

consigo. — Vamos ficar aqui, pedir o serviço de quarto e... — dou alguns passos até ele, soltando a alça da miniblusa. — ... e ver aonde a noite nos leva.

Luke me encara, com as mãos ainda no gesto de desabotoar a camisa azul.

— Tire isso — digo com voz rouca. — De que adianta se vestir todo quando o que a gente quer é se despir um ao outro?

Um sorriso lento se espalha no rosto de Luke, e seus olhos começam a brilhar.

— Você está muito certa. — Ele vem até mim, desabotoando a camisa e deixando-a cair no chão. — Não sei no que eu estava pensando.

Graças a Deus!, penso aliviada, enquanto ele estende a mão para minha miniblusa e gentilmente começa a desamarrá-la. Isso é perfeito. Isso é exatamente o que eu...

Uuh. Mmmm.

Na verdade, isso *é* perfeito pra cacete.

Quatro

Às oito e meia da manhã seguinte ainda não me levantei. Não quero me mexer um centímetro. Quero ficar nessa cama linda e confortável, enrolada nesse deslumbrante edredom branco.

— Você vai ficar aí o dia inteiro? — pergunta Luke, sorrindo para mim. E eu me enrosco nos travesseiros, fingindo que não estou ouvindo. Simplesmente não quero levantar. Estou tão aconchegada, quente e feliz ali!

Além do que — só um detalhe muito pequeno — ainda não tenho nenhuma roupa.

Já liguei secretamente para a recepção três vezes perguntando pelo pacote da Special Express. (Uma quando Luke estava no banho, uma enquanto eu estava no banho — do chiquérrimo telefone do banheiro — e uma muito rapidamente quando mandei Luke ao corredor porque disse que ouvi um gato miando.)

E ainda não chegou. Não tenho nenhuma roupa. Necas.

Coisa que até agora não teve importância, porque só estive de preguiça na cama. Mas não posso comer mais *croissants* nem tomar mais café, nem posso tomar outro banho, e Luke já está meio vestido.

Ah, meu Deus, não tem saída — simplesmente vou ter de colocar de novo as roupas de ontem. O que é odioso, mas o que posso fazer? Vou fingir que sou sentimental com relação a elas, ou talvez esperar que consiga vesti-las e Luke nem perceba. Quero dizer, será que os homens realmente *notam* quando você...

Espere.

Espere um minuto. Onde *estão* as roupas de ontem? Tenho certeza de que as deixei caídas ali no chão...

— Luke? — digo do modo mais casual possível. — Você viu as roupas que eu estava usando ontem?

— Ah, sim — diz ele, levantando a cabeça perto da mala. — Mandei para a lavanderia hoje cedo, junto com as minhas.

Eu o encaro, incapaz de respirar.

Minhas únicas roupas em todo o mundo *foram para a lavanderia?*

— Quando... quando elas voltam? — digo finalmente.

— Amanhã de manhã. — Luke se vira para me olhar. — Desculpe, eu deveria ter dito. Mas não é problema, é? Quero dizer, não creio que você precise se preocupar. Eles fazem um serviço excelente.

— Ah, não! — digo numa voz aguda e entrecortada. — Não, não estou preocupada!

— Bom. — Ele sorri.

— Bom. — Eu sorrio de volta.

Ah, meu Deus. O que vou fazer?

— Ah, e há bastante espaço no armário, se você quiser que eu pendure alguma coisa... — Ele estende a mão para minha maletinha e, num pânico, eu me ouço gritando:

— Nãããão! — antes que consiga me conter. — Está tudo bem — acrescento, enquanto ele me olha surpreso. — Minhas roupas são principalmente... de malha.

Ah, meu Deus. Ah, meu Deus. Agora ele está calçando os sapatos. *O que eu vou fazer?*

Tudo bem, ande, Becky, penso freneticamente. Roupas. Algo para usar. Não importa o quê.

Um dos ternos de Luke?

Não. Ele vai achar estranho demais, e de qualquer modo os ternos dele custam umas mil libras cada, de modo que não vou poder enrolar as mangas.

O roupão do hotel? Fingir que roupão e chinelos são a última moda? Ah, mas eu não posso andar por aí de roupão como se pensasse que estou num spa. Todo mundo vai rir de mim.

Qual é, *deve* haver roupas num hotel. Que tal... os uniformes das camareiras! É, isso tem mais a ver! Eles devem manter uma pilha de uniformes em algum lugar, não é? Vestidinhos arrumadinhos com chapéus combinando. Eu poderia dizer ao Luke que era a última moda de Prada — e só esperar que ninguém pedisse para eu limpar um quarto...

— A propósito — diz Luke, enfiando a mão na mala dele —, você deixou isso no meu apartamento.

Ergo os olhos, espantada, e ele joga alguma coisa para

mim. É macia, é de tecido... quando pego, quero chorar de alívio. É uma roupa! Uma camiseta Calvin Klein grande, para ser exata. Nunca fiquei tão feliz em ver uma camiseta simples cinza e desbotada em minha vida.

— Obrigada! — digo, e me forço a contar até dez antes de acrescentar casualmente: — Na verdade, talvez eu use isso hoje.

— Isso? — Luke me dá um olhar estranho. — Eu pensei que era uma camiseta de dormir.

— E é! É uma camiseta... um vestido de dormir — digo, enfiando-a pela cabeça. E graças a Deus ela chega no meio das minhas coxas. Poderia facilmente ser um vestido. E ha! Eu tenho uma faixa de cabeça elástica na bolsa de maquiagem, que serve muito bem como cinto...

— Muito bonito — diz Luke enigmaticamente, olhando enquanto eu me enfio no cinto. — Um *pouquinho* curto...

— É um minivestido — digo com firmeza, e me viro para olhar o reflexo no espelho. E... ah, meu Deus, está meio curto. Mas é tarde demais para fazer alguma coisa a respeito. Calço as sandálias laranja-claro e sacudo o cabelo para trás, sem me permitir pensar em todas as roupas fantásticas que eu tinha planejado para esta manhã.

— Aqui — diz Luke. Ele pega a echarpe Denny and George e a enrola devagar no meu pescoço. — Echarpe Denny and George, sem calcinha. Do jeito que eu gosto.

— Eu vou usar calcinha! — falo indignada.

O que é verdade. Vou esperar até Luke ter saído e pegar uma de suas cuecas.

— Então, de que se trata a sua reunião? — pergunto apressada, para mudar de assunto. — Alguma coisa empolgante?
— É... bem grande — diz Luke depois de uma pausa. Ele levanta duas gravatas de seda. — Qual das duas vai me dar sorte?
— A vermelha — digo depois de pensar um pouquinho. Olho enquanto ele amarra a gravata com movimentos rápidos e eficientes. — Ande, diga. É um cliente novo e importante?
Luke sorri e balança a cabeça.
— É a NatWest? Eu sei, o Lloyds Bank!
— Só digamos que... é uma coisa que eu quero muito — diz Luke por fim. — Uma coisa que eu sempre quis. Agora... o que você vai fazer hoje? — pergunta num tom diferente. — Você vai ficar bem?
Agora *ele* está mudando de assunto. Não sei por que tem de ser tão cauteloso quando se trata de trabalho. Puxa, será que ele não confia em mim?
— Você ouviu dizer que a piscina está fechada hoje de manhã? — pergunta ele.
— Eu sei — falo, pegando meu *blush*. — Mas isso não importa. Eu vou me divertir com facilidade.
Há silêncio e eu levanto a cabeça, vendo Luke me examinar em dúvida.
— Você gostaria de que eu pedisse um táxi para levá-la até as lojas? Bath fica bem perto daqui...
— Não — digo indignada. — Não quero fazer compras!

O que é verdade. Quando Suze descobriu quanto custou aquela sandália laranja-claro, ficou preocupada com a hipótese de não ter sido suficientemente rígida comigo e me fez prometer que não compraria nada neste fim de semana. Me obrigou a fazer o sinal-da-cruz e jurar... bem, pelas próprias sandálias laranja-claro. E vou fazer um esforço real para manter a promessa.

Puxa, Suze está completamente certa. Se ela pode ficar uma semana inteira sem fazer compras, eu deveria ser capaz de suportar quarenta e oito horas.

— Vou fazer todas as adoráveis coisas rurais — falo, fechando o estojo do *blush*.

— Tipo...

— Tipo olhar a paisagem... e talvez ir a uma fazenda e olhar o pessoal tirando leite das vacas, ou alguma coisa...

— Sei. — Um sorriso minúsculo retorce sua boca.

— O quê? — digo cheia de suspeitas. — O que isso significa?

— Você vai simplesmente aparecer numa fazenda e perguntar se pode tirar leite das vacas?

— Eu não disse que *eu* vou tirar leite das vacas — falo com dignidade. — Disse que ia *olhar* as vacas. E, de qualquer modo, talvez eu não vá a uma fazenda, posso ir olhar algumas atrações locais. — Pego uma pilha de folhetos sobre a penteadeira. — Tipo... esta exposição de tratores. Ou... o Convento de St. Winifred com seu famoso Tríptico de Bevington.

— Um convento — repete Luke depois de uma pausa.

— É, um convento! — Dou-lhe um olhar indignado. — Por que eu não visitaria um convento? Na verdade eu sou uma pessoa muito espiritual.

— Tenho certeza de que é, querida. — Luke me dá um olhar irônico. — Talvez você *possa* querer vestir algo mais do que uma camiseta antes de ir...

— É um vestido — digo, baixando a camiseta em cima da bunda. — De qualquer modo, a espiritualidade não tem nada a ver com as roupas. "Pense nos lírios do campo." Lanço-lhe um olhar satisfeito.

— É bem justo. — Luke ri. — Bom, divirta-se. — Ele me dá um beijo. — E eu realmente lamento tudo isso.

— É, tudo bem — digo, e dou-lhe uma leve cutucada no peito. — Só garanta que esse negócio misterioso valha a pena.

Estou esperando que Luke ria, ou pelo menos sorria — mas ele faz um minúsculo movimento de cabeça, pega a pasta e vai para a porta. Meu Deus, ele leva os negócios a sério, algumas vezes.

Mesmo assim não me importo de ficar sozinha esta manhã, porque secretamente sempre quis saber como é estar num convento. Quero dizer, eu sei que não vou exatamente à igreja toda semana, mas me parece óbvio que há uma força lá fora, maior do que nós, meros mortais — e é por isso que sempre leio o horóscopo do *Daily World*. Além disso, adoro aquele cantochão que eles entoam nas aulas de ioga, e todas as velas lindas e o incenso. E Audrey Hepburn no papel da freira em *Uma cruz à beira do abismo*.

Para dizer a verdade, parte de mim sempre se sentiu atraída pela simplicidade da vida de freira. Sem preocupações, sem decisões, sem ter de trabalhar. Só cantar e andar por ali o dia inteiro. Puxa, não seria fantástico?

Assim, depois de terminar a maquiagem e assistir a um pouco de *Trisha*, vou à recepção — e depois de perguntar de novo infrutiferamente pelo meu pacote (honestamente, vou processá-los), peço um táxi para St. Winifred. Enquanto sacolejamos por estradas campestres, olho aquela paisagem linda, e me pego pensando em qual pode ser o negócio que Luke veio fazer. O que, diabos, é essa "coisa misteriosa que ele sempre quis"? Cliente novo? Escritório novo? Expandir a empresa, talvez?

Franzo o rosto, tentando lembrar se entreouvi alguma coisa recentemente — depois, com um choque, lembro de tê-lo ouvido ao telefone há algumas semanas. Estava falando sobre uma agência de publicidade, e mesmo na hora eu me perguntei por quê.

Publicidade. Talvez seja isso. Talvez, secretamente, ele sempre tenha desejado ser um diretor de arte ou coisa do tipo.

Meu Deus, sim. É óbvio, agora que penso nisso. O negócio é esse. Ele vai expandir a empresa de relações públicas e entrar no ramo da publicidade.

E eu posso fazer parte! Sim!

Estou tão empolgada com a idéia que quase engulo o chiclete. Eu posso participar de um comercial! Ah, vai ser *tão* incrível! Talvez eu participe de um daqueles comerciais de Bacardi em que todo mundo está num barco, rindo, fazendo esqui aquático e se divertindo de montão. Puxa, eu sei que geralmente são modelos que fazem isso — mas eu poderia estar no fundo, não é? Ou poderia estar pilotando o barco. Meu Deus, vai ser tão fantástico! Vamos de avião até Barbados ou algum lugar assim, e vai estar quente, ensolarado e cheio de *glamour*, com um monte de Bacardi grátis, e vamos ficar num hotel incrível... vou ter de comprar um biquíni novo, claro... ou talvez dois... e uma sandália de borracha nova.

— St. Winifred — diz o motorista de táxi. E com um susto eu volto a mim. Não estou em Barbados, estou? Estou no meio de uma porcaria de lugar nenhum, em Somerset.

Paramos perto de uma antiga construção cor de mel, e eu espio curiosa pela janela. Então isto é um convento. Não parece tão especial — só parece uma escola, ou uma grande casa de campo. Estou imaginando se devo me incomodar em sair, quando vejo algo que me deixa ligeiramente paralisada. Uma freira ao vivo. Caminhando, de hábito preto, touca e tudo! Uma freira de verdade, em seu hábitat real. E é completamente natural. Nem mesmo *olhou* para o táxi. Isso é como estar num safári!

Saio, pago ao motorista e, enquanto vou em direção à grossa porta da frente, sinto pontadas de mistério. Há uma mulher indo ao mesmo tempo, e parece conhecer o caminho — por isso acompanho-a ao longo de um corredor em direção à capela. Quando entramos, tenho uma sensação espantosa, sagrada, quase eufórica. Talvez seja esse cheiro maravilhoso no ar ou a música de órgão, mas definitivamente estou captando alguma coisa.

— Obrigada, irmã — diz a mulher idosa à freira, e começa a andar para a frente da capela. Mas eu fico imóvel, ligeiramente hipnotizada.

Irmã. Uau.

Irmã Rebecca.

E um daqueles lindos hábitos esvoaçantes, e uma fantástica pele de freira, clara, o tempo todo.

Irmã Rebecca do Sagrado...

— Você parece meio perdida, querida — diz uma freira atrás de mim, e eu pulo. — Estava interessada em ver o Tríptico de Bevington?

— Ah — digo. — É... sim. Sem dúvida.

— É lá. — Ela aponta, e eu ando hesitante para a frente da capela, esperando que se torne óbvio o que é o Tríptico de Bevington. Uma estátua, talvez? Ou... uma tapeçaria?

Mas quando alcanço a senhora idosa, vejo que ela está olhando para uma parede inteira de vitrais. Tenho de admitir, é bem espantoso. Quero dizer, olhe só aquele enorme azul no meio. É fantástico!

— O Tríptico de Bevington — diz a mulher idosa. — Simplesmente não tem paralelo, não é?

— Uau — suspiro cheio de reverência, olhando com ela. — É lindo.

É realmente espantoso. Meu Deus, a coisa simplesmente se revela, não há como se equivocar com uma ver-

dadeira obra de arte, há? Quando a gente encontra um gênio de verdade, ele salta para você. E eu nem sou especialista.
— Cores maravilhosas — murmuro.
— Os detalhes — diz a mulher, cruzando as mãos — são absolutamente incomparáveis.
— Incomparáveis — repito.
Estou para apontar o arco-íris, que acho um toque realmente legal — quando subitamente noto que a mulher idosa e eu não estamos olhando para a mesma coisa. Ela está olhando para um negócio de madeira pintada que eu nem tinha notado.
Do modo mais discreto possível, viro o olhar — e sinto uma pontada de desapontamento. *Isso* é o Tríptico de Bevington? Mas nem é bonito!
— Ao passo que esse lixo vitoriano — acrescenta a mulher de repente, selvagemente — é absolutamente criminoso! Aquele arco-íris! Não causa enjôos? — Ela faz um gesto para meu grande vitral, e eu engulo em seco.
— Sei — digo. — É chocante, não é? Absolutamente... Sabe, acho que vou andar um pouquinho...
Recuo apressadamente, antes que ela possa falar mais. Estou recuando pela lateral dos bancos, imaginando vagamente o que fazer em seguida, quando noto uma capelinha lateral no canto.
Retiro espiritual, diz uma placa do lado de fora. *Um lugar para ficar em silêncio, rezar e descobrir mais sobre a fé católica.*
Cautelosamente enfio a cabeça na capela lateral — e há uma freira velha, sentada numa cadeira e bordan-

do. Ela sorri para mim, e nervosamente eu sorrio de volta e entro.

Sento-me num banco de madeira escura, tentando não fazer nenhum som estalante, e por um tempo fico pasma demais para dizer qualquer coisa. Isso é simplesmente espantoso. A atmosfera é fantástica, tudo quieto e imóvel — e eu me sinto incrivelmente limpa e santa só de estar ali. Sorrio de novo para a freira, timidamente, e ela pousa o bordado e me olha como se esperasse que eu fale.

— Eu realmente adoro as velas de vocês — falo numa voz baixa e reverente. — São da Habitat?

— Não — diz a freira, meio espantada. — Acho que não.

— Ah, certo.

Dou um bocejo minúsculo — porque ainda estou sonolenta com todo esse ar campestre — e, ao fazer isso, percebo que uma das minhas unhas se lascou. Assim, muito silenciosamente, abro o zíper da bolsa, pego a lixa e começo a lixar. A freira ergue os olhos, eu lhe dou um sorriso triste e aponto para a unha (em silêncio, porque não quero arruinar a atmosfera espiritual). Então, quando termino, a borda está parecendo meio desigual — por isso pego meu esmalte Mabelline de secagem rápida e, enquanto estou terminando, ela diz:

— Minha cara, você é católica?

— Não, na verdade, não sou.

— Há alguma coisa que você queira falar?

— Hmm... na verdade, não. — Passo a mão afetuosamente no banco em que estou sentada e dou um sorri-

so amigável. — Esse entalhe é realmente lindo, não é? Toda a mobília de vocês é tão linda assim?
— Isto é a capela — diz a freira, dando-me um olhar estranho.
— Ah, eu sei! Mas a senhora sabe, hoje em dia um monte de gente também tem bancos em casa. Na verdade, estão muito na moda. Eu vi um artigo na *Harpers*...
— Minha filha... — a freira levanta a mão para me interromper. — Minha filha, este é um lugar de retiro espiritual. De quietude.
— Eu sei! — digo surpresa. — Foi por isso que entrei. Pela quietude.
— Bom — diz a freira, e nós caímos no silêncio de novo.
À distância sinos começam a tocar, e eu noto que a freira começa a murmurar bem baixinho. Imagino o que estará dizendo. Ela me faz lembrar quando minha avó tricotava coisas e ficava murmurando os pontos consigo mesma. Talvez tenha perdido a conta do bordado.
— Sua costura está indo muito bem — digo em tom encorajador. — O que vai ser? — Ela leva um susto minúsculo e pousa o bordado.
— Minha cara — diz ela, e expira com força. Depois me dá um sorriso caloroso. — Minha cara, nós temos campos de lavanda muito famosos. Gostaria de ir vê-los?
— Não, está tudo bem. — Sorrio. — Eu só estou feliz, sentada aqui com a senhora. — A freira sorri e oscila levemente.
— E a cripta? Estaria interessada nisso?

— Não em particular. Mas, honestamente, não se preocupe. Não estou entediada! Aqui é tão lindo. Tão... tranqüilo. Igualzinho a *A noviça rebelde*.

Ela me encara como se eu estivesse falando grego, e percebo que a mulher provavelmente está no convento há tanto tempo que não sabe o que é *A noviça rebelde*.

— É um filme... — começo a explicar. Então me ocorre que talvez ela nem saiba o que é um filme. — É tipo, imagens em movimento — digo cautelosamente. — A gente assiste numa tela. E havia uma freira chamada Maria...

— Nós temos uma loja — interrompe a freira ansiosa. — Uma loja. O que acha?

Uma loja! Por um momento me sinto toda empolgada e quero perguntar o que eles vendem. Mas então me lembro da promessa que fiz a Suze.

— Não posso — digo, lamentando. — Eu disse à minha colega de apartamento que não iria fazer compras hoje.

— Sua colega de apartamento? O que ela tem a ver com isso?

— Ela fica preocupada demais com meus gastos...

— Sua colega de apartamento manda na sua vida?

— Bom, é só que eu fiz uma promessa muito séria há um tempo. A senhora sabe, meio como um voto, acho...

— Ela não vai saber! — diz a freira. — Se você não contar.

Eu a encaro, meio perplexa.

— Mas eu me sentiria muito mal se quebrasse a promessa! Não, só vou ficar aqui com a senhora um pouco mais, se não fizer mal. — Pego uma estatueta de Maria que atraiu meu olhar. — Isso é bonito. Onde a senhora comprou?

A freira me encara, com os olhos se estreitando.

— Não pense na coisa como uma compra — diz finalmente. — Pense como uma doação. — Ela se inclina para a frente. — Você doa o dinheiro e nós lhe damos uma coisinha em troca. Você não pode considerar que é uma compra. É mais como... um ato de caridade.

Fico quieta alguns instantes, deixando a idéia se assentar. A verdade é que eu sempre pensei em fazer mais caridade — e talvez esta seja a minha chance.

— Então... será como... fazer uma boa ação? — pergunto, só para ter certeza.

— Exatamente a mesma coisa. E Jesus e todos os Seus anjos vão abençoá-la por isso. — Ela segura meu braço com bastante firmeza. — Agora vá e dê uma espiada. Ande, eu mostro o caminho...

Quando saímos da capela lateral, a freira fecha a porta e tira a placa de *Retiro espiritual*.

— A senhora não vai voltar? — pergunto.

— Não, hoje não — diz ela, e me lança um olhar. — Acho que por hoje basta.

Sabe, é como dizem — a virtude é sua própria recompensa. Quando volto ao hotel de tarde, estou luzindo de felicidade por todo o bem que fiz. Devo ter doado pelo menos cinqüenta libras naquela loja, se é que não foi mais! De fato, não é para me gabar ou coisa assim — mas obviamente eu tenho uma natureza muito altruísta. Porque logo que comecei a doar, não consegui parar mais! A cada vez que me separava de um pouquinho de dinheiro, sentia um tremendo barato. E apesar de ser algo totalmente incidental, acabei com umas coisas bem legais em troca. Um monte de mel de lavanda, óleo essencial de lavanda e chá de lavanda, que tenho certeza de que é delicioso — e um travesseiro de lavanda para me ajudar a dormir.

O espantoso é que eu nunca tinha pensado muito em lavanda. Só achava que era uma planta no jardim das pessoas. Mas aquela freira jovem atrás da mesa estava certa — ela tem propriedades vitais, estimulantes, que deveriam fazer parte da vida de todo mundo. Além disso, a lavanda do convento de St. Winifred é completamente orgânica, pelo que ela explicou — de modo que é tremendamente superior às outras variedades, mas os preços são muito mais baixos do que os de qualquer catálogo de vendas pelo correio. Foi ela quem me persuadiu a comprar o travesseiro de lavanda, e a pôr meu nome na lista de correspondência deles. Ela foi bem persistente, para uma freira.

Quando volto ao Blakeley Hall, o motorista do táxi se oferece para me ajudar a levar as coisas, porque a caixa de mel de lavanda é bem pesada. Estou parada no balcão de recepção, dando-lhe uma gorjeta gorda e pensando que eu poderia tomar um belo banho com minha nova essência de banho de lavanda... quando a porta da frente que dá na recepção se abre. Entra no hotel uma garota de cabelo louro, uma bolsa Louis Vuitton e pernas compridas e bronzeadas. Encaro-a incrédula. É Alicia Billington. Ou, como eu a chamo, Alicia, a Vaca do Pernão. O que *ela* está fazendo aqui?

Alicia é uma das executivas de contabilidade da Brandon Communications — a empresa de RP de Luke — e nós nunca nos demos exatamente bem. De fato, cá entre nós, ela é mesmo uma vaca, e secretamente eu gostaria de que Luke a despedisse. Há um mês ela quase foi demitida — e isso meio que teve a ver comigo. (Na época eu era jornalista financeira e escrevi uma matéria... ah, é uma história meio comprida.) Mas no fim ela só recebeu uma reprimenda, e desde então vem se esforçando bastante.

Sei de tudo isso porque de vez em quando bato uns papinhos com a secretária de Luke, Mel, que é um doce e me mantém a par de todas as fofocas. Um dia desses ela me contou que tem de admitir que Alicia mudou mesmo. Não está mais *legal* — mas certamente trabalha mais. Dá em cima dos jornalistas até que eles ponham seus clientes nas matérias deles e freqüentemente fica até bem tarde no escritório, digitando no computador. Um dia desses ela contou a Mel que queria uma lista de todos os clientes da empresa, com nomes de contatos, para poder se familiarizar com eles. Mel acrescentou mal-humorada que acha que Alice quer uma promoção — e eu acho que ela pode estar certa. O problema de Luke é que ele só vê o quanto uma pessoa trabalha e os resultados que ela consegue — e não como ela é uma vaca tão horrível. Então as chances são de que ela provavelmente consiga uma promoção e se torne ainda mais insuportável.

Enquanto a vejo entrar, metade de mim quer fugir e metade quer saber o que ela está fazendo ali. Mas antes que eu possa decidir, Alicia me vê e levanta as sobrancelhas ligeiramente. E, ah, meu Deus, de repente noto como devo estar — com uma velha camiseta cinza e desbotada que, para ser honesta, não se parece nada com um vestido, e com o cabelo numa bagunça, e o rosto todo vermelho de carregar sacolas cheias de mel de lavanda. E ela está num imaculado conjunto branco.

— Rebecca! — diz ela, e põe a mão na boca fingindo perplexidade. — Você não deveria saber que eu estou aqui! Finja que não me viu.

— O que... o que você quer dizer? — falo, tentando não parecer tão desconcertada como estou. — O que você *está* fazendo aqui?

— Eu só apareci para uma rápida reunião introdutória com os novos sócios. Você sabe que meus pais moram a poucos quilômetros daqui? Por isso fazia sentido.

— Ah, certo. Não, eu não sabia.

— Mas Luke deu a todos nós instruções *rígidas*. Nós não deveríamos incomodar vocês. Afinal de contas, é o seu fim de semana juntos!

Há algo no modo como ela diz isso que me faz sentir como uma criança.

— Ah, eu não me importo — digo corajosamente.

— Quando uma coisa tão... tão importante quanto isso

está acontecendo. De fato, Luke e eu estávamos falando sobre isso mais cedo. No café da manhã.

Tudo bem, então eu só mencionei o café da manhã para lembrá-la de que Luke e eu estamos juntos. O que eu *sei* que é realmente patético. Mas sempre que falo com Alicia, sinto que estamos numa competiçãozinha secreta, e se eu não contra-atacar, ela vai achar que venceu.

— Verdade? — diz Alicia. — Que ótimo! — Seus olhos se estreitam ligeiramente. — Então... o que você acha desse empreendimento todo? Você deve ter um ponto de vista.

— Acho fantástico — digo depois de uma pausa. — Realmente fantástico.

— Você não se importa? — Seus olhos estão sondando meu rosto.

— Bom... na verdade, não. — Dou de ombros. — Quero dizer, deveria ser um fim de semana juntos, mas se é tão importante...

— Não estou falando das reuniões — diz Alicia, rindo um pouco. — Quero dizer... esse negócio todo. Todo o negócio de Nova York.

Abro a boca para responder — depois fecho debilmente de novo. Que coisa de Nova York?

Como um urubu sentindo fraqueza, ela se inclina para a frente, com um sorriso minúsculo e malicioso nos lábios.

— Você *sabe*, não sabe, Rebecca, que Luke vai se mudar para Nova York?

Não consigo me mexer por causa do choque. Luke vai se mudar para Nova York. É por isso que ele estava tão empolgado. Vai se mudar para Nova York. Mas... por que não me contou?

Meu rosto está bem quente, e há um aperto horrível no meu peito. Luke vai para Nova York e nem me contou.

— Rebecca?

Minha cabeça se sacode para cima, e eu rapidamente forço um sorriso no rosto. Não posso deixar Alicia notar que isso é novidade para mim. Simplesmente *não posso*.

— Claro que eu sei — digo rouca, e pigarreio. — Sei de tudo. Mas eu... eu nunca discuto negócios em público. É muito melhor ser discreta, não acha?

— Ah, sem dúvida. — E o modo como ela me olha me faz sentir que não se convenceu nem por um minuto. — Então você também vai para lá?

Olho de volta, com os lábios tremendo, incapaz de pensar numa resposta, o rosto ficando cada vez mais vermelho — quando de repente, graças a Deus, uma voz atrás de mim diz:

— Rebecca Bloomwood. Encomenda para a Srta. Rebecca Bloomwood.

Minha cabeça gira perplexa e... não acredito. Um homem de uniforme está se aproximando do balcão, segurando meu gigantesco e amassado pacote da Special Express, que eu honestamente tinha dado como perdido. Todas as minhas coisas, finalmente. Todas as minhas roupas cuidadosamente escolhidas. Posso usar o que quiser esta noite!

Mas de algum modo... não me importo mais. Só quero ir para algum lugar, ficar sozinha e pensar um pouco.

— Sou eu — digo, conseguindo sorrir. — Eu sou Rebecca Bloomwood.
— Ah, certo — diz o sujeito. — Então está tudo bem. Se puder assinar aqui...
— Bom, eu não devo atrapalhar você! — exclama Alicia, olhando meu pacote com ar divertido. — Aproveite o resto da estada, certo?
— Obrigada. Eu vou aproveitar. — E, sentindo-me ligeiramente atordoada, me afasto, agarrando as roupas apertadas contra o corpo.

Endwich Bank
AGÊNCIA FULHAM
3 Fulham Road
Londres SW6 9JH

Srta. Rebecca Bloomwood
Apto. 2
4 Burney Road
Londres SW6 8FD

8 de setembro de 2001

Cara Srta. Bloomwood

Obrigado por sua carta de 4 de setembro, endereçada ao Doce Smeathie, em que a senhorita pede que ele se apresse em ampliar seu limite do cheque especial "antes que o cara novo chegue".

Eu sou o cara novo.

Atualmente estou analisando todas as fichas dos clientes e farei contato com relação ao seu pedido.

Atenciosamente

John Gavin
Diretor de Recursos de Cheque Especial

ENDWICH — PORQUE NOS IMPORTAMOS

Cinco

Chegamos a Londres no dia seguinte — e Luke ainda não falou de seus negócios, de Nova York, ou de qualquer coisa. E eu sei que deveria perguntar na bucha. Sei que deveria dizer casualmente: "Que história é essa que eu ouvi dizer sobre Nova York, Luke?" e esperar para ver o que ele diz. Mas de algum modo... não consigo me obrigar a fazê-lo.

Quero dizer, de cara ele deixou bem claro que não quer falar sobre isso. Se eu começar falando de Nova York, ele pode pensar que eu estive tentando descobrir coisas pelas suas costas. E, afinal de contas, Alicia pode ter entendido errado — ou mesmo ter inventado. (Ela é bem capaz disso, acredite. Quando eu era jornalista financeira, uma vez ela me mandou à sala totalmente errada para uma entrevista coletiva — e tenho certeza de que foi de propósito.) Então, enquanto não tiver certeza absoluta dos fatos, não há sentido em dizer nada.

Pelo menos é o que digo a mim mesma. Mas acho que para ser realmente honesta, o motivo é que eu simplesmente não posso suportar a idéia de Luke se virando para mim, dando um olhar gentil e dizendo: "Rebecca, nós nos divertimos um bocado, mas..."

Então, termino não dizendo nada e sorrindo um bocado — mesmo que por dentro me sinta cada vez mais tensa e arrasada. Ao chegarmos ao meu prédio, eu quero me virar para ele e gemer: "Você vai para Nova York? Vai?"

Mas em vez disso dou-lhe um beijo e digo em tom tranqüilo:

— Você vai poder sair no sábado, não vai?

Acontece que Luke tem de viajar a Zurique amanhã para um monte de reuniões com pessoal de finanças. O que, claro, é muito importante e eu entendo isso muito bem. Mas sábado é o casamento de Tom e Lucy — e isso é ainda mais importante. Ele *tem* de estar lá.

— Vou dar um jeito. Prometo. — Ele aperta minha mão, eu saio do carro e ele diz que tem de ir logo. E some.

Desconsolada, abro a porta do apartamento e um instante depois Suze sai de seu quarto, arrastando pelo chão um saco de lixo preto cheio.

— Oi — diz ela. — Você voltou.

— É! — respondo, tentando parecer animada. — Voltei!

Suze desaparece saindo pela porta, e eu a ouço arrastando o saco preto escada abaixo e saindo pela portaria — depois subindo ao apartamento de novo.

— Então, como foi? — pergunta ela ofegante, fechando a porta.

— Foi bom — digo, entrando no meu quarto. — Foi... legal.

— Legal? — Os olhos de Suze se estreitam e ela me acompanha para dentro. — Só legal?

— Foi... bom.
— *Bom*? Bex, o que há de errado? Vocês não se divertiram de montão?

Realmente eu não estava planejando contar nada a Suze, porque, afinal de contas, ainda não sei dos fatos. Além disso, li numa revista há pouco tempo que os casais devem tentar resolver seus problemas sozinhos, sem recorrer aos outros. Mas quando olho seu rosto caloroso e amigável, simplesmente não agüento. Ouço-me soltando num rompante:

— Luke vai se mudar para Nova York.
— Verdade? — diz Suze, sem entender o que interessa. — Fantástico. Meu Deus, eu adoro Nova York. Fui lá há três anos e...
— Suze, ele vai se mudar para Nova York, mas não me contou.
— Ah — diz Suze, parecendo perplexa. — Ah, certo.
— E eu não quero puxar o assunto porque não deveria saber, mas fico pensando: por que ele não me contou? Será que ele simplesmente... *vai*? — Minha voz está subindo, tensa. — Será que eu só vou receber um postal do Empire State dizendo: "Oi, eu moro em Nova York agora. Te amo. Luke"?
— Não — diz Suze imediatamente. — Claro que não! Ele não faria isso.
— Não faria?
— Não. Definitivamente, não. — Suze cruza os braços e pensa durante alguns instantes. Depois levanta a cabeça. — Você tem certeza absoluta de que ele não con-

tou? Tipo, talvez quando você estivesse meio adormecida, num devaneio ou alguma coisa assim?

Ela me olha cheia de expectativa e por alguns instantes me concentro, imaginando se ela poderia ter razão. Talvez ele tenha contado no carro e eu simplesmente não estivesse ouvindo. Ou ontem à noite, enquanto eu estava olhando a bolsa Lulu Guinness daquela garota no bar... Mas depois balanço a cabeça.

— Não, tenho certeza de que me lembraria se ele tivesse falado de Nova York. — Afundo na cama, arrasada. — Ele não me disse porque vai me dar um pontapé.

— Não vai, não! Honestamente, Bex, os homens nunca falam das coisas. Eles são assim. — Ela examina uma pilha de CDs e se senta na cama de pernas cruzadas, ao meu lado. — Meu irmão nunca falou nada quando foi em cana por causa de drogas. Nós tivemos de descobrir pelo jornal! E uma vez meu pai comprou uma ilha inteira sem dizer à minha mãe.

— Verdade?

— Ah, sim! E depois esqueceu, também. E só lembrou quando recebeu uma carta vinda do nada, convidando-o para rolar o porco no barril.

— Fazer o *quê*?

— Ah, é um antigo negócio cerimonial — diz Suze vagamente. — Meu pai tem que rolar o primeiro porco, porque é o dono da ilha. — Seus olhos se iluminam. — De fato, ele vive procurando gente que queira fazer isso no lugar dele. Não creio que você queira fazer este ano, não é? Você tem de usar um chapéu engraçado e tem de aprender um poema em gaélico, mas é bem fácil...

— Suze...

— Talvez não — diz Suze apressadamente. — Desculpe. — Ela se recosta de novo no meu travesseiro e rói uma unha pensativamente. E de súbito levanta a cabeça.

— Espere aí um minuto. Quem contou a você sobre Nova York? Se não foi Luke?

— Alicia — falo mal-humorada. — Ela sabia de tudo.

— Alicia? — Suze me encara. — Alicia, a Vaca do Pernão? Ah, pelo amor de Deus. Ela provavelmente está inventando. Honestamente, Bex, estou surpresa por você ter ao menos ouvido!

Ela parece tão segura que sinto o coração dando um salto alegre. Claro. Essa deve ser a resposta. Eu mesma não suspeitei? Não lhe disse como Alicia era?

A única coisa — uma coisinha incômoda — é que eu não tenho certeza de que Suze seja cem por cento sem preconceito nesse caso. Há uma certa história entre Suze e Alicia, as duas começaram a trabalhar na Brandon Communications ao mesmo tempo — mas Suze foi demitida depois de três semanas e Alicia partiu para uma carreira meteórica. Não que Suze realmente quisesse trabalhar em relações públicas, mas mesmo assim.

— Não sei — digo em dúvida. — Será que Alicia realmente faria isso?

— Claro que faria! Ela só estava tentando chatear você. Qual é, Bex, em quem você confia mais? Em Alicia ou Luke?

— Luke — digo depois de uma pausa. — Luke, claro.
— Então!
— Você está certa — digo, sentindo-me mais alegre.
— Está certa! Eu deveria confiar em Luke, não é? Não deveria ficar ouvindo boatos e fofocas.
— Exato.
Suze pega um punhado de envelopes.
— Aqui estão as suas cartas, por falar nisso. E seus recados.
— Ahh, obrigada! — Pego o maço com uma pontada de esperança. Porque a gente nunca sabe, não é, o que pode ter acontecido enquanto estava fora. Talvez um daqueles envelopes seja a carta de um amigo perdido há muito, ou uma maravilhosa oferta de trabalho, ou a notícia de que eu ganhei uma viagem de férias!

Mas, claro, não é. Só uma conta chata depois da outra. Folheio descartando cada uma antes de largar o maço inteiro no chão, sem nem abrir.

Você sabe, isso acontece sempre. Quando viajo, eu sempre penso que vou voltar e achar montanhas de correspondências empolgantes, com pacotes, telegramas e cartas cheias de notícias cintilantes — e fico sempre desapontada. De fato, eu realmente acho que alguém deveria montar uma empresa chamada correiodeferias.com, a quem você pagaria para lhe escrever um monte de cartas empolgantes, só para ter *alguma coisa* a esperar por você quando chegasse em casa.

Pego os recados telefônicos. Suze os anotou muito conscienciosamente:

Sua mãe — o que você vai usar no casamento de Tom e Lucy?
Sua mãe — não use violeta, porque não vai combinar com o chapéu dela.
Sua mãe — Luke sabe que é para usar fraque?
Sua mãe — Luke vem mesmo, não é?
David Barrow — por favor, pode telefonar?
Sua mãe...

Espere aí. David Barrow. Quem é?
— Ei, Suze! — grito. — David Barrow disse quem ele era?
— Não. — Suze aparece no corredor. — Só perguntou se você podia ligar.
— Ah, certo. — Olho de novo o recado. — Como ele parecia?
Suze franze o nariz.
— Ah, sabe como é. Meio sofisticado. Uma voz... macia.
Sinto-me intrigada enquanto digito o número. David Barrow. Parece quase familiar. Talvez seja produtor de cinema ou algo assim!
— David Barrow — diz a voz. E Suze estava certa, ele é bem sofisticado.
— Alô — digo. — Aqui é Rebecca Bloomwood. Eu recebi um recado para ligar para o senhor?
— Ah, Srta. Bloomwood. Eu sou o gerente de clientes especiais da La Rosa.
— Ah. — Eu franzo o rosto, perplexa. La Rosa? O que, diabos...

Ah, sim. Aquela butique elegante em Hampstead. Mas eu só estive lá umas duas vezes, e isso foi há séculos. Então por que ele está me ligando?

— Posso dizer primeiro que é uma honra ter uma personalidade televisiva de seu calibre como uma de nossas clientes?

— Ah! Bem, obrigada. — Digo, sorrindo ao telefone. — É um prazer.

Isso é fantástico. Sei exatamente por que ele está ligando. Vão me dar umas roupas grátis, não é? Ou talvez... sim! Querem que eu desenhe uma nova coleção para eles! Bom, sim. Serei estilista. Eles vão chamar de coleção Becky Bloomwood. Roupas simples, estilosas, usáveis, talvez com um ou dois vestidos de noite...

— Esta é simplesmente uma ligação de cortesia — diz David Barrow, interrompendo meus pensamentos. — Só quero me certificar de que a senhorita está totalmente satisfeita com nosso serviço e perguntar se não tem qualquer outra coisa em que possamos ajudar.

— Bom... obrigada! — digo. — Estou muito satisfeita, obrigada. Quero dizer, eu não sou exatamente uma cliente constante, mas...

— Também para mencionar a questãozinha de sua conta no Cartão La Rosa — acrescenta David Barrow como se eu não tivesse falado. — E para informar que se o pagamento não for efetuado em sete dias, teremos de tomar uma atitude mais drástica.

Olho o telefone, sentindo o sorriso desbotar. Isto não é exatamente um telefonema de cortesia, é? Ele não quer

que eu desenhe uma coleção de roupas. Está telefonando para cobrar a conta!
Sinto-me ligeiramente ultrajada. Certamente as pessoas não podem telefonar para a sua casa e exigir dinheiro sem aviso, não é? Quero dizer, *obviamente* eu vou pagar. Só porque não mandei um cheque no momento em que a conta chegou...
— Faz três meses desde a sua primeira conta — diz David Barrow. — E devo informar que nossa política depois de um período de três meses é entregar as contas atrasadas a...
— Sim, bem — interrompo friamente. — Meus... contadores estão lidando com todas as minhas contas no momento. Vou falar com eles.
— Fico feliz em ouvir isso. Claro, estamos ansiosos para vê-la na La Rosa muito em breve!
— Ah, bem — digo carrancuda. — Talvez.
Desligo o telefone enquanto Suze passa pela porta de novo, arrastando outro saco de lixo.
— Suze, o que você está fazendo? — digo, encarando-a.
— Estou me desentulhando. É fantástico. Dá uma sensação de limpeza! Você deveria tentar. Então... quem era David Barrow?
— Só uma conta estúpida que eu não paguei. Francamente! Telefonar para minha casa!
— Ah, isso me faz lembrar. Espere aí...
Ela desaparece um momento, depois aparece de novo segurando um maço de envelopes.

— Achei isso debaixo da minha cama quando estava fazendo a arrumação, e esse outro maço estava na minha penteadeira... acho que você deve ter deixado no meu quarto. — Ela faz uma careta. — Acho que são contas também.

— Ah, obrigada — digo e jogo-as na cama.

— Talvez... — Suze hesita. — Talvez você devesse pagar algumas delas, não é? Você sabe, só uma ou duas.

— Mas eu paguei! — digo, surpresa. — Eu paguei tudo em junho. Não lembra?

— Ah, sim. É, claro que lembro. — Ela morde o lábio. — Mas o negócio, Bex...

— O quê?

— Bom... isso já faz um tempo, não é? E talvez você tenha contraído algumas dívidas desde então.

— Desde *junho*? — Dou um risinho. — Mas isso foi só há uns cinco minutos! Honestamente, Suze, você não precisa se preocupar. Quero dizer... olhe esta aqui. — Pego um envelope ao acaso. — Puxa, o que foi que eu comprei na M&S recentemente? Nada!

— Certo — diz Suze, parecendo aliviada. — Então essa conta tem valor... zero, não é?

— Sem dúvida — digo abrindo o envelope. — Zero! Ou, veja bem, dez libras. Você sabe, por uma calcinha, sei lá.

Tiro a conta e olho. Por um momento não consigo falar.

— Quanto é? — pergunta Suze, alarmada.

— Está... está errada — digo, tentando enfiá-la de

novo no envelope. — Tem de estar errada. Vou escrever uma carta a eles...

— Deixe-me ver. — Suze pega a conta e seus olhos se arregalam. — Trezentas e sessenta e cinco libras? Bex...

— Tem de estar errada. — Mas minha voz tem menos convicção. De repente estou me lembrando da calça de couro que comprei na liquidação em Marble Arch. E daquele roupão. E daquela fase em que passei comendo *sushi* na M&S todo dia.

Suze me encara por alguns minutos, com o rosto franzido ansiosamente.

— Bex... você não acha que todas essas outras contas são tão altas quanto esta?

Em silêncio pego o envelope da Selfridges e abro. Ao mesmo tempo em que faço isso, me lembro daquele espremedor de frutas cromado, aquele que eu vi e *tinha* de comprar... nunca nem mesmo usei. E daquele vestido com acabamento em pele. Para onde ele foi?

— Quanto é?

— É... é o bastante — respondo, empurrando-o de volta para dentro, antes que ela possa ver que passa de quatrocentas libras.

Viro-me, tentando ficar calma. Mas me sinto alarmada e meio raivosa. Isso tudo está errado. O fato é que eu paguei meus cartões. Eu *paguei*. Puxa... qual é o sentido de pagar todos os cartões de crédito se simplesmente brotam dívidas novas em todos? Qual é o sentido? A gente poderia desistir agora mesmo.

— Olhe, Bex, não se preocupe. Você vai ficar bem! Eu simplesmente não vou cobrar o seu aluguel deste mês.

— Não! Não seja boba. Você já foi muito boa comigo. Não quero lhe dever nada. Prefiro dever à M&S. — Olho em volta e vejo seu rosto ansioso. — Suze, não se *preocupe*! Eu posso segurar a barra durante um tempo.

— Bato na carta. — E enquanto isso vou conseguir um limite maior no cheque especial ou alguma coisa assim. De fato, eu acabei de pedir ao banco um aumento no limite, de modo que posso facilmente pedir um pouquinho mais. Vou telefonar para eles agora mesmo!

— Espere aí, neste minuto?

— Por que não?

Pego o telefone de novo, procuro um antigo extrato bancário e rapidamente digito o número do Endwich.

— Veja bem, não há um problema de verdade — digo em tom tranqüilizador. — Só é preciso um pequeno telefonema.

— Seu telefonema está sendo transferido para a Central de Atendimento do Endwich — diz uma voz minúscula na linha. — Por favor, memorize o seguinte número para uso futuro: 0800...

— O que está acontecendo? — pergunta Suze.

— Estou sendo transferida para um sistema central — digo, enquanto as *Quatro Estações* começam a tocar. — Provavelmente eles vão ser bem rápidos e eficientes. Isso é fantástico, não é? Fazer tudo pelo telefone.

— Bem-vindo ao Endwich Bank! — diz uma nova

voz de mulher no meu ouvido. — Por favor, digite o número da sua conta.

Qual é o número da minha conta? Merda! Não faço idéia.

Ah, sim. No extrato bancário.

— Obrigada! — diz uma voz quando termino de apertar os números. — Agora, por favor, digite sua senha pessoal.

O quê?

Senha pessoal? Eu não sabia que tinha uma senha pessoal. Sinceramente! Eles nunca me disseram...

Na verdade... talvez isso me faça lembrar de alguma coisa.

Ah, meu Deus. Como é que era? 73- não sei o quê? 37-não sei o quê?

— Por favor, digite sua senha pessoal — repete a voz em tom agradável.

— Mas eu não *sei* a porcaria da minha senha pessoal! — digo. — Depressa, Suze, se você fosse eu, o que escolheria como senha pessoal?

— Aaah! Bem... eu escolheria... é... 1234?

— Por favor digite sua senha pessoal — diz a voz, agora com uma tensão clara.

— Tente o número do cadeado da minha bicicleta — sugere Suze. — É 435.

— Suze, eu preciso do *meu* número. Não do seu.

— Você pode ter escolhido o mesmo. Nunca se sabe!

— Por favor, digite...

— Certo! — grito, e digito 435.

— Sinto muito — entoa a voz. — Esta senha é incorreta.

— Eu sabia que não ia dar certo.

— Poderia funcionar — diz Suze na defensiva.

— Deveriam ser quatro dígitos, de qualquer modo — digo, tendo um súbito clarão de memória. — Eu tive de telefonar e registrar... e eu estava parada na cozinha... e... é! É! Eu tinha acabado de comprar meu sapato Karen Millen novo, e estava olhando a etiqueta de preço... e esse foi o número que eu usei!

— Quanto ele custou? — pergunta Suze, empolgada.

— Foi... 120, com desconto ficou em 84,99!

— Digite! 8499!

Agitada, eu digito 8499 — e, para minha descrença, a voz diz:

— Obrigada, você está falando com a Endwich Banking Corporation. Para controle de débito, digite 1. Para hipoteca, digite 2. Para cheque especial e cobranças bancárias, digite 3. Para...

— Certo! Consegui. — E solto o ar com força, sentindo-me um pouco como James Bond decifrando um código para salvar o mundo. — Eu preciso falar com controle de débito? Ou cheque especial e cobranças bancárias?

— Cheque especial e cobranças bancárias — diz Suze, cheia de conhecimento.

— Certo. — Digito o 3 e um momento depois uma voz alegre e cantarolante me atende.

— Olá! Bem-vinda à Central de Atendimento do

Endwich. Eu sou Dawna, em que posso ajudá-la, Srta. Bloomwood?

— Ah, oi! — digo meio perplexa. — Você é de verdade?

— Sim — diz Dawna, e ri. — Eu sou de verdade. Em que posso ajudá-la?

— Hmm... é. Eu estou telefonando porque preciso aumentar o limite do cheque especial. Algumas centenas de libras, se não tiver problema. Ou, você sabe, mais, se puder...

— Sei — diz Dawna em tom agradável. — Há um motivo específico? Ou só uma necessidade geral?

Ela parece tão gentil e amigável que eu me sinto começando a relaxar.

— Bom, o negócio é que eu tive de investir um bocado na minha carreira recentemente, e chegaram algumas contas, e meio que... me pegaram de surpresa.

— Ah, certo — diz Dawna cheia de simpatia.

— Bom, não é que eu esteja com *problemas*. É só uma coisa temporária.

— Uma coisa temporária — repete ela, e ouço-a digitando ao fundo.

— Acho que andei deixando as coisas crescerem um pouquinho. Mas o negócio é que eu paguei tudo. Achei que poderia relaxar um pouco!

— Ah, certo.

— Então você entende? — Dou um sorriso aliviado para Suze, que me oferece os polegares para cima, em troca. Meu Deus, assim está melhor. Só um telefonema rápido e fácil, exatamente como nos anúncios. Nenhuma carta agressiva, nenhuma pergunta capciosa...

— Entendo perfeitamente — está dizendo Dawna. — Acontece com todos nós, não é?

— Então... eu posso ter o aumento no limite? — digo alegremente.

— Ah, eu não estou autorizada a aumentar seu limite em mais de cinqüenta libras — diz Dawna. — A senhora terá de entrar em contato com o diretor de recursos de cheque especial de sua agência. Que é... deixe-me ver... em Fulham... o Sr. John Gavin.

Olho para o telefone, consternada.

— Mas eu já escrevi para ele!

— Então está tudo bem, não é? Bom, existe mais alguma coisa que eu possa fazer pela senhora?

— Não. Acho que não. Mesmo assim, obrigada.

Desligo o telefone desconsoladamente.

— Banco estúpido. Central de atendimento estúpida.

— Então eles vão lhe dar o dinheiro?

— Não sei. Tudo depende desse tal de John Gavin. — Ergo os olhos e vejo o rosto ansioso de Suze. — Mas tenho certeza de que ele vai dizer sim — acrescento às pressas. — Ele tem de rever minha ficha. Vai ficar tudo bem!

— Acho que se você não gastar nada durante um tempo, vai voltar facilmente aos trilhos, não é? — diz ela cheia de esperança. — Puxa, você está ganhando um monte de dinheiro na televisão, não é?

— É — digo depois de uma pausa, não querendo dizer

que depois do aluguel, das corridas de táxi, refeições e roupas para o programa, não sobra tanto assim.
— E tem o seu livro também...
— Meu livro?
Por um momento eu a encaro inexpressiva. E de repente, com um novo ânimo no coração, lembro. Claro! Meu livro de auto-ajuda! Eu vinha pensando em fazer alguma coisa sobre isso.
Bom, graças a Deus. Esta é a resposta. Só preciso escrever meu livro bem rápido e receber um cheque belo e polpudo — e aí vou pagar todos esses cartões e tudo vai ficar feliz de novo. Rá. Eu não preciso de nenhum cheque especial estúpido. Vou começar agora mesmo. Esta tarde!

A verdade é que estou bem ansiosa para começar o livro. Tenho um monte de temas importantes que quero abordar, como pobreza e riqueza, religião comparativa... talvez filosofia... bom, eu sei que os editores só pediram um livro simples de auto-ajuda, mas não há motivo para não abordar questões mais amplas também, não é?
De fato, se a coisa andar realmente bem, eu posso fazer palestras. Meu Deus, isso seria fantástico, não é? Eu poderia virar uma espécie de guru de estilo de vida e percorrer o mundo, e as pessoas correriam para me ver e pediriam meu conselho para todo tipo de coisas...
— Como ele está indo? — pergunta Suze, aparecendo na minha porta enrolada numa toalha, e eu dou um pulo, cheia de culpa. Estive sentada diante do computador durante um bom tempo, mas na verdade nem o liguei.

— Só estou pensando — digo, esticando rapidamente a mão para trás do computador e apertando o botão. — Você sabe, concentrando os pensamentos... e deixando as energias criativas formarem um padrão coerente.

— Uau — Suze me olha num ligeiro espanto. — Isso é incrível. É difícil?

— Na verdade, não — falo depois de pensar um pouco. — É bem fácil.

O computador irrompe num tumulto de som e cor, e nós duas olhamos para ele, hipnotizadas.

— Uau — diz Suze de novo. — Você fez isso?

— Hmm... é — digo. O que é verdade. Quero dizer, eu apertei o botão de ligar.

— Meu Deus, você é tão inteligente, Bex — sussurra Suze. — Quando acha que vai terminar?

— Ah, em pouco tempo, espero. Assim que eu pegar o pique.

— Bom, vou deixar você à vontade, então. Só queria pegar um vestido emprestado para esta noite.

— Ah, tudo bem — digo interessada. — Aonde você vai?

— À festa de Venetia. Quer ir também? Ah, anda, venha! Todo mundo vai!

Por um momento fico tentada. Estive com Venetia algumas vezes, e sei que ela dá festas incríveis na casa dos pais em Kensington.

— Não — digo finalmente. — Melhor não. Tenho trabalho a fazer.

— Ah, bem. — O rosto de Suze se desanima por

um instante. — Mas posso pegar um vestido emprestado, não posso?

— Claro. — Eu franzo o rosto por um momento, me concentrando. — Por que não usa meu novo vestido Tocca com seu sapato vermelho e meu xale English Eccentrics?

— Excelente! — diz Suze, indo ao meu guarda-roupa. — Obrigada, Bex. E... posso pegar uma calcinha emprestada? — acrescenta casualmente. — E uma meia-calça e maquiagem?

Viro na cadeira e olho-a atentamente.

— Suze. Quando você desentulhou seu quarto, você ficou com *alguma coisa*?

— Claro que fiquei! — diz ela, meio na defensiva. — Você sabe. Umas coisinhas. — Ela me encara. — Tudo bem, talvez eu tenha ido um pouco longe.

— Você ainda tem *alguma* roupa de baixo?

— Bem... não. Mas eu me sinto tão bem, e tão positiva com relação à minha vida que... não importa! É *feng shui*. Você deveria tentar.

Olho enquanto Suze pega o vestido e a roupa de baixo e remexe na minha bolsa de maquiagem. Então sai do quarto e eu estico os braços diante do corpo, flexionando os dedos. Certo. Ao trabalho. Ao livro.

Abro um arquivo, digito "Capítulo Um" e olho com orgulho. Capítulo Um! Isso é tão legal! Eu comecei! Agora só preciso de uma frase de abertura realmente memorável e marcante.

Fico imóvel durante um tempo, concentrando-me na tela branca à minha frente, depois digito com agilidade:

As finanças são

Paro e tomo um gole de Diet Coke. Obviamente a frase certa precisa de uma certa preparação. Você não pode esperar que ela pouse direto na sua cabeça.

As finanças são a coisa mais

Meu Deus, eu gostaria de estar escrevendo um livro sobre roupas. Ou maquiagem. O Guia Becky Bloomwood para o Batom.
Mas não estou. Então, concentre-se.

As finanças são algo que

Minha cadeira é bem desconfortável. Tenho certeza de que não pode ser saudável ficar sentada numa cadeira que range como esta, horas a fio. Vou ficar com lesão por esforço repetitivo ou algo assim. Verdade, se vou ser escritora, deveria investir numa daquelas ergonômicas que giram e sobem e descem.

As finanças são muito

Talvez vendam cadeiras assim pela Internet. Talvez eu devesse dar uma olhadinha rápida. Já que o computador está ligado e coisa e tal.
De fato — sem dúvida seria irresponsabilidade não fazer isso. Puxa, a gente precisa se cuidar, não é? "Mens sana em saudável sana", ou sei lá como é.

Estendo a mão para o *mouse*, clico rapidamente no ícone da Internet e procuro "cadeiras de escritório" — e logo estou alegremente percorrendo a lista. Já anotei algumas boas possibilidades, quando de repente pouso num *site* incrível que nunca vi antes, cheio de material de escritório. Não só envelopes chatos e brancos, mas coisas *hi-tech* realmente espantosas. Tipo arquivos cromados chiquérrimos, porta-canetas legais e placas personalizadas muito lindas para pôr na porta.

Percorro todas as fotografias, absolutamente hipnotizada. Puxa, eu sei que não deveria gastar dinheiro neste momento — mas isto é diferente. É investimento na minha carreira. Afinal de contas, este é o meu escritório, não é? Deveria ser bem equipado. *Precisa* ser bem equipado. De fato, mal posso acreditar como tenho sido míope. Como, afinal, eu esperava escrever um livro sem o equipamento necessário? Seria como escalar o Everest sem barraca.

Estou tão ofuscada pela quantidade de coisas que quase não consigo me decidir. Mas ali estão algumas necessidades que eu absolutamente preciso comprar.

Por isso clico numa cadeira giratória ergonômica estofada em roxo para combinar com meu iMac, além de um Dictaphone que escreve as coisas direto no computador. E então me pego acrescentando uma garra de aço bem legal, que prende as anotações enquanto você está digitando, um jogo de pastas laminadas — que devem ser úteis — e um minipicotador de papel. Que é totalmente essencial, porque não quero que o mundo inteiro veja meus rascunhos, certo? Estou brincando com a idéia de uma mobília modular para a recepção — só que eu não tenho realmente uma área de recepção no meu quarto —, quando Suze entra.

— Oi! Como está indo?

Dou um pulo cheia de culpa, rapidamente clico no ENVIAR sem nem mesmo me importar com quanto era o valor total, desconecto da Internet e levanto a cabeça no momento em que o meu Capítulo Um aparece na tela.

— Você realmente está trabalhando duro — diz Suze, balançando a cabeça. — Deveria fazer uma pausa. Quanto já fez?

— Ah... um bocado.

— Posso ler? — E, para meu horror, ela vem na minha direção.

— Não! — exclamo. — Bem... é uma obra inacabada. É... material sensível. — Rapidamente fecho o documento e me levanto. — Você está linda, Suze. Fantástica!

— Obrigada! — Ela sorri para mim, e quando gira com meu vestido a campainha toca. — Ahh! Deve ser Fenny.

Fenella é uma das estranhas primas ricas de Suze, da Escócia. Só que, para ser justa, não é mais tão estranha. Ela costumava ser tão esquisita quanto o irmão, Tarquin, e passar o tempo todo cavalgando e atirando em peixes, ou sei lá o que eles fazem. Mas recentemente se mudou para Londres e conseguiu um trabalho numa galeria de arte, e agora só vai a festas. Suze abre a porta da frente e eu ouço a voz aguda de Fenella — e um punhado de vozes de mulheres seguindo-a. Fenny não pode andar um metro sem uma enorme nuvem de gente guinchando em volta. Ela é uma espécie de versão *socialite* de um deus da chuva.

— Oi! — diz ela, entrando no meu quarto. Está usando uma saia de veludo rosa realmente linda, da Whistles, que eu também tenho, mas combinou com uma desastrosa blusa de lurex com gola pólo. — Oi, Becky! Você vem com a gente?

— Hoje não. Tenho de trabalhar.

— Ah, bem. — A cara de Fenella se desanima como a de Suze, depois se anima. — Então posso pegar seu sapato Jimmy Choos emprestado? Nós calçamos o mesmo número, não é?

— Tudo bem. Está no guarda-roupa. — Hesito, tentando ser educada. — E quer uma blusa emprestada? É que eu acabei de comprar uma que combina com sua saia. Caxemira rosa com continhas. Realmente bonita.

— É mesmo? Ahh, sim! Eu enfiei essa blusa pólo sem nem pensar. — Enquanto ela tira a blusa, uma loura de roupa preta entra e ri para mim.

— Oi, é... Milla — digo, lembrando seu nome bem a tempo. — Como vai?

— Bem — diz ela, e me lança um olhar esperançoso. — Fenny disse que eu podia pegar emprestado seu xale English Eccentrics.

— Eu emprestei para a Suze — digo, fazendo um rosto de quem lamenta. — Mas que tal... um xale púrpura com lantejoulas?

— Sim, por favor! E Binky perguntou se você ainda tem aquela saia preta de enrolar.

— Tenho — digo pensativa. — Mas na verdade tenho outra saia que eu acho que vai ficar ainda melhor nela...

Passa-se cerca de meia hora antes que todo mundo pegue emprestado o que queria. Por fim saem do meu quarto, gritando que vão devolver tudo de manhã, e Suze entra, totalmente estonteante com o cabelo preso no alto e caindo em gavinhas louras.

— Bex, tem certeza de que não quer ir? Tarquin vai estar lá, e eu sei que ele gosta de ver você.

— Ah, certo — digo, tentando não parecer pasma demais diante da idéia. — Então ele está em Londres?

— Só por alguns dias. — Suze me olha, meio lamentando. — Você sabe, Bex, se não fosse o Luke... Eu acho que Tarquin ainda gosta de você.

— Tenho certeza de que não — digo rapidamente. — Isso foi há séculos. Séculos!

Meu único encontro com Tarquin é um acontecimento que eu estou tentando ferozmente não lembrar de novo. Nunca mais.

— Ah, bem — diz Suze, dando de ombros. — Vejo você depois. E não trabalhe demais!

— Não vou — respondo, e dou um suspiro cansado do mundo. — Ou pelo menos vou tentar.

Espero até a porta da frente bater atrás dela, e os táxis lá fora se afastarem. Então tomo um gole de chá e volto ao primeiro capítulo.

Capítulo Um

As finanças são muito

Na verdade, não me sinto mais no clima para isso. Suze está certa. Eu deveria fazer uma pausa. Puxa, se eu ficar aqui sentada, depois de uma hora vou me sentir toda doída e perder o fluxo criativo. E o fato é que eu comecei bem.

Levanto-me e me espreguiço, depois vou até a sala de estar e pego um exemplar da *Tatler*. Vai passar *EastEnders* daqui a um minuto, e depois pode ser *Changing Rooms* ou algo assim, ou aquele documentário sobre veterinários. Vou assistir a isso — e depois volto a trabalhar. Puxa, eu tenho toda uma noite pela frente, não é? Preciso entrar no pique.

Preguiçosamente abro a revista e estou examinando a página de programação em busca de algo interessante, quando de repente meus olhos param, com surpresa. É uma foto pequena de Luke, com a legenda *O Melhor de Brandon, página 74*! Por que, afinal, ele não me disse que ia sair na *Tatler*?

É sua nova foto oficial, eu o ajudei a escolher a roupa para tirá-la (camisa azul, gravata Fendi azul-escura). Ele está olhando para a câmera, parecendo sério e empresarial — mas se você olhar atentamente os olhos, há um sorriso minúsculo lá dentro. Enquanto observo seu rosto familiar, sinto uma pontada de afeto e percebo que Suze está certa. Eu deveria simplesmente confiar nele, não é? Puxa, o que Alicia, a Vaca do Pernão, sabe sobre qualquer coisa?

Vou para a página 74, e é uma matéria sobre os principais empreendedores da Grã-Bretanha. Examino a página... e não posso deixar de notar que alguns dos empreendedores têm fotos com suas companheiras. Talvez haja uma foto minha, com Luke! Afinal de contas, alguém deve ter tirado uma foto de nós dois juntos numa festa ou coisa assim, não é? Pensando bem, uma vez nós fomos fotografados pelo *Evening Standard* no lançamento de alguma revista nova, mas nunca saiu no jornal.

Ahh! Aqui está ele, número 34! E é só ele, naquela mesma foto oficial, sem nenhum vislumbre meu. Mesmo assim, sinto uma pontada de orgulho quando vejo a foto (muito maior do que algumas das outras, ha!) e uma legenda dizendo: *A busca implacável de Brandon pelo sucesso derrubou concorrentes logo no bloco de largada.* Então a matéria começa: "Luke Brandon, dinâmico proprietário e fundador da Brandon Communications, blá-blá-blá..."

Percorro rapidamente o texto, sentindo uma antecipação agradável quando chego à seção intitulada "Estatísticas Pessoais". É aqui que eu serei mencionada! "Atualmente namorando a personalidade da TV Rebecca Bloomwood". Ou talvez "Parceiro da conhecida especialista em finanças Rebecca Bloomwood." Ou então...

Luke James Brandon
Idade: 34 anos
Formação: Cambridge
Estado civil: solteiro

Solteiro?

Luke disse a eles que era solteiro?

Uma raiva dolorosa começa a subir dentro de mim enquanto vejo o olhar confiante e arrogante de Luke. De repente estou cheia de tudo isso. Já não agüento mais me sentir insegura, paranóica e imaginando o que está acontecendo. Pego o telefone e golpeio o número de Luke.

— Sim — digo, assim que a mensagem termina. — Sim, bem. Se você é solteiro, Luke, eu sou solteira também. Certo? E se você está indo para Nova York, eu estou indo para... a Mongólia. E se você...

De súbito minha mente fica vazia. Merda, e estava indo tão bem.

— ... se você é covarde demais para dizer essas coisas pessoalmente, então talvez seja melhor para nós dois se nós simplesmente...

Eu estou realmente lutando. Deveria ter anotado tudo antes de começar.

— ... se nós déssemos como terminado. Ou talvez seja isso que você acha que já fez — termino, respirando ofegante.

— Becky? — De repente a voz profunda de Luke está no meu ouvido, e eu pulo de medo.

— Sim? — digo, tentando parecer digna.

— Que besteira é essa que você está vomitando na minha secretária eletrônica? — pergunta ele calmamente.

— Não é besteira! — respondo indignada. — É a verdade!

— "Se você é solteiro, eu sou solteira também?" O que é isso, letra de música?

— Eu estava falando de você! E do fato de que você disse ao mundo inteiro que é solteiro.

— Eu fiz isso? — pergunta Luke, parecendo divertido. — Quando fiz isso?

— Está na *Tatler*! — digo furiosa. — Deste mês! — Pego a revista e abro. — "Os principais empreendedores da Grã-Bretanha. Número 34, Luke Brandon."

— Ah, pelo amor de Deus. Aquela coisa.

— É, aquela coisa! Aquela coisa! E diz que você é solteiro. Como acha que eu me sinto vendo você dizer que é solteiro?

— A revista coloca isso como uma citação minha, não é?

— Bem... não — digo depois de uma pausa. — Não cita você exatamente. Mas, puxa, eles devem ter telefonado e perguntado se você...

— Eles telefonaram e perguntaram. E eu disse: "sem comentários".

— Ah. — Sou silenciada um momento, tentando pensar com clareza. Tudo bem, talvez ele não tenha dito que era solteiro, mas não sei se gosto de "sem comentários". Não é isso que as pessoas dizem quando as coisas estão indo mal de verdade? — Por que você disse "sem comentários"? — pergunto por fim. — Por que não disse que estava me namorando?

— Minha querida. — Luke parece meio cansado. — Pense bem. Você quer nossa vida privada jogada em toda a mídia?

— Claro que não. — Torço as mãos num nó complicado. — Claro que não. Mas você... — paro.
— O quê?
— Você contou à mídia quando estava namorando Sacha — digo numa voz miúda.
Sacha é a ex-namorada de Luke.
Não consigo acreditar que falei isso.
Luke suspira.
— Becky, *Sacha* contou à mídia sobre nós. Ela deixaria a *Hello!* fotografar a gente no banho se eles estivessem interessados. Para ver o tipo de mulher que ela era.
— Ah — digo, enrolando o fio do telefone no dedo.
— Eu não estou interessado nesse tipo de coisa. Meus clientes podem fazer o que quiser, mas eu, pessoalmente, não posso pensar em nada pior. Daí o "sem comentários". — Ele faz uma pausa. — Mas você está certa. Eu deveria ter pensado. Deveria ter avisado você. Desculpe.
— Tudo bem — digo sem jeito. — Acho que eu não deveria ter me apressado nas conclusões.
— Então tudo bem? — E há uma nota calorosa, provocadora, na voz dele. — Estamos de novo nos trilhos?
— E quanto a Nova York? — digo, odiando-me. — Isso também foi um equívoco?
Há um silêncio longo e horrível.
— O que você ouviu dizer sobre Nova York? — pergunta Luke finalmente. E, para meu horror, ele parece prático e distante.
Ah, meu Deus. *Por que* eu não pude manter a boca fechada?

— Na verdade, nada — gaguejo. — Eu... não sei. Só...

Paro debilmente e, durante o que parece horas, nenhum de nós diz nada. Meu coração está batendo forte e estou agarrando o fone com tanta força que minha orelha começa a doer.

— Becky, eu preciso falar umas coisas com você — diz Luke finalmente. — Mas agora não é a hora.

— Certo — digo, sentindo uma pontada de medo. — Que... tipo de coisas?

— Agora não. Nós falamos quando eu voltar, certo? No sábado. No casamento.

— Certo — digo de novo, toda animada para esconder o nervosismo da voz. — Certo! Bem, eu... vejo você no sábado, então...

Mas antes que eu possa falar mais, ele se foi.

ADMINISTRANDO SEU DINHEIRO

UM GUIA COMPLETO PARA AS FINANÇAS PESSOAIS

REBECCA BLOOMWOOD

DIREITOS RESERVADOS: REBECCA BLOOMWOOD
Importante: Nenhuma parte deste manuscrito pode ser reproduzida sem a permissão expressa da autora

PRIMEIRA EDIÇÃO (REINO UNIDO)

(ORIGINAIS NÃO REVISADOS)

PRIMEIRA PARTE

CAPÍTULO UM

```
As finanças são muito
```

Endwich Bank
AGÊNCIA FULHAM
3 Fulham Road
Londres SW6 9JH

Srta. Rebecca Bloomwood
Apto. 2
4 Burney Road
Londres SW6 8FD

11 de setembro de 2001

Cara Srta. Bloomwood

Depois de minha carta de 8 de setembro, realizei um exame cuidadoso de sua conta. Seu atual limite de cheque especial excede em muito o que normalmente é aprovado pelo banco. Não posso ver qualquer necessidade para esse nível de dívida elevado, nem qualquer tentativa genuína feita para reduzi-la. A situação é praticamente desastrosa.

Qualquer privilégio especial que a senhorita tenha desfrutado no passado não continuará existindo no futuro. Certamente não aumentarei seu limite como a senhorita requisitou, e eu pediria, com urgência, que marcasse uma reunião comigo para discutir a situação.

Atenciosamente

John Gavin
Diretor de Recursos de Cheque Especial

ENDWICH — PORQUE NOS IMPORTAMOS

Seis

Chego à casa dos meus pais às dez horas no sábado e acho a rua cheia de festividade. Há balões amarrados em todas as árvores, nossa entrada está cheia de carros, e dá para ver uma tenda enorme no jardim do vizinho. Saio do carro, pego a bolsa com as roupas para passar a noite — e fico imóvel alguns instantes, olhando para a casa dos Webster. Meu Deus, isso é estranho. Tom Webster se casando. Mal posso acreditar. Para ser honesta — e isso pode parecer meio maldoso —, mal posso acreditar que alguém *queira* se casar com Tom Webster. Ele melhorou um pouco recentemente, tenho de admitir. Arranjou algumas roupas novas e cortou o cabelo num estilo melhor. Mas suas mãos ainda são gigantescas e úmidas — e francamente, ele não é nenhum Brad Pitt, é?

Mesmo assim, é disso que se trata o amor, penso, fechando a porta do carro com uma batida forte. A gente ama as pessoas apesar dos defeitos. Lucy obviamente não se importa por Tom ter mãos úmidas — e ele obviamente não se importa por o cabelo dela ser escorrido e sem graça. Isso é bem romântico, acho.

Enquanto estou aqui parada, olhando para a casa, uma garota de jeans e com uma guirlanda de flores no cabelo aparece na porta dos Webster. Ela me lança um olhar estranho, quase agressivo — e desaparece de novo na casa. Uma das damas de honra de Lucy, obviamente. Imagino que esteja meio nervosa por ter sido vista de jeans.

Ocorre-me que Lucy provavelmente também está lá — e instintivamente me viro. Sei que ela é a noiva e coisa e tal, mas, para ser franca, não estou desesperadamente ansiosa por ver Lucy de novo. Só a encontrei umas duas vezes, e nunca nos entendemos. Provavelmente porque ela imaginou que eu estava apaixonada por Tom. Ah, meu Deus, pelo menos quando Luke chegar eu finalmente poderei provar que todos estavam errados.

Ao pensar em Luke, uma onda de nervosismo me atravessa, e respiro longa e lentamente para me acalmar. Dessa vez estou decidida a não colocar o carro diante dos bois. Vou ficar com a mente aberta e ver o que ele diz hoje. E se ele disser que vai se mudar para Nova York, eu simplesmente... lido com isso. De algum jeito.

De qualquer modo. Não pense nisso agora. Rapidamente vou até a porta da frente e entro. Na cozinha acho meu pai tomando café vestido de colete, enquanto mamãe, com uma capa de náilon e rolinhos nos cabelos, passa manteiga em alguns sanduíches.

— Eu só não acho certo — ela está dizendo quando entro. — Não é certo. Eles deveriam estar liderando nosso país, e olha só. É uma bagunça! Paletós desenxabidos, gravatas pavorosas.

— Você realmente acha que a capacidade dos membros do governo é afetada pela roupa que eles usam, é?
— Oi, mãe — digo, largando minha bolsa no chão.
— Oi, pai.
— É o princípio da coisa! — diz mamãe. — Se eles não estão preparados para se esforçar com o modo de se vestir, por que vão se esforçar com a economia?
— Não é a mesma coisa!
— É exatamente a mesma coisa. Becky, *você* acha que Gordon Brown deveria se vestir melhor, não acha? Esse absurdo de terno comum, do dia-a-dia.
— Não sei — digo vagamente. — Talvez.
— Está vendo? Becky concorda comigo. Agora, deixe eu dar uma olhada em você, querida. — Ela pousa a faca e me examina adequadamente, e eu me sinto reluzindo um pouco porque sei que estou bem. Estou usando um vestido rosa-choque e um casaco, um chapéu Philip Treacy com pluma e os sapatos de cetim preto mais lindos, cada um decorado com uma borboleta de gaze fina.
— Ah, Becky — diz mamãe enfim. — Você está uma beleza. Vai ofuscar a noiva! — Ela pega meu chapéu e olha. — Isso é muito incomum! Quanto custou?
— Hmm... não lembro — digo vagamente. — Umas cinqüenta pratas, talvez.
O que não era bem verdade. Foi mais tipo... bem, sei lá, um bocado. Mas valeu a pena.
— Então, onde está o Luke? — pergunta mamãe, recolocando o chapéu na minha cabeça. — Estacionando o carro?

— É, onde está o Luke? — diz meu pai, levantando a cabeça e dando um riso zombeteiro. — Nós estávamos ansiosos para finalmente conhecer esse seu rapaz.

— Luke vem depois — digo, e me encolho ligeiramente ao ver a cara dos dois cair.

— Depois? — diz mamãe finalmente. — Por quê?

— Ele está voltando de Zurique agora de manhã. Teve de ir lá por causa de negócios. Mas ele vem, eu prometo.

— Ele sabe que o casamento começa ao meio-dia? — pergunta mamãe ansiosa. — E você disse onde era a igreja?

— Disse! Sério, ele vai estar aqui.

Tenho a consciência de que minha voz sai meio ríspida, mas não consigo evitar. Para ser franca, estou meio estressada com relação ao Luke. Ele deveria ter me ligado quando chegasse ao aeroporto — e isso deveria ter sido há uma hora. Mas até agora não sei de nada.

Mesmo assim. Ele disse que viria.

— Posso fazer alguma coisa para ajudar? — pergunto, mudando de assunto.

— Seja boazinha e leve isso lá para cima — diz mamãe, cortando rapidamente os sanduíches em triângulos. — Eu tenho de levar as almofadas de jardim.

— Quem está lá em cima? — pergunto, pegando o prato.

— Maureen veio para secar o cabelo de Janice. Elas queriam ficar fora do caminho de Lucy. Você sabe, enquanto ela se arruma.

— Você já esteve com Lucy? — pergunto interessada. — O vestido é bonito?

— Eu não vi — diz mamãe, e baixa a voz. — Mas parece que custou *três mil libras*. E isso sem incluir o véu!

— Uau — digo, impressionada. Por um segundo me sinto ligeiramente invejosa. Quero dizer, eu não conseguiria pensar em nada pior do que me casar com Tom Webster, mas mesmo assim. Um vestido de três mil libras. E uma festa... e um monte de presentes... puxa, as pessoas que se casam se dão bem, não é?

No andar de cima ouço o som do secador vindo do quarto de mamãe e papai, e quando entro vejo Janice sentada no banco da penteadeira, usando um roupão, segurando um copo de xerez e passando um lenço nos olhos. Maureen, que já faz o cabelo de mamãe e Janice há anos, está brandindo seu secador para ela, e uma mulher que não conheço, com um bronzeado de mogno, cabelos curtos tingidos de louro e um conjunto de seda lilás está sentada junto à janela, fumando um cigarro.

— Olá, Janice — digo, indo até lá e abraçando-a. — Como está se sentindo?

— Estou bem, querida — diz ela, e funga. — Um pouco tonta. Você sabe. Só de pensar em Tom se casando!

— Eu sei — digo com simpatia. — Parece que ontem mesmo nós éramos crianças, andando de bicicleta juntos!

— Tome outro xerez, Janice — diz Maureen em tom reconfortante, e joga um líquido marrom e denso no copo dela. — Vai ajudar você a relaxar.

— Ah, Becky — diz Janice, e aperta a minha mão.
— Isso deve ser difícil para você também.

Eu sabia. Ela ainda acha que eu gosto de Tom, não é? *Por que* todas as mães acham que seus filhos são irresistíveis?

— Na verdade, não! — digo, o mais animada possível.
— Quero dizer, eu fico feliz pelo Tom. E por Lucy, claro...
— Becky? — A mulher na janela se vira para mim, com os olhos semicerrados cheios de suspeita. — Esta é Becky?

Não há uma grama de amabilidade em seu rosto. Ah, meu Deus, não diga que *ela* também acha que eu sou a fim do Tom.

— É... sim. — Eu sorrio para ela. — Sou Rebecca Bloomwood. E a senhora deve ser a mãe de Lucy, não é?

— Sou — diz a mulher, ainda me encarando. — Sou Angela Harrison. Mãe da noiva — acrescenta, enfatizando o "noiva", como se eu não entendesse o significado.

— A senhora deve estar muito empolgada — digo com educação. — Sua filha se casando.

— Ah, bem, claro. Tom é dedicado a Lucy — diz ela agressivamente. — Totalmente dedicado. Nunca *olha* em nenhuma outra direção. — Ela me lança um olhar afiado e eu dou um sorriso débil de volta.

Honestamente, o que eu deveria fazer? Vomitar em cima do Tom ou algo do tipo? Dizer que ele é o homem mais feio que eu já conheci? Todos ainda iriam dizer que eu estou com ciúme, não é? Diriam que é negação.

— O... Luke está aqui, Becky? — pergunta Janice, e me dá um sorriso esperançoso. E de repente, o que é bem estranho, todo mundo no quarto está completamente imóvel, esperando minha resposta.
— Ainda não. Acho que ele se atrasou.
Há um silêncio, e eu tenho consciência dos olhares circulando pelo quarto.
— Atrasou — ecoa Angela, e em sua voz há um tom do qual eu não gosto. — É mesmo? Bom, que surpresa!
O que isso significa?
— Ele está vindo de Zurique — explico. — Imagino que o vôo esteja atrasado ou algo assim. — Olho para Janice e, para minha surpresa, ela fica ruborizada.
— Zurique — diz ela, assentindo um pouco enfaticamente demais. — Sei. Claro. Zurique. — E me lança um olhar embaraçado e simpático.
O que há de errado com ela?
— Nós estamos falando *do* Luke Brandon — diz Angela, soltando uma baforada do cigarro. — O famoso empresário.
— Bom, sim — digo meio surpresa. — Quero dizer, eu não *conheço* nenhum outro Luke.
— E ele é o seu namorado.
— É.
Há um silêncio ligeiramente incômodo, e até Maureen parece estar me olhando curiosamente. De súbito eu vejo um exemplar da *Tatler* deste mês perto da cadeira de Janice. Ah, meu Deus.
— Aquele artigo na *Tatler*, a propósito — digo rapi-

damente — está todo errado. Ele não disse que era solteiro. Disse "sem comentários".

— Artigo? — diz Janice de modo pouco convincente. — Não sei de que você está falando, querida.

— Eu... não leio revistas — diz Maureen, que fica toda vermelha e desvia o olhar.

— Nós estávamos ansiosas para conhecê-lo — diz Angela, e solta uma nuvem de fumaça. — Não é, Janice?

Encaro-a, confusa — depois me viro para Janice, que mal sustenta meu olhar, e Maureen, que finge remexer numa bolsa de produtos de beleza.

Espere um minuto.

Elas certamente não acham...

— Janice — digo, tentando manter a voz firme. — Você sabe que Luke vem. Ele até escreveu uma resposta para você!

— Claro que escreveu, Becky! — diz Janice, olhando para o chão. — Bem, como diz Angela, nós todas estamos ansiosas para conhecê-lo.

Ah, meu Deus. Ela não acredita.

Sinto uma onda de humilhação encher minhas bochechas. O que ela pensa? Que eu *inventei* que estou namorando Luke?

— Bom, aproveitem seus sanduíches, certo? — digo, tentando não parecer tão abalada como estou. — Vou só... ver se mamãe precisa de mim.

Quando acho mamãe, ela está no patamar do andar de cima, enfiando almofadas de jardim em sacos plásticos

transparentes, depois sugando o ar com o bico do aspirador de pó.
— A propósito, eu recebi uns pacotes para você — grita ela acima do barulho do aspirador. — Do Country Ways. Além de papel de alumínio, uma frigideira, um pote para fazer ovos pochê no microondas...
— Eu não quero nenhum papel de alumínio! — grito.
— Não é para você! — diz mamãe, desligando o aspirador. — Eles tinham uma oferta especial: apresente uma amiga e receba um jogo de potes de cerâmica. Por isso eu pus seu nome como a amiga. É um catálogo muito bom. Vou lhe mostrar.
— Mamãe...
— Uns edredons lindos. Tenho certeza de que você vai querer um novo...
— Mamãe, escute! — digo toda agitada. — Escute. Você acredita que eu estou namorando Luke, não acredita?
Há uma pausa ligeiramente longa demais.
— Claro que sim — diz ela finalmente.
Encaro-a horrorizada.
— Você não acredita, não é? Todos vocês acham que eu inventei isso!
— Não! — diz mamãe firmemente. Ela pousa o aspirador e me olha direto nos olhos. — Becky, você disse que estava namorando Luke Brandon. Para mim e seu pai é o bastante.
— Mas Janice e Martin. Eles acham que eu inventei?
Mamãe me olha — depois suspira e pega outra almofada.

— Ah, Becky. O problema, amor, você tem que se lembrar, é que houve uma vez em que eles acreditaram que você estava sendo perseguida por alguém. E isso acabou sendo... bem. Não era bem verdade, não é?

Uma perplexidade fria se arrasta sobre mim. Tudo bem, talvez um dia eu tenha meio que fingido que alguém me perseguia. Coisa que não deveria ter feito. Mas, quero dizer, só porque você inventa um minúsculo perseguidor, isso não a torna uma doida de pedra, torna?

— E o problema é que nós nunca... bem, *vimos* Luke com você, vimos, amor? — continua mamãe, enquanto enfia a almofada em sua capa transparente. — Não ao vivo. E saiu aquela matéria na revista dizendo que ele era solteiro...

— Ele não disse que era solteiro! — Minha voz está aguda de frustração. — Ele disse "sem comentários"! Mamãe, Janice e Martin disseram que não acreditam em mim?

— Não. — Mamãe levanta o queixo em desafio. — Eles não ousariam me dizer uma coisa dessas.

— Mas você sabe o que eles estavam dizendo pelas nossas costas.

Nós nos encaramos, e eu vejo a tensão no rosto de mamãe, escondida atrás de sua fachada luminosa. Ela devia estar esperando *tanto* que nós aparecêssemos no carro chique de Luke, percebo de súbito. Devia estar querendo tanto provar que Janice estava errada! E em vez disso cá estou eu, sozinha de novo...

— Ele vem — falei, quase para me tranqüilizar. — Ele vai chegar a qualquer minuto.

— Claro que vem! — exclama mamãe toda animada. — E assim que ele aparecer todo mundo vai ter de engolir as palavras, não é?

A campainha toca e nós duas nos enrijecemos, encarando-nos.

— Eu atendo, certo? — digo, tentando parecer casual.

— Então vá — concorda mamãe, e eu vejo um minúsculo brilho de esperança em seus olhos.

Tentando não correr, desço rapidamente a escada e, de coração leve, abro a porta. E... não é Luke.

É um homem carregado de flores. Cestos de flores, um buquê de flores e várias caixas aos pés.

— Flores de casamento — diz ele. — Aonde querem colocar?

— Ah — digo, tentando esconder o desapontamento. — Você bateu na casa errada. Elas precisam ir para o vizinho. Número 41.

— Verdade? — O homem franze a testa. — Deixe-me olhar minha lista. Segure isso aí, certo?

Ele empurra o buquê da noiva para mim e começa a remexer no bolso.

— Sério — digo —, elas têm de ir para a casa ao lado. Olhe, eu só vou pegar meu...

Giro, segurando o buquê de Lucy com as duas mãos, porque ele é bem pesado. E, para meu horror, Angela Harrison está chegando ao pé da escada. Ela me encara, e por um momento quase acho que ela vai me matar.

— O que você está fazendo? — diz rispidamente. — Me dê isso! — Ela arranca o buquê das minhas mãos e traz o rosto perto do meu, de modo que eu sinto o cheiro de gim no seu hálito. — Escute, moça — sibila a mulher. — Eu não me engano com os sorrisos. Sei o que você quer. E pode esquecer, certo? Eu não vou deixar que o casamento da minha filha seja estragado por uma psicopatazinha perturbada.

— Eu não sou perturbada! — exclamo furiosamente. — E não vou estragar nada! Eu não gosto do Tom! Eu tenho um namorado!

— Ah, sim — diz ela, cruzando os braços. — O famoso namorado. Ele já chegou?

— Não, não chegou — digo, e me encolho diante da expressão no rosto dela. — Mas ele... ligou agora mesmo.

— Ligou agora mesmo — ecoa Angela com um sorrisinho de desprezo. — Para dizer que não vem?

Por que esse pessoal não acredita que Luke vem?

— Na verdade... ele vai chegar daqui a meia hora — digo em tom desafiador.

— Bom — diz Angela Harrison, e me dá um sorriso malicioso. — Bem, nós vamos vê-lo daqui a pouco, não é?

Ah, merda.

Ao meio-dia Luke ainda não chegou, e eu estou fora de mim. Isso é um pesadelo completo. Onde é que ele está? Fico esperando do lado de fora da igreja até o último minuto, ligando desesperadamente para o número dele, esperando contra todas as esperanças vê-lo correndo pela rua. Mas as damas de honra chegaram, e outro Rolls Royce acabou de estacionar — e ele ainda não está aqui. Quando vejo o carro se abrir e vislumbro o vestido de noiva, recuo rapidamente para a igreja antes que alguém possa pensar que estou esperando do lado de fora para estragar a procissão nupcial.

Esgueiro-me para dentro, tentando não atrapalhar a música do órgão. Angela Harrison me dardeja um olhar maldoso, e há um sussurro e uma agitação no lado da igreja ocupado pelo pessoal de Lucy. Sento-me perto dos fundos, tentando ficar composta e tranqüila — mas tenho consciência de que os amigos de Lucy estão me lançando olhares sub-reptícios. Que diabo ela andou contando a todo mundo?

Por um segundo sinto vontade de me levantar e ir embora. Nunca quis vir a esse casamento estúpido mesmo. Só disse sim porque não queria ofender Janice e Martin. Mas é tarde demais, a marcha nupcial está começando, e Lucy está entrando. E eu tenho de admitir, ela está usando o vestido mais lindo que eu já vi. Olho para ele cheia de desejos, tentando não imaginar como eu ficaria num vestido assim.

A música pára e o vigário começa a falar. Tenho consciência de que os convidados de Lucy ainda me lançam olhares — mas ajeito o chapéu, levanto o queixo e os ignoro.

— ... para reunir este homem e esta mulher no sagrado matrimônio — entoa o vigário. — Que é uma condição honrada...

As damas de honra têm sapatos realmente bonitos, percebo. De onde serão?

E os vestidos também.

— Portanto, se há alguém que tenha algum motivo pelo qual eles não devam se reunir, que fale agora ou se cale para sempre.

Eu sempre adoro esse momento nos casamentos. Todo mundo sentado em cima das mãos como se tivesse medo de subitamente dar um lance pelo Van Gogh por engano. Ergo a cabeça para ver se alguém vai dizer alguma coisa — e, para meu horror, Angela Harrison se virou no banco e está me encarando com ódio. O que há de errado com ela?

Agora um monte de gente do outro lado está olhando para mim também — e até uma mulher na frente, usando um grande chapéu azul, está se virando para dar uma boa encarada!

— O quê? — sussurro irritada para ela. — *O quê?*

— O quê? — diz o vigário, pondo a mão atrás do ouvido. — Alguém disse alguma coisa?

— Sim! — diz a mulher de chapéu azul, e aponta para mim. — Ela disse!

O quê?

Ah, meu Deus. Não. Por favor, não. Toda a igreja está se virando lentamente para me olhar. Não acredito que isso está acontecendo. Agora Tom também está me olhando e balançando a cabeça, com uma expressão medonha de piedade.

— Eu não... eu não... — gaguejo. — Eu só queria...

— Poderia ficar de pé? — grita o vigário. — Eu sou meio surdo, então, se tem algo a dizer...

— Na verdade eu...

— Levante-se — diz a mulher ao meu lado, e me cutuca com seu folheto da cerimônia nupcial.

Lentamente eu me levanto, sentindo duzentos pares de olhos em mim como tochas. Não posso olhar para perto de Tom e Lucy. Não posso olhar para mamãe ou papai. Nunca estive tão embaraçada na vida.

— Eu não tenho nada a dizer! Honestamente! Eu só estava... — Desamparada, estendo meu celular. — Foi... o meu celular. Eu achei que ele... Desculpe. Continue.

Sento-me de novo com as pernas trêmulas e há um silêncio. Gradualmente a congregação começa a se virar de novo e a se acomodar, e o vigário pigarreia e começa a dizer os votos.

O resto do casamento se passa como uma coisa nebulosa. Depois de tudo acabar, Lucy e Tom saem em procissão, solenemente me ignorando — e todo mundo se junta em volta deles no pátio para jogar confete e tirar fotos. Eu me esgueiro sem que ninguém perceba e corro febrilmente até a casa dos Webster. Porque Luke pode estar lá agora. Ele *precisa* estar lá. Ele deve ter chegado tarde e decidido não ir à igreja, e foi direto para a recepção. É óbvio, pensando bem. É o que qualquer pessoa sensata faria.

Atravesso correndo a casa dos Webster, que está cheia de funcionários do bufê e garçonetes — e vou direto para a tenda. Já há um sorriso jubiloso em meu rosto ao pensar em vê-lo, e em contar sobre aquele momento odioso na igreja, e em ver seu rosto se abrir numa gargalhada...

Mas a tenda está vazia. Totalmente vazia.

Fico ali parada, pasma, durante alguns momentos — então saio rapidamente de novo e vou para a casa dos meus pais. Porque talvez Luke tenha ido para lá, ocorre-me de súbito. Talvez ele tenha entendido a hora errada, ou talvez tenha precisado trocar a roupa para o casamento. Ou talvez...

Mas ele também não está lá. Nem na cozinha, nem no andar de cima. E quando digito o número do seu celular, caio direto na caixa de mensagens.

Lentamente entro no meu quarto e me deixo afundar na cama, tentando não ter os maus pensamentos que estão se arrastando para a cabeça.

Ele vem, digo a mim mesma repetidamente. Ele só está... vindo.

Pela janela posso ver Tom, Lucy e todos os outros convidados chegando no jardim ao lado. Há um monte de chapéus e ternos matinais, e garçonetes distribuindo champanha. De fato, tudo parece bem animado. Sei que eu deveria estar lá com eles — mas não posso enfrentar. Não sem Luke, não sozinha.

Mas depois de ficar ali um tempo, ocorre-me que, ficando aqui em cima, só estarei alimentando a intriga. Todos vão pensar que eu não posso encarar o casal feliz, que estou cortando os pulsos ou coisa assim. Isso só vai confirmar as suspeitas para sempre. Eu *tenho* de ir e mostrar a cara, mesmo que só por meia hora.

    Forço-me a ficar de pé, respiro fundo e retoco o batom. Depois saio de casa e vou até a casa dos Webster. Entro sem ser notada na tenda através de uma aba lateral e fico olhando por um tempo. As pessoas estão chegando, e o burburinho é enorme, e ninguém nem mesmo me nota. Perto da entrada há uma fila formal com Tom, Lucy e seus pais, mas de modo nenhum vou chegar perto dali. Em vez disso, vou para uma mesa vazia e me sento, e depois de um tempo uma garçonete vem e me dá uma taça de champanha.

    Durante um tempo só fico sentada ali, tomando a bebida, olhando as pessoas e sentindo que começo a relaxar. Então há um som farfalhante. Levanto os olhos — e meu coração afunda. Lucy está parada bem na minha frente em seu lindo vestido de casamento, com uma grande dama de honra vestindo um tom de verde realmente pouco lisonjeiro. (O que eu acho que diz um bocado sobre Lucy.)

    — Olá, Rebecca — diz Lucy em tom agradável. E dá para ver que ela está se parabenizando por ser tão educada com a garota solitária que quase estragou seu casamento.

    — Oi — digo. — Olha, eu realmente sinto muito pela cerimônia. Honestamente, eu não queria...

    — Isso não importa — diz Lucy, e me dá um sorriso tenso. — Afinal de contas, Tom e eu nos casamos. Isso é o principal. — Ela dá um olhar satisfeito para a mão com a aliança.

— Sem dúvida — digo. — Parabéns. Vocês vão...

— Nós estávamos pensando... — diz Lucy em tom agradável. — Luke já chegou?

Meu coração afunda.

— Ah — digo, tentando ganhar tempo. — Bem...

— É só que mamãe disse que você falou que ele ia chegar em meia hora. Mas nenhum sinal dele! O que parece meio estranho, não acha? — Ela levanta as sobrancelhas inocentemente. Eu olho por cima do ombro de Lucy e vejo Angela Harrison parada com Tom, a poucos metros de distância, espiando com olhos de verruma, triunfantes. Meu Deus, elas estão gostando disso, não é?

— Afinal de contas, isso foi, ah, há umas duas boas horas — está dizendo Lucy. — Pelo menos! Então, se ele *não* está aqui, parece um pouquinho esquisito. — Ela me dá um olhar que finge preocupação. — Ou será que ele teve um acidente? Talvez esteja retido em... Zurique, não foi?

Encaro seu rosto presunçoso e zombeteiro, e uma idéia violenta atravessa minha cabeça.

— Ele está aqui — digo antes que possa me impedir.

Há um silêncio pasmo. Lucy e sua dama de honra se entreolham, enquanto eu tomo um grande gole de champanha.

— Ele está *aqui*? — diz Lucy finalmente. — Quer dizer... aqui no casamento?

— Exatamente. Ele... ele já está há algum tempo, na verdade.

— Mas onde? Onde ele está?

— Bom, ele estava aqui agorinha mesmo... — Faço um gesto para a cadeira ao meu lado. — Vocês não viram?
— Não! — diz Lucy, arregalada. — Onde ele está agora? — E começa a olhar em volta.
— Aqui mesmo — digo, apontando vagamente para a multidão. — Está usando fraque...
— E? O que mais?
— E está... segurando uma taça de champanha... Graças a *Deus* todos os homens ficam iguais nos casamentos.
— Qual deles? — diz Lucy impaciente.
— O moreno — digo, e tomo outro gole de champanha. — Olha, ele está acenando para mim. — Levanto a mão e dou um acenozinho. — Oi, Luke!
— *Onde?* — exclama Lucy, olhando a multidão. — Kate, você está vendo?
— Ele... na verdade, ele acabou de sumir — digo. — Deve estar pegando uma bebida para mim.
Lucy se vira para mim de novo, com os olhos estreitos.
— Então... por que ele não estava na cerimônia?
— Ele não quis interromper — digo depois de uma pausa, e me forço a sorrir naturalmente. — Bom, não vou ficar retendo você. Você quer se juntar aos seus convidados.
— É — diz Lucy depois de uma pausa. — É, eu vou.
Dando-me outro olhar cheio de suspeitas, ela sai na direção de sua mãe, e as duas começam a conversar num grupinho, lançando-me olhares de vez em quando. Uma das damas de honra corre até outro grupo de convidados,

e todos começam a me lançar olhares também. E depois uma corre para *outro* grupo. É como ver o início de um incêndio no mato.

Alguns instantes depois Janice aparece, toda ruborizada e lacrimosa, com um chapéu florido torto na cabeça.

— Becky! — diz ela. — Becky, nós acabamos de saber que Luke está aqui!

Meu coração se aperta. Ah, meu Deus. Derrubar a noiva do inferno era uma coisa, mas não posso me obrigar a dizer a Janice que Luke está aqui. Não posso fazer isso. Então tomo rapidamente um gole de champanha e balanço a taça na direção dela, de um modo vago que pode significar qualquer coisa.

— Ah, Becky... — Janice aperta as mãos. — Becky, eu me sinto absolutamente... Seus pais já o encontraram? Eu sei que sua mãe vai ficar na lua!

Ah, porra.

De repente me sinto meio enjoada. Meus pais. Eu não tinha pensado nisso.

— Janice, eu tenho de ir e... e retocar o pó-de-arroz — digo, e me levanto rapidamente. — Vejo você depois.

— E Luke! — diz ela.

— E Luke, claro — digo, e dou um risinho agudo.

Corro até os banheiros portáteis sem encarar ninguém, tranco-me num cubículo e fico sentada, tomando as últimas gotas quentes do champanha. Tudo bem, não vamos entrar em pânico por causa isso. Só vamos... pensar com clareza, ver minhas opções.

Opção um: Dizer a todo mundo que Luke na verdade não está aqui, eu cometi um erro.

Opção dois: Dizer a mamãe e papai, em particular, que Luke não está realmente aqui.

Mas eles vão ficar muito desapontados. Vão ficar mortificados e não vão se divertir, e vai ser culpa minha.

Opção três: Blefar. E dizer a mamãe e papai a verdade no fim do dia. Isso pode funcionar. Tem de funcionar. Eu posso facilmente convencer todo mundo durante uma hora, mais ou menos, de que Luke está aqui — e depois digo que ele está com enxaqueca e que foi se deitar no silêncio.

Isso mesmo. É o que eu vou fazer. Tudo bem — vamos.

E é mais fácil do que eu pensei. Em pouco tempo todo mundo parece estar dando como certo que Luke está por aí, em algum lugar. A avó de Tom chega a me dizer que já o viu, e não é que ele é lindo e a próxima serei eu? Contei a incontáveis pessoas que ele estava aqui há um minuto mesmo, peguei dois pratos de comida no bufê — um para mim, um para Luke (joguei um no canteiro de flores) e até peguei emprestado o fraque de um estranho e pus na cadeira ao meu lado, como se fosse dele. O fantástico é que ninguém pode provar que ele não está aqui! Há tanta gente circulando que é impossível rastrear quem está e quem não está. Meu Deus, eu deveria ter feito isso há séculos.

— Fotografia em grupo dentro de um minuto — diz Lucy, vindo rapidamente até mim. — Nós temos de fazer fila. Onde está Luke?

— Falando com alguém sobre os preços dos imóveis — respondo sem hesitar. — Estão ali na mesa de bebidas.

— Bom, não esqueça de me apresentar — diz Lucy.

— Ainda não o encontrei!

— Certo — digo, e lhe dou um sorriso luminoso. — Assim que eu achá-lo! — Tomo um gole de champanha, ergo a cabeça. E lá está mamãe com seu vestido verde-lima, vindo para mim.

Ah, meu Deus. Até agora eu consegui evitá-la e a papai por completo, basicamente fugindo sempre que eles se aproximam. É maldade minha — mas sei que não vou conseguir mentir para mamãe. Rapidamente saio da tenda para o jardim e vou para os arbustos, desviando-me do ajudante do fotógrafo, que está juntando todas as crianças. Sento-me atrás de uma árvore e termino a taça de champanha, olhando sem expressão para o céu azul da tarde.

Fico ali pelo que parece horas, até que minhas pernas começam a doer e a brisa me faz tremer. E por fim volto lentamente e entro sem ser notada na tenda. Não vou ficar muito mais. Só o bastante para comer um pedaço de bolo, talvez, e tomar mais um pouco de champanha...

— Lá está ela — diz uma voz atrás de mim.

Congelo um instante — e giro lentamente. Para meu horror absoluto, todos os convidados estão parados em filas bem arrumadas no centro da tenda, enquanto um fotógrafo arruma um tripé.

— Becky, onde está Luke? — diz Lucy em tom cortante. — Nós estamos tentando colocar todo mundo. Merda. *Merda*.

— Hmmm... — engulo em seco, tentando permanecer indiferente. — Será que não está na casa?

— Não, não está — diz Kate, a dama de honra. — Eu estive procurando lá agora mesmo.

— Bom, ele deve estar... no jardim, então.

— Mas você estava no jardim — diz Lucy, estreitando os olhos. — Você não o viu?

— Hmm... não tenho certeza. — Olho em volta na tenda, imaginando se posso fingir que o vi à distância. Mas isso é indiferente, já que não há mais grupos espalhados. Por que eles pararam de se espalhar?

— Ele deve estar em algum lugar! — diz uma mulher toda animada. — Quem o viu por último?

Há um silêncio mortal. Duzentas pessoas me olham. Capto o olhar ansioso de mamãe, e rapidamente desvio os olhos.

— Na verdade... — pigarreio. — Agora eu lembro, ele disse que estava com um pouco de dor de cabeça! Talvez tenha ido...

— Alguém o viu? — interrompe Lucy, ignorando-me. Ela olha os convidados reunidos. — Quem aqui pode dizer que viu Luke Brandon em carne e osso? Alguém?

— Eu vi! — diz uma voz hesitante lá atrás. — Um rapaz tão bonito...

— Afora a avó de Tom — diz Lucy, revirando os olhos. — Alguém?

Há outro silêncio medonho.
— Eu vi o fraque dele — diz Janice timidamente. — Mas não o... corpo — sussurra ela.
— Eu sabia! Eu sabia! — a voz de Lucy soa alta e triunfante. — Ele nunca esteve aqui, esteve?
— Claro que esteve — digo, tentando parecer confiante. — Acho que ele só está no...
— Você não está namorando Luke Brandon, está? — A voz dela chicoteia a tenda. — Só inventou essa coisa toda! Só está vivendo em sua lamentável terra da fantasia!
— Não estou! — para meu horror, minha voz está ficando densa, e eu sinto lágrimas pinicando nos olhos. — Não estou. Luke e eu somos um casal!
Mas quando olho os rostos que me encaram — alguns hostis, alguns pasmos, alguns irônicos — nem sinto mais certeza disso. Quero dizer, se nós fôssemos um casal, ele estaria aqui, não é? Estaria aqui comigo.
— Eu só vou... — digo, numa voz trêmula. — Só vou ver se ele...
E sem olhar ninguém nos olhos, saio da tenda.
— Ela é totalmente pirada! — ouço Lucy dizendo. — Honestamente, Tom, ela pode ser perigosa!
— *Você* é perigosa, moça! — ouço minha mãe retrucando, com a voz tremendo um pouco. — Janice, não sei como você pôde deixar sua nora ser tão grosseira! Becky foi uma boa amiga de vocês durante todos esses anos. E de você, Tom, aí parado, fingindo que isso não tem nada a ver com você. E é assim que você a trata. Venha, Graham. Vamos embora.

Um momento depois vejo mamãe saindo da tenda, rebocando papai, com o chapéu verde-lima tremendo na cabeça. Eles vão para a entrada de veículos, e eu sei que estão voltando para nossa casa para uma boa e calmante xícara de chá.

Mas eu não os sigo. Não posso me obrigar a vê-los — nem ninguém. Neste momento tenho de ficar sozinha.

Ando rapidamente, tropeçando um pouco, até a outra extremidade do jardim. Então, quando estou a uma distância suficiente, deixo-me cair na grama. Enterro a cabeça nas mãos e — pela primeira vez hoje, sinto lágrimas escorrendo pelos olhos.

Esse deveria ter sido um dia ótimo. Eu deveria ter tido uma ocasião maravilhosa, feliz. Vendo Tom se casar, apresentando Luke aos meus pais e a todos os nossos amigos, dançando juntos na noite... e em vez disso a coisa se estragou para todo mundo. Mamãe, papai, Janice, Martin... sinto pena até de Lucy e Tom. Quero dizer, eles não queriam toda essa confusão no casamento, queriam?

Sento-me sem me mexer, olhando o chão. Vindo da tenda posso ouvir os sons de uma banda começando a tocar, e a voz de Lucy sendo grosseira com alguém. Crianças brincam com uma almofada e ocasionalmente ela cai perto de mim. Mas não me mexo. Gostaria de ficar aqui sentada para sempre, sem ter de ver nenhum deles de novo.

E então ouço meu nome, baixo, junto à grama.

A princípio acho que Lucy está certa, e que estou ouvindo vozes imaginárias. Mas quando levanto os olhos, meu coração dá um salto mortal estupendo e eu sinto uma coisa dura bloqueando a garganta. Não acredito.

É ele.

É Luke, andando pela grama, na minha direção, como um sonho. Está usando fraque e segurando duas taças de champanha, e eu nunca o vi mais bonito.

— Desculpe — fala quando me encontra. — Estou morrendo de culpa. Quatro horas de atraso é... bom, é imperdoável. — Ele balança a cabeça.

Encaro-o ofuscada. Quase comecei a acreditar que Lucy estava certa, que ele só existia na minha imaginação.

— Você foi... retido? — pergunto.

— Um cara teve um ataque cardíaco. O avião foi desviado... — Ele franze a testa. — Mas eu deixei um recado no seu telefone assim que pude. Você não viu?

Pego meu celular, percebendo com uma pancada enjoativa que não o olhei durante um bom tempo. E sem dúvida, o ícone de recados está piscando todo alegre.

— Não, eu não vi — falo, olhando para o aparelho com cara inexpressiva. — Não. Eu pensei...

Paro e balanço a cabeça. Não sei mais o que pensei. Eu realmente acreditei que ele planejava não vir?

— Você está bem? — pergunta Luke, sentando-se ao meu lado e entregando uma taça de champanha. Passa um dedo gentilmente no meu rosto e eu me encolho.

— Não — falo esfregando a bochecha. — Já que você pergunta, eu não estou bem. Você prometeu que estaria aqui. Você *prometeu*, Luke.

— Eu estou aqui.

— Você sabe o que eu quero dizer. — Abraço os joelhos, arrasada. — Eu queria que você estivesse aqui na cerimônia, não que chegasse quando a festa quase acabou. Queria que todo mundo conhecesse você, e que nos visse juntos... — Minha voz começa a falhar. — E foi... medonho! Todo mundo achou que eu estava a fim do noivo...

— Do noivo? — pergunta Luke, incrédulo. — Quer dizer, aquele ninguém pálido chamado Tom?

— É, ele — ergo os olhos e dou um meio riso relutante ao ver a expressão de Luke. — Então você o conheceu?

— Agora mesmo. E sua esposa muito pouco amável. Um tremendo casal. — Ele toma um gole de champanha e se recosta nos cotovelos. — A propósito, ela pareceu bem abalada quando me conheceu. Quase... como se levasse uma frigideirada na cara, pode-se dizer. Assim como a maioria dos convidados. — Ele me lança um olhar interrogativo. — Há alguma coisa que eu deveria saber, Becky?

— Hmm... — pigarreio. — Hmm... na verdade, não. Nada de importante.

— Foi o que eu pensei. Depois a dama de honra que gritou: "Ah, meu Deus, ele existe!" quando eu entrei. Ela presumivelmente...

— Estava latindo — digo sem mexer a cabeça.
— É. Eu só quis confirmar.
Ele estende a mão para a minha e eu o deixo pegá-la. Por um tempo ficamos sentados em silêncio. Um pássaro está girando e girando lá em cima, e à distância posso ouvir a banda tocando "Lady in Red".
— Becky, desculpe o atraso. — De repente sua voz está séria. — Realmente eu não podia fazer nada.
— Eu sei — e solto o ar com força. — Eu sei. Você não podia evitar. Foi uma daquelas coisas.
Durante um longo tempo ficamos os dois em silêncio.
— Bom champanha — diz Luke, e toma um gole.
— É. Muito... muito bom. Bom e... seco... — Eu paro e esfrego o rosto, tentando esconder como estou nervosa.
Há uma parte de mim que quer ficar aqui sentada, jogando conversa fora pelo maior tempo possível. Mas outra parte está pensando: qual é o sentido de adiar isso mais? Só há uma coisa que eu quero saber. Sinto um espasmo de nervosismo no estômago, mas de algum modo me obrigo a respirar fundo e me viro para ele.
— Então. Como foram as reuniões em Zurique? Como está indo o... novo negócio?
Estou tentando ficar calma e controlada, mas posso sentir os lábios começando a tremer, e minhas mãos estão se retorcendo a ponto de dar nós.
— Becky — diz Luke. Ele olha sua taça por um momento, depois a pousa no chão e me olha. — Há

uma coisa que eu preciso dizer. Vou me mudar para Nova York.

Sinto-me fria e pesada. Então este é o fim de um dia completamente desastroso. Luke está me deixando. É o fim. Tudo acabou.

— Certo — consigo dizer, e dou de ombros, descuidadamente. — Sei. Tá. Tudo bem.

— E eu espero, espero *de verdade*... — Luke segura minhas duas mãos e aperta com força — ... que você venha comigo.

LINHAS AÉREAS REGAL

Escritório Central

Preston House

354 Kingsway

Londres WC2 4º

Srta. Rebecca Bloomwood
Apartamento 2
4 Burney Road
Londres SW6 8FD

Cara Rebecca Bloomwood

Obrigada por sua carta de 15 de setembro.

Fico feliz porque você pretende viajar conosco e já nos recomendou a todos os seus amigos. Concordo que a divulgação boca-a-boca é valiosíssima para uma empresa como a nossa.

Infelizmente isso não a qualifica, como você sugere, para um "agradecimento especial" relativo às bagagens. As Linhas Aéreas Regal não podem aumentar o seu limite de bagagem além dos 20kg, que é o padrão. Qualquer excesso de peso estará sujeito a cobrança; estou anexando um folheto explicativo.

Por favor, aproveite sua viagem.

Mary Stevens
Gerente de Atendimento ao Cliente

PGNI First Bank Visa

7 Camel Square

Liverpool L1 5NP

Srta. Rebecca Bloomwood
Apto. 2
4 Burney Road
Londres SW6 8FD

19 de setembro de 2001

BOA NOTÍCIA!
SEU NOVO LIMITE DE CRÉDITO É DE £10.000

Cara Srta. Bloomwood

Sentimo-nos honrados em anunciar que a Srta. recebeu um aumento no limite de crédito. Seu novo limite de crédito, de £10.000, está disponível para gastar imediatamente e aparecerá em seu próximo extrato.

A Srta. pode usar nosso novo limite de crédito para fazer muitas coisas. Uma viagem, comprar um carro ou até mesmo transferir balanços de outros cartões!

Entretanto, sabemos que muitos clientes não querem se aproveitar do aumento no limite de crédito. Se a Srta. preferir que seu limite de crédito permaneça no nível original, telefone para um dos nossos Representantes de Satisfação do Cliente ou devolva o formulário abaixo.

Atenciosamente

Michael Hunt
Gerente de Satisfação do Cliente

....

Nome: REBECCA BLOOMWOOD Conta Número: 003 4572 0990 2765

Eu gostaria/não gostaria de aceitar a oferta de um novo limite de crédito de £10.000.

Por favor, risque conforme for apropriado.

Sete

Nova York! Eu vou para Nova York! *Nova York!*
    Tudo se transformou. Tudo se encaixou. Era por *isso* que Luke estava tão cheio de segredos. Nós tivemos um papo maravilhoso e longo no casamento, e Luke explicou tudo, e de repente tudo fez sentido. Acontece que ele vai abrir um novo escritório da Brandon Communications em Nova York, em sociedade com um publicitário de Washington. E vai para lá comandar o escritório. Disse que estava esperando a semana inteira para me pedir que fosse junto — mas sabia que eu não quereria abrir mão da carreira só para acompanhá-lo. — Assim — esta é a melhor parte —, andou falando com alguns contatos na televisão, e acha que eu posso conseguir trabalho como especialista financeira num programa de TV americano! De fato, ele diz que eu vou ser "contratada no ato" porque os americanos adoram o sotaque inglês. Parece que um produtor já praticamente me ofereceu trabalho só vendo uma fita que Luke mostrou. Não é fantástico?
    O motivo de não ter dito nada antes foi porque não queria alimentar minhas esperanças antes que as coisas começassem a parecer definidas. Mas agora parece que

todos os investidores estão no barco, e todo mundo está muito positivo, e espera finalizar o acordo o mais cedo possível. Já há um monte de clientes potenciais por lá, segundo ele, e isso antes mesmo de ter começado.

E adivinha só! Nós vamos para lá daqui a três dias! Luke vai se encontrar com alguns de seus parceiros — e eu vou ter entrevistas com o pessoal da TV e explorar a cidade. Meu Deus, isso é empolgante. Dentro de apenas setenta e duas horas estarei lá. Na Big Apple. A cidade que nunca dorme. A...

— Becky?

Ah, merda. Volto a mim e rapidamente dou um sorriso luminoso. Estou sentada no cenário do *Morning Coffee*, atendendo ao telefonema usual, e Jane, de Lincoln, esteve explicando que quer comprar um imóvel, mas não sabe que tipo de hipoteca deve fazer.

Ah, pelo amor de Deus. Quantas vezes eu expliquei a diferença entre os planos de reembolso e as políticas de dotação? Você sabe, algumas vezes esse trabalho pode ser muito interessante, ouvir as pessoas e seus problemas e tentar ajudá-las. Mas outras vezes é tão tedioso quanto era escrever para *Successful Saving*. Puxa, hipotecas *de novo?* Sinto vontade de gritar: "Você não assistiu ao programa da semana passada?"

— Bom, Jane — digo, contendo um bocejo. — A questão das hipotecas é bem complicada.

Enquanto falo, minha mente começa a vaguear de novo para Nova York. Pense só. Vamos ter um apartamento em Manhattan. Em algum espantoso condomínio do Upper East Side — ou talvez num lugar bem bacana em Greenwich Village. Meu Deus, sim! Vai ser simplesmente perfeito.

Para ser honesta, eu não tinha pensado em morar com Luke nem daqui a... bem, séculos. Admito que se tivéssemos ficado em Londres, talvez isso nunca acontecesse. Quero dizer, é um passo bem grande, não é? Mas o fato é que isto é diferente. Como disse Luke, esta é a chance de nossa vida. É todo um novo começo. São táxis amarelos e arranha-céus, e Woody Allen e bancar a *Bonequinha de luxo* na Tiffany's.

O negócio realmente estranho é que, mesmo nunca tendo estado em Nova York, já sinto uma afinidade com o lugar. Tipo, por exemplo, eu adoro *sushi* — e o *sushi* foi inventado em Nova York, não foi? E sempre assisto a *Friends*, a não ser que eu vá sair à noite. E *Cheers*. (Só que, pensando bem, esse aí é em Boston, não é? Ainda assim é a mesma coisa.)

— Então, Jane, independentemente do que você esteja comprando — digo em tom sonhador — seja... um dúplex na Quinta Avenida... ou um apartamento sem elevador no East Village... você deve maximizar o potencial dos seus dólares. O que significa...

Paro ao ver Emma e Rory me encarando estranhamente.

— Becky, Jane está planejando comprar uma casa em Skegness — diz Emma.

— E certamente é com libras, não é? — diz Rory, olhando em volta, como se pedisse apoio. — Não é?

— É, bem — digo às pressas. — Obviamente eu

estava apenas usando isso como exemplo. O princípio se aplica a qualquer lugar onde você esteja comprando. Londres, Nova York, Skegness...

— E, com esse tom internacional, acho que teremos de terminar — diz Emma. — Espero que isso tenha ajudado, Jane, e obrigada de novo à nossa especialista em finanças Becky Bloomwood... você tem uma última palavra, Becky?

— A mesma mensagem de sempre — digo, com um sorriso caloroso para a câmera. — Cuide do seu dinheiro...

— E seu dinheiro cuidará de você — diz todo mundo em coro, obedientemente.

— E estamos chegando ao fim do programa — diz Emma. — Junte-se a nós amanhã, quando reuniremos um trio de professores de Teddington...

— ... falaremos com o homem que se tornou artista de circo aos sessenta e cinco anos... — diz Rory.

— ... e estaremos entregando cinco mil libras no quadro "Adivinhe"! Até lá!

Há uma pausa congelada — e todo mundo relaxa quando a música tema começa a tocar nos alto-falantes.

— Então, Becky, você está indo para Nova York ou algo assim? — pergunta Rory.

— Estou — digo sorrindo de orelha a orelha para ele. — Por duas semanas!

— Que legal! — diz Emma. — Por quê?

— Ah, não sei... — dou de ombros vagamente. — Só um capricho.

Ainda não falei com ninguém do programa sobre a mudança para Nova York. Na verdade, foi conselho de Luke. Só por precaução.

— Becky, eu queria dar uma palavrinha rápida — diz Zelda, a assistente de produção, entrando no cenário com alguns papéis. — Seu novo contrato está pronto para ser assinado, mas eu preciso ler com você. Há uma nova cláusula sobre representar a imagem da estação. — Ela baixa a voz. — Depois de todo aquele problema com o professor Jamie.

— Ah, sei — digo, e faço uma cara simpática. O professor Jamie é o especialista em educação do *Morning Coffee*. Ou pelo menos era, até que o *Daily World* fez uma matéria sobre ele em sua série "Eles São Mesmo o Que Parecem?" revelando que Jamie não era professor de verdade e coisa e tal. De fato, ele nem tinha diploma, só o falso que comprou na "Universidade de Oxbridge". Todos os tablóides publicaram a história e ficaram mostrando fotos dele com o chapéu de burro que usou na maratona televisiva do ano passado. Senti pena de verdade, porque ele queria dar conselhos bons.

E fiquei um pouco surpresa por o *Daily World* ser tão maldoso. Eu já escrevi para o *Daily World*, uma ou duas vezes, e sempre pensei que tivessem bom senso, para um tablóide.

— Não vai demorar cinco minutos — diz Zelda. — Nós poderíamos ir à minha sala...

— Bom... — digo, e hesito. Porque não quero assinar nada no momento, quero? Não, se estou planejando mudar de emprego. — Eu estou meio com pressa. — O que é verdade, porque tenho de chegar ao escritório de Luke ao meio-dia, e depois preparar minhas coisas para Nova York. (Ha! Haha!) — Isso não pode esperar até eu voltar?

— Tudo bem — diz Zelda. — Sem problema. — Ela recoloca o contrato no envelope pardo e ri para mim. — Divirta-se. Ei, sabe, você deveria fazer umas compras enquanto estiver lá.

— Compras? — digo, como se isso não tivesse me passado pela cabeça. — É, acho que sim.

— Ahh, sim! — diz Emma. — Não se pode ir a Nova York sem fazer compras! Se bem que eu acho que Becky iria dizer que deveríamos pôr nosso dinheiro na caderneta de poupança.

Ela ri toda alegre e Zelda participa. De algum modo, todo o pessoal do programa acha que eu sou incrivelmente organizada com o meu dinheiro — e, sem querer, eu não neguei. Mas não acho que isso tenha importância.

— Uma caderneta de poupança é boa idéia, claro... — ouço-me dizendo. — Mas, como sempre digo, não há problema em fazer compras de vez em quando, desde que você se mantenha no orçamento.

— É isso que você vai fazer, então? — pergunta Emma, interessada. — Organizar um orçamento?

— Ah, sem dúvida — digo cheia de sensatez. — É o único modo.

O que é totalmente verdade. Quero dizer, obviamente eu estou planejando fazer um orçamento de compras em Nova York. Vou estabelecer limites realistas e ficar firme neles. É muito simples.

Se bem que o que provavelmente farei é tornar os limites bastante amplos e flexíveis. Porque é sempre uma boa idéia deixar uma folga extra para emergências e saídas inesperadas.

— Você é tão virtuosa! — diz Emma, balançando a cabeça. — Mas é por isso que você é a especialista em finanças e eu não. — Ela olha quando o homem dos sanduíches se aproxima com uma bandeja. — Ahh, que delícia, estou morrendo de fome! Vou querer... bacon com abacate.

— E eu quero atum com milho — diz Zelda. — O que você quer, Becky?

— Pastrami no centeio — digo casualmente. — Sem maionese.

— Acho que ele não tem isso — diz Zelda, piscando com a sobrancelha. — Tem salada de presunto...

— Então um *bagel*. Queijo cremoso e *lox*. E um refrigerante.

— Uma água gasosa, é o que você quer dizer, não é? — pergunta Zelda.

— O que é *lox*? — pergunta Emma, perplexa, e eu finjo que não ouvi. Na verdade, não sei bem o que é lox, mas sei que é comido em Nova York, portanto deve ser delicioso, não é?

— O que quer que seja — diz o homem do sanduíche — eu não tenho. Você pode comer queijo com tomate e um belo pacote de Hula Hoops.

— Tudo bem — digo com relutância, e enfio a mão na bolsa. Quando faço isso, uma pilha de correspondências que peguei hoje de manhã cai da minha bolsa no chão. Merda. Junto as cartas apressadamente, esperando que ninguém veja o que são. Mas o desgraçado do Rory está olhando direto para mim.

— Ei, Becky — diz ele, dando uma gargalhada. — Aquilo que eu vi ali era uma conta vermelha?

— Não! — digo imediatamente. — Claro que não. É um... um cartão de aniversário. Um cartão de aniversário de gozação. Para meu contador. De qualquer modo, eu preciso correr. Tchau!

Tudo bem, então isso não era totalmente verdadeiro. Era uma conta vermelha. Para ser honesta, têm chegado um bocado de contas vermelhas para mim nos últimos dias, e eu pretendo totalmente pagá-las quando tiver o dinheiro. Mas simplesmente não consigo ficar abalada. Quero dizer, eu tenho coisas mais importantes acontecendo na vida do que alguns ultimatos. Dentro de alguns meses estarei vivendo do outro lado do Atlântico! Vou ser uma estrela da televisão americana!

Luke diz que nos Estados Unidos eu provavelmente vou ganhar o dobro do que ganho aqui. Se é que não mais! E aí algumas continhas desgraçadas não vão importar muito, vão? Algumas libras de dívidas não vão exatamente arruinar meu sono quando eu for um nome conhecido e estiver morando numa cobertura na Park Avenue, vão?

Meu Deus, e isso vai silenciar de vez aquele horrível

John Gavin. Vai deixá-lo totalmente no chão. Imagine só a cara dele quando eu entrar e contar que vou ser a nova âncora da CNN, com um salário seis vezes maior do que o dele. Isso vai ensiná-lo a não ser maldoso. Finalmente abri sua última carta hoje cedo, e ela me perturbou um bocado. O que ele quer dizer com "nível excessivo de dívida?" O que quer dizer com "privilégio"? Derek Smeath nunca seria tão grosseiro comigo, nem em um milhão de anos.

Luke está tendo uma reunião quando eu chego, mas tudo bem, porque não me importo em esperar. Adoro visitar o escritório da Brandon Communications — de fato, costumo aparecer lá um bocado, só pela atmosfera. É um lugar muito bacana — pisos de madeira clara, luminárias e sofás chiques, e todo mundo fica andando com cara de ocupado e dinâmico. Todo mundo fica até tarde da noite, mesmo não precisando — e por volta das sete horas alguém sempre abre uma garrafa de vinho e serve para todos.

    Eu tenho um presente para dar à secretária dele, Mel, pelo aniversário — é um lindíssimo par de almofadas da Conran Shop — e quando entrego a bolsa, ouço-a ficar boquiaberta.

    — Ah, Becky! Não precisava!

    — Eu quis! — digo rindo de orelha a orelha, e me empoleiro íntima em sua mesa enquanto ela admira o presente. — Então, qual é a última?

    Aah, nada é melhor do que uma boa fofoca. Mel deixa

a bolsa de lado e pega uma caixa de caramelos, e nós batemos um papo ótimo. Ouço tudo sobre seu horrível encontro com um cara medonho que a mãe dela está tentando lhe empurrar, e ela ouve tudo sobre o casamento de Tom. E então Mel baixa a voz e começa a me colocar a par das fofocas do escritório.

Conta sobre as duas recepcionistas que não se falam desde que vieram trabalhar usando a mesma jaqueta Next, e as duas se recusaram a tirar — e a garota da contabilidade que acabou de voltar da licença-maternidade e está vomitando toda manhã, mas não quer admitir nada.

— E aqui vai uma bem suculenta! — diz ela, me entregando um saco de caramelos. — Soube que Alicia está tendo um caso no escritório.

— Não! — encaro-a espantada. — Verdade? Com quem?

— Com Ben Bridges.

Franzo o rosto, tentando situar o nome.

— Aquele sujeito novo, que era da Coupland Foster Bright, sabe?

— Ele? — Encaro Mel. — Verdade?

Tenho de dizer que estou surpresa. Ele é um amor, mas é baixinho, intrometido e quase gordo. Não é o que eu imaginaria como o tipo de Alicia.

— Eu sempre vejo os dois juntos, meio que sussurrando. E um dia desses Alicia disse que ia ao dentista, mas eu fui à Ratchetts e eles estavam lá, almoçando em segredo.

Ela interrompe quando Luke aparece na porta de sua sala, saindo com um homem de camisa roxa.

— Mel, peça um táxi para o Sr. Mallory, por favor.

— Claro, Luke — diz Mel, passando para sua voz eficiente de secretária. Ela pega o telefone e nós rimos uma para a outra, depois entro na sala de Luke.

Meu Deus, essa sala é elegante! Eu sempre me esqueço de como é grandiosa. Tem uma enorme mesa de madeira de bordo, projetada por um *designer* dinamarquês premiado, e nas prateleiras do nicho atrás dela há um monte de prêmios de RP que ele ganhou durante os anos.

— Aí está você — diz ele, entregando-me um maço de papéis. Em cima há uma carta de algo chamado "Howski e Forlano, Advogados de Imigração nos EUA", e enquanto vejo as palavras "sua proposta de mudança para os Estados Unidos" sinto uma pinicada de empolgação.

— Isso realmente está acontecendo, não é? — digo, indo até sua janela que ocupa uma parede inteira e olhando para a rua movimentada. — Nós vamos mesmo para Nova York.

— As passagens estão marcadas — diz ele, rindo para mim.

— Você sabe o que eu quis dizer.

— Eu sei o que você quis dizer. — E ele me envolve nos braços. — E é muito empolgante.

Durante um tempo só ficamos ali parados, os dois, olhando a rua agitada de Londres lá embaixo. Mal posso acreditar que estou planejando deixar tudo isso para morar num país estrangeiro. É empolgante e maravilhoso — mas um pouco assustador.

— Você acha mesmo que eu vou conseguir um emprego lá? — digo, como fiz todas as vezes em que o encontrei nesta semana. — Você acha honestamente?

— Claro que vai. — Ele parece tão certo e confiante que me sinto relaxar em seus braços. — Eles vão adorar você. Sem dúvida nenhuma. — Ele me beija e me aperta por um tempo. Depois vai até sua mesa, franze a testa distraído e abre uma pasta enorme com uma etiqueta onde está escrito NOVA YORK. Não é de espantar que seja tão gigantesca. Ele me disse um dia desses que há três anos estava tentando fazer um negócio em Nova York. Três anos!

— Não posso acreditar que você está planejando isso há tanto tempo e nunca me disse — falo, olhando-o rabiscar alguma coisa num Post-it.

— Mm — diz Luke. Aperto os papéis com um pouquinho mais de força e respiro fundo. Há uma coisa que eu venho querendo dizer há um tempo... e agora é um momento tão bom quanto qualquer outro.

— Luke, o que você teria feito se eu não quisesse ir para Nova York?

Há um silêncio, afora o zumbido do computador.

— Eu sabia que você ia querer — diz Luke finalmente. — É o próximo passo óbvio para você.

— Mas... e se eu não quisesse? — Mordo o lábio. — Você iria mesmo assim?

Luke suspira.

— Becky, você quer mesmo ir para Nova York, não quer?

— Quero! Você sabe que sim!

— Então qual é o sentido de fazer perguntas com "se"? O importante é que você quer ir, eu quero ir... está tudo perfeito. — Ele sorri para mim e pousa a caneta. — Como estão os seus pais?

— Eles estão... bem — digo hesitando. — Estão meio se acostumando com a idéia.

O que é meio verdade. Eles ficaram bem chocados quando contei, tenho de admitir. Pensando bem, talvez eu devesse ter dado a notícia mais suavemente. Tipo, talvez eu devesse ter apresentado Luke a eles *antes* de fazer o anúncio. Porque o modo como aconteceu foi que eu entrei correndo na casa onde eles ainda estavam vestidos com as roupas do casamento, tomando chá e assistindo ao *Countdown* — desliguei a TV e disse toda animada:

— Mamãe, eu vou me mudar para Nova York com Luke!

Diante disso, mamãe olhou para papai e disse:

— Ah, Graham. Ela se foi.

Mais tarde ela disse que não quis dizer bem isso, mas não tenho tanta certeza.

Depois eles conheceram Luke, e ele contou sobre os planos e explicou sobre todas as oportunidades na TV americana para mim, e eu pude ver o sorriso de mamãe se desbotando. Seu rosto pareceu ficar cada vez menor e meio que se fechou em si. Ela foi fazer chá na cozinha e eu fui atrás — e pude ver que ela estava chateada. Mas se recusou a demonstrar. Só fez o chá com mãos ligeiramente trêmulas e pegou alguns biscoitos — depois se virou para mim, deu um sorriso luminoso e disse:

— Eu sempre achei que você combinaria com Nova York, Becky. É o lugar perfeito para você.

Encarei-a, percebendo de repente do que eu estava falando. Ir morar a centenas de quilômetros de casa, dos meus pais e... de toda a minha vida, afora Luke.

— Vocês... vocês vão me visitar sempre? — falei, com a voz tremendo ligeiramente.

— Claro que vamos, querida! O tempo todo!

Ela apertou minha mão e olhou para o outro lado — e então nós entramos na sala de estar, e não falamos muito mais sobre isso.

Mas na manhã seguinte, quando descemos para o café da manhã, ela e papai estavam olhando um anúncio no *Sunday Times*, de propriedades para férias na Flórida, coisa em que, segundo eles, os dois já vinham pensando. Quando fomos embora naquela tarde, eles estavam discutindo vigorosamente sobre se a DisneyWorld da Flórida era melhor do que a Disneylândia na Califórnia, ainda que, por acaso, eu saiba que nenhum dos dois nem mesmo pôs os pés em nenhuma das duas.

— Becky, eu tenho de trabalhar — diz Luke, interrompendo meus pensamentos. Ele pega o telefone e disca um número. — Vejo você hoje à noite, certo?

— Certo — digo, ainda me demorando junto à ja-

nela. Depois, lembrando-me de repente, giro. — Ei, você soube da Alicia?
— O que é que tem ela? — Luke franze a testa junto ao fone e pousa-o.
— Mel acha que ela está tendo um caso. Com Ben Bridges! Dá para acreditar?
— Francamente, não — diz Luke, digitando em seu teclado. — Não dá.
— Então o que você acha que está acontecendo? — Empoleiro-me em sua mesa e o olho empolgada.
— Meu anjo — diz Luke pacientemente. — Eu preciso mesmo trabalhar.
— Você não está *interessado*?
— Não. Desde que eles façam o trabalho.
— As pessoas são mais do que o trabalho que fazem — digo em tom reprovador. Mas Luke nem está ouvindo. Está com aquele ar distante, desligado, que surge quando ele se concentra.
— Ah, bem — digo e reviro os olhos. — Vejo você depois.

Quando saio, Mel não está em sua mesa. Alicia está parada junto dela, num terno preto elegante, olhando alguns papéis. Seu rosto parece mais ruborizado do que o habitual, e imagino com um riso por dentro se ela esteve se enroscando com Ben.
— Oi, Alicia — digo educadamente. — Como vai?
Alicia dá um pulo, e rapidamente junta o que estava lendo. Depois me olha com uma expressão estranha, como se nunca tivesse me visto antes.

— Becky — diz lentamente. — Bom, eu nunca... A própria especialista em finanças. A guru do dinheiro!

O que *há* com Alicia? Por que tudo que ela diz faz parecer que está jogando algum jogo estúpido?

— É — respondo. — Sou eu. Para onde Mel foi?

Enquanto me aproximo da mesa de Mel, tenho certeza de que deixei alguma coisa em cima. Mas não consigo lembrar o que era. Uma echarpe? Eu estava com uma sombrinha?

— Mel foi almoçar — diz Alicia. — Ela mostrou o presente que você deu. Muito chique.

— Obrigada — respondo rapidamente.

— Então. — Ela me dá um sorriso fraco. — Soube que você vai a reboque do Luke para Nova York. Deve ser legal ter um namorado rico.

Deus, ela é uma vaca. Nunca diria isso na frente de Luke.

— Eu não vou simplesmente "a reboque" — retruco em tom agradável. — Eu tenho um monte de reuniões com executivos de televisão. É uma viagem totalmente independente.

— Mas... — Alicia franze a testa, pensativa. — Seu vôo é por conta da empresa, não é?

— Não! Eu mesma paguei!

— Só estava pensando. — Alicia levanta as mãos como se pedisse desculpas. — Bom, divirta-se, certo? — Ela pega alguns envelopes grandes e enfia em sua pasta, depois a fecha. — Tchau.

— Vejo você depois — digo, e olho enquanto ela vai rapidamente para os elevadores.

Fico ali parada junto da mesa de Mel durante mais alguns segundos, ainda imaginando que diabos deixei ali. Mas, o que quer que seja, não consigo lembrar. Ah, acho que não deve ser importante.

Vou para casa e encontro Suze no corredor, falando ao telefone. Seu rosto está todo vermelho e brilhante, e a voz está tremendo, e de súbito sou tomada pelo horror de que alguma coisa medonha aconteceu. Com medo, levanto as sobrancelhas para ela — e ela assente freneticamente de volta, enquanto diz:

— Sim... e... sei... e... quando vai ser?

Deixo-me cair numa poltrona, sentindo-me fraca de preocupação. De que ela está falando? De um enterro? Uma operação no cérebro? Ah, meu Deus. Assim que eu decido ir embora... isso acontece.

— Adivinha o que acontcceu? — diz ela toda trêmula enquanto desliga o telefone, e eu dou um pulo.

— Suze, eu não vou a Nova York — digo, e impulsivamente pego suas mãos. — Fico aqui e ajudo você a passar pelo que quer que seja. Alguém... morreu?

— Não — diz Suze meio atordoada, e eu engulo em seco.

— Você está doente?

— Não. Não, Bex, é uma notícia *boa*! Eu só... praticamente não acredito.

— Bom, então o que é? O que é, Suze?

— Recebi uma oferta de ter minha própria linha de acessórios na Hadleys. Você sabe, a loja de departamentos. — Ela balança a cabeça, incrédula. — Eles querem que eu desenhe uma linha inteira! Molduras, vasos, papel timbrado... o que eu quiser, basicamente.

— Ah, meu Deus! — Tapo a boca com a mão. — Isso é *fantástico*!

— O cara acabou de telefonar, vindo do nada, e disse que seus funcionários andaram monitorando as vendas das minhas molduras. Parece que eles nunca viram nada assim.

— Ah, Suze!

— Eu não fazia idéia de que as coisas iam tão bem. — Suze ainda parece em choque. — O cara disse que foi um fenômeno! Todo mundo do ramo está falando sobre isso. Parece que a única loja que não vendeu tão bem foi aquela que fica a quilômetros de distância. Em Finchley ou não sei onde.

— Ah, tudo bem — digo vagamente. — Acho que eu nunca fui naquela.

— Mas ele disse que deve ser por acaso, porque as vendas em todas as outras, em Fulham, Notting Hill e Chelsea cresceram tremendamente. — Ela dá um sorriso embaraçado. — Parece que na Gifts and Goodies, aqui perto, sou eu quem mais vende!

— Bom, isso não me surpreende! — exclamo. — Suas molduras são tranqüilamente a melhor coisa daquela loja. *Tranqüilamente* a melhor. — Envolvo-a com os braços. — Tenho tanto orgulho de você, Suze. Eu sempre soube que você ia ser um sucesso.

— Bom, eu nunca teria conseguido se não fosse você!

Puxa, foi você quem me convenceu a fazer molduras...
— De repente Suze está quase lacrimosa. — Ah, Bex, eu vou realmente sentir saudade de você.
— Eu sei — falo, mordendo o lábio. — Eu também.
Durante um tempo ficamos as duas em silêncio, e eu acho honestamente que vou começar a chorar a qualquer minuto. Mas em vez disso respiro fundo e levanto os olhos.
— Bom, não tem nenhum problema. Você só precisa abrir uma filial em Nova York.
— É! — diz Suze, se animando. — É, eu poderia fazer isso, não é?
— Claro que poderia. Você vai estar no mundo inteiro logo, logo. — Dou-lhe um abraço. — Ei, vamos sair esta noite e comemorar.
— Ah, Bex, eu adoraria, mas não posso. Vou para a Escócia. Na verdade — ela olha o relógio e faz uma careta — ah, meu Deus, eu não tinha notado que era tão tarde. Tarquin vai chegar a qualquer momento.
— Tarquin vem aqui? — digo chocada. — Agora?
De algum modo eu consegui evitar Tarquin, o primo de Suze, desde aquela noite medonha que passamos juntos. Basicamente o encontro estava indo bem (pelo menos, confortável, dado que eu não era a fim dele nem tinha nada em comum com ele) — até que Tarquin me pegou olhando seu talão de cheques. Ou, pelo menos, acho que me pegou. Ainda não sei o que ele viu, e para ser honesta, não estou a fim de descobrir.
— Eu vou dar uma carona para ele até a casa da

minha tia para uma pavorosa festa de família — diz Suze. — Nós vamos ser os únicos com menos de noventa anos.

Enquanto ela corre até o seu quarto, a campainha toca e ela grita por cima do ombro.

— Pode atender, Bex? Provavelmente é ele.

Ah, meu Deus. Ah, meu Deus. Eu *realmente* não me sinto preparada para isso.

Tentando assumir um ar de distanciamento confiante, abro a porta e digo toda animada:

— Tarquin!

— Becky — diz ele, encarando-me como se eu fosse o tesouro perdido de Tutancâmon.

Ah, meu Deus, ele está magrelo e estranho como sempre, com um agasalho tricotado à mão enfiado debaixo de um colete de *tweed*, e um gigantesco relógio de corrente pendurado do bolso. Sinto muito, mas sem dúvida o décimo quinto homem mais rico da Inglaterra, ou sei lá o que ele é, deveria ter condições de usar um Timex novo e bonito, não é?

— Bem, entre — digo com afabilidade excessiva, estendendo a mão como um dono de restaurante italiano.

— Fantástico — diz Tarquin, e me segue até a sala de estar. Há uma pausa desajeitada enquanto eu espero que ele se sente; de fato, começo a me sentir impaciente enquanto ele paira inseguro no meio da sala. Depois, de súbito, percebo que ele está esperando que *eu* me sente, e rapidamente me acomodo no sofá.

— Você gostaria de um *titchy*? — pergunto com educação.

— É meio cedo — diz ele com um sorriso nervoso. ("Titchy" é a palavra que Tarquin usa para bebida, a propósito. Simplesmente não consigo deixar de lembrar detalhes medonhos de nosso encontro — como quando ele tentou me beijar e eu me afastei bruscamente. Ah, meu Deus. Esqueça. Esqueça.)

— Eu... ouvi dizer que você vai se mudar para Nova York — diz Tarquin, olhando o chão. — É verdade?

— É — digo, incapaz de impedir um sorriso. — É, este é o plano.

— Eu fui a Nova York uma vez. Não gostei muito.

— É — digo, pensando. — É, eu posso acreditar nisso. É meio diferente da Escócia, não é? Muito mais... frenético.

— Sem dúvida! — exclama ele, como se eu tivesse dito algo muito inteligente. — Exatamente isso. Frenético demais. E o povo é absolutamente extraordinário. Bem maluco, na minha opinião.

Comparado com o quê?, sinto vontade de responder. Pelo menos eles não chamam a água de "Ho" nem cantam Wagner em público.

Mas isso não seria gentil. Então não digo nada, e ele não diz nada — e quando a porta se abre nós dois levantamos a cabeça, agradecidos.

— Oi! — diz Suze. — Tarkie, você está aí! Escute, eu vou pegar o carro, porque tive de estacionar meio longe na outra noite. Vou buzinar quando estiver voltando, e a gente pode ir nessa, certo?

— Certo — diz Tarquin, assentindo. — Vou esperar aqui com Becky.

— Maravilha! — digo, tentando dar um sorriso alegre.

Suze desaparece, eu me remexo sem jeito na poltrona, e Tarquin estica as pernas e olha os pés. Ah, isso é insuportável. A simples visão dele está me incomodando cada vez mais — e de repente eu sei que *tenho* de dizer alguma coisa agora; caso contrário, vou desaparecer em Nova York e a chance estará perdida.

— Tarquin — digo, e solto o ar com força. — Há uma coisa que eu... eu realmente quero falar com você. Na verdade, queria dizer há um tempo.

— Sim? — diz ele, com a cabeça se levantando bruscamente. — O que... o que é? — Ele me encara ansioso, e eu sinto uma ligeira pontada nos nervos. Mas agora que comecei, tenho de ir em frente. Tenho de dizer a verdade. Puxo o cabelo para trás e respiro fundo.

— Esse agasalho — digo. — Ele *realmente* não combina com o colete.

— Ah — diz Tarquin, parecendo frustrado. — Verdade?

— Sim! — digo, sentindo um enorme alívio por ter tirado o peso do peito. — De fato... é apavorante.

— Eu devo tirar?

— Sim. E tire o colete também.

Obedientemente ele tira o colete e o agasalho — e é

espantoso como fica melhor simplesmente com uma camisa azul. Quase... normal! Então tenho uma inspiração súbita.

— Espere aqui!

Corro ao meu quarto e pego uma das bolsas de viagem que estão na minha cama. Dentro há um agasalho que eu comprei há alguns dias para o aniversário de Luke, mas descobri que ele já tem um exatamente igual, por isso estava planejando devolver.

— Aqui! — digo, chegando de novo na sala de estar.
— Ponha este. É do Paul Smith.

Tarquin enfia o agasalho preto na cabeça e puxa para baixo — e que diferença! Ele está começando a parecer bem distinto.

— Seu cabelo — digo, olhando criticamente para ele.
— Temos de fazer alguma coisa com isso.

Dez minutos depois nós o molhamos, secamos com o secador e esticamos para trás com um pouco de gel. E... posso dizer. Foi uma tremenda transformação.

— Tarquin, você está maravilhoso! — digo, e estou falando sério. Ele ainda tem aquele ar magro e ossudo, mas de repente não parece mais um otário, parece meio... interessante.

— Verdade? — pergunta ele, olhando para o próprio corpo. Tarquin parece meio em estado de choque, e talvez eu o tenha forçado ligeiramente a isso. Mas o fato é que a longo prazo ele vai me agradecer.

Uma buzina soa do lado de fora, e nós dois pulamos.

— Bom, divirta-se — digo, de repente parecendo a

mãe dele. — Amanhã de manhã só molhe o cabelo de novo e passe os dedos, e vai ficar legal.

— Certo. — Pela cara de Tarquin, parece que eu acabei de lhe dar uma longa fórmula matemática para decorar. — Vou tentar lembrar. E o agasalho? Devo devolver pelo correio?

— Não devolva! — digo horrorizada. — É seu para ficar e *usar*. Um presente.

— Obrigado. Eu... agradeço muito, Becky. — Ele se adianta e me dá um beijo no rosto, e eu dou-lhe um tapinha desajeitado na mão. Quando Tarquin desaparece pela porta, pego-me esperando que ele seja feliz na festa e arranje alguém. Ele realmente merece.

O carro de Suze se afasta e eu vou até a cozinha preparar uma xícara de chá, imaginando o que farei pelo resto da tarde. Estava meio planejando trabalhar mais um pouco no livro de auto-ajuda. Mas a alternativa é assistir a *Manhattan*, que Suze gravou ontem à noite e será uma pesquisa realmente boa para a viagem. Porque, afinal de contas, eu preciso estar preparada, não é?

E eu sempre posso trabalhar no livro quando voltar de Nova York. Exatamente.

Estou toda feliz pondo a fita no aparelho quando o telefone toca.

— Ah, olá — diz uma voz de mulher. — Desculpe perturbar você. É Becky Bloomwood, por acaso?

— É — digo, pegando o controle remoto.

— Aqui é a sua... hmm... agente de viagens — diz a

mulher, e pigarreia. — Nós queríamos confirmar de novo em que hotel você vai ficar em Nova York.
— H... no Four Seasons.
— E vai ser com um tal de Sr... Luke Brandon?
— Isso mesmo.
— Durante quantas noites?
— Hm... treze? Quatorze? Não tenho certeza. — Estou forçando a vista para a TV, imaginando se voltei a fita demais. Certamente aquele anúncio de salgadinhos Walker não passa mais, não é?
— E você vai ficar num quarto ou numa suíte?
— Acho que é uma suíte.
— E quanto custa por noite?
— Na verdade... não sei. Eu poderia descobrir...
— Não, não se preocupe — diz a mulher em tom agradável. — Bom, não quero perturbá-la mais. Aproveite a viagem.
— Obrigada! — digo assim que acho o começo do filme. — Tenho certeza de que vamos aproveitar.
O telefone fica mudo, e eu vou até o sofá, franzindo a testa ligeiramente. Sem dúvida a agente de viagens deveria saber quanto custa o quarto, não é? Puxa, o trabalho dela é esse.
Sento-me, tomo um gole de chá, esperando o começo do filme. Agora, pensando bem, foi um telefonema bem estranho. Por que alguém telefonaria só para fazer um punhado de perguntas básicas? A não ser que... será que ela é nova? Ou só está verificando, ou alguma coisa...

Mas depois a história toda é varrida da minha mente, enquanto a *Rapsodia in Blue* de Gershwin atravessa o ar e a tela é preenchida com imagens de Manhattan. Olho para a televisão, totalmente fascinada, sentindo uma pontada de empolgação. É para lá que nós estamos indo! Daqui a três dias estaremos lá! Mal posso, mal posso esperar!

Endwich Bank
AGÊNCIA FULHAM
3 Fulham Road
Londres SW6 9JH

Srta. Rebecca Bloomwood
Apto. 2
4 Burney Road
Londres SW6 8FD

21 de setembro de 2001

Cara Srta. Bloomwood

Obrigado por sua carta de 19 de setembro.

A senhorita não quebrou a perna. Tenha a gentileza de contatar meu escritório sem demora para marcar uma reunião para falar de seus saques a descoberto.

A senhorita está sendo cobrada em £20 por esta carta.

Atenciosamente

John Gavin
Diretor de Recursos de Cheque Especial

ENDWICH — PORQUE NOS IMPORTAMOS

LINHAS AÉREAS REGAL

Escritório Central

Preston House

354 Kingsway

Londres WC2 4º

Srta. Rebecca Bloomwood
Apartamento 2
4 Burney Road
Londres SW6 8FD

23 de setembro de 2001

Cara Rebecca Bloomwood

Obrigada por sua carta de 18 de setembro, e eu fiquei triste em saber que nossa política de bagagens lhe causou noites insones e crises de ansiedade.

Admito que a senhorita pode pesar consideravelmente menos do que, como disse, "um empresário gordo da Antuérpia, enfiando um monte de bolinhos goela abaixo". Infelizmente, as Linhas Aéreas Regal continuam não podendo aumentar seu limite de bagagem além dos 20kg, que é o padrão.

A senhorita pode começar um abaixo-assinado e escrever para Cherie Blair. Entretanto, nossa política continuará sendo a mesma.

Por favor, aproveite sua viagem.

Mary Stevens
Gerente de Atendimento ao Cliente

Oito

Tudo bem, é isso. É a este lugar que eu pertenço. Eu fui *feita* para morar na América.

Nós só estamos aqui desde ontem à noite, mas já estou completamente apaixonada pela cidade. De cara, nosso hotel é fantástico — todo de calcário e mármore, com tetos espantosamente altos. Estamos num quarto enorme dando para o Central Park, com um quarto de vestir todo forrado de lambris e a banheira mais incrível, que se enche nuns cinco segundos. Tudo é tão enorme, luxuoso e meio... *demais*. Como ontem à noite. Depois de chegarmos, Luke sugeriu um pequeno drinque lá embaixo — e, honestamente, o martíni que eles trouxeram era a bebida mais gigantesca que eu já vi. (Mas no fim consegui tomá-lo. E depois tomei outro, só porque seria grosseiro recusar.)

Além disso, todo mundo é muito gentil o tempo todo. O pessoal do hotel sorri sempre que vê você — e quando você diz "obrigada", eles respondem "de nada", coisa que *nunca* fariam na Inglaterra, só rosnariam. Para meu espanto, já recebi um lindo buquê de flores e um convite da mãe de Luke, Elinor, para almoçar — ela mora em

Nova York — e outro buquê do pessoal da televisão que vou encontrar na quarta-feira, e uma cesta de frutas de uma pessoa de quem nunca ouvi falar, mas que aparentemente está "desesperada" para me conhecer!

Quero dizer, quando foi que Zelda, do *Morning Coffee*, me mandou pela última vez uma cesta de frutas? Exatamente.

Tomo um gole de café e dou um sorriso satisfeito para Luke. Estamos no restaurante terminando o café da manhã antes de ele se mandar para uma reunião, e eu estou decidindo o que vou fazer com meu dia. Só tenho entrevistas daqui a uns dois dias, de modo que está por minha conta se vou a alguns museus, passear no Central Park... ou... dar um pulo em uma ou duas lojas...

— Gostaria de um pouco mais? — diz uma voz junto ao meu ouvido. E eu levanto a cabeça para ver um garçom sorridente oferecendo um bule de café. Está vendo o que eu quis dizer? Eles estão oferecendo café interminavelmente desde que nós nos sentamos, e quando pedi um suco de laranja, eles me trouxeram um copo enorme, todo enfeitado com casca de laranja cristalizada. E aquelas panquecas deliciosas que acabei de devorar?... Puxa, panquecas no café da manhã. É puro gênio, não é?

— Então... você vai malhar na academia? — pergunta Luke, enquanto dobra o exemplar do *Daily Telegraph*. Ele lê todos os jornais todos os dias, americanos e ingleses. O que é bastante bom, porque significa que ainda posso ler meu horóscopo do *Daily World*.

— Academia? — pergunto perplexa.

— Eu achei que essa seria a sua rotina — diz ele, pegando o *FT*. — Uma malhaçãozinha todas as manhãs.

Estou quase dizendo "Não seja ridículo!" quando me ocorre que eu posso ter anunciado apressadamente alguma coisa do gênero ontem à noite. Depois daquele segundo martíni.

Mesmo assim — tudo bem. Eu posso ir à academia. Na verdade, seria *bom* ir à academia. E depois eu poderia... bem, eu poderia fazer um pouco de turismo, acho. Talvez olhar alguns prédios famosos.

Você sabe, tenho certeza de que li em algum lugar que o prédio da Bloomingdale's é uma obra de arquitetura admirada.

— E depois o que você vai fazer?

— Não sei — digo vagamente, olhando um garçom colocar um prato de torradas francesas na mesa ao lado. Meu Deus, aquilo parece delicioso. Por que não temos coisas assim na Europa? — Conhecer Nova York, acho.

— Eu estava perguntando na recepção, é há um passeio com um guia, a pé, que sai do hotel às onze. O recepcionista recomendou.

— Ah, sei — digo, tomando um gole de café. — Bom, acho que eu poderia fazer esse passeio.

— Isso se você não quiser fazer umas compras — diz Luke, pegando o *The Times*, e eu o encaro incrédula. Você nunca "não quer fazer compras". Você sempre não quer *outras coisas*.

O que, de fato, me faz pensar. Talvez eu devesse fazer esse passeio — e então marquei turismo na tabela mental.

— O passeio turístico parece bom — digo. — De fato, vai ser um modo ótimo de conhecer minha nova cidade. — Olho a sala de jantar em volta, para todos os empresários elegantes e mulheres bem-vestidas, e os garçons circulando discretamente. — Meu Deus, pense só, dentro de algumas semanas nós estaremos morando aqui. Seremos nova-iorquinos de verdade!

— Becky — diz Luke. Ele pousa o jornal... e de repente parece sério demais. — Há uma coisa que eu estava querendo dizer. Tudo andou numa corrida tão grande, que não tive chance; mas é uma coisa que realmente eu acho que você precisa ouvir.

— Tudo bem — digo apreensiva. — O que é?

— É um grande passo mudar-se para uma nova cidade. Especialmente uma cidade tão extrema quanto Nova York. Eu já estive aqui muitas vezes, e até eu a acho meio esmagadora de vez em quando.

— O que quer dizer?

— Estou dizendo que você deveria ir devagar. Não espere se adaptar imediatamente. A simples pressão e o ritmo de vida aqui estão, francamente, num nível diferente do de Londres.

Encaro-o, desconcertada.

— Você acha que eu não vou agüentar o ritmo?

— Não estou dizendo isso. Só estou dizendo: conheça a cidade aos poucos. Capte a sensação; veja se consegue se ver morando aqui. Você pode odiar! Pode decidir que não vai conseguir se mudar para cá. Claro, eu espero que isso não aconteça, mas vale a pena manter a mente aberta.

— Certo — digo lentamente. — Sei.
— Então, veja como corre o dia de hoje, e a gente conversa mais à noite. Certo?
— Certo — digo, e acabo de tomar meu café pensativamente.

Vou mostrar a Luke que consigo me adaptar a esta cidade. Vou mostrar que posso ser uma verdadeira nova-iorquina. Vou à academia, depois vou beber alguma coisa saudável, depois vou... atirar em alguém, talvez?
Ou talvez só a academia baste.
Na verdade, estou bem ansiosa para malhar, porque comprei uma fabulosa roupa de ginástica DKNY na liquidação ano passado, e é a primeira vez que terei a chance de usar! Eu pensava mesmo em entrar para uma academia, de fato até fui pegar uma ficha de inscrição na Holmes Place em Fulham. Mas depois li um artigo realmente interessante dizendo que era possível perder bastante de peso só fazendo pequenos movimentos. Só balançando os dedos e coisas assim! Então pensei em usar esse método, e gastei o dinheiro que tinha economizado comprando um vestido novo.
Não é que eu não goste de fazer exercício nem nada — porque gosto. Adoro. E se vou morar em Nova York, terei de ir à academia todos os dias, não é? Quero dizer, é a lei ou sei lá o quê. Então esse é um bom modo de me aclimatar.
Quando chego à entrada da academia de ginástica do hotel olho para o meu reflexo — e secretamente fico bem

impressionada. Dizem que as pessoas de Nova York são todas magras como lápis e estão sempre em forma, não é? Mas admito que eu pareço muito mais em forma do que algumas daquelas figuras. Puxa, olha só aquele cara careca ali, de camiseta cinza. Parece que nunca esteve numa academia na vida!

— Olá — diz uma voz. Ergo os olhos e vejo um sujeito musculoso numa malha de lycra maneira vindo na minha direção. — Eu sou Tony. Como você vai?

— Vou bem, obrigada — digo, e casualmente dou uma alongada no tendão do jarrete. (Pelo menos acho que é o tendão do jarrete. O da perna.) — Só vim dar uma malhada.

Casualmente troco de pernas, fecho as mãos e estico os braços na frente do corpo. Posso ver meu reflexo do outro lado da sala — e mesmo sendo eu mesma que digo, estou parecendo chique demais.

— Você se exercita regularmente? — pergunta Tony.

— Não em academia — digo, abaixando-me para tocar as pontas dos dedos. E mudo de idéia no meio do caminho e pouso as mãos nos joelhos. — Mas ando um bocado.

— Fantástico! — diz Tony. — Numa esteira? Ou ao ar livre?

— Pelas lojas, principalmente.

— Tudo bem... — diz ele, em dúvida.

— Mas freqüentemente carrego coisas bem pesadas. Você sabe, bolsas de compras e coisa e tal.

— Sei — diz Tony, sem parecer muito convencido.

— Bem... você gostaria de que eu mostrasse como os aparelhos funcionam?
— Está tudo bem — digo confiante. — Eu me viro.
Honestamente, não faço a mínima questão de ouvi-lo explicar cada aparelho e quantos ajustes ele tem. Puxa, eu não sou uma retardada, sou? Pego uma toalha na pilha, penduro no pescoço e dirijo-me para uma esteira, que deve ser bem simples. Subo e examino os botões à minha frente. Num painel a palavra "Tempo" pisca para mim, e depois de pensar um pouco digito "40 minutos", que parece mais ou menos legal. Quero dizer, é o tempo que a gente gasta numa caminhada, não é? Ela pisca "programa" e, depois de examinar as opções, seleciono "Everest", que parece bem mais interessante do que "caminhada". Depois ela pisca "nível". Hmm. Nível. Olho em volta procurando alguma orientação, mas Tony não está à vista.

O sujeito careca está subindo na esteira ao lado da minha, e eu me inclino.

— Com licença — digo educadamente. — Que nível você acha que eu deveria escolher?

— Isso depende. Você está em forma?

— Bom — digo, sorrindo com modéstia. — Você sabe...

— Eu vou usar o nível 5, se é que isso ajuda — diz o sujeito, cutucando rapidamente na máquina.

— Certo — digo. — Obrigada!

Bom, se ele está no nível 5, eu devo estar pelo menos no nível 7. Puxa, francamente, olhe só para ele — e olhe para mim.

Estendo a mão para a máquina e aperto o "7", depois aperto INICIAR. A esteira começa a se mexer, e eu começo a andar. E aquilo é realmente agradável! Deus, eu realmente deveria ir à academia com mais freqüência. Na verdade, deveria entrar para uma academia.

Mas parece que, mesmo que você não malhe, ainda pode ter uma boa forma natural. Porque isso aqui não está me causando absolutamente nenhum problema. De fato, é fácil demais. Eu deveria ter escolhido o nível...

Espere aí. A máquina está se inclinando para cima. E está acelerando. Eu estou tendo de correr para manter o ritmo dela.

Mas tudo bem. Puxa, esse é o objetivo, não é? Dar uma boa corrida saudável. Correr, ofegar um pouquinho, mas isso só significa que meu coração está funcionando. O que é perfeito. Desde que não fique mais...

Está se inclinando de novo. Ah, meu Deus. E ficando mais rápida. E mais rápida.

Não posso fazer isso. Meu rosto está vermelho. Meu peito está doendo. Estou ofegando freneticamente e me agarrando nas barras do aparelho. Não posso correr tão rápido. Tenho de diminuir a velocidade um pouco.

Cutuco febrilmente o painel — mas a esteira continua zumbindo e correndo — e de repente fica ainda mais alta. Ah, não. Por favor, não.

"Tempo restante: 38:00" pisca luminosamente no painel à minha frente. *Mais 38 minutos?*

Olho à direita, e o sujeito careca está correndo com facilidade como se estivesse descendo um morro. Quero falar com ele, mas não posso abrir a boca. Não posso fazer nada, a não ser manter as pernas se mexendo do melhor modo possível.

E de repente ele olha na minha direção — e sua expressão muda.

— Moça? Você está bem?

Rapidamente ele aperta o painel da sua máquina, que pára, em seguida pula e aperta a minha.

A esteira diminui a velocidade e pára de modo bastante abrupto — e eu desmorono nas barras laterais, tentando recuperar o fôlego.

— Tome um pouco d'água — diz o homem, entregando-me um copo.

— Ob... obrigada — digo, e cambaleio para fora da esteira, ainda ofegando. Meus pulmões parecem em vias de explodir, e quando olho meu reflexo do lado oposto, o rosto está cor de beterraba.

— Talvez você devesse parar por hoje — diz o sujeito, olhando-me ansioso.

— É — digo. — É, talvez eu pare. — Tomo um gole d'água, tentando recuperar o fôlego. — Acho que o problema é que eu não estou acostumada com os aparelhos americanos.

— Pode ser — diz o homem, assentindo. — Eles podem ser complicados. Claro, este — acrescenta ele, dando um tapinha nele, todo animado — foi feito na Alemanha.

— Certo — digo depois de uma pausa. — É. Bem, de qualquer modo. Obrigada pela ajuda.

— Estou à disposição — diz ele, e enquanto volta para a esteira posso vê-lo sorrindo.

Ah, meu Deus, isso foi realmente embaraçoso. Enquanto saio para o *foyer* do hotel, de banho tomado e roupa trocada, para o passeio a pé, sinto-me um tanto desinflada. Talvez Luke esteja certo. Talvez eu não consiga agüentar Nova York. Talvez seja uma idéia estúpida mudar para cá com ele.

Um grupo de turistas já se reuniu — principalmente pessoas muito mais velhas do que eu — e todos estão ouvindo um rapaz entusiasmado que diz alguma coisa sobre a Estátua da Liberdade.

— Ei! — diz ele, interrompendo quando me aproximo. — Você está aqui para o passeio?

— Sim, por favor.

— E seu nome?

— Rebecca Bloomwood — digo, ruborizando um pouco quanto todos se viram para me olhar. — Eu paguei na recepção, mais cedo.

— Bom, oi, Rebecca! — diz o sujeito, marcando alguma coisa na sua lista. — Eu sou Christoph. Bem-vinda ao nosso grupo. Está com seus sapatos de caminhada? Ele olha as minhas botas (roxo brilhante, salto agulha, liquidação do ano passado na Bertie) e seu sorriso alegre se desbota. — Você sabe que é um passeio de três horas? Todo a pé?

— Sem dúvida — digo surpresa. — Foi por isso que vim com essas botas.

— Certo — diz Christoph depois de uma pausa. — Bem... certo. — Ele olha em volta. — Acho que é só isso, então vamos começar o passeio!

Ele sai do hotel para a rua, e enquanto todo mundo o acompanha rapidamente pela calçada, pego-me andando devagar, olhando para cima. É um dia espantosamente claro e ameno, com uma luz do sol quase ofuscante ricocheteando nas calçadas e nos prédios. Olho em volta, totalmente cheia de espanto. Meu Deus, esta cidade é um lugar incrível. Puxa, obviamente eu sabia que Nova York era cheia de arranha-céus. Mas só quando você está parada na rua, olhando para eles, percebe como... bem, como eles são *gigantescos*. Olho para o topo dos prédios de encontro ao céu, até o pescoço estar arqueado e eu começar a ficar tonta. Então meus olhos baixam lentamente, andar por andar, até o nível das vitrines. E me pego olhando para duas palavras. "Prada" e "Sapatos".

Uuuh.

Sapatos Prada. Bem na minha frente.

Só vou dar uma olhadinha bem rápida.

Enquanto os outros marcham, corro até a vitrine e olho para um escarpim marrom. Meu Deus, é divino. Quanto será que custa? Você sabe, talvez a Prada aqui seja bem barata. Será que eu devo só entrar...

— Rebecca?

Com um susto, volto a mim e olho em volta — e vejo o grupo vinte metros adiante, todos olhando para mim.

— Desculpe — digo, e relutantemente me arranco da vitrine. — Estou indo.

— Haverá tempo para compras mais tarde — diz Christoph todo animado.
— Eu sei — digo, e dou um riso tranqüilo. — Desculpe.
— Não se preocupe.
Claro, ele está certo. Haverá tempo suficiente para fazer compras. Muito tempo.
Certo. Vou realmente me concentrar no passeio.
— Então, Rebecca — diz Christoph todo animado, quando me junto de novo ao grupo. — Eu estava dizendo aos outros que vamos pegar a rua 57 leste até a Quinta Avenida, a avenida mais famosa de Nova York.
— Fantástico! — digo. — Parece muito bom!
— A Quinta Avenida serve como uma linha divisória entre o "lado leste" e o "lado oeste" — continua Christoph. — Qualquer um que se interessa por história gostará de saber que...

Estou assentindo inteligentemente enquanto ele fala, e tentando parecer interessada. Mas à medida que andamos pela rua, minha cabeça fica girando da esquerda para a direita, como alguém assistindo a um jogo de tênis. Christian Dior, Hermès, Chanel... Essa rua é incrível. Se ao menos a gente pudesse ir um pouquinho mais devagar, e olhar direito. Mas Christoph está marchando adiante como um líder de montanhismo, e todo mundo no grupo o acompanha alegremente, nem mesmo olhando para as visões incríveis em volta. Eles não têm olhos na cabeça?

— ... onde veremos dois marcos bem conhecidos: o

Rockefeller Center, que muitos de vocês devem associar à patinação no gelo...

Viramos uma esquina — e meu coração dá um salto mortal de empolgação. A Tiffany's. É a Tyffany's, bem na minha frente! Eu *preciso* dar uma espiadinha rápida. Puxa, é disso que se trata Nova York, não é? Caixinhas azuis, fitas brancas e aqueles estupendos colares de prata... Desvio-me para a vitrine e olho desejosa para as peças fantásticas. Uau. Esse colar é absolutamente estonteante. Ah, meu Deus. E olhe aquele relógio. Quanto será que uma coisa assim...

— Ei, todo mundo, esperem! — ressoa a voz de Christoph. Levanto a cabeça. E eles estão a quilômetros adiante de novo. Como é que andam tão depressa? — Você está bem, Rebecca? — grita ele, com uma alegria ligeiramente forçada. — Vai ter de tentar manter o passo. Nós temos um bocado de terreno para percorrer!

— Desculpe — digo, e dou uma corridinha até o grupo. — Só estava dando uma olhada na Tiffany's — rio para a mulher ao meu lado, esperando que ela ria de volta. Mas ela me olha inexpressiva e puxa o capuz com mais força sobre a cabeça.

— Como eu estava dizendo — diz ele enquanto voltamos a andar —, o sistema de grade das ruas de Manhattan significa que...

E durante um tempo eu tento me concentrar realmente. Mas não adianta. Não consigo ouvir. Puxa, qual é! Esta é a Quinta Avenida! Para todo lugar que olho existem lojas fabulosas. Lá está a Gucci, e é a maior Gap que já vi na vida... e, ah, meu Deus, olha aquela vitrine ali! E nós estamos passando direto pelo Armani Exchange e ninguém nem pára...

Puxa, o que há de errado com essas pessoas? São filisteus completos?

Andamos um pouco mais, e estou tentando ao máximo captar um vislumbre dentro de uma vitrine cheia de chapéus espantosos, quando... ah, meu Deus. Só... olhe só ali. É a Saks Fifth Avenue. Ali mesmo, a poucos metros. Uma das lojas de departamento mais famosas do mundo. Andares e mais andares de roupas, sapatos e bolsas... e graças a Deus, *finalmente* Christoph está se tocando e parando.

— Este é um dos marcos mais famosos de Nova York — está dizendo com um gesto. — Muitos nova-iorquinos visitam regularmente este magnífico lugar de culto, uma vez por semana ou até mais. Alguns até vêm aqui diariamente! Nós não temos tempo para mais do que uma olhadinha rápida lá dentro, mas os que estiverem interessados podem fazer uma viagem de volta.

— É muito antiga? — pergunta um homem com sotaque escandinavo.

— O prédio data de 1879 — diz Christoph — e foi desenhado por James Renwick.

Qual é, penso impaciente, enquanto outra pessoa faz uma pergunta sobre a arquitetura. Qual é! Quem se importa com quem desenhou o prédio? Quem se importa com o trabalho de cantaria? O importante é o que está lá dentro.

— Vamos entrar? — pergunta Christoph por fim.

— Sem dúvida! — digo animadíssima, e corro para a entrada.

Só quando minha mão está na porta percebo que mais ninguém está comigo. Para onde foram todos? Perplexa, olho para trás — e o resto do grupo está entrando numa grande igreja de pedra, diante da qual há uma placa onde está escrito "Catedral de St. Patrick".

Ah.

Ah, sei. Quando ele disse "lugar magnífico de culto", queria dizer...

Certo. Claro.

Hesito, com a mão na porta, sentindo-me dividida. Ah, meu Deus, talvez eu devesse entrar na catedral. Talvez devesse absorver um pouco de cultura e voltar à Saks mais tarde.

Mas então — é isso que vai me ajudar a saber se eu quero morar em Nova York ou não? Olhar uma catedral velha e chata?

Veja a coisa assim: quantos milhões de catedrais nós temos na Inglaterra? E quantas filiais da Saks Fifth Avenue?

— Você vai entrar? — pergunta uma voz impaciente atrás de mim.

— Sim! — digo, tomando a decisão. — Sem dúvida. Vou entrar.

Passo pelas pesadas portas de madeira e entro na loja, quase doente de ansiedade. Não me sinto tão empolgada desde que a Octagon relançou seu andar de roupas de estilistas e eu fui convidada para a recepção com champanhe para os clientes com cartões.

Puxa, visitar qualquer loja pela primeira vez é empolgante. Há sempre aquela eletricidade quando você abre a porta; aquela esperança; aquela *crença* — de que essa vai ser a compra das compras, que lhe trará tudo que você sempre quis, a preços magicamente baixos. Mas isto aqui é mil vezes melhor. Um milhão de vezes. Porque não é qualquer loja velha, é? É uma loja de fama mundial. Eu estou aqui mesmo. Estou na Saks Fifth Avenue em Nova York. Enquanto entro lentamente na loja — forçando-me a não correr —, sinto como se estivesse marcando um encontro com um astro de cinema de Holywood.

Ando pela perfumaria, olhando os elegantes painéis *art-déco*; os tetos altos e arejados; a folhagem em toda parte. Meu Deus, tem de ser uma das lojas mais bonitas em que eu já estive. Nos fundos há elevadores antigos que fazem você se sentir num filme com Cary Grant, e sobre uma mesinha há uma pilha de folhetos de orientação. Pego um, só para me situar... e não acredito. Há dez andares nesta loja.

Dez andares. *Dez.*

Olho a lista, fascinada. Sinto-me uma criança tentando escolher um doce numa fábrica de chocolate. Por onde vou começar? Como devo fazer isto? Começar por cima? Começar por baixo? Ah, meu Deus, todos aqueles nomes saltando para mim, me chamando. Anna Sui. Calvin Klein. Kate Spade. Kiehl's. Acho que vou ter um ataque.

— Com licença? — Uma voz interrompe meus pensamentos e eu me viro e vejo uma garota com um crachá da Saks sorrindo para mim. — Posso ajudá-la?

— Hmm... sim — digo, ainda olhando o folheto. — Só estou tentando deduzir por onde começo, na verdade.

— Você está interessada em roupas? Ou acessórios? Ou sapatos?

— Sim — digo atordoada. — Os dois. Os três. Tudo. É... uma bolsa — digo ao acaso. — Preciso de uma bolsa nova!

O que é verdade. Quero dizer, eu trouxe bolsas, mas a gente sempre precisa de uma bolsa nova, não é? Além disso, parece haver umas bolsas muito elegantes, de modo que este é um bom modo de me aclimatar à cidade.

A garota me dá um sorriso amigável.

— Bolsas e acessórios ficam lá — diz ela, apontando. — Você pode querer começar por lá e ir subindo.

— Sim — digo. — É o que vou fazer. Obrigada!

Meu Deus, eu adoro fazer compras no exterior. Quero dizer, fazer compra em qualquer lugar é ótimo — mas as vantagens de fazer compras no exterior são:

1. Você pode comprar coisas que não consegue comprar na Inglaterra.

2. Pode cantar vantagem quando voltar para casa. ("Na verdade, eu comprei isso em Nova York".)

3. Moeda estrangeira não conta, de modo que você pode gastar quanto quiser.

Tudo bem, sei que esta última não é totalmente verdadeira. Em algum lugar na minha cabeça eu sei que os dólares são dinheiro de verdade, com valor real. Mas, puxa, *olha* para eles. Não dá para levar a sério. Eu tenho um monte deles na minha bolsa e me sinto como se estivesse carregando as notas de um jogo de Banco Imobiliário. Ontem fui comprar umas revistas numa banca, e quando entreguei uma nota de vinte dólares, foi como brincar de comprar. É como uma espécie estranha de *jet-lag* — você entra em outra moeda e de repente sente que não está gastando nada.

Então, enquanto ando pelo departamento de bolsas, experimentando uma bolsa fabulosa depois da outra, não presto muita atenção aos preços. Ocasionalmente levanto uma etiqueta de preço e faço uma tentativa débil de deduzir quanto é isso na minha moeda — mas tenho de confessar que não sei a taxa de câmbio exata. E, mesmo que soubesse, nunca fui boa com contas.

Mas o fato é que não importa. Não preciso me preocupar, porque isso aqui é a América, e todo mundo sabe que os preços na América são muito baixos. É de conhecimento comum, não é? Assim, basicamente, estou atuando no princípio de que tudo é uma pechincha. Puxa, olha só essas bolsas de *griffe*, maravilhosas. Provavelmente custam metade do preço da Inglaterra, se é que não menos!

Finalmente escolho uma linda bolsa Kate Spade de couro marrom e levo ao balcão. Custa quinhentos dólares, o que parece um bocado — mas, afinal de contas, "um milhão de liras" também parece um bocado, não é? E equivalem a apenas sessenta *pence*.

Quando a vendedora me entrega o recibo, chega a dizer algo sobre ela ser "um presente" — e eu rio de orelha a orelha, concordando.

— Um presente completo! Quero dizer, em Londres provavelmente custaria...

— Gina, você está indo lá para cima? — interrompe a mulher, virando-se para uma colega. — Gina vai levar você ao sétimo andar — diz ela, e sorri para mim.

— Certo — digo, ligeiramente confusa. — Bom... tudo bem.

Gina me chama rapidamente e, depois de um instante de hesitação, vou atrás dela, imaginando o que haverá no sétimo andar. Talvez alguma sala vip para gente que compra Kate Spade, com champanhe grátis ou algo assim!

Só quando estamos nos aproximando de uma seção chamada "Embrulhos para Presente" eu percebo o que está acontecendo. Quando eu disse "presente", ela deve ter pensado que era um...

— Cá estamos — diz Gina toda alegre. — A caixa com logotipo da Saks é brinde, ou então escolha uma variedade de embrulhos de qualidade.

— Certo! — digo. — Bom... muito obrigada! Se bem que, na verdade, eu não estava planejando...

Mas Gina já foi embora, e as duas senhoras atrás do balcão de embrulhos estão sorrindo, me encorajando.

Ah, meu Deus, isso é meio embaraçoso. O que vou fazer?

— Você já decidiu de que papel gosta? — pergunta a

mais velha das duas senhoras, sorrindo para mim. — Também temos uma variedade de fitas e adornos.

Ah, dane-se. Vou mandar embrulhar. Puxa, só custa sete dólares e cinqüenta centavos — e vai ser legal ter alguma coisa para abrir quando voltar ao quarto do hotel, não vai?

— Sim! — digo, e sorrio de volta. — Eu gostaria daquele papel prateado, por favor, e uma fita roxa... e um daqueles cachos de frutinhas prateadas.

A senhora pega o papel e começa habilmente a embrulhar minha bolsa — muito melhor do que eu já embrulhei qualquer coisa na vida. E sabe?, isso é bem divertido! Talvez eu sempre devesse mandar embrulhar minhas compras para presente.

— Para quem é? — pergunta a senhora, abrindo um cartão e pegando uma caneta prateada.

— Hmm... para Becky — digo vagamente. Algumas garotas entraram na seção de embrulhos para presente, e eu estou ligeiramente intrigada com a conversa delas.

— ... cinqüenta por cento de desconto...

— ... liquidação de ponta de estoque...

— ... jeans Earl...

— E de quem é? — pergunta a dona dos embrulhos em voz amigável.

— Hmm... de Becky — digo sem pensar. A dona dos embrulhos me lança um olhar bem estranho, e de repente eu percebo o que falei. — Uma... uma Becky diferente — acrescento sem jeito.

— ... ponta de estoque...

— ... Alexander McQueen, azul-claro, oitenta por cento de desconto.

— ... liquidação de ponta de estoque...

— ... liquidação de ponta de estoque...

Ah, não suporto mais.

— Desculpe — falo girando. — Eu não queria ficar ouvindo a conversa de vocês, mas preciso saber uma coisa. O que é uma liquidação de ponta de estoque?

Toda a seção de embrulhos para presentes fica em silêncio. Todo mundo está me olhando, até a senhora com a caneta prateada.

— Você não sabe o que é uma liquidação de ponta de estoque? — pergunta por fim uma garota com jaqueta de couro, como se eu dissesse que não sei o alfabeto.

— É... não — digo, sentindo-me ruborizar. — Não, não sei. — A garota levanta as sobrancelhas, enfia a mão na bolsa, remexe e finalmente pega um cartão. — Querida, *isto* é uma liquidação de ponta de estoque.

Pego o cartão com ela, e enquanto leio, minha pele começa a pinicar de empolgação.

LIQUIDAÇÃO DE PONTA DE ESTOQUE
Roupas de *griffe*, 50-70% de desconto
Ralph Lauren, Comme des Garçons, Bolsas Gucci,
sapatos, meias, 40-60% de desconto
Prada, Fendi, Lagerfeld

— Isso é de verdade? — suspiro por fim, levantando a cabeça. — Quero dizer, eu poderia... *eu* poderia ir lá?

— Ah, claro — diz a garota. — É de verdade. Mas só dura um dia.

— Um dia? — Meu coração começa a pular em pânico. — Só um dia?

— Um dia — afirma a garota solenemente. Eu olho as outras garotas, e elas estão concordando com a cabeça.

— As liquidações de ponta de estoque acontecem sem muito aviso — explica uma.

— Elas podem acontecer em qualquer lugar. Aparecem da noite para o dia.

— E depois somem. Desaparecem.

— E você tem de esperar a próxima.

Olho de rosto em rosto, absolutamente hipnotizada. Sinto-me um explorador aprendendo sobre alguma tribo nômade.

— Então, se quiser pegar esta hoje — diz a garota de jaqueta de couro —, é melhor correr.

Nunca me movi tão rápido como para sair daquela loja. Agarrando minha sacola da Saks Fifth Avenue, chamo um táxi, leio ofegante o endereço no cartão e afundo no banco de trás.

Não faço idéia de para onde estamos indo ou dos pontos turísticos famosos pelos quais estamos passando — mas não me importo. Desde que existam aquelas roupas de *griffe* à venda, é só isso que preciso saber.

Paramos, e eu pago ao motorista, certificando-me de dar uma gorjeta de cinqüenta por cento para ele não me achar uma turista inglesa pão-dura — e, de coração martelando, saio. E tenho de admitir que, à primeira impressão, as coisas não são promissoras. Estou numa rua cheia de lojas pouco inspiradoras e prédios de escritórios. No cartão dizia que a liquidação de ponta de estoque era no 405, mas quando acompanho os números na rua, o 405 é apenas outro prédio de escritórios. Será que estou no lugar errado? Ando um pouquinho pela calçada, olhando os prédios — mas não existem pistas. Nem sei em que bairro estou.

De repente me sinto esvaziada e estúpida. Eu deveria estar numa excursão a pé bem organizada — e o que fiz em vez disso? Fui correndo para uma parte estranha da cidade, onde provavelmente vou ser assaltada a qualquer minuto. De fato, provavelmente a coisa toda é uma mutreta, penso morosamente. Puxa, honestamente. Roupas de *griffe* com setenta por cento de desconto? Eu deveria ter notado que era bom de mais para ser...

Espere aí. Só... espere um minuto.

Outro táxi está parando, e uma garota com vestido Mil Miu está saindo. Ela consulta um pedaço de papel, anda rapidamente pela calçada e desaparece pela porta do 405. Um momento depois mais duas garotas aparecem na rua — e, enquanto olho, as duas entram também.

Talvez *seja* o lugar certo.

Abro as portas de vidro, entro num saguão desenxabido mobiliado com cadeiras de plástico e balanço a cabeça nervosamente para o recepcionista sentado atrás do balcão.

— Hm... com licença — digo educadamente. — Eu estava procurando a...

— Décimo segundo andar — diz ele com voz entediada. — Os elevadores são nos fundos.

Corro para os fundos do saguão, chamo um dos elevadores bem antigos e aperto o 12. Lenta e barulhentamente ele sobe — e eu começo a ouvir uma espécie de balbúrdia ao longe, que aumenta de volume enquanto me aproximo. O elevador faz *ping*, a porta se abre e... ah, meu Deus. Isto é a *fila*?

Uma fila de mulheres serpenteia em direção a uma porta no fim do corredor. Elas estão pressionando para a frente, e todas têm o mesmo olhar ansioso. De vez em quando alguém sai pela porta, segurando uma bolsa — e umas três mulheres entram. Então, no momento em que entro no fim da fila, há um som áspero e uma mulher abre uma porta, alguns metros atrás de mim.

— Outra entrada aqui — grita ela. — Venham para cá!

Na minha frente, uma fileira inteira de cabeças gira. Há um som ofegante coletivo — e então é como um maremoto de mulheres, todas vindo na minha direção. Eu me vejo correndo para a porta, só para evitar ser derrubada — e de repente estou no meio da sala, ligeiramente trêmula, enquanto todo mundo corre para as araras.

Olho em volta, tentando me orientar. Há araras e mais araras de roupas, mesas cobertas com bolsas, sapatos, echarpes e mulheres escolhendo. Posso ver uma roupa de tricô Ralph Lauren... uma arara cheia de casacos fabulosos... há uma pilha de bolsas Prada... Puxa, isso é como um sonho realizado!

A conversa é aguda e excitada, e enquanto olho em volta, ouço fragmentos voando.

— Eu preciso ter isso — está dizendo uma garota, segurando um casaco de encontro ao corpo. — Eu simplesmente *preciso* ter.

— Tudo bem, o que vou fazer é colocar os quatrocentos e cinqüenta dólares que gastei hoje na minha hipoteca — diz outra garota para a amiga enquanto as duas saem cheias de bolsas. — Puxa, o que significam quatrocentos e cinqüenta dólares em trinta anos?

— É cem por cento caxemira! — exclama outra pessoa. — Você viu isso? São só cinqüenta dólares! Vou levar três.

Olho em volta o salão luminoso, ruidoso, as mulheres se juntando aqui e ali, pegando a mercadoria, experimentando echarpes, enchendo os braços com coisas novas e brilhantes. E sinto um calor súbito: uma realização avassaladora. Este é o meu povo. É a este lugar que eu pertenço. Encontrei minha pátria.

Várias horas depois chego de volta ao Four Seasons em êxtase. Estou cheia de bolsas e nem posso *dizer* que pechinchas incríveis consegui. Um casaco de couro creme, fantástico, que está um pouquinho apertado, mas tenho certeza de que vou perder uns quilinhos. (E, de qualquer modo, o couro estica.) Além de um *top* estupendo, de

chiffon estampado, um sapato prateado e uma bolsa! E tudo isso só custou quinhentos dólares!
   Não só isso, mas conheci uma garota legal chamada Jodie, que me contou tudo sobre um *site* que manda informações todos os dias sobre esse tipo de eventos Todo dia! Puxa, as possibilidades são ilimitadas. A gente pode passar *a vida inteira* indo a liquidações de ponta de estoque!
   Em tese.
   Subo ao nosso quarto — e quando abro a porta vejo Luke sentado à mesa, lendo alguns jornais.
   — Oi! — digo sem fôlego, largando as bolsas na cama enorme. — Escuta, eu preciso usar o *laptop*.
   — Ah, certo. Claro. — Ele pega o *laptop* na mesa e me entrega, e eu vou me sentar na cama. Abro o *laptop*, consulto o pedaço de papel que Jodie me deu e digito o endereço.
   — Então, como foi o seu dia? — pergunta Luke.
   — Foi fantástico! — digo, digitando as teclas impaciente. — Ahh, e olhe só naquela sacola azul! Comprei umas camisas lindas para você!
   — Você começou a sentir a cidade?
   — Ah, acho que sim. Bom, obviamente são os primeiros dias... — Franzo a testa para a tela. — *Anda!*
   — Mas você não se sentiu esmagada demais?
   — Mmm... na verdade, não — digo distraída. Ahá! De repente a tela está se enchendo de imagens. Uma fileira de docinhos no topo, e logotipos dizendo: *É divertido. É moda. Em Nova York.* A página do Daily Candy!

Clico em "Inscrever" e rapidamente começo a digitar o meu *e-mail*, enquanto Luke se levanta e vem na minha direção, com um olhar preocupado.

— Então diga, Becky. Eu sei que tudo deve parecer estranho e amedrontador. Eu sabia que você não iria se situar logo no primeiro dia. Mas, a partir das primeiras impressões, você acha que poderia se acostumar com Nova York? Acha que consegue se ver morando aqui algum dia?

Digito a última letra com um gesto floreado, aperto ENVIAR e olho para ele pensativamente.

— Sabe de uma coisa? Acho que provavelmente sim.

HOWSKI E FORLANO
ADVOGADOS DE IMIGRAÇÃO
568 E 56th St
NOVA YORK

Srta. Rebecca Bloomwood
Apartamento 2
4 Burney Road
Londres SW6 8FD

28 de setembro de 2001

Cara Srta. Bloomwood

Obrigado por preencher os formulários de imigração para os EUA, que suscitaram algumas questões.

Na seção B69, referente aos seus talentos especiais, a senhorita escreveu "Eu sou muito boa em química, pergunte a qualquer um em Oxford". Nós realmente contatamos o vice-reitor da Universidade de Oxford, que não revelou qualquer familiaridade com o seu trabalho.

Assim como o técnico olímpico inglês de salto em distância.

Estamos anexando novos formulários e pedimos que os preencha de novo.

Atenciosamente

Edgar Forlano

NOVE

Os dois dias seguintes são como um redemoinho que me afoga com tudo que vejo e ouço em Nova York. E tudo realmente me inspira um espanto respeitoso. Tipo, na Bloomingdale's, eles têm uma fábrica de chocolate! E há um distrito inteiro apenas com sapatarias!
    É tudo tão empolgante que quase esqueço por que estou aqui. Mas então acordo na manhã de quarta-feira — estou com um ligeiro sentimento de pânico, como se precisasse ir ao dentista. Hoje é o meu primeiro encontro com duas pessoas importantes da TV, da HLBC. Ah, Deus. Isso é realmente assustador.
    Luke tem de sair cedo para uma reunião no café da manhã, por isso estou sozinha na cama, tomando café e beliscando um *croissant*, e dizendo a mim mesma para não ficar nervosa. O segredo é não entrar em pânico, ficar calma e tranqüila. Como Luke ficou me repetindo, essa reunião não é propriamente uma entrevista, é simplesmente uma primeira apresentação. Um almoço "para nos conhecermos", como ele disse.
    O que seria ótimo — só que será que eu realmente *quero* que eles me conheçam? Para ser franca, não sei se

é uma idéia tão boa. De fato, tenho uma certeza razoável de que se eles me conhecerem genuinamente — tipo, se eles souberem ler mente ou coisa assim —, minhas chances de um emprego estarão próximas de zero.

 Passo a manhã inteira no quarto, tentando ler o *Wall Street Journal* e assistindo à CNN — mas isso só me deixa mais pirada ainda. Puxa, esses apresentadores de TV americanos são tão arrumadinhos e imaculados! Nunca hesitam com as palavras, nunca fazem piada e sabem tudo. Tipo, quem é o secretário de comércio do Iraque e as implicações do aquecimento global para o Peru. E aqui estou eu, pensando que posso fazer o que eles fazem. Devo ser maluca.

 Meu outro problema é que não faço uma entrevista decente há anos. O *Morning Coffee* nunca se incomodou em me entrevistar, eu simplesmente caí dentro. E para o meu emprego no *Successful Saving* eu só tive um papo tranqüilo com Philip, o editor, que já me conhecia das entrevistas coletivas. De modo que a idéia de impressionar dois estranhos totais a partir do nada é aterrorizante.

 "Apenas seja você mesma", é o que Luke fica repetindo. Mas, francamente, essa é uma idéia ridícula. Todo mundo sabe que o objetivo de uma entrevista não é demonstrar quem você é, e sim fingir que é o tipo de pessoa que eles querem para o emprego. Por isso eles chamam a coisa de "técnica de entrevista".

 Quando chego ao restaurante onde vamos nos encontrar, metade de mim quer sair correndo, desistir da idéia, e em vez disso comprar um belo par de sapatos. Mas não posso. Tenho de ir em frente.

E isso é o pior de tudo. O motivo para meu estômago parecer tão oco e as mãos tão úmidas é que isso realmente importa para mim. Não posso dizer que não estou nem aí e que não é importante, como faço com relação à maioria das coisas. Porque isso realmente importa. Se eu não conseguir um emprego em Nova York, não poderei morar em Nova York. Se eu me ferrar na entrevista, vai correr a notícia de que eu não tenho jeito — e aí acabou. Ah, Deus. Ah, Deus.

Tudo bem, fique calma, digo com firmeza. Eu posso fazer isso. Posso fazer. E depois vou me recompensar com um presentinho. O *site* Daily Candy mandou um *e-mail* para mim hoje de manhã, e parece que um gigantesco empório de maquiagem no SoHo, chamado Sephora, está fazendo uma promoção especial hoje. Cada cliente ganha uma sacola de coisinhas — e se você gastar cinqüenta dólares, ganha um rímel grátis!

Pronto, está vendo?, já me sinto melhor só de pensar nisso. Tudo bem, vá, garota. Vá pegá-los.

Obrigo-me a abrir a porta, e de repente estou num restaurante muito chique, todo de laca preta, toalhas brancas e peixes coloridos nadando em aquários.

— Boa tarde — diz um maître vestido totalmente de preto.

— Olá — digo. — Estou aqui para encontrar...

Merda, esqueci completamente o nome das pessoas com quem vou me encontrar.

Ah, grande início, Becky. Isso é realmente profissional.
— Você poderia... esperar? — digo, e me viro, totalmente vermelha. Procuro o pedaço de papel na bolsa... e aqui está. Judd Westbrook e Kent Garland.
Kent? Isso é mesmo um nome?
— Eu sou Rebecca Bloomwood — digo ao maître, guardando apressadamente o papel na bolsa. — Vim me encontrar com Judd Westbrook e Kent Garland da HLBC.
Ele examina a lista e depois dá um sorriso congelado.
— Ah, sim. Eles já chegaram.
Respirando fundo, acompanho-o até a mesa — e lá estão eles. Uma loura de terninho e um homem de aparência cinzelada, num terno preto igualmente imaculado e gravata verde-sálvia. Sinto a ânsia de sair correndo e avanço com um sorriso confiante, estendendo a mão. Os dois me olham, e por um momento nenhum dos dois diz nada — e sinto uma convicção horrível de que já violei alguma regra vital de etiqueta. Puxa, as pessoas apertam as mãos na América, não é? Não se deve beijar, não é? Ou fazer uma reverência?
Graças a Deus a loura está se levantando e apertando minha mão calorosamente.
— Becky! — diz ela. — Estou *tão* empolgada em conhecer você! Sou Kent Garland.
— Judd Westbrook — diz o homem, espiando-me com olhos fundos. — Estamos ansiosos para conhecê-la.
— Eu também! — digo. — E muito obrigada por suas flores lindas!

— De nada — diz Judd, e me faz sentar. — É um enorme prazer.

Há um silêncio cheio de expectativa.

— Bom, é um... prazer fantástico para mim também — digo apressadamente. — Absolutamente... fenomenal.

Até agora tudo bem. Se nós continuarmos dizendo uns para os outros o prazer que é, eu vou me dar bem. Cuidadosamente ponho a bolsa no chão, junto com meus exemplares do *FT* e do *Wall Street Journal*. Pensei em trazer o *South Chine Morning Post* também, mas decidi que poderia ser um pouquinho de exagero.

— Gostaria de uma bebida? — pergunta um garçom, aparecendo ao meu lado.

— Ah, sim! — digo, e olho nervosamente para a mesa, tentando ver o que os outros estão tomando. Kent e Judd estão com copos cheios do que parece ser gim-tônica, por isso é melhor eu acompanhar. — Um gim-tônica, por favor.

Para ser franca, acho que eu preciso, para relaxar. Quando abro o *menu*, Judd e Kent estão me olhando com um interesse alerta, como se os dois pensassem que eu de repente posso explodir em flores ou algo do tipo.

— Nós vimos as suas fitas — diz Kent, inclinando-se para a frente. — E ficamos muito interessados.

— Verdade? — digo, e então percebo que não deveria parecer tão surpresa. — Verdade — repito, tentando parecer casual. — Sim, bem, eu tenho orgulho do programa, obviamente...

— Como você sabe, Rebecca, nós produzimos um programa chamado *Consumer Today* — diz Kent. — Nós não temos um segmento de finanças pessoais no momento, mas adoraríamos colocar o tipo de inserção com conselhos que vocês fazem na Inglaterra. — Ela olha para Judd, que assente.

— É óbvio que você tem paixão por finanças pessoais — diz ele.

— Ah — digo, surpresa. — Bem...

— Isso se reflete em seu trabalho — afirma ele com convicção. — Assim como o controle absoluto que você tem sobre o seu assunto.

Controle absoluto?

— Sabe, você é única, Rebecca — diz Kent. — Uma garota jovem, fácil de se conversar, charmosa, com um nível tão alto de especialização e convicção no que diz...

— Você é uma inspiração para os que têm problemas financeiros em toda parte — concorda Judd.

— O que nós mais admiramos é a paciência que você demonstra para essas pessoas.

— A empatia que tem com elas...

— ...esse seu estilo despojado! — diz Kent, e me olha atentamente. — Como você consegue?

— Hmm... vocês sabem! Isso simplesmente vem, acho... — O garçom põe uma bebida na minha frente e eu pego-a, agradecida. — Bom, saúde, todo mundo! — digo, levantando o copo.

— Saúde! — diz Kent. — Você está pronta para fazer o pedido, Rebecca?

— Sem dúvida! — respondo, examinando rapidamente o *menu*. — Peixe, por favor, com salada verde. — Olho para os outros. — E vamos dividir uma porção de pão de alho?

— Eu não como trigo — diz Judd educadamente.

— Ah, certo — digo. — E então... Kent?

— Eu não como carboidrato durante a semana — diz ela em tom agradável. — Mas vá em frente. Tenho certeza de que é delicioso!

— Não, tudo bem — digo às pressas. — Só vou querer o peixe.

Deus, como é que eu posso ser tão estúpida? Claro que os nova-iorquinos não comem pão de alho.

— E para beber? — pergunta o garçom.

— Hmm... — olho a mesa em volta. — Não sei. Um Sauvignon Blanc, talvez? O que vocês vão querer?

— Parece bom — diz Kent com um sorriso amigável, e eu dou um suspiro de alívio. — Só um pouco mais de Pellegrino para mim — acrescenta ela, e faz um gesto para o seu copo.

— E para mim também — diz Judd.

Pellegrino? Eles estão tomando *Pellegrino*?

— Só vou tomar água também — digo rapidamente. — Não preciso de vinho! Foi só uma idéia. Vocês sabem...

— Não! — diz Kent. — Você deve tomar o que quiser. — Ela sorri para o garçom. — Uma garrafa do Sauvignon Blanc, por favor, para a nossa convidada.

— Bem... — digo, ficando vermelha.

— Rebecca — diz Kent, levantando uma das mãos e sorrindo. — Qualquer coisa que a deixe confortável.
Ah, fantástico. Agora ela acha que eu sou uma alcoólatra completa. Acha que eu não posso sobreviver a um almoço "para nos conhecermos" sem cair de cara na birita.
Bom, não importa. Agora já está feito. E vai ficar tudo bem. Eu só vou beber uma taça. Uma taça, e só.

E é isso, honestamente, que eu quero fazer. Tomar uma taça e parar por aí.
Mas o problema é que, sempre que eu termino a taça, um garçom aparece e enche de novo, e de algum modo eu me pego bebendo. Além disso, me ocorreu que pareceria ingratidão pedir uma garrafa inteira de vinho e deixá-la sem beber.
Então o resultado é que, quando terminamos de comer, eu estou me sentindo um tanto... Bem, acho que uma palavra poderia ser "bêbada". Outra poderia ser "de porre". Mas isso não é problema, porque nós estamos nos divertindo um bocado, e na verdade estou sendo bem espirituosa. Provavelmente porque relaxei um pouco. Contei um monte de histórias engraçadas sobre os bastidores do *Morning Coffee*, e eles ouviram atentamente e disseram que tudo parece "bem fascinante".
— Claro, vocês ingleses são muito diferentes de nós — diz Kent pensativamente, quando termino de contar a vez em que Dave, o câmera, chegou tão chapado que baixou a câmera no meio de uma tomada e pegou Emma

tirando meleca do nariz. Deus, aquilo foi engraçado. De fato, não consigo parar de rir, só de lembrar.

— Nós adoramos seu senso de humor britânico — diz Judd, e me olha atentamente como se esperasse uma piada.

Tudo bem, depressa. Pense em alguma coisa engraçada. Senso de humor britânico. Hm... Monty Python? Victor Meldrew?

— Eu não *a-cred-ito*! — ouço-me exclamando. — Hmm... Era uma vez um ex-papagaio! — Começo a gargalhar, e Jud e Kent trocam olhares perplexos.

Nesse momento chega o café. Pelo menos, eu vou tomar café. Kent pediu chá inglês e Judd está tomando uma tisana estranha que ele deu para o garçom preparar.

— Eu adoro chá — diz Kent, dando-me um sorriso. — É tão relaxante. Agora, Rebecca. Na Inglaterra, o costume é você virar o bule três vezes no sentido horário para afastar o diabo. É isso? Ou será no anti-horário?

Virar o bule? Nunca ouvi falar em virar a porcaria do bule.

— Hmm... deixe-me lembrar.

Franzo o rosto pensativamente, tentando me lembrar da última vez em que tomei chá de um bule. Mas a única imagem que me vem é de Suze enfiando um saquinho numa xícara enquanto rasga um pacote de KitKat com os dentes.

— Acho que é no anti-horário — digo por fim. — Por causa do velho ditado: "O diabo se esgueira em volta do relógio... mas nunca vai de trás para a frente."

Que diabo eu estou falando? Por que de repente tive de fazer um sotaque escocês?

Ah, Deus, eu bebi demais.

— Fascinante! — diz Kent, tomando um gole de chá. — Eu adoro esses costumes britânicos antigos e curiosos. Você conhece algum outro?

— Sem dúvida! — digo animadíssima. — Conheço um monte!

Pare com isso, Becky. Pare com isso agora.

— Tipo, a gente tem um costume muito antigo de... de... "virar o bolo do chá".

— Verdade? — pergunta Kent. — Nunca ouvi falar nesse.

— Ah, sim — digo toda confiante. — O que acontece é que você pega o bolo do seu chá... — pego um pãozinho com um garçom que está passando. — E você... o gira acima da cabeça assim, e você... diz um versinho...

Migalhas começam a cair na minha cabeça, e eu não consigo pensar em nada que rime com "bolo", por isso ponho o pão na mesa e tomo um gole de café.

— Fazem isso na Cornualha — acrescento.

— Verdade? — diz Judd, cheia de interesse. — Minha avó é da Cornualha. Preciso perguntar a ela!

— Só em algumas partes da Cornualha — explico. — Só nas partes pontudas.

Judd e Kent trocam olhares perplexos — depois explodem em gargalhadas.

— Seu senso de humor britânico! — diz Kent. — É tão revigorante!

Por um momento não sei bem como reagir — depois começo a rir também. Deus, isso é fantástico. Nós estamos combinando como uma casa pegando fogo! Então o rosto de Kent se ilumina.

— Agora, Rebecca, eu estava querendo dizer. Eu tenho uma oportunidade bastante especial para você. Não sei quais são os seus planos para esta tarde. Mas tenho um ingresso especial... para...

Ela faz uma pausa para causar efeito, dando um sorriso largo, e eu a encaro numa empolgação súbita. Um convite para uma venda de ponta de estoque da Gucci! Tem de ser!

— ... a Conferência Anual da Associação de Financistas! — termina ela cheia de orgulho.

Por alguns momentos não consigo falar.

— Verdade? — digo por fim, com a voz ligeiramente mais aguda do que o normal. — Você... você está brincando!

Como é que eu vou sair dessa? Como?

— Eu sei! — diz Kent deliciada. — Achei que você gostaria. Então, se não tiver nada para fazer esta tarde...

Eu *tenho* alguma coisa para fazer!, quero uivar. Eu vou à Sephora pegar meu rímel grátis!

— Há alguns oradores de altíssimo nível — diz Judd. — Bert Frankel, por exemplo.

— Mesmo? — digo. — Bert Frankel!

Nunca sequer ouvi falar da droga do Bert Frankel.

— Então... eu estou com o passe aqui mesmo — diz Kent, enfiando a mão na bolsa.

— Que pena! — ouço-me exclamando. — Porque na verdade eu estava planejando... visitar o Guggenheim esta tarde.

Ufa. Ninguém pode discutir com a cultura.

— É mesmo? — diz Kent, parecendo desapontada. — Não pode esperar até outro dia?

— Acho que não — digo. — Há uma mostra especial que eu estou doida para ver desde... desde que tinha seis anos.

— Verdade? — diz Kent, arregalando os olhos.

— Sim — eu me inclino para a frente, séria. — Desde que vi uma foto no livro de arte da minha avó, tem sido minha ambição desde a infância vir a Nova York e ver aquela obra. E agora que estou aqui... simplesmente não posso esperar mais. Espero que vocês entendam...

— Claro! — diz Kent. — Claro que entendemos. Que história inspiradora! — Ela troca olhares abismados com Judd, e eu sorrio modestamente de volta. — E então... que obra é?

Eu a encaro, ainda sorrindo. Tudo bem, rápido, pense. O Guggenheim. Pinturas modernas. Escultura?

Eu só entendo um pouco de pintura moderna. Se ao menos pudesse ligar para um amigo!

— Na verdade... eu prefiro não dizer — digo por fim. — Considero a preferência artística uma questão muito... particular.

— Ah — diz Kent, parecendo um pouco perplexa. — Bom, claro, eu não pretendia me intrometer de jeito nenhum.

— Kent — diz Judd, olhando de novo para o relógio. — Nós realmente precisamos...

— Você tem razão — diz Kent. Ela toma outro gole de chá e se levanta. — Desculpe, Rebecca, nós temos uma reunião às duas e meia. Mas foi um prazer enorme.

— Claro — digo. — Sem problema!

Esforço-me para ficar de pé e os acompanho até a saída do restaurante. Enquanto passo pelo balde de vinho, percebo com uma ligeira pontada que mais ou menos bebi a garrafa inteira. Deus, que embaraçoso. Mas acho que ninguém notou.

Chegamos do lado de fora do restaurante, e Judd já chamou um táxi para mim.

— Foi ótimo conhecê-la, Rebecca — diz ele. — Vamos falar com o nosso vice-presidente de produção e vamos... manter contato! Aproveite o Guggenheim.

— Sem dúvida! — digo, apertando a mão dos dois. — Vou fazer isso. E muito obrigada!

Estou esperando que eles se afastem — mas os dois estão ali parados, esperando que *eu* vá —, então entro no táxi, cambaleando ligeiramente, inclino-me para a frente e digo com clareza:

— Para o Guggenheim, por favor.

O táxi parte, e eu aceno toda alegre para Judd e Kent até eles sumirem. Acho que tudo foi muito bem. Só, talvez, quando eu contei a piada sobre Rory e o cão guia. E quando tropecei na ida para o banheiro. Mas, afinal, isso pode acontecer com qualquer um.

Espero até passarmos mais uns ou dois quarteirões, só para estar segura — e me inclino para a frente de novo.
— Desculpe — digo ao motorista. — Mudei de idéia. Podemos ir ao SoHo?
— A senhora quer ir ao SoHo? E o Guggenheim?
— Hmm... eu vou mais tarde.
— Mais tarde? — diz o motorista. — Não se pode ir com pressa ao Guggenheim. O Guggenheim é um museu muito bom. Picasso. Kandinski. A senhora não vai querer perder.
— Eu não vou perder! Honestamente, prometo. Será que a gente poderia ir ao SoHo agora? Por favor?
Vem um silêncio da frente.
— Certo — diz o motorista enfim, balançando a cabeça. — Certo. — Ele vira o táxi na rua e nós começamos a ir na direção oposta. Olho o relógio, e são 2:40. Tenho muito tempo. Perfeito.
Recosto-me feliz e olho pela janela, para um vislumbre do céu azul. Deus, isso é fantástico, não é? Deslizando num táxi amarelo, com a luz do sol brilhando nos arranha-céus e um sorriso feliz alimentado pelo vinho. Realmente sinto que estou me encaixando em Nova York. Puxa, eu sei que são só três dias, mas honestamente sinto como se pertencesse a este lugar. Estou captando o linguajar e tudo. Tipo, ontem, eu disse "põe na conta" sem nem pensar. E disse que uma saia era "gracinha"!
Paramos numa travessia de pedestres e eu estou olhando interessada para fora, imaginando em que rua estamos — quando de repente congelo horrorizada.

Ali estão Judd e Kent. Bem ali, na nossa frente. Estão atravessando a rua, e Kent está dizendo alguma coisa toda animada, e Judd está assentindo. Ah, Deus. Ah, Deus. Rápido, esconder-se.

Com o coração martelando, afundo no banco e tendo me esconder atrás do meu *Wall Street Journal*. Mas é tarde demais. Kent me viu. Seu queixo cai de perplexidade e ela vem correndo. Bate na janela, murmurando alguma coisa e gesticulando ansiosa.

— Rebecca! Você está indo para o lado errado! — exclama ela, enquanto eu baixo a janela. — O Guggenheim fica na outra direção!

— Verdade? — digo com voz chocada. — Ah, meu Deus! Como foi que isso aconteceu?

— Diga ao motorista para virar! Esses taxistas de Nova York! Não sabem de nada! — Ela bate na janela dele. — O Gugg-en-heim! — diz ela como se falasse a um bebê muito estúpido. — Na 98! E depressa! Esta mulher está esperando para ir lá desde que tinha seis anos!

— A senhora quer que eu vá ao Guggenheim? — pergunta o motorista, me olhando.

— É... sim! — digo não ousando encará-lo. — Foi o que eu disse, não foi? O Guggenheim!

O motorista xinga baixinho e vira o táxi, e eu aceno para Kent, que está fazendo gestos simpáticos do tipo "ele não é um idiota descerebrado?".

Partimos para o norte de novo, e durante alguns minutos não consigo me obrigar a dizer nada. Mas posso ver as ruas passando. 34, 35... São quase três horas, e nós estamos nos afastando cada vez mais do SoHo, da Sephora e do meu rímel grátis...

— Desculpe — digo, e pigarreio como se pedisse desculpas. — Na verdade...

— O quê? — pergunta o motorista, lançando-me um olhar ameaçador.

— Eu... acabei de lembrar que prometi encontrar minha tia no... no...

— SoHo. Você quer ir ao SoHo.

Ele encontra meus olhos no espelho e eu faço um "sim" minúsculo, envergonhado, com a cabeça. Enquanto o motorista vira o táxi de novo, eu sou jogada no banco e bato com a cabeça na janela.

— Ei você aí! — diz uma voz incorpórea, fazendo-me pular de medo. — Tenha cuidado! A segurança é importante, certo? Ponha o cinto!

— Certo — digo humildemente. — Desculpe. Desculpe mesmo. Não vou fazer isso de novo.

Prendo o cinto com dedos desajeitados e capto o olhar do motorista no espelho.

— É um anúncio gravado — diz ele cheio de desprezo. — Você está falando com um gravador.

Eu sabia.

Finalmente chegamos à Sephora na Broadway, e eu jogo maços de dólares para o motorista. (Gorjeta de cem por cento, que eu acho bastante razoável nas circunstâncias.) Enquanto saio do carro, ele me olha atentamente.

— Você andou bebendo, moça?

— Não — digo indignada. — Quero dizer... sim. Mas foi só um pouco de vinho no almoço.

O motorista balança a cabeça e vai embora, e eu me viro insegura para a Sephora. Para ser honesta, estou me sentindo de pilequinho. E quando empurro a porta, me sinto ainda mais de pilequinho. Ah, Deus. Isso é ainda melhor do que eu esperava.

Há música tocando alta, e mulheres se apinhando em toda parte sob os refletores, e caras chiques com camisas pólo e fones e microfones de cabeça distribuindo sacolas de brindes. Viro-me atordoada: nunca vi tanta maquiagem na vida. Fileiras e fileiras de batons. Fileiras e fileiras de esmalte. De todas as cores do arco-íris. E ah, olhe, há cadeirinhas onde você pode se sentar e experimentar aquelas coisas todas, com cotonetes grátis e tudo. Este lugar é... puxa, é o céu.

Pego uma sacola de brinde e olho. Alguma coisa chamada "promessa Sephora" está impresso na frente. "Todas as coisas belas nos unem e trazem um doce perfume à vida."

Deus, você sabe, isso é *tão* verdadeiro! De fato, é tão sábio e meio... pungente que quase traz lágrimas aos meus olhos.

— A senhorita está bem? — Um sujeito com microfone e fones de ouvido está me olhando curioso, e eu levanto os olhos, ainda atordoada.

— Eu só estava lendo a promessa Sephora. É... é tão linda!

— Bem... tudo certo — diz o sujeito, e me lança um olhar duvidoso. — Tenha um bom dia.

Faço "sim" com a cabeça para ele, depois meio ando, meio me lanço para uma fileira de vidrinhos de esmalte rotulados com coisas como Inteligência Cósmica e Sonho Lúcido. Enquanto olho para eles, sinto-me dominada pela emoção. Aqueles vidrinhos estão falando comigo. Estão me dizendo que se eu pintar as unhas com a cor certa, tudo vai fazer sentido instantaneamente e minha vida vai dar certo.

Por que nunca percebi essa verdade antes? Por quê?

Pego o Sonho Lúcido e ponho na minha cesta — depois vou para os fundos da loja, onde acho uma prateleira rotulada "Sirva-se — você merece".

Eu *mereço*, penso tonta. Eu *mereço* um jogo de velas perfumadas, um espelho de viagem e um pouco de "pasta de polimento", o que quer que isso seja... Enquanto estou ali parada, enchendo minha cesta, mal percebo um som estridente, borbulhante — e de súbito percebo que é meu celular.

— Oi! — digo, grudando-o ao ouvido. — Quem é?

— Sou eu — diz Luke. — Ouvi dizer que seu almoço correu bem.

— Verdade? — Sinto uma pontada de surpresa. — Onde soube disso?

— Acabei de falar com um pessoal da HLBC. Parece que você foi um tremendo sucesso. Muito divertida, pelo que disseram.

— Uau! — digo, oscilando ligeiramente, e agarrando a gôndola para me equilibrar. — Verdade? Tem certeza?

— Claro. Eles disseram como você é charmosa, e como é culta... até soube que eles puseram você num táxi para ir ao Guggenheim depois.

— Isso mesmo — digo, pegando um pote de bálsamo de mandarina para os lábios. — Eles fizeram isso.

— É, eu fiquei bem intrigado ao ouvir tudo sobre seu incandescente sonho de infância. Kent ficou muito impressionada.

— Mesmo? — digo vagamente. — Puxa, isso é bom.

— Sem dúvida. — Luke faz uma pausa. — Mas é ligeiramente estranho você não ter falado do Guggenheim hoje de manhã, não é? Ou... para dizer a verdade, qualquer dia. Tendo em mente que você queria ir lá desde que tinha seis anos.

Ouço a ironia na voz dele e me toco. Ele está realmente a fim de curtir com a minha cara, não está?

— Eu nunca falei do Guggenheim? — digo inocentemente, e ponho o bálsamo labial na cesta. — Que estranho!

— Não é mesmo? Curiosíssimo. Então, você está lá agora?

Sacana.

Por um momento fico quieta. Simplesmente não posso admitir ao Luke que fui fazer compras de novo. Não depois de toda a zombaria que ele fez por causa de meu suposto passeio guiado. Puxa, tudo bem, eu sei que dez minutos de um passeio de três horas pela cidade não é grande coisa — mas eu vi um pouco, não vi? Bom, eu fui até a Saks, não fui?

— Sim — digo desafiadora. — Na verdade, eu estou.
O que é quase verdade. Quero dizer, eu posso facilmente ir lá depois de terminar aqui.
— Fantástico! Que mostra você está olhando agora? Ah, cale a boca.
— O que é aquilo? — digo, elevando a voz subitamente. — Desculpe, eu não tinha notado! Luke, eu preciso desligar o celular. O... hmm... curador está reclamando. Mas vejo você depois.
— Às seis no Royalton Bar. Você pode conhecer meu novo sócio, Michael. E eu estarei ansioso para ouvir tudo sobre a sua tarde.

Dez

Guardo o telefone sentindo-me ligeiramente indignada. Ah. Bom, vou mostrar a ele. Vou ao Guggenheim agora mesmo. Neste minuto. Assim que tiver comprado minha maquiagem e ganhado o brinde grátis.

Encho minha cesta de produtos de beleza, corro para o caixa e assino o tíquete do cartão de crédito sem nem olhar, depois vou para a rua apinhada. Certo. São 3:30, o que me dá tempo suficiente para ir até lá e me imergir num pouco de cultura. Excelente, estou realmente ansiosa por isso, verdade.

Estou parada na beira da calçada, estendendo a mão para um táxi, quando vejo uma loja estupenda e reluzente chamada Kate's Paperie. Sem realmente querer, deixo a mão cair e começo a ir lentamente para a vitrine. Olhe só aquilo. Olhe aqueles papéis de presente marmorizados. E aquela caixa toda forrada de recortes de papel. E aquela fita incrível, cheia de contas.

Tudo bem, o que eu vou fazer é o seguinte: só vou entrar e dar uma olhadinha rápida. Só cinco minutos. E *depois* vou ao Guggenheim.

Abro a porta e circulo devagar, maravilhando-me com

os arranjos de lindos papéis de embrulho adornados com flores secas, ráfia e laços, os álbuns de fotografias, as caixas de exóticos papéis de escrita... E ah, Deus, olha só os cartões!

Veja bem, é isso aí. Por isso Nova York é tão fantástica. Eles não têm só aqueles cartões velhos e chatos dizendo Feliz Aniversário. Eles têm criações feitas à mão, com flores cintilantes e colagens espirituosas, dizendo coisas como "Parabéns por ter adotado gêmeos!" e "Fiquei triste ao saber que você faliu!".

Ando de um lado para o outro, absolutamente fascinada. Eu simplesmente *preciso* de alguns daqueles. Como esse com um fantástico castelo de dobradura, com a bandeirinha dizendo "adorei sua casa reformada!" Puxa, eu não conheço ninguém que esteja reformando a casa, mas sempre posso guardá-lo até que mamãe decida trocar o papel de parede do corredor. E este coberto de grama falsa, dizendo "A um fantástico treinador de tênis, obrigado". Porque estou planejando fazer umas aulas de tênis no próximo verão, e vou querer agradecer meu treinador, não vou?

Pego mais alguns, depois vou até a gôndola de convites. E eles são ainda melhores! Em vez de só dizer "Festa", dizem coisas como "Nós vamos nos encontrar no clube para um *brunch*!" e "Venha se juntar à gente para uma pizza informal!"

Você sabe, eu acho que deveria comprar uns desses. Seria miopia não comprar. Puxa, Suze e eu podemos facilmente dar uma festa com pizza, não é? E nunca vamos achar convites assim na Inglaterra. Eles são tão lindinhos, com pedacinhos de pizza brilhantes em toda a lateral. Cuidadosamente ponho dez caixas de convites na cesta, junto com todos os cartões lindos e algumas folhas de papel de embrulho listrados com docinhos, aos quais simplesmente não posso resistir, depois vou para o caixa. Enquanto a vendedora passa tudo no leitor de código de barras, eu olho em volta de novo, imaginando se esqueci alguma coisa — e só quando ela anuncia o total eu ergo os olhos num ligeiro choque. Tanto assim? Só por alguns cartões?

Por um momento imagino se realmente preciso de todos eles. Como o cartão dizendo "Feliz Hanuká, Chefe!".

Mas então — eles podem acabar sendo úteis um dia, não é? E se eu vou morar em Nova York, vou ter de me acostumar a mandar cartões caros o tempo todo, de modo que, na verdade, esta é uma forma de me adaptar.

Além disso, qual é o sentido de ter um belo e novo limite de cartão de crédito e não usar? Exato. E eu posso colocar tudo no meu orçamento como "despesas inevitáveis de negócios".

Enquanto assino o recibo, noto uma garota de jeans e chapéu parada atrás de um mostruário de cartões de visita, que parece estranhamente familiar. Espio-a curiosamente — e então percebo de onde a reconheço.

— Olá — digo, dando-lhe um sorriso amigável. — Eu não vi você na liquidação de ponta de estoque ontem? Achou alguma pechincha?

Mas em vez de responder, ela se vira rapidamente. Ao sair correndo da loja, esbarra em alguém e murmura "Desculpe". E para minha perplexidade, ela tem sotaque inglês. Bom, isso foi muito inamistoso, não foi? Ignorar uma compatriota em solo estrangeiro. Deus, não é de espantar que digam que os britânicos são metidos a besta.

Certo. Eu vou ao Guggenheim agora. Quando saio da Kate's Paperie, percebo que não sei para que lado devo me virar para pegar um táxi, e fico imóvel um momento, imaginando para que lado será o norte. Alguma coisa pisca luminosa do outro lado da rua, e eu franzo o rosto, imaginando se vai chover. Mas o céu está limpo, e ninguém mais parece ter notado aquilo. Talvez seja uma daquelas coisas de Nova York, como vapor saindo da calçada.
De qualquer modo. Concentre-se. Guggenheim.
— Com licença? — digo a uma mulher que está passando. — Para que lado fica o Guggenheim?
— Ali adiante — diz ela, apontando o polegar.
— Certo — digo, confusa. — Obrigada.
Não pode estar certo. Eu pensava que o Guggenheim ficava a quilômetros daqui, perto do Central Park. Como pode estar ali adiante? Ela deve ser estrangeira. Vou perguntar a outra pessoa.
Só que todos andam tão depressa que fica difícil atrair a atenção de alguém.
— Ei — digo, praticamente agarrando o braço de um homem de terno. — Para ir ao Guggenheim...

— Ali mesmo — diz ele, virando a cabeça, e segue apressado.

De que diabo eles estão falando? Tenho certeza de que Kent disse que o Guggenheim ficava perto do... perto do...

Espere um minuto.

Paro na rua, olhando pasma.

Não acredito. Ali está! Há uma placa pendurada na minha frente — e ela diz GUGGENHEIM, grande como a vida.

O que está acontecendo? O Guggenheim *se mudou*? Há dois Guggenheins?

Quando passo pela porta, vejo que esse lugar parece bem pequeno para um museu — de modo que talvez não seja o Guggenheim principal. Talvez seja uma elegante filial no SoHo! Sim! Puxa, se Londres pode ter a Tate Britain e a Tate Modern, por que Nova York não pode ter o Guggenheim e o Guggenheim SoHo?

Guggenheim SoHo. Parece tão chique!

Cautelosamente empurro a porta — e, sem dúvida, é todo branco e espaçoso, com arte moderna em pedestais, lugares para se sentar e pessoas circulando em silêncio, sussurrando umas com as outras.

Você sabe, é assim que todos os museus deveriam ser. Bonitos e pequenos, para começar, de modo que você não se sinta exausta logo que entra, quero dizer, você provavelmente poderia olhar isso tudo em meia hora. Além disso, todas as coisas parecem realmente interessantes. Tipo, olha só todos aqueles incríveis cubos vermelhos naquele armário de vidro! E essa fantástica gravura abstrata, pendurada na parede.

Enquanto estou admirando a gravura, um casal vem e também olha, e eles começam a murmurar um para o outro sobre como é bonita. Então a garota diz casualmente:

— Quanto custa?

Estou para me virar para ela com um sorriso amigável e dizer: "É isso que eu queria saber também!", quando, para meu espanto, o homem estende a mão para ela e a vira. E ali está a etiqueta de preço na parte de trás!

Uma etiqueta de preço num museu! Este lugar é perfeito! *Finalmente* alguma pessoa previdente concordou comigo, que as pessoas não querem só olhar arte — querem saber quanto custa também. Vou escrever para o pessoal do Victoria and Albert sobre isso.

Você sabe, agora que eu olho direito em volta, *todas* as peças expostas parecem ter uma etiqueta de preço. Aqueles cubos vermelhos no armário têm, bem como aquela cadeira, e também aquela... aquela caixa de lápis.

Que estranho, ter uma caixa de canetas num museu. Mesmo assim, talvez seja uma instalação, como um treco que parece uma cama de menina. Vou até lá e olho mais de perto — e há algo impresso em cada lápis. Provavelmente alguma mensagem significativa sobre arte, ou a vida... inclino-me mais e me pego lendo as palavras "Loja do Museu Guggenheim".

O quê?

Isto é uma...

Levanto a cabeça e olho em volta, perplexa.

Eu estou numa *loja*?

Agora começo a notar coisas que não tinha visto antes. Como um par de caixas registradoras do outro lado do salão. E há alguém andando com duas bolsas de compras.

Ah, Deus.

Agora me sinto realmente estúpida. Como posso não ter reconhecido uma *loja*? Mas... isso faz cada vez menos sentido. Isto é só uma loja? Sem museu anexo?

— Com licença — digo a um rapaz louro que está usando crachá. — Eu só queria saber: isto *é* uma loja?

— Sim, senhora — diz o rapaz educadamente. — Aqui é a Loja do Museu Guggenheim.

— E onde fica o Museu Guggenheim de verdade?

— Lá no parque.

— Certo. Tudo bem. — Olho-o, confusa. — Então, deixe-me só entender direito. A gente pode vir aqui e comprar um monte de coisas... e ninguém se importa se você esteve no museu ou não? Quero dizer, você não tem de mostrar o ingresso nem nada?

— Não, senhora.

— Então você não precisa olhar a arte? Pode só fazer compras? — Minha voz se alça em deleite. — Esta cidade está ficando cada vez melhor! É perfeito! — Vejo a expressão chocada do rapaz e acrescento rapidamente: — Quero dizer, obviamente eu *quero* ir olhar as obras de arte. Muitíssimo. Eu só estava... você sabe. Verificando.

— Se estiver interessada em visitar o museu — diz o rapaz —, eu posso chamar um táxi. Quer fazer uma visita?

— Hmm...
Bom, deixe-me só pensar um momento. Não vamos tomar nenhuma decisão apressada.
— Hmm... Não tenho certeza — digo cautelosamente. — Poderia me dar um minuto?
— Claro — diz o rapaz, dando-me um olhar ligeiramente estranho, e eu me sento numa cadeira branca, pensando intensamente.
Tudo bem, o negócio é o seguinte. Quero dizer, obviamente eu poderia ir ao Guggenheim. Poderia pegar um táxi e me mandar até onde ele fica, e passar a tarde inteira olhando obras de arte.
Ou então... poderia só comprar um livro *sobre* o Guggenheim... e passar o resto da tarde fazendo compras.
Porque o negócio é: será que você realmente precisa ver uma obra de arte ao vivo para apreciá-la? Claro que não. E, de certo modo, folhear um livro seria *melhor* do que ficar andando por um monte de galerias — porque eu posso cobrir mais terreno mais rápido e, na verdade, aprender muito mais.
Além disso, o que eles têm nesta loja é arte, não é? Quero dizer, eu já absorvi um bom bocado de cultura. Exatamente.

E não é que eu saio correndo da loja. Fico ali durante pelo menos dez minutos, examinando a literatura e me encharcando na atmosfera cultural. No fim compro um livro grande e pesado que vou dar ao Luke, além de uma caneca bem legal para Suze, alguns lápis e um calendário para mamãe.

Excelente. Agora posso *realmente* ir fazer compras! Enquanto saio, sinto-me toda liberada e feliz, como se tivesse recebido, de surpresa, um dia de folga da escola. Desço pela Broadway e viro numa das ruas laterais, passando por barracas que vendem bolsas falsas e coloridos acessórios para cabelos, e um cara tocando guitarra não muito bem. Logo me pego andando por uma estupenda rua calçada de paralelepípedos, e depois outra. Dos dois lados há prédios antigos e vermelhos com escadas de incêndio e árvores plantadas nas calçadas, e de repente a atmosfera é muito mais tranqüila do que na Broadway. Eu realmente poderia me acostumar a morar aqui. Sem problema.

E, ah, Deus, as lojas! Cada uma é mais convidativa do que a outra. Uma é cheia de vestidos de veludo pintados, pendurados em peças de mobília antiga. Outra tem paredes pintadas parecendo nuvens, araras cheias de vestidos de festa cheios de frufru e tigelas com doces em todo canto. Outra é toda em preto-e-branco e *art déco*, como um filme de Fred Astaire. E olha só esta aqui!

Paro na calçada e olho boquiaberta para um manequim usando apenas uma camisa de plástico transparente, que tem um peixinho dourado nadando no bolso. Deve ser a peça de roupa mais espantosa que eu já vi.

Eu sempre quis secretamente usar uma peça de roupa realmente de vanguarda. Puxa, Deus, como seria chique ter uma roupa realmente moderna e dizer a todo

mundo que você comprou no SoHo. Pelo menos... será que ainda estou no SoHo? Talvez isto aqui seja NoLita. Ou... NoHo? SoLita? Para ser honesta, não sei onde estou agora, e não quero olhar meu mapa, para ninguém pensar que sou turista.
   De qualquer modo, onde quer que seja, não me importo. Vou entrar.
   Empurro a porta pesada e entro na loja, que está completamente vazia, a não ser por um cheiro de incenso e uma música estranha e ribombante. Vou até uma arara e, tentanto parecer casual, começo a olhar as roupas. Deus, esse negócio é muito doido. Há uma calça com mais ou menos três metros de comprimento e um vestido branco simples com um capuz plástico, e uma saia feita de veludo cotelê e jornal, que é bem interessante — mas o que acontece quando chove?
   — Olá — diz um cara chegando perto. Ele está usando uma camiseta preta e calças muito apertadas... completamente prateadas a não ser pela entreperna, que é de jeans e muito... bem... proeminente.
   — Oi — digo, tentando parecer o mais moderna possível e *não* olhar para sua virilha.
   — Como você vai?
   — Ótima, obrigada!
   Estendo a mão para uma saia preta — depois largo-a rapidamente quando vejo um pênis vermelho e brilhante aplicado na frente.
   — Gostaria de experimentar alguma coisa?
   Qual é, Becky, não seja fresca. Escolha alguma coisa.

— Hmm... sim. Isto! — digo, e pego um agasalho púrpura com gola rulê, que parece bem legal. — Este, por favor. — E sigo-o até a parte de trás, onde o cubículo de prova é feito de folhas de zinco.

Só quando estou tirando o agasalho do cabide vejo que ele tem *dois* buracos para o pescoço. De fato, parece um pouco com o agasalho que minha avó deu uma vez a papai de Natal.

— Com licença? — digo, tirando a cabeça do provador.
— Este agasalho tem... tem dois buracos para o pescoço.
— Dou um risinho, e o cara me olha inexpressivamente, como se eu fosse débil.

— É para ter mesmo. É o estilo.
— Ah, sei! — digo imediatamente. — Claro. — E mergulho de novo no cubículo.

Não ouso perguntar a ele em qual buraco do pescoço você deve enfiar a cabeça, por isso luto para pôr no primeiro — e fica terrível. Tento o outro — e também parece terrível.

— Você está bem? — pergunta o cara do lado de fora do cubículo, e eu sinto as bochechas se inflamarem de cor. Não posso admitir que não sei como vesti-lo.

— Eu estou... bem — digo numa voz estrangulada.
— Gostaria de dar uma olhada aqui fora?
— Certo! — digo, com a voz parecendo um guincho.

Ah, Deus, minhas bochechas estão totalmente vermelhas, e o cabelo está meio de pé, de enfiar a cabeça pelas golas rulês. Abro hesitante a porta do cubículo e me olho no grande espelho em frente. E nunca pareci mais estúpida na vida.

— É uma peça de tricô fantástica — diz o cara, cruzando os braços e me olhando. — Bem diferente.
— Hmm... sem dúvida — digo depois de uma pausa. — É muito interessante. — Puxo sem jeito a manga e tento ignorar o fato de que parece que me falta uma cabeça.
— Você está fabulosa — diz o cara. — Completamente fabulosa.
Ele parece tão convencido que olho meu reflexo de novo. E sabe de uma coisa? Talvez ele esteja certo. Talvez eu não esteja tão ruim.
— Madonna tem um destes, de três cores — diz o cara, e baixa a voz. — Mas cá entre nós, ela praticamente não consegue tirá-lo.
Encaro-o, boquiaberta.
— *Madonna* tem um agasalho deste? Exatamente como este?
— Ah, é. Mas em você fica muito melhor. — Ele se encosta numa coluna espelhada e examina uma unha. — Então, você queria levá-lo?

Deus, eu *amo* esta cidade. Onde mais você pode receber convites com pedacinhos de pizza brilhantes, rímel grátis e o mesmo agasalho que a Madonna tem, e tudo isso numa tarde? Quando chego ao Royalton, há um riso enorme e empolgado no meu rosto. Não faço uma saída de compras tão bem-sucedida assim desde... bem, desde ontem.
Deixo todas as minhas bolsas na chapelaria, depois

vou para o pequeno bar circular onde Luke disse para eu me encontrar com ele e seu sócio, Michael Ellis.

Ouvi um bocado sobre esse tal de Michael Ellis nos últimos dias. Parece que é dono de uma gigantesca agência de publicidade em Washington e é o melhor amigo do presidente. Ou será do vice-presidente? Algo assim. Em essência ele é um figurão, e importantíssimo para o novo negócio de Luke. De modo que é melhor eu me certificar de impressioná-lo.

Deus, esse lugar é maneiro, penso enquanto entro. Todo em couro e cromados, e gente de roupas pretas e sérias com cortes de cabelo combinando. Entro no bar circular, meio escuro, e lá está Luke, numa mesa. Para minha surpresa, está sozinho.

— Oi! — digo e dou-lhe um beijo. — Então, onde está o seu amigo?

— Dando um telefonema — diz Luke. Em seguida sinaliza para um garçom. — Outro Gimlet aqui, por favor. — Ele me lança um olhar interrogativo enquanto me sento. — Então, querida. Como foi o Guggenheim?

— Foi bom — digo com um riso triunfante. Ahá! Eu estive fazendo o dever de casa no táxi. — Eu gostei particularmente de uma fascinante série de peças em acrílico baseadas em formas euclideanas simples.

— Verdade? — diz Luke, meio surpreso.

— Totalmente. O modo como elas absorvem e refletem a luz pura... Fascinante. E, a propósito, comprei um presente para você. — Ponho no colo dele um livro intitulado *Arte abstrata e artistas* e tomo um gole da be-

bida que foi posta na minha frente, tentando não parecer presunçosa demais.
— Você foi mesmo ao Guggenheim? — pergunta Luke, folheando incrédulo o livro.
— Hmm... fui — digo. — Claro que fui!
Tudo bem, eu sei que não se deve mentir para o namorado. Mas é meio que verdade, não é? Quero dizer, eu *fui* ao Guggenheim. No sentido mais amplo da palavra.
— Isto é realmente interessante — Luke está dizendo. — Você viu esta famosa escultura de Brancusi?
— Hmm... bem... — forço a vista por cima do seu ombro, tentando ver do que ele está falando. — Bom, eu estava mais concentrada na... hm... nas formas euclideanas, e claro que no incomparável... hm...
— Aí vem o Michael — interrompe Luke. Ele fecha o livro e eu o coloco rapidamente de volta na bolsa. Graças a Deus por isso. Levanto os olhos com interesse e vejo como é esse famoso Michael — e quase engasgo com a bebida.
Não acredito. É ele. Michael Ellis é o cara meio careca da academia de ginástica. Na última vez em que me viu, eu estava morrendo aos seus pés.
— Oi! — diz Luke, se levantando. — Becky, este é Michael Ellis, meu novo sócio.
— Oi de novo — digo, tentando dar um sorriso recatado. — Como vai?
Ah, isso não deveria ser permitido. Deveria haver uma regra dizendo que as pessoas que você conheceu na academia *nunca* deveriam se encontrar com você na vida real. É embaraçoso demais.

— Nós já tivemos o prazer de nos conhecer — diz Michael Ellis, apertando minha mão, piscando o olho e sentando-se do outro lado. — Becky e eu malhamos juntos ontem. Mas não vi você hoje na academia.

— Hoje cedo? — diz Luke, dando-me um olhar perplexo enquanto se senta de novo. — Pensei que você tinha me dito que a academia estava fechada hoje, Becky.

Merda.

— Ah. Hmm, bem... — Tomo um grande gole da minha bebida e pigarreio. — Quando eu disse que estava *fechada*, o que eu queria dizer de verdade era... era... — e caio debilmente no silêncio.

Ah, Deus, e eu queria tanto causar uma boa impressão!

— O que eu estava pensando? — exclama Michael de súbito. — Eu devo estar maluco! Não foi hoje cedo. A academia *estava* fechada hoje cedo. Devido a obras de reparo essenciais, acho. Algo desse tipo. — Ele me dá um riso largo e eu me sinto ruborizar.

— Então, de qualquer modo — digo, mudando de assunto às pressas. — Você... você está fazendo um negócio com Luke. Isso é fantástico! Como vão as coisas?

Só perguntei para ser educada e desviar a atenção para longe de minhas atividades na academia. Espero que os dois comecem a explicar demoradamente, e que eu possa assentir a intervalos e desfrutar da bebida. Mas, para minha surpresa, há silêncio entre os dois.

— Boa pergunta — diz Luke finalmente, e olha para Michael. — O que Clark disse?

— Nós tivemos uma longa conversa — diz Michael. — Não totalmente satisfatória.

Olho de um rosto para o outro, sentindo-me desconcertada.

— Há algo errado?

— Isso depende — diz Michael.

Ele começa a contar a Luke sobre o telefonema para o tal de Clark, e eu tento ouvir inteligentemente a conversa. Mas o problema é que estou começando a me sentir meio tonta. Quanto eu bebi hoje? Nem quero pensar, para ser franca. Recosto-me no encosto de couro, ouvindo as vozes deles batendo papo muito acima da minha cabeça.

— ... algum tipo de paranóia...

— ... acham que podem mudar os balizamentos...

— ... despesas gerais... redução de custos... com Alicia Billington comandando o escritório de Londres.

— Alicia? — me esforço para ficar numa posição sentada. — *Alicia* vai comandar o escritório de Londres?

— Quase que com certeza — diz Luke, parando no meio da frase. — Por quê?

— Mas...

— Mas o quê? — pergunta Michael, olhando-me com interesse. — Por que ela não deveria comandar o escritório de Londres? Ela é inteligente, ambiciosa...

— Ah. Bem... por nenhum motivo — digo debilmente.

Não posso dizer exatamente "porque ela é uma vaca total".

— Ouviu dizer que ela acabou de ficar noiva, por sinal? — diz Luke. — Do Ed Collins, da Hill Hanson.

— Verdade? — digo surpresa. — Eu pensei que ela estivesse tendo um caso com... como é o nome dele?

— Com quem? — pergunta Michael.

— Hm... um cara. — Tomo um gole de Gimlet para clarear a mente. — Ela estava tendo almoços secretos com ele, e tudo!

Como era o nome dele? Deus, estou realmente de porre.

— Becky gosta de se manter a par das fofocas do escritório — diz Luke, com um riso fácil. — Infelizmente nunca se pode garantir a veracidade delas.

— Sem dúvida! — digo enfaticamente. — Eu concordo totalmente. Eu sempre digo ao Luke: você deveria se *interessar* pelas pessoas que trabalham para você. É como quando eu dou os conselhos financeiros na TV. A gente não pode só olhar os números, tem de *falar* com quem telefona. Como... como Enid, de Northampton! — Olho para Michael cheia de expectativa, antes de me lembrar que ele não sabe quem é Enid. — No papel ela estava pronta para se aposentar — explico. — Com fundo de pensão e tudo. Mas na vida real...

— Ela não estava preparada? — sugere Michael.

— Exato! Ela estava realmente gostando do trabalho e era só o marido estúpido que queria que ela desistisse. Ela só tinha cinqüenta e cinco anos! — Faço um gesto aleatório com meu copo. — Quero dizer, não dizem que a vida começa aos cinqüenta e cinco?

— Não sei se dizem isso — diz Michael, sorrindo. — Mas talvez devessem. — Ele me dá um olhar interessado. — Gostaria de assistir ao seu programa um dia desses. Ele passa nos Estados Unidos?

— Não, não passa — digo, lamentando. — Mas eu vou fazer a mesma coisa na TV americana em breve, de modo que você vai poder assistir!

— Estou ansioso por isso. — Michael olha para o relógio e termina sua bebida. — Acho que preciso ir. Nos falamos depois, Luke. E prazer em conhecê-la, Becky. Se algum dia eu precisar de aconselhamento financeiro, sei onde procurar.

Enquanto ele sai do bar, recosto-me na poltrona macia e me viro para olhar Luke. Sua postura tranqüila desapareceu, e ele está olhando tenso para o espaço enquanto os dedos rasgam metodicamente uma caixa de fósforos em pedacinhos.

— Michael parece bem legal — digo. — Muito amigável.

— É — diz Luke, distante. — É mesmo.

Tomo um gole de Gimlet e olho mais atentamente para Luke. Ele tem exatamente a mesma expressão do mês passado, quando um dos seus funcionários redigiu um material para a imprensa e alguns números confidenciais vazaram por engano. Minha mente rebobina o carretel para a conversa que eu estava entreouvindo — e enquanto vejo o rosto dele começo a ficar meio preocupada.

— Luke — digo finalmente. — O que está acontecendo? Há algum problema com os seus negócios?

— Não — diz Luke sem se mexer.

— Então o que Michael quis dizer quando falou "isso depende"? E todo aquele papo sobre mudar os balizamentos?

Inclino-me para a frente e tento pegar a mão dele, mas Luke não reage. Olhando-o num silêncio ansioso, gradualmente tomo consciência das conversas e da música ao fundo, no bar meio escuro. Na mesa ao lado, uma mulher está abrindo uma caixinha da Tiffany's e ficando boquiaberta — algo que normalmente me faria deixar o guardanapo cair no chão e deslizar para o lado na tentativa de ver o que ela ganhou. Mas desta vez estou preocupada demais com Luke. Um garçom vem até a nossa mesa e eu balanço a cabeça para ele.

— Luke? — inclino-me para a frente. — Anda, conta. Há algum problema?

— Não — diz Luke, e vira o copo na boca. — Não há problema. As coisas vão bem. Venha, vamos.

Onze

Acordo na manhã seguinte com uma dor de cabeça latejante. Do Royalton fomos a algum lugar para jantar, e eu bebi ainda mais — e nem consigo lembrar de ter voltado ao hotel. Graças a Deus não tenho uma entrevista hoje. Para ser honesta, poderia passar o dia inteiro, feliz, na cama com Luke.

Só que Luke já se levantou, está sentado perto da janela, falando sério ao telefone.

— Certo, Michael. Eu vou conversar com Greg hoje. Deus sabe. Não faço idéia. — Ele ouve um pouco. — Pode ser o caso. Mas não vou permitir que um segundo acordo desmorone em cima da gente. — Há uma pausa. — É, mas isso iria fazer a gente recuar... o quê... seis meses? Certo. Entendo o que você está dizendo. Sim, vou. Tchau.

Ele desliga o telefone e olha tenso pela janela, e eu esfrego o rosto sonolento, tentando lembrar se trouxe alguma aspirina.

— Luke, o que há de errado?

— Você está acordada — diz Luke, girando, e me dá um sorriso rápido. — Dormiu bem?

— O que há de errado? — repito, ignorando-o. — O que há de errado com os negócios?

— Tudo vai bem — diz Luke rapidamente, e se vira de novo para a janela.

— Tudo não vai bem! Luke, eu não sou cega. Não sou surda. Dá para ver que alguma coisa está esquisita.

— Uma pequena dificuldade — diz ele depois de uma pausa. — Não precisa se preocupar. — Ele pega o telefone de novo. — Posso pedir o café da manhã para você? O que você vai querer?

— Pare com isso! — grito frustrada. — Luke, eu não sou uma... uma estranha! Nós vamos viver juntos, pelo amor de Deus! Eu estou do seu lado. Só diga o que está realmente acontecendo. O seu negócio está correndo perigo?

Há um silêncio — e por um momento medonho acho que Luke vai dizer para eu cuidar da minha vida. Mas então ele passa as mãos pelos cabelos, expira violentamente e levanta os olhos.

— Você está certa. A verdade é que um dos nossos investidores está ficando nervoso.

— Ah — digo fazendo uma careta. — Por quê?

— Por causa de uma *porra* de um boato que corre, dizendo que nós vamos perder o Bank of London.

— Verdade? — Encaro-o, sentindo um desânimo frio se arrastar pelas minhas costas. Até eu sei como o Bank of London é importante para a Brandon Communications. É um dos primeiros clientes de Luke, e ainda coloca mais ou menos um quarto do dinheiro que a companhia ganha todos os anos. — Por que estão dizendo isso?

— Quem sabe? — Ele empurra o cabelo para trás com as mãos. — O Bank of London nega completamente, claro. Mas é claro que negaria. E, claro, o fato de eu estar aqui, e não lá, não ajuda em nada...
— Então você vai voltar para Londres?
— Não. — Ele levanta a cabeça. — Isso daria um sinal totalmente errado. As coisas já estão bastante abaladas aqui. Se eu desaparecer subitamente... — Ele balança a cabeça e eu o encaro apreensiva.
— Então... o que acontece se o seu investidor recuar?
— Nós encontramos outro.
— Mas e se não conseguirem? Você terá de desistir de vir para Nova York?
Luke se vira para me olhar — e de repente está com aquela expressão vazia e assustadora que costumava me dar vontade de fugir dele nas entrevistas coletivas.
— Isso não é uma opção.
— Mas, quero dizer, você tem um negócio muito bem-sucedido em Londres — insisto. — Puxa, você não *precisa* montar um em Nova York, precisa? Você poderia só...
Paro ao ver seu olhar.
— Certo — digo nervosa. — Bom, tenho certeza de que tudo vai ficar bem. No fim.
Por um tempo ficamos os dois em silêncio — então Luke parece voltar a si e levanta a cabeça.
— Acho que terei de jogar algumas cartas hoje — diz ele abruptamente. — De modo que não poderei ir ao tal almoço de caridade com você e mamãe.

Ah, merda. Claro, é hoje.
— Ela não pode adiar? Para nós dois irmos?
— Infelizmente, não. — Luke dá um sorriso rápido, mas posso ver o verdadeiro desapontamento em seu rosto, e sinto uma pontada de indignação com relação à mãe dele.
— Sem dúvida ela arranjaria tempo.
— Mamãe tem uma agenda muito ocupada. E, como ela disse, eu não avisei com muita antecedência. — Ele franze a testa. — Você sabe, minha mãe não é somente uma... dama da sociedade que não faz nada. Ela tem um monte de compromissos importantes. Não pode simplesmente largar tudo, por mais que deseje.
— Claro que não — digo apressadamente. — De qualquer modo, eu vou ficar bem. Vou sozinha a esse tal almoço dela, não é? — acrescento, tentando parecer que não me sinto nem um pouco intimidada com a perspectiva.
— Ela tem de ir ao spa primeiro, e sugeriu que você a acompanhasse.
— Ah, certo! — digo cautelosamente. — Bom, poderia ser divertido...
— Será uma chance de vocês duas se conhecerem. Espero realmente que se dêem bem.
— Claro que vamos nos dar bem — digo com firmeza. — Eu vou ser muito legal. — Saio da cama e vou envolver o pescoço de Luke com os braços. Seu rosto continua tenso, e eu aliso as rugas de sua testa. — Não se preocupe, Luke. As pessoas vão fazer fila para investir com você. Virando o quarteirão.

Luke dá um meio sorriso e beija minha mão.
— Esperemos que sim.

Enquanto estou sentada na recepção, esperando a chegada da mãe de Luke, sinto uma combinação de nervosismo e intriga. Para ser honesta, acho o arranjo da família de Luke meio estranho. Ele tem um pai e uma madrasta na Inglaterra, que o criaram com suas duas meio-irmãs, e a quem ele chama de mamãe e papai. E tem essa mãe de verdade, que abandonou o pai quando ele era pequeno e se casou com um americano rico, deixando Luke para trás. Depois ela deixou o americano rico e se casou com outro americano, ainda mais rico, e então... teria havido outro?

De qualquer modo, parece que Luke quase nunca via a mãe de verdade enquanto estava crescendo — ela só mandava presentes enormes para ele na escola e o visitava a cada três anos, mais ou menos. Seria de imaginar que ele ficasse meio ressentido atualmente. Mas o estranho é que ele a adora. De fato, não consegue achar uma coisa ruim para falar dela. Tem uma foto gigantesca dela em seu escritório de casa — muito maior do que a do pai com a madrasta no dia do casamento. E algumas vezes eu me pergunto o que eles acham disso. Mas não é um assunto que eu realmente acho que posso puxar.

— Rebecca? — Uma voz interrompe meus pensamentos e eu levanto a cabeça, espantada. Uma mulher alta e elegante, num conjunto claro, com pernas muito compridas e sapatos de crocodilo está me olhando. E ela é igualzinha à foto, com malares altos e cabelo escuro estilo Jackie Kennedy... só que a pele é um tanto mais esticada, e os olhos mais largos do que o que seria natural. De fato, parece que ela tem alguma dificuldade para fechá-los.

— Olá! — digo me levantando desajeitada e estendendo a mão. — Como vai?

— Elinor Sherman — diz ela num estranho sotaque meio inglês, meio americano. Sua mão é fria e ossuda, e está usando dois enormes anéis de diamante que se comprimem na minha carne. — Estou tão feliz em conhecer você!

— Luke ficou muito chateado por não poder ir — digo, e entrego o presente que ele pediu para dar a ela. Enquanto ela abre o embrulho, não consigo evitar um arregalamento dos olhos. Uma echarpe Hermès!

— Bonita — diz ela sem dar importância, e coloca de volta na caixa. — Meu carro está esperando. Vamos?

Minha nossa. Um carro com chofer. E uma bolsa de crocodilo Kelly — e aqueles brincos são de esmeralda *de verdade*?

Enquanto nos afastamos do hotel, não consigo deixar de olhar sub-repticiamente para Elinor. Agora que estou perto, percebo que ela é mais velha do que achei a princípio, provavelmente cinqüenta e tantos. E, apesar de parecer maravilhosa, é um pouco como se aquela foto glamourosa tivesse sido deixada ao sol e perdido a cor — e fosse pintada por cima com maquiagem. Seus cílios estão pesados de rímel e o cabelo brilha de laquê, e as unhas têm tanto esmalte que parecem porcelana vermelha. Ela é tão completamente... montada! Arrumada de um jeito que eu sei que eu nunca conseguiria ficar, independentemente de quantas pessoas trabalhassem em mim.

Quero dizer, eu estou bem legal hoje, acho. De fato, estou muito chique. Saiu uma matéria na *Vogue* sobre como o preto e branco é *a* moda atual, por isso juntei uma saia justa preta com uma blusa branca que achei na ponta de estoque do outro dia, e sapatos pretos com saltos altos fantásticos. Fiquei realmente satisfeita comigo de manhã. Mas agora, enquanto Elinor me examina, de repente percebo que uma das minhas unhas está ligeiramente lascada, e que o sapato tem uma mancha minúscula na lateral — e, ah, meu Deus, isso é um fio que está pendurado na frente da minha saia? Será que devo tentar arrancá-lo rapidamente?

Casualmente ponho a mão no colo para cobrir o fio solto. Talvez ela não tenha visto. Não é tão óbvio, é?

Mas Elinor está enfiando a mão na bolsa, em silêncio, e um instante depois me entrega uma pequena tesoura com cabo de tartaruga.

— Ah... bem... obrigada — digo sem jeito. Corto o fio ofensivo e devolvo a tesoura, sentindo-me uma colegial. — Isso sempre acontece — acrescento, e dou um risinho nervoso. — Eu olho no espelho de manhã e acho que estou bem, mas no minuto em que saio de casa...

Fantástico, agora estou falando bobagem. Calma aí, Rebecca.

— Os ingleses são incapazes de fazer uma boa arrumação — diz Elinor. — A não ser que seja num cavalo.

Os cantos de seus lábios se erguem uns dois milímetros num sorriso — ainda que o resto do rosto esteja estático. E eu irrompo numa gargalhada de puxa-saco.

— Isso é ótimo. Minha colega de apartamento adora cavalos. Mas, puxa, você é inglesa, não é? E sua aparência é absolutamente... imaculada!

Estou realmente satisfeita porque consegui jogar um pequeno elogio, mas o sorriso de Elinor desaparece abruptamente. Ela me dá um olhar vazio e de repente eu vejo de onde Luke conseguiu aquela expressão impassível e assustadora.

— Eu sou uma cidadã americana naturalizada.

— Ah, certo. Bom, acho que você já está aqui há um bom tempo. Mas quero dizer, no seu coração, você ainda não é... você não diria que é... quero dizer, Luke é muito inglês...

— Eu vivi em Nova York durante a maior parte da minha vida adulta — diz Elinor friamente. — Qualquer ligação com a Inglaterra desapareceu há muito. Aquele lugar está vinte anos desatualizado.

— Sim — concordo com fervor, tentando parecer que entendo completamente. Meu Deus, esse trabalho é difícil. Sinto que estou sendo observada sob um microscópio. Por que Luke não pôde vir? Ou por que ela não pôde adiar o almoço? Quero dizer, ela não *quer* vê-lo?

— Rebecca, quem pinta o seu cabelo nessa cor? — pergunta Elinor abruptamente.

— É... ela é minha — digo, nervosamente tocando uma mecha.
— Eleminha — repete ela cheia de suspeitas. — Não conheço o nome. Em que salão ela trabalha?
Por um momento sou totalmente silenciada.
— Hmm... bem — me atrapalho toda. — Na verdade... acho que você não deve ter ouvido falar. É muito... pequenino.
— Bom, acho que você deveria mudar de colorista. É um tom muito pouco sutil.
— Certo! — digo apressadamente. — Sem dúvida.
— Guinevere von Landlenburg. Você conhece Guinevere von Landleburg?
Hesito pensativamente, como se estivesse repassando um caderno de endereços mental. Como se verificasse todas as muitas Guineveres que eu conheço.
— Hmm... não — digo finalmente. — Acho que não.
— Eles têm uma casa em South Hampton. — Ela tira um estojo de pó compacto e olha para o próprio reflexo. — Nós passamos um tempo lá no ano passado, com os De Bonneville.
Enrijeço-me. Os De Bonneville. Como Sacha de Bonneville. Uma antiga namorada de Luke.
Luke nunca me disse que eles eram amigos da família.
Tudo bem, não vou me estressar. Só porque Elinor não tem tato suficiente a ponto de mencionar a família de Sacha. Não é como se tivesse mencionado *ela*.

— Sacha é uma garota muito talentosa — diz Elinor, fechando o estojo de pó. — Você já a viu fazer esqui aquático?

— Não.

— Nem jogar pólo?

— Não — digo morosamente. — Não vi.

De súbito Elinor está batendo imperiosamente no painel de vidro atrás do motorista.

— Você virou aquela esquina rápido demais — diz ela. — Não vou dizer de novo. Não quero ser sacudida no banco. Então, Rebecca. — Ela se recosta no banco e me dá um olhar insatisfeito. — Quais são os seus *hobbies*?

— Hmm... — abro a boca e fecho de novo. Minha mente ficou totalmente vazia. Ora, eu devo ter alguns *hobbies*. O que eu faço nos fins de semana? O que eu faço para relaxar?

— Bom, eu...

Isto é completamente ridículo. *Deve* haver coisas na minha vida além de fazer compras.

— Bom, obviamente, eu gosto... de encontrar os amigos — começo hesitante. — E do... estudo da moda através de... hm... da mídia das revistas.

— Você é uma esportista? — diz Elinor, me encarando friamente. — Você caça?

— Hmm... não. Mas recentemente comecei a fazer esgrima! — acrescento numa inspiração súbita. Eu comprei a roupa, não comprei? — E toco piano desde os cinco anos.

— Não me diga... — diz Elinor, e me dá um sorriso

gélido. — Sacha também é muito musical. Ela deu um recital de sonatas de piano de Beethoven em Londres no ano passado. Você foi?

Sacha desgraçada. Com sua droga de esqui aquático e suas drogas de sonatas.

— Não — digo desafiadoramente. — Mas... eu também dei um, por acaso. Com sonatas de... Wagner.

— Sonatas de Wagner? — repete Elinor cheia de suspeitas.

— Hmm... é. — Pigarreio, tentando pensar em como sair do assunto das realizações. — Então! Você deve ter muito orgulho de Luke!

Espero que esse comentário dispare um discurso feliz dela, durante uns dez minutos. Mas Elinor simplesmente me olha em silêncio, como se eu estivesse falando um absurdo.

— Com a... companhia dele e tudo o mais — continuo obstinadamente. — Ele é um tremendo sucesso. E parece muito decidido a ter sucesso em Nova York. Na América. — Elinor me dá um sorriso superior.

— Ninguém é nada enquanto não fizer sucesso na América. — Ela olha pela janela. — Chegamos.

Graças a Deus.

Tenho de admitir, o spa de beleza é absolutamente espantoso. A área de recepção parece uma gruta artificial grega, com colunas, música suave e um maravilhoso perfume de óleos essenciais no ar. Vamos até o balcão de recepção, onde uma mulher elegante vestida de preto chama Elinor de "Sra. Sherman" com muita deferência. As duas falam um tempo em voz baixa, e a mulher ocasionalmente me lança um olhar e assente, e eu tento fingir que não estou ouvindo, e olho a lista de preço dos óleos de banho. Então Elinor se vira abruptamente para o outro lado e me empurra para uma área onde há um bule de chá de hortelã e um cartaz pedindo que os clientes respeitem a tranqüilidade do spa e falem baixo.

Ficamos sentadas em silêncio durante um tempo — então uma garota de uniforme branco vem me pegar e me leva a uma sala de tratamento, onde um roupão e chinelos estão esperando, embrulhados em celofane gravado com o logotipo do lugar. Enquanto me troco, ela está se ocupando em seu balcão de produtos, e imagino prazerosamente o que me espera. Elinor insistiu em pagar todos os meus tratamentos, por mais que eu tentasse não aceitar — e aparentemente escolheu um tratamento "da cabeça aos pés", o que quer que isso seja. Espero que inclua uma bela massagem de aromaterapia — mas quando sento na maca, vejo um pote cheio de cera sendo esquentada.

Sinto uma reviravolta desagradável na barriga. Nunca fui muito fanática por depilação com cera. E não porque eu tenha medo da dor, mas porque...

Bem, tudo certo. É porque eu tenho medo da dor.

— Então... o meu tratamento inclui depilação a cera? — digo, tentando parecer tranqüila.

— Você marcou um programa de cera integral — diz a esteticista, erguendo os olhos cheios de surpresa.

— Da cabeça aos pés. Pernas, braços, sobrancelhas e brasileira.

Braços? Sobrancelhas? Posso sentir a garganta se apertando de medo. Nunca fiquei tão apavorada desde que tomei minhas vacinas para viajar à Tailândia.

— Brasileira? — digo numa voz áspera. — O que... o que é isso?

— É uma forma de depilação para biquíni. Uma depilação total.

Encaro-a, com a mente trabalhando em pique absoluto. Ela não quer dizer...

— Então, se quiser se deitar na maca...

— Espere! — digo, tentando manter a voz calma. — Quando você disse "total", quis dizer...

— Ahã. — A esteticista sorri. — Depois, se quiser, eu posso aplicar uma pequena tatuagem de cristal na... área. Um coraçãozinho é bem popular. Ou talvez as iniciais de alguém especial?

Não. Isso não pode ser real.

— Então, se você se deitar na maca e relaxar... Relaxar? *Relaxar?*

Ela se vira para o pote de cera derretida — e eu sinto uma onda de puro terror. De repente sei exatamente como Dustin Hoffman se sentiu naquela cadeira de dentista.

— Eu não vou fazer — ouço-me dizendo, e desço da maca. — Não vou fazer.

— A tatuagem?

— Nada disso.

— *Nada?*

A esteticista vem para mim, com o pote de cera na mão — e em pânico eu me escondo atrás da maca, agarrando o roupão defensivamente em volta do corpo.

— Mas a Sra. Sherman já pagou antecipadamente por todo o tratamento...

— Não me importa o que ela pagou — digo, recuando. — Você pode depilar minhas pernas. Mas os braços, não. E definitivamente não... aquela outra coisa. O coraçãozinho de cristal.

A esteticista fica preocupada.

— A Sra. Sherman é uma das nossas clientes mais regulares. Ela requisitou especialmente a cera da cabeça aos pés para você.

— Ela não vai saber! — digo desesperadamente. — Nunca vai saber! Quero dizer, ela não vai exatamente *olhar*, vai? Não vai perguntar ao filho dela se as iniciais dele estão tatuadas na... da namorada. — Não consigo me obrigar a dizer "área". — Puxa, qual é! Ela vai?

Paro, e há um silêncio tenso, rompido apenas pelo trinado de flautas.

E de repente a esteticista solta um riso fungado. Capto seu olhar — e me vejo começando a rir também, com um ligeiro toque de histeria.

— Você está certa — diz a esteticista, sentando-se e enxugando os olhos. — Você está certa. Ela nunca vai saber.

— Que tal um acordo? Você faz as minhas pernas e as sobrancelhas, e nós ficamos quietas com relação ao resto.

— Eu poderia lhe fazer uma massagem — diz a esteticista. — Para gastar o tempo.
— Então estamos combinadas! — digo cheia de alívio. — É perfeito!
Sentindo-me ligeiramente exaurida, deito-me na maca e a esteticista me cobre habilmente com uma toalha.
— Então a Sra. Sherman tem um filho? — diz ela, alisando meu cabelo.
— É — ergo os olhos, pasma. — Ela nunca falou dele?
— Não que eu lembre. E ela vem aqui há anos... — A esteticista dá de ombros. — Acho que eu sempre presumi que ela não tinha filhos.
— Ah, certo — digo, e me recosto, tentando não demonstrar a surpresa.

Quando saio uma hora e meia depois, sinto-me fantástica. Estou com sobrancelhas novas em folha, pernas lisas e uma luz no corpo inteiro, produzida pela massagem de aromaterapia mais maravilhosa.
Elinor está me esperando na recepção, e quando me aproximo ela percorre meu corpo com os olhos, avaliando. Por um momento horrível acho que vai pedir para eu tirar o cardigã e verificar se meus braços estão lisos — mas só o que diz é:
— Sua sobrancelha está muito melhor. — Depois se vira e sai, e eu vou correndo atrás.
Quando voltamos ao carro, pergunto:
— Aonde vamos almoçar?

— Nina Heywood está dando um pequeno almoço informal de caridade para ajudar os famintos — responde ela, examinando uma das suas unhas imaculadas. — Você conhece os Heywood? Ou os Van Gelder?

Claro que não conheço, porra.

— Não — ouço-me dizendo. — Mas conheço os Webster.

— Os Webster? — Ela ergue suas sobrancelhas arqueadas. — Os Webster de Newport?

— Os Webster de Oxshott. Janice e Martin. — Dou-lhe um olhar inocente. — Você conhece?

— Não. — Elinor me lança um olhar gélido. — Acho que não.

Durante o resto da jornada viajamos em silêncio. Então, de súbito, o carro está parando e nós estamos saindo e entrando no saguão maior e mais grandioso que já vi, com um porteiro uniformizado e espelhos em toda parte. Subimos o que parece ser um zilhão de andares num elevador dourado onde há um homem com quepe, e entramos num apartamento. E eu *nunca* vi nada assim.

O lugar é absolutamente gigantesco, com piso de mármore, escada dupla e um piano de cauda numa plataforma. As paredes de seda clara são decoradas com enormes pinturas em molduras douradas, e em pedestais pela sala há arranjos de flores em cascata como nunca vi antes. Mulheres magras como palitos vestindo roupas caras conversam animadamente, há garçonetes distribuindo champanhe e uma garota de vestido florido está tocando harpa.

E este é um *pequeno* almoço de caridade?

Nossa anfitriã, a Sra. Heywood, é uma mulher minúscula vestida de rosa, que está para apertar minha mão quando é distraída pela chegada de uma mulher com um turbante cheio de jóias. Elinor me apresenta a uma tal de Sra. Parker, a um Sr. Wunsch e a uma Srta. Kutomi, depois se afasta, e eu converso do melhor modo possível, ainda que todo mundo pareça presumir que eu deva ser amiga íntima do príncipe William.

— Diga — sussurra a Sra. Parker ansiosa. — Como é que aquele pobre rapaz está se saindo depois de sua... grande perda?

— Aquele garoto tem uma nobreza natural — diz o Sr. Wunsch ferozmente. — Hoje em dia os jovens podem aprender muito com ele. Diga, é para o exército que ele vai?

— Ele... não mencionou isso — digo desamparada. — Com licença?

Escapo para o banheiro — e ele é tão gigantesco e suntuoso quanto o resto do apartamento, com prateleiras de sabonetes de luxo e frascos de perfume grátis, e uma cadeira confortável para se sentar. Meio que desejo ficar ali o dia inteiro. Mas não ouso me demorar demais para o caso de Elinor vir me procurar. Então, com uma borrifada final de Eternity, obrigo-me a ficar de pé e voltar para a multidão, onde os garçons se movem em silêncio, murmurando:

— O almoço será servido agora.

Enquanto todo mundo vai para uma grandiosa porta dupla, procuro Elinor, mas não acho. Há uma velha senhora vestida de renda preta sentada numa cadeira ao meu lado, e ela começa a se levantar com a ajuda de uma bengala.

— Deixe-me ajudar — digo, correndo para ela quando ela perde o apoio. — Devo segurar sua taça de champanhe?

— Obrigada, minha cara! — A senhora sorri para mim enquanto pego seu braço, e andamos lentamente para a magnífica sala de jantar. As pessoas estão puxando cadeiras e sentando-se em volta de mesas redondas, e os garçons se apressam levando pãezinhos.

— Margaret — diz a Sra. Heywood, vindo e estendendo as mãos para a velha senhora. — Aí está você. Agora, deixe-me achar seu lugar...

— Esta jovem estava me ajudando — diz a senhora enquanto se senta, e eu dou um sorriso modesto para a Sra. Heywood.

— Obrigada, querida — diz ela distraidamente. — Agora, poderia pegar minha taça também, por favor... e trazer um pouco d'água à nossa mesa?

— Claro! — digo com um sorriso amigável. — Sem problema.

— E eu quero gim-tônica — diz um homem idoso ali perto, girando na cadeira.

— Já está vindo!

A coisa salta à vista, o que mamãe diz está certo. O modo de fazer um amigo é dar uma mãozinha. Sinto-me bastante especial, ajudando à anfitriã. É quase como se eu estivesse dando a festa com ela.

Não sei bem onde fica a cozinha, mas todos os garçons estão indo para uma extremidade do salão. Sigo-os passando por uma porta dupla e me vejo no tipo de cozinha pelo qual mamãe morreria. Granito e mármore em toda parte, uma geladeira que parece um foguete espacial e um forno de pizza engastado na parede! Há garçons de camisas brancas entrando e saindo com bandejas, e dois chefes de cozinha parados numa área central, segurando panelas fumegantes, e alguém está gritando:

— Onde, porra, estão os guardanapos?

Acho uma garrafa d'água e um copo e ponho numa bandeja, depois começo a olhar em volta, procurando o gim. Quando me curvo para abrir a porta de um armário, um homem de cabelo oxigenado e curto me dá um tapinha no ombro.

— Ei. O que você está fazendo?

— Ah, oi — digo, levantando-me. — Só estou procurando o gim. Alguém quer gim-tônica.

— Nós não temos tempo para isso! — late o sujeito. — Você percebe como somos poucos? Precisamos pôr a comida nas mesas.

Somos poucos? Encaro-o com expressão vazia durante um momento. Depois, quando meus olhos baixam para minha saia preta e a percepção bate, dou um riso chocado.

— Não! Eu não sou uma... quero dizer, na verdade eu sou uma das...

Como é que vou dizer isso sem ofendê-lo? Tenho certeza de que ser garçom é muito satisfatório. De qualquer modo, ele provavelmente é ator trabalhando nas horas vagas.

Mas enquanto estou me demorando, ele joga uma bandeja de prata cheia de salmão defumado nos meus braços.

— Saia! Agora!
— Mas eu não sou...
— Agora! *Comida nas mesas!*

Com uma pontada de medo saio correndo rapidamente. Tudo bem. O que vou fazer é só me afastar dele, pôr essa bandeja em algum canto e achar meu lugar.

Cautelosamente volto para a sala de jantar e ando entre as mesas, procurando um lugar para pôr a bandeja. Mas não parece haver nenhuma mesa lateral ou mesmo cadeiras extras. Não posso deixar no chão, e seria meio estranho enfiar a mão entre os convidados e largá-la numa mesa.

Isso é muito incômodo, na verdade. A bandeja é bem pesada, e meus braços estão começando a doer. Passo pela cadeira do Sr. Wunsch e dou-lhe um sorrisinho, mas ele nem me nota. É como se de repente eu ficasse invisível.

Isto é ridículo. *Deve* haver algum lugar onde eu possa colocar isso.

— Você quer servir a comida! — sibila uma voz furiosa atrás de mim, e eu dou um pulo.

— Tudo bem! — retruco, sentindo-me ligeiramente irritada. — Tudo bem, eu vou!

Ah, pelo amor de Deus. Provavelmente é mais fácil

só servir. Depois, pelo menos terá acabado, e eu poderei me sentar. Hesitantemente me aproximo da mesa mais próxima.

— Hmm... alguém quer peixe defumado? Acho que isso é salmão... e isso é truta...

— Rebecca?

A cabeça elegantemente penteada na minha frente gira e eu dou um pulinho espantado. Elinor está me olhando, com olhos como adagas.

— Oi — digo nervosa. — Gostaria de um pouco de peixe?

— *O que* você acha que está fazendo? — diz ela em voz baixa, furiosa.

— Ah! — engulo em seco. — Bom, eu só estava, você sabe, ajudando...

— Eu quero um pouco de salmão defumado, obrigada — diz uma mulher com um casaco dourado. — Você tem algum molho francês sem gordura?

— Hmm... bem, o negócio é que, na verdade eu não sou...

— Rebecca! — a voz de Elinor dispara de sua boca praticamente fechada. — Largue isso. Só... sente-se.

— Certo. Claro. — Olho insegura para a bandeja. — Ou será que devo servir, já que estou aqui mesmo...

— Largue isso. Agora!

— Certo. — Olho em volta desamparada durante um momento, depois vejo um garçom vindo para mim com uma bandeja vazia. Antes que ele possa protestar, deposito a bandeja de peixe em cima da dele, depois corro com as pernas trêmulas até minha cadeira vazia, alisando o cabelo.

Enquanto me sento e abro o guardanapo grosso sobre os joelhos, há um silêncio ao redor. Tento um sorrisinho amigável, mas ninguém reage. Então uma velha senhora usando umas seis fileiras de pérolas gigantescas e um aparelho de audição se inclina para Elinor e sussurra, tão audivelmente que todos podemos ouvir:

— Seu filho está namorando... uma *garçonete*?

ORÇAMENTO DE BECKY BLOOM EM NOVA YORK

ORÇAMENTO DIÁRIO (PROPOSTO)

Comida	$50		
Compras	~~$50~~	$100	
Despesas gerais	~~$50~~	~~$60~~	$100

Total $250

ORÇAMENTO DIÁRIO (REVISTO)

TERCEIRO DIA

Comida	$50
Compras	$100
Despesas gerais	$365
Outras despesas	$229
Ponta de estoque, oportunidade única	$567
Outra ponta de estoque, oportunidade única	$128
Despesa de contingência inevitável	$49
Despesa essencial ligada a negócios (sapatos)	

Doze

Hummm. Não tenho toda a certeza se Elinor realmente gostou de mim. Ela não disse muita coisa no carro durante a volta — o que pode significar que estava silenciosamente impressionada. Ou... não.

Quando Luke me perguntou como foi tudo, eu meio que passei por cima do incidente da bandeja de peixe. E do incidente no spa. Em vez disso, me concentrei em como sua mãe adorou o presente que ele deu.

E tudo bem, talvez eu tenha inventado algumas coisas. Como a parte sobre ela ter dito: "meu Luke é o melhor filho de todo o mundo", e enxugado os olhos com um lenço. Mas, puxa, eu não podia dizer a ele qual foi a reação *de verdade* dela, podia? Não podia dizer que ela só enfiou o presente de volta na caixa como se fosse um par de meias da Woolworths. E na verdade fico feliz por ter dourado a pílula um pouco, porque nunca o vi tão delicado. Ele até telefonou para ela, dizendo que ficou feliz por ela ter gostado — mas ela não telefonou de volta.

Pessoalmente, eu tenho coisas mais importantes para pensar nos últimos dois dias do que se Elinor gosta de mim ou não. De repente ando recebendo telefonemas de pessoas que querem me conhecer! O que Luke chama de "efeito bola de neve" e diz que esperava por isso o tempo todo. Ontem tive três reuniões com diferentes executivos de TV — e no momento estou tomando o café da manhã com um tal de Greg Walters da Blue River Productions. Foi ele que me mandou a cesta de frutas e pareceu desesperado para me ver — e até agora a reunião está indo maravilhosamente! Estou usando uma calça que comprei ontem na Banana Republic e meu novo agasalho de estilista, e tenho de dizer que Greg parece realmente impressionado.

— Você é demais — ele fica dizendo entre mordidas no *croissant*. — Percebe isso?

— Hmm... bem...

— Não. — Ele levanta a mão. — Não seja tímida. Você é demais. Todo mundo na cidade só fala de você. As pessoas estão brigando por você. — Ele toma um gole de café e me encara. — Vou ser franco: eu quero lhe dar um programa próprio.

Encaro-o, quase incapaz de respirar, de tanta empolgação.

— Verdade? Um programa próprio? Fazendo o quê?

— Qualquer coisa. Vamos arranjar um formato vencedor para você. — Ele toma um gole de café. — Você é comentarista política, certo?

— Hmm... na verdade, não. — Digo sem jeito. — Eu faço finanças pessoais. Você sabe, hipotecas e coisas do tipo?

— Sei. — Greg assente. — Finanças. Então estou pensando... me veio na cabeça... *Wall Street. Wall Street* misturado com *Absolutely Fabulous* misturado com *Oprah*. Você poderia fazer isso, não poderia?

— Hmm... sim! Sem dúvida!

Não tenho a menor idéia do que ele está falando, mas sorrio toda confiante e como um pedaço de *croissant*.

— Eu tenho de ir — diz ele enquanto termina o café. — Mas vou ligar para você amanhã e marcar uma reunião com nosso chefe de desenvolvimento. Está bem?

— Ótimo! — digo, tentando parecer natural. — Seria bom.

Enquanto ele se afasta, não consigo evitar um enorme riso de deleite se espalhando no rosto. Meu próprio programa! As coisas estão cada vez melhores. Todo mundo com quem falo parece querer me oferecer um trabalho, e todos ficam me pagando belas refeições, e ontem alguém disse que eu poderia ter uma carreira em Hollywood, sem dúvida. Hollywood!

Puxa, imagine só se eu tiver meu próprio programa em Hollywood! Vou poder viver numa casa incrível em Beverly Hills, e ir a festas com todos os astros de cinema. E talvez Luke abra uma filial da empresa em Los Angeles e comece a representar gente como... como Minnie Driver. Puxa, eu sei que ela não é exatamente uma instituição financeira, mas talvez ele expanda os negócios para o cinema! Sim! E aí ela vai virar minha melhor amiga e nós vamos fazer compras juntas e coisas assim, e talvez até sairemos de férias juntas.

— Olá — diz uma voz animada, e eu ergo os olhos e vejo Michael Ellis puxando uma cadeira em outra mesa.

— Ah — digo, afastando a mente de uma praia lindamente ensolarada em Malibu. — Ah, olá. Venha para cá! — faço um gesto educado para a cadeira em frente.
— Não vou perturbá-la? — pergunta ele, sentando-se.
— Não. Eu estava tendo uma reunião, mas já acabou. — Olho em volta vagamente. — Luke está com você? Eu quase não o vejo ultimamente!
Michael balança a cabeça.
— Ele está falando com umas pessoas da JD Slade hoje de manhã. Os figurões.
Um garçom se aproxima e tira o prato de Greg, e Michael pede um cappuccino. Quando o garçom desaparece, ele olha interrogativamente para o segundo buraco de pescoço do meu agasalho.
— Você sabe que está com um enorme buraco de traça no seu suéter? Eu providenciaria um jeito nisso.
Hahá, muito engraçado.
— Na verdade, é a última moda — explico gentilmente. — Madonna tem um igualzinho.
— Ah! Madonna. — O cappuccino dele chega e ele toma um gole.
— Então... como vão as coisas? — pergunto, baixando ligeiramente a voz. — Luke me contou que um dos investidores ficou nervoso.
— É. — Michael assente, sério. — Não sei que diabo está acontecendo lá.
— Mas por que vocês *precisam* de investidores? Quero dizer, Luke tem um monte de dinheiro...

— Nunca invista seu próprio dinheiro — diz Michael. — Primeira regra dos negócios. Além disso, Luke tem planos grandiosos, e planos grandiosos precisam de muito capital. — Ele ergue os olhos. — Você sabe, ele é muito obstinado, esse seu homem. Está *muito* decidido a ter sucesso aqui.

— Eu sei — digo revirando os olhos. — Tudo que ele faz é trabalhar.

— Trabalhar é bom — diz Michael, franzindo o rosto para o seu café. — Obsessão... não é tão bom. — Ele fica quieto um momento, depois ergue os olhos com um sorriso. — Mas imagino que as coisas estejam indo bem para você, não é?

— Na verdade, estão — digo, incapaz de manter a calma. — De fato, estão indo brilhantemente! Tive reuniões fantásticas, e todo mundo diz que quer me dar um trabalho. Acabei de ter uma reunião com Greg Walters da Blue River Productions, e ele disse que ia me dar um programa próprio. E ontem alguém estava falando de Hollywood!

— Isso é fantástico. Realmente fantástico. — Ele toma um gole de café e me olha pensativo. — Será que eu podia dizer uma coisinha?

— O quê?

— Esse pessoal de TV. Você não deve necessariamente acreditar em tudo o que eles dizem.

Olho-o, meio incomodada.

— O que quer dizer?

— Esses caras gostam de falar muito. — Michael

mexe lentamente seu café. — Isso faz com que eles se sintam bem. E acreditam em tudo que dizem no momento em que estão dizendo. Mas quando se trata do dólar frio e duro... — Ele pára e me olha. — Só não quero que você fique desapontada.

— Eu não vou ficar desapontada! — retruco indignada. — Greg Walters disse que a cidade inteira estava brigando por mim!

— Tenho certeza de que disse — concorda Michael. — E espero muito que seja verdade. Só estou dizendo que...

Ele pára quando um mensageiro surge perto da nossa mesa.

— Srta. Bloomwood — diz ele. — Tenho uma mensagem para a senhorita.

— Obrigada! — digo surpresa.

Abro o envelope que ele me entrega e tiro o papel — e é um recado de Kent Garland, da HLBC.

— Bem! — digo incapaz de impedir um sorriso de triunfo. — Parece que a HLBC não estava só falando demais. Parece que estão falando de negócios. — Entrego o papel a Michael Ellis, querendo acrescentar: "Olha só!"

— "Por favor, ligue para a secretária de Kent para marcar um teste de câmera" — lê Michael, em voz alta. — Bom, parece que estou errado — diz ele, sorrindo. — E fico muito feliz com isso. — Ele levanta a xícara para mim. — A um teste bem-sucedido amanhã. Quer um conselho?

— O quê?

— O suéter. — Ele faz uma careta cômica e balança a cabeça.

Tudo bem. O que eu vou usar amanhã? *O que eu vou usar?* Quero dizer, este é o momento mais importante da minha vida. Um teste de câmera para a televisão americana. Minha roupa tem de ser chique, bonita, fotogênica, imaculada... puxa, eu não tenho nada. Nada.

Reviro todas as minhas roupas pela milionésima vez e caio de volta na cama, exausta. Não posso acreditar que vim até aqui sem uma única roupa que possa usar num teste de câmera.

Bom, não há de ser nada. Só preciso ir fazer compras.

Pego a bolsa, verifico a carteira e estou pegando o casaco quando o telefone toca.

— Alô? — digo no aparelho, esperando que seja Luke.

— Bex! — vem a voz de Suze, minúscula e distante.

— Suze! — digo deliciada. — Oi!

— Como vão as coisas?

— Muito bem. Tive um monte de reuniões, e todo mundo está sendo muito positivo. A coisa está maravilhosa.

— Bex! Isso é fantástico.

— E você? — Franzo a testa ligeiramente ao ouvir sua voz. — Vai tudo bem?

— Ah, sim. Tudo vai bem. Só que... — Ela hesita.
— Achei que você deveria saber. Um homem telefonou hoje cedo perguntando pelo dinheiro que você deve numa loja. La Rosa, em Hampstead.
— Verdade? — faço uma careta. — Eles de novo?
— É. Ele perguntou quando você vai sair da unidade de membros artificiais.
— Ah — digo depois de uma pausa. — Sei. E... o que você disse?
— Bex, por que ele pensava que você estava na unidade de membros artificiais?
— Não sei — digo evasivamente. — Talvez tenha ouvido alguma coisa. Ou... ou talvez eu tenha escrito uma cartinha para ele...
— Bex — interrompe Suze, e sua voz está estremecendo ligeiramente. — Você me disse que ia cuidar de todas aquelas contas. Você prometeu!
— Eu cuidei delas! — Pego minha escova e começo a escovar o cabelo.
— Mas dizendo que seu *pára-quedas* não abriu a tempo? — grita Suze. — Puxa, honestamente, Bex...
— Olhe, não se estresse. Vou resolver tudo assim que voltar para casa.
— Ele disse que teria de tomar uma atitude extrema! Disse que sentia muito, mas que já tinha cedido demais e...
— Eles sempre dizem isso — falo, tranqüilizando-a.
— Suze, você realmente não precisa se preocupar. Eu

vou ganhar um monte de grana aqui. Vou nadar na grana! E vou poder pagar tudo, e tudo vai ficar bem.

Há um silêncio, e eu imagino Suze no chão da sala, enrolando o cabelo nos dedos.

— Verdade? — pergunta ela finalmente. — Então tudo está indo bem?

— Está! Eu tenho um teste de câmera amanhã, e um cara quer me dar meu próprio programa, e estão até falando em Hollywood!

— Hollywood? — suspira Suze. — Ah, meu Deus! Isso é incrível.

— Eu sei. — E sorrio para meu reflexo. — Não é fantástico? Eu sou demais! Foi o que disse o cara da Blue River Productions.

— Então... o que você vai usar no seu teste de câmera?

— Eu estou indo agora mesmo à Barney's — digo toda feliz. — Escolher uma roupa nova.

— *Barney's* — exclama Suze horrorizada. — Bex, você *prometeu* que não iria passar do limite! Prometeu completamente que iria se manter no orçamento.

— Eu estou me mantendo! Estou completamente fixa nele. Está tudo anotado e coisa e tal! E, de qualquer modo, este é um gasto para os negócios. Eu estou investindo na minha carreira.

— Mas...

— Suze, não se pode ganhar dinheiro sem gastar antes. Todo mundo sabe disso! Puxa, você precisa gastar dinheiro com o seu material, não precisa?

Há uma pausa.
— Acho que sim — diz Suze em dúvida.
— E, de qualquer modo, para que servem os cartões de crédito?
— Ah, Bex. — Suze suspira. — Na verdade, engraçado, é exatamente o que a garota do imposto de capitalização disse.
— Que garota do imposto de capitalização? — Franzo o rosto para meu reflexo e pego um delineador.
— A garota que veio aqui hoje de manhã — diz Suze vagamente. — Ela estava com uma prancheta. E fez um monte de perguntas sobre mim, sobre o apartamento, e quanto você me pagava de aluguel... e nós tivemos um papo muito bom. E eu estava contando a ela tudo sobre você estar na América, e Luke... e seu trabalho na TV...
— Fantástico! — digo sem ouvir direito. — Parece bom mesmo. Escute, Suze, eu tenho de correr. Mas não se preocupe. Se mais alguém telefonar me procurando, só pegue o recado, certo?
— Bom... tudo bem — diz Suze. — E boa sorte amanhã!
— Obrigada! — digo, e desligo o telefone. Hahahá! Vamos à Barney's!

Eu fui à Barney's algumas vezes desde que nós chegamos, mas sempre estava meio com pressa. Mas desta vez... Uau. Esta é diferente. Posso me demorar. Posso andar e subir todos os oito andares da loja, só olhando as roupas.

E meu Deus, as roupas. Que *roupas*. São as coisas mais lindas que eu já vi. Para todo lugar que olho, vejo formas, cores e modelos que simplesmente quero agarrar, tocar e acariciar.

Mas não posso passar o dia inteiro me maravilhando. Tenho de partir para os negócios e decidir a roupa para amanhã. Estou achando que talvez um *blazer*, para eu parecer séria — mas tem de ser o *blazer* certo. Não muito estruturado, não muito rígido. Ou olha só aquelas calças. Ficariam fantásticas, se eu tivesse o sapato certo...

Ando lentamente em cada andar, fazendo anotações mentais de todas as roupas — depois volto para baixo de novo e começo a coletar todas as minhas possibilidades. Um *blazer* Calvin Klein... e uma saia...

— Com licença?

Uma voz me interrompe quando estou pegando um *top* sem manga e me viro, surpresa. Uma mulher de terninho preto está sorrindo para mim.

— Gostaria de ajuda com as compras hoje?

— Ah, obrigada! Se você pudesse segurar isto aqui... — entrego-lhe as roupas que já peguei e seu sorriso estremece ligeiramente.

— Quando eu disse ajudar... é que nós estamos com uma promoção especial no departamento de compras pessoais. Gostaríamos de apresentar o conceito a um público mais amplo. Então, se você quiser aceitar a oferta de uma sessão introdutória, ainda há algumas vagas.

— Ah, certo — digo interessada. — O que exatamente isso...

— Nossos compradores pessoais, treinados e experientes, podem ajudá-la a achar exatamente o que você está procurando — diz a mulher em tom agradável. — Podem ajudá-la a achar o seu estilo, concentrar-se em modelos que lhe caem bem, e guiá-la através do espantoso labirinto da moda. — A mulher me dá um risinho tenso, e eu tenho a sensação de que ela fez esse discursozinho várias vezes hoje.

— Sei — digo pensativamente. — O negócio é... eu não acho que precise de orientação. De modo que muito obrigada, mas...

— O serviço é gratuito — diz a mulher. — Hoje também estamos oferecendo chá, café ou uma taça de champanhe.

Champanhe? Champanhe grátis?

— Aaah! Bom, na verdade... isso parece bastante bom. Sim, por favor.

E de fato, penso enquanto a acompanho ao terceiro andar, isso provavelmente vai ser bem interessante. Esses compradores treinados devem realmente conhecer do assunto — e devem ter um olhar completamente diferente do meu. Vão me mostrar todo um lado meu que eu nunca vi antes!

Chegamos a um conjunto de grandes salas de vestir, e a mulher me faz entrar com um sorriso.

— Sua compradora pessoal hoje será Erin — diz ela. — Erin veio para cá recentemente, de outra loja, de modo que vai estar recebendo alguma orientação ocasional de uma compradora mais antiga da Barney's. Tudo bem?

— Sem dúvida! — digo, tirando meu casaco.

— Você prefere chá, café ou champanhe?

— Champanhe — digo rapidamente. — Obrigada.

— Muito bem — diz ela com um sorriso. — E aqui está Erin.

Ergo os olhos com interesse e vejo uma garota alta e magra entrando na sala de vestir. Tem cabelos louros e lisos e uma boca pequena, parecendo meio esmagada. De fato todo o seu rosto parece ter sido espremido numa porta de elevador e nunca se recuperado totalmente.

— Olá — diz ela, e eu olho sua boca, fascinada, enquanto ela sorri. — Eu sou Erin, e vou ajudá-la a achar a roupa que mais atende às suas necessidades.

Imagino como essa tal de Erin conseguiu o emprego. Não pelo gosto nos sapatos, certamente.

— Então... — Erin me olha pensativamente. — O que você estava procurando hoje?

— Eu tenho um teste de câmera amanhã — explico. — Quero parecer meio... inteligente e elegante, mas ao mesmo tempo acessível, também. Talvez com um pequeno toque de espirituosidade em algum lugar.

— Um pequeno toque de espirituosidade — repete Erin, rabiscando em seu bloco. — Certo. E você estava pensando... num conjunto? Num *blazer*?

— Bom — digo, e me lanço numa explicação exata do que estou procurando. Erin ouve atentamente, e eu percebo uma mulher morena com óculos de tartaruga ocasionalmente vindo à porta de nossa sala de vestir e ouvindo também.
— Certo — diz Erin, quando finalmente terminei. — Bom, você certamente tem algumas idéias... — Ela bate nos dentes um momento. — Eu estou pensando... nós temos um *blazer* muito bem ajustado, de Moschino, com rosas na gola...
— Ah, eu sei qual é! — digo deliciada. — Eu também estava pensando nele!
— Junto com... há uma nova saia na coleção Barney's...
— A preta? — digo. — Com os botões aqui? É, eu pensei nela, mas é meio curta. Eu estava pensando naquela até o joelho. Você sabe, com a fita na bainha...
— Veremos — diz Erin com um sorriso agradável. — Deixe-me pegar umas roupas para você, e nós podemos olhar.
Quando ela vai pegar as roupas, eu me sento e beberico o champanhe. Na verdade, isto não é ruim. Puxa, é muito menos esforço do que ficar andando eu mesma pela loja. Enquanto espero, ouço uma conversa murmurada na sala ao lado — e de repente uma voz de mulher se exalta perturbada, dizendo:
— Eu só quero mostrar àquele sacana. Eu só quero *mostrar* a ele!

— E nós *vamos* mostrar, Marcia — responde uma voz calma e tranqüilizadora, que eu acho que pertence à mulher com óculos de tartaruga. — Nós vamos. Mas não com uma calça cor de cereja.

— Certoooo! — Erin está de volta, empurrando uma arara cheia de roupas. Passo o olhar rapidamente por elas e percebo algumas coisas que eu já havia escolhido. Mas e a saia até o joelho? E aquele incrível terninho cor de beterraba com gola de veludo?

— Então, aqui está o *blazer* para você experimentar... e a saia...

Pego as roupas com ela e olho em dúvida para a saia. Sei que vai ficar curta demais. Mas, afinal de contas, acho que ela é a especialista... Rapidamente visto a saia e o *blazer*, e então venho para a frente do espelho, perto de Erin.

— O *blazer* é fabuloso! — digo. — E serve perfeitamente em mim. Eu *adoro* o corte.

Realmente não quero falar nada sobre a saia. Puxa, não quero magoar o sentimento dela — mas parece totalmente errada.

— Agora, vejamos — diz Erin. Ela fica parada com a cabeça de lado e franze a vista para o meu reflexo. — Estou achando que a saia até o joelho pode ficar melhor, afinal de contas.

— Como aquela de que eu falei! — digo aliviada. — Está no sétimo andar, perto do...

— Possivelmente — diz ela, e sorri. — Mas eu tenho algumas outras saias em mente.

— Ou a Dolce & Gabbana do terceiro andar — acrescento. — Eu estava olhando antes. Ou a DKNY.

— DKNY? — pergunta Erin, franzindo a testa. — Não creio...

— Elas são novas na loja — digo. — Acho que devem ter chegado ontem. *Tão* lindas. Você deveria dar uma olhada! — Giro e olho cuidadosamente para a roupa dela. — Sabe de uma coisa? A DKNY malva ficaria muito bem com essa blusa de gola rulê que você está usando. E você poderia combinar com um par daquelas novas botas Stephane Kélian com salto agulha. Sabe qual?

— Sei qual — diz Erin, tensa. — A de crocodilo com lona.

Encaro-a, surpresa.

— Não, essa não. A *nova*. Com costura atrás. É tão linda! De fato, ela ficaria bem com a saia até o joelho...

— Obrigada! — interrompe Erin incisivamente. — Vou pensar nisso.

Honestamente. Por que ela ficou tão estressada? Só estou dando umas dicas. Era de se esperar que ela ficasse feliz por eu mostrar tanto interesse em sua loja!

Apesar de que, tenho de dizer, ela não parece conhecê-la muito bem.

— Olá! — vem uma voz da porta. E a mulher com óculos de tartaruga está encostada no portal, olhando-me interessada. — Tudo bem?

— Ótimo, obrigada! — digo, rindo para ela.

— Então — diz a mulher, olhando para Erin. —

Você vai experimentar a saia até o joelho para a nossa cliente. Certo?

— Sim — diz Erin, e dá um sorriso bastante forçado. — Vou pegar.

Ela desaparece, e eu não resisto a ir até a arara de roupas, só para ver o que mais ela trouxe. A mulher de óculos me olha por um momento, depois vem e estende a mão.

— Christina Rowan — diz ela. — Eu dirijo o departamento de compras pessoais.

— Bom, olá! — digo, olhando para uma blusa Jill Stuart azul-clara. — Eu sou Becky Bloomwood.

— E é da Inglaterra, imagino, pelo sotaque.

— Londres. Mas vou me mudar para Nova York!

— Vai mesmo? — Christina Rowan me dá um sorriso amigável. — Diga, o que você faz, Becky? Trabalha com moda?

— Ah, não. Lido com finanças.

— Finanças! Verdade. — Ela levanta as sobrancelhas.

— Eu dou conselhos financeiros na TV. Você sabe, investimentos e coisas assim... — Pego uma calça de caxemira macia. — Não é linda? Muito melhor do que a Ralph Lauren. *E* é mais barata.

— É fantástica, não é? — Ela me dá um olhar interrogativo. — Bom, é bom ter uma cliente tão entusiasmada. — Ela enfia a mão no bolso do paletó e tira um cartão de visita. — Venha nos visitar quando estiver aqui de novo.

— Eu venho! — sorrio para ela. — E muito obrigada.

São quatro horas quando finalmente saio da Barney's. Pego um táxi e volto ao Four Seasons. Quando abro a porta de nosso quarto e olho meu reflexo no silencioso espelho da penteadeira, sinto que ainda estou nas alturas; uma empolgação quase histérica pelo que acabei de fazer. Pelo que acabei de comprar.

Sei que saí planejando comprar só uma roupa para o teste de câmera. Mas terminei... Bom, acho que fiquei meio... meio empolgada. De modo que minha lista de compras final foi a seguinte:

```
1. Blazer Moschino
2. Saia Barney's até o joelho
3. Lingerie Calvin Klein
4. Calça de malha e...
5. Vestido de noite Vera Wang
```

Tudo bem. Só... antes que você diga alguma coisa, eu *sei* que não deveria estar comprando um vestido de noite. Eu *sei* que quando Erin disse: "Você está interessada em alguma roupa para a noite?", eu simplesmente deveria ter dito "não".

Mas ah, meu Deus. Ah, meu *Deus*. Aquele vestido Vera Wang. Púrpura escuro, com costas cavadas e alças brilhantes. Parecia perfeito, tipo estrela de cinema. Todo mundo se juntou em volta para me ver nele — e quando puxei a cortina, todos ficaram boquiabertos.

Eu só me olhei, hipnotizada. Em transe ao ver como podia ficar; pela pessoa que eu podia ser. Não havia dúvida.

Eu precisava tê-lo. *Tinha* de tê-lo. Enquanto assinava o recibo do cartão de crédito... eu não era mais eu. Era Grace Kelly. Era Gwyneth Paltrow. Era outra pessoa luminosa que pode assinar casualmente um recibo de cartão de crédito de milhares de dólares enquanto sorri e ri para a vendedora, como se fosse uma comprinha de nada.

Milhares de dólares.

Se bem que, para uma estilista como Vera Wang, aquele preço não é...

Bem, na verdade é muito...

Ah, meu Deus, sinto-me ligeiramente enjoada. Nem quero pensar em quanto custou. Não quero pensar naqueles zeros. O fato é que eu vou poder usá-lo durante anos. É! Anos e anos. E eu *preciso* de roupas de estilista, se é que vou ser uma estrela de TV famosa. Puxa, eu terei acontecimentos importantes para ir — e não posso aparecer vestindo só um M&S, posso? Exatamente.

E tenho um limite de cartão de crédito de dez mil libras. Essa é a verdadeira questão. Puxa, eles não me dariam se não achassem que eu posso pagar, dariam?

Ouço um som na porta e rapidamente fico de pé. Com o coração martelando, vou ao guarda-roupa onde andei enfiando todas as minhas compras, abro a porta e rapidamente jogo dentro a sacola da Barney's — depois fecho a porta e giro com um sorriso, no momento em que Luke entra no quarto, falando ao celular.

— Claro que eu estou controlado, porra — ele está cuspindo furiosamente ao telefone. — Que porra eles acham que são... — Ele pára e fica quieto alguns instantes. — É, eu sei — diz numa voz mais calma. — É, certo, vai servir. Vejo você amanhã, Michael. Obrigado.

Ele desliga o celular, guarda-o e me olha quase como se tivesse esquecido quem eu sou.

— Oi! — fala, e larga a pasta numa poltrona.

— Oi! — digo animada, afastando-me da porta do guarda-roupa. — Sr. Estranho.

— Eu sei — diz Luke, esfregando o rosto, cansado. — Desculpe. As coisas andam... meio um pesadelo, para ser franco. Mas ouvi falar do seu teste de câmera. Notícia fantástica.

Ele vai ao frigobar, serve-se de uísque e engole. Depois se serve de mais uma dose e toma um gole enquanto eu olho ansiosa. Seu rosto está pálido e tenso, percebo, e há sombras debaixo dos olhos.

— Tudo... vai bem? — pergunto cautelosamente.

— Vai indo. É só o que posso dizer. — Ele vai até a janela e olha para fora, por cima da luminosa silhueta de Manhattan, e eu mordo o lábio, nervosa.

— Luke, será que outra pessoa não poderia ir a todas essas reuniões? Alguém não poderia vir e dividir a carga? Tipo... Alicia?

Quase morro só de mencionar o nome dela — mas honestamente estou ficando meio preocupada. Um pouco para meu alívio, Luke balança a cabeça.

— Eu não posso trazer uma pessoa nova nesta fase

da negociação. Estive cuidando de tudo até agora; tenho de ir até o fim. Simplesmente eu não tinha idéia de que eles ficariam tão nervosos. Não tinha idéia de que seriam tão... — Ele se senta numa poltrona e toma um gole da bebida. — Puxa, meu Deus, eles fazem um monte de perguntas. Eu sei que os americanos são meticulosos, mas... — Ele balança a cabeça, incrédulo. — Eles precisam saber *tudo*. Sobre cada cliente, cada cliente em potencial, todo mundo que já trabalhou para a empresa, cada memorando que eu já enviei... Há alguma possibilidade de litígio aqui? Quem era a sua recepcionista em 1993? Qual é a marca do seu carro? Que porra de... pasta de dente você usa?

Ele pára e engole o resto da bebida, e eu o encaro consternada.

— Parecem horríveis — digo, e um levíssimo sorriso atravessa o rosto de Luke.

— Eles não são horríveis. Só são muito conservadores, investidores da velha escola, e alguma coisa os está incomodando. Não sei o quê. — Ele solta o ar com força. — Só preciso mantê-los interessados. Preciso fazer com que isso continue.

Sua voz está tremendo ligeiramente, e quando olho para sua mão vejo que está apertando o copo com força. Nunca vi Luke assim, para ser honesta. Em geral ele parece absolutamente controlado, tão completamente calmo...

— Luke, acho que você deveria ter uma noite de descanso. Você não tem reunião esta noite, tem?

— Não — diz ele, levantando os olhos. — Mas preciso trabalhar numa papelada. Há uma grande reunião amanhã, com todos os investidores. Preciso estar preparado.

— Você está preparado! O que você precisa é estar *relaxado*. Se trabalhar a noite inteira, só vai ficar cansado, tenso e em frangalhos. — Vou até ele, tiro o copo da sua mão e começo a massagear seus ombros. — Anda, Luke. Você realmente precisa de uma noite de descanso. Aposto que Michael concordaria. Não concordaria?

— Ele andou me dizendo para eu me animar — admite Luke depois de uma longa pausa.

— Bom, então se anime! Ande, algumas horas de diversão nunca fizeram mal a ninguém. Vamos nos vestir e ir a um lugar bem legal, e dançar, tomar uns coquetéis. — Dou-lhe um beijo suave na nuca. — Puxa, qual o sentido de vir a Nova York e não aproveitar?

Há um silêncio — e por um momento terrível acho que Luke vai dizer que não tem tempo. Mas de repente ele gira — e, graças a Deus, posso ver o fraco brilho de um sorriso.

— Você está certa. Anda. Vamos fazer isso.

Acaba sendo a noite mais mágica, glamourosa e luminosa da minha vida. Ponho meu vestido Vera Wang e Luke põe seu terno mais elegante, e nós vamos a um restaurante fabuloso onde as pessoas estão comendo lagosta e há uma banda de *jazz* estilo antigo, como nos filmes. Luke pede Bellinis, e nós brindamos um ao outro, e à medida que relaxa, ele conta sobre seu negócio. De fato, ele me confidencia mais coisas do que jamais fez.

— Esta cidade — diz ele balançando a cabeça. — É um lugar exigente. É como... esquiar na beira de um precipício. Se você cometer um erro, acaba. Você cai.

— Mas e se você não cometer erros?

— Você vence. E ganha tudo.

— Você vai vencer — digo cheia de confiança. — Você vai espantar todos eles amanhã.

— E você vai espantar todos eles no seu teste de câmera — diz Luke, enquanto um garçom aparece junto à nossa mesa com os primeiros pratos... as mais espantosas esculturas feitas de frutos do mar. Serve o nosso vinho, e Luke levanta a taça num brinde. — A você, Becky. Você vai ser um sucesso gigantesco.

— Não, *você* vai ser um sucesso gigantesco — respondo, sentindo um brilho de prazer ao redor. — Nós dois vamos ser um sucesso.

Talvez seja o Bellini subindo à minha cabeça, mas de repente me sinto de novo exatamente como estava na Barney's. Não sou a velha Becky — sou uma pessoa nova e luminosa. Olho sub-repticiamente para o espelho ali perto e sinto uma onda de prazer. Puxa, olhe só para mim! Toda arrumada num restaurante em Nova York, usando um vestido de milhares de dólares, com meu namorado maravilhoso e bem-sucedido — e indo fazer amanhã um teste de câmera para a televisão americana!

Sinto-me embriagada de felicidade! É para esse mundo caro e luminoso que eu me dirijo o tempo todo. Limusines e flores; sobrancelhas depiladas e roupas de *griffe* da Barney's; uma bolsa cheia de cartões de visitas de executivos da TV. Essa é a minha gente; é a este lugar que eu pertenço. Minha vida antiga parece estar a um milhão, um zilhão de quilômetros, como um pontinho no horizonte. Mamãe, papai e Suze... meu quarto desarrumado em Fulham... Assistir ao *EastEnders* comendo pizza... puxa, vamos encarar. Isso nunca fui eu de verdade, não é?

Terminamos ficando durante horas. Dançamos ao som da banda de *jazz*, tomamos *sorbet* de frutas e falamos de tudo no mundo, menos de trabalho. Quando voltamos ao hotel, estamos os dois rindo e tropeçando ligeiramente, e a mão de Luke está abrindo caminho habilmente por baixo do meu vestido.

— Srta. Bloomwood? — diz o recepcionista quando passamos pelo balcão. — Há um recado para ligar para Susan Cleath-Stuart em Londres. A qualquer hora que a senhorita chegar. Parece que é urgente.

— Ah, meu Deus — digo, revirando os olhos. — Ela deve estar ligando para fazer um discurso sobre quanto eu gastei no vestido novo. "Quanto? Ah, Bex, você não *devia* ter..."

— É um vestido fantástico — diz Luke, passando as mãos avaliadoras para cima e para baixo. — Se bem que tem pano demais. Você poderia perder este pedacinho aqui... e este pedacinho...

— Quer o número? — pergunta o recepcionista, estendendo um pedaço de papel.

— Não, obrigada — digo, balançando a mão. — Eu ligo para ela amanhã.

— E, por favor — acrescenta Luke —, não repasse nenhum telefonema para o nosso quarto até segunda ordem.

— Muito bem — diz o recepcionista —, piscando o olho. — Boa noite, senhor. Boa noite, senhora.

Subimos pelo elevador, rindo estupidamente um para o outro nos espelhos, e de volta ao quarto percebo que estou me sentindo bem alta. Meu único consolo é que Luke também parece totalmente bêbado.

— Esta — digo enquanto a porta se fecha atrás de nós — foi a melhor noite da minha vida. A melhor.

— Ainda não acabou — diz Luke, vindo para mim com um brilho significativo no olhar. — Acho que preciso recompensá-la pelos comentários mais perspicazes, Srta. Bloomwood. Você *estava* certa. Só trabalho sem lazer... — Ele começa a puxar as tiras do meu Vera Wang gentilmente para baixo do ombro. — Deixa o homem... — murmura ele contra a minha pele. — Muito...

E estamos caindo na cama juntos, e sua boca está na minha, e minha mente está girando de álcool e deleite. Enquanto ele está tirando a camisa, capto um vislumbre de mim mesma no espelho. Olho para meu eu embriagado e feliz por um instante e ouço uma voz lá dentro dizendo: lembre-se deste momento para sempre. Lembre-se deste momento, Becky, porque neste momento a vida é perfeita.

    O resto é uma névoa de prazer bêbado e turvo, deslizando no esquecimento. A última coisa que lembro é de Luke me beijando nas pálpebras e dizendo para eu dormir, e que me ama. É a última coisa.

E então, como um acidente de carro, acontece.

Daily World, Sexta-feira, 5 de outubro de 2001

ELES SÃO O QUE PARECEM?

GURU DAS FINANÇAS É UMA TRAPALHONA COM O DINHEIRO

Ela se senta no sofá do *Morning Coffee* aconselhando milhões de espectadores sobre questões financeiras. Mas o *Daily World* pode revelar com exclusividade que a hipócrita Becky Bloomwood está à beira do desastre financeiro. Becky, cujo bordão é "Cuide do seu dinheiro — e o seu dinheiro cuidará de você", está sendo cobrada por dívidas de milhares de libras, e seu gerente de banco rotulou-a de "fracasso".

INTIMAÇÃO

A butique La Rosa fez uma intimação judicial contra a falida Becky, enquanto a colega de apartamento Susan Cleath-Stuart (à direita) admite que Becky costuma atrasar o pagamento. Enquanto isso, a irresponsável Becky está descaradamente curtindo Nova York com o namorado empresário Luke Brandon (abaixo, à direita). "Becky obviamente usa Luke por causa do dinheiro dele", disse uma fonte da Brandon Communications. Enquanto isso, a Srta. Cleath-Stuart admite que gostaria que Becky fosse embora. "Eu gostaria de ter mais espaço para trabalhar", diz ela. "Talvez eu precise alugar um ateliê."

VICIADA EM CONSUMO

Os espectadores do *Morning Coffee* ficaram revoltados ao descobrir a verdade sobre a suposta especialista financeira. "Estou totalmente pasma", comentou Irene Watson, de Sevenoaks. "Telefonei para Becky há algumas semanas para pedir conselhos sobre meus investimentos bancários. Agora gostaria de não ter ouvido uma palavra. E irei procurar outro aconselhamento." Mãe de dois filhos, Irene acrescentou: "Estou chocada e enojada com os produtores do *Morning Coffee* por

continua na pág. 54

Treze

A princípio não percebo que alguma coisa está errada. Acordo me sentindo extremamente zonza, e vejo Luke me estendendo uma xícara de chá.

— Por que não pega seus recados? — diz ele, dando-me um beijo, e vai para o chuveiro. Depois de alguns goles de chá, levanto o fone e aperto o botão do asterisco.

"Você tem vinte e três recados", diz a voz do telefone. E eu fico boquiaberta. Vinte e três?

Talvez sejam todas ofertas de trabalho!, é o meu primeiro pensamento. Talvez seja gente ligando de Hollywood! Meu Deus, sim! Com grande empolgação aperto o botão para ouvir a primeira. Mas não é uma oferta de trabalho — é Suze, e ela está parecendo bem alterada.

— Bex, por favor, ligue para mim. O mais rápido possível. É urgente mesmo. Tchau.

A voz pergunta se eu quero ouvir o resto dos recados — e por um momento hesito. Mas Suze parecia bem desesperada — e me lembro com uma pontada de culpa que ela telefonou ontem à noite também. Digito o número, e, para minha surpresa, caio numa secretária eletrônica.

— Oi! Sou eu! — digo assim que a voz de Suze terminou de falar. — Bom, você não está, então espero que a coisa tenha se resolvido...

— Bex! — A voz de Suze praticamente arrebenta meu tímpano. — Ah, meu Deus, Bex, onde você esteve?

— Saí — digo, perplexa. — E depois fui dormir. Suze, está tudo...

— Bex, eu nunca disse aquelas coisas! — interrompe ela, parecendo perturbada. — Você precisa acreditar. Eu nunca disse *nada* daquilo. Eles distorceram tudo. Eu falei para a sua mãe, eu não tinha a menor idéia...

— Minha mãe? — digo, perplexa. — Suze, mais devagar. Do que você está falando?

Há um silêncio.

— Ah, meu Deus — diz Suze. — Eu... eu achei que você recebia todos os jornais ingleses.

— Nós recebemos — digo, coçando o rosto seco. — Mas ainda devem estar do lado de fora da porta. Há... há alguma coisa sobre mim?

— Não — diz Suze um pouco rápido demais. — Não, quero dizer... há uma coisinha muito pequenininha. Mas não vale a pena olhar. Eu realmente não me incomodaria. Na verdade... jogue o *Daily World* fora, eu jogaria. Só... ponha no lixo, sem nem abrir.

— Há alguma coisa ruim, não é? — digo, apreensiva. — Minhas pernas estão realmente gordas ou coisa do tipo?

— Na verdade, não é nada! Nada! E aí, afinal, você

já foi ao Rockefeller Center? Dizem que é fantástico! Ou na F.A.O. Schwarz? Ou...

— Suze, pára! Eu vou pegar o jornal. Ligo para você depois.

— Certo, olha, Bex, só lembre — diz ela apressadamente. — Praticamente *ninguém* lê o *Daily World*. Você sabe, só umas três pessoas. E só vai servir para embrulhar o peixe de amanhã. E todo mundo sabe que os jornais inventam mentiras completas...

— Tudo bem — digo, tentando parecer relaxada. — Vou me lembrar disso. E não se preocupe, Suze. Essas coisinhas estúpidas não me abalam!

Mas assim que desligo o telefone minha mão está tremendo ligeiramente. O que, diabos, eles podem ter dito sobre mim? Corro à porta, pego a pilha de jornais e carrego todos para a cama. Pego o *Daily World* e começo a folheá-lo febrilmente. Página após página... mas não há nada. Volto ao início e folheio com mais cuidado, olhando todos os boxes minúsculos — e realmente não há qualquer menção a mim. Recosto-me nos travesseiros, confusa. De que diabos Suze estava falando? Por que diabos ela está tão...

E então olho a página central dupla. Uma folha dobrada, na cama, que deve ter caído quando apanhei o jornal. Pego-a muito lentamente. E é como se alguém tivesse me dado um soco no estômago.

Há uma foto minha. É uma foto que não reconheço — não é muito lisonjeira. Estou andando em alguma rua. Uma rua de Nova York, percebo com uma pontada. E estou segurando um monte de bolsas de compras. E há uma foto de Luke, num círculo. E uma foto pequenina de Suze. E a manchete diz...

Ah, meu Deus. Nem consigo dizer. Nem posso contar o que ela diz.

É uma matéria gigantesca, ocupando as duas páginas centrais. Enquanto leio, meu coração está martelando; minha cabeça está quente e fria. É tão nojento! É tão... pessoal! Na metade eu não suporto mais. Fecho o jornal e olho em frente, sentindo que vou vomitar.

E quase imediatamente, com as mãos trêmulas, abro de novo. Tenho de ver exatamente o que eles disseram. Tenho de ler cada linha horrível, humilhante.

Quanto finalmente acabei, sinto-me quase com a cabeça leve. Não consigo acreditar direito que isso está acontecendo. Este jornal já foi impresso milhões de vezes. É tarde demais para impedir. Na Inglaterra, percebo de súbito, já está nas bancas há horas. Meus pais viram. Todo mundo que eu conheço viu. Estou impotente para fazer qualquer coisa.

O telefone dá um toque agudo, e eu pulo com medo. Depois de um instante ele toca de novo, e olho aterrorizada. Não posso atender. Não posso falar com ninguém, nem com Suze.

O telefone toca pela quarta vez, e Luke sai do banheiro, enrolado apenas numa toalha e com o cabelo escorrido para trás.

— Você não vai atender? — diz ele rapidamente, e pega o fone. — Alô? Sim, aqui é Luke Brandon.

Sinto um redemoinho de medo e me enrolo com mais força no edredom.

— Certo — diz Luke. — Ótimo. Vejo você. — Ele pousa o telefone e rabisca alguma coisa num papel.

— Quem era? — digo, tentando manter a voz firme.

— Uma secretária da JD Slade — diz ele, deixando a caneta na mesa. — Mudança de planos.

Ele começa a se vestir, e eu não digo nada. Minha mão se aperta na página do *Daily World*. Quero mostrar a ele... mas não quero mostrar. Não quero que ele leia aquelas coisas horríveis sobre mim. Mas não posso deixar que ele saiba por outra pessoa.

Ah, meu Deus, não posso ficar aqui sentada para sempre, sem dizer nada. Fecho os olhos — depois respiro fundo e digo:

— Luke, há uma coisa sobre mim no jornal.

— Bom — diz Luke distraído, dando o nó na gravata. — Eu achava que você deveria receber um pouco de publicidade. Que jornal?

— É... não é bom — digo, e lambo os lábios secos. — É realmente medonho.

Luke me olha direito e vê minha expressão.

— Ah, Becky. Não pode ser tão ruim. Anda, mostra. O que diz? — Ele estende a mão, mas eu não me mexo.

— É... realmente horrível. E há uma foto grande...

— Você estava com o penteado ruim? — diz Luke provocando, e pega o paletó. — Becky, nenhuma publicidade é cem por cento perfeita. Você sempre vai descobrir algo para ficar incomodada, seja o cabelo, ou algo que você disse...

— Luke! — digo desesperada. — Não é nada disso. Só... dê uma olhada.

Lentamente desdobro o jornal e entrego a Luke. Ele pega-o todo animado — mas enquanto olha, seu sorriso desaparece aos poucos.

— Que porra... Esse sou *eu*? — Luke me olha brevemente, e eu engulo em seco, não ousando dizer nada. Depois ele examina a página, enquanto eu olho nervosa.

— Isso é verdade? — pergunta ele enfim. — Alguma coisa disso?

— N... não! — gaguejo. — Pelo menos... não... não tudo. Parte é...

— Você está endividada?

Enfrento seu olhar, sentindo o rosto ficar vermelho.

— Um... um pouquinho. Mas, puxa, não como eles dizem... Puxa, eu não sei nada de uma intimação...

— Tarde de quarta-feira! — Ele bate no jornal. — Pelo amor de Deus. Você estava no Guggenheim. Ache o seu ingresso, nós vamos provar que você estava lá, consiga uma retratação...

— Eu... na verdade, Luke... — Ele levanta os olhos e eu sinto uma pontada de medo puro. — Eu não fui ao Guggenheim. Eu... eu fui fazer compras.

— Você foi... — Ele me encara. E em silêncio recomeça a ler.

Quando termina, ele olha em frente, sem expressão.

— Não acredito — diz ele, tão baixo que eu mal ouço. Ele parece tão sério quanto eu — e pela primeira vez nesta manhã sinto lágrimas pinicando meus olhos.

— Eu sei — digo trêmula. — É horrível. Eles deviam estar me seguindo. Deviam estar o tempo todo lá, me vigiando, me *espionando*... — Olho-o procurando uma reação, mas ele só está olhando direto em frente. — Luke, você não tem nada a dizer? Você percebe...

— Becky, *você* percebe? — interrompe ele. Depois se vira para mim, e em sua expressão eu sinto o sangue sumindo do meu rosto. — Você percebe como isso é ruim para *mim*?

— Eu sinto muito mesmo. — Engulo em seco. — Eu sei que você odeia sair no jornal...

— Não é uma merda de uma questão de... — Ele pára, e diz mais calmamente: — Becky, você percebe como isso vai me fazer parecer? E logo hoje, porra?

— Eu... eu não... — sussurro.

— Eu tenho de ir a uma reunião daqui a uma hora e convencer um banco de investimentos grande e conservador de que controlo totalmente cada aspecto da minha empresa e da minha vida pessoal. Todos eles viram isso. Eu serei uma piada!

— Mas é claro que você controla! — digo, cheia de alarma. — Luke, certamente eles vão saber... certamente eles não...

— Escute — diz Luke, virando-se. — Você sabe qual é a visão que eles têm de mim nesta cidade? A visão geral aqui, por algum motivo inexplicável, é que eu estou perdendo o jeito.

— Perdendo o jeito? — repito aterrorizada.

— É o que eu ouvi dizer. — Luke respira fundo, controladamente. — O que eu estive fazendo nos últimos dias foi ralar a porra do meu *rabo* para convencer essas pessoas de que a percepção deles está errada. Que eu estou no controle; que eu tenho a mídia na mão. E agora... — Ele bate com força no jornal e eu me encolho.

— Talvez... talvez eles não tenham visto.

— Becky, todo mundo vê tudo nesta cidade. É o serviço deles. É...

Ele pára quando o telefone toca. Depois de uma pausa, atende.

— Oi. Michael. Ah. Você viu. É, eu sei. Péssima hora. Certo. Vejo você num segundo. — Ele desliga o telefone e pega a pasta, sem me olhar.

Sinto-me fria e trêmula. O que foi que eu fiz? Estraguei tudo. Expressões da matéria ficam saltando na minha mente, me deixando enjoada. *A irresponsável Becky... a hipócrita Becky...* e eles estão certos. Estão todos certos.

Quando levanto os olhos, Luke está fechando a pasta com um estalo.

— Tenho de ir. Vejo você depois. — Junto à porta ele hesita e se vira, parecendo subitamente confuso. — Mas eu não entendo. Se você não foi ao Guggenheim... onde comprou o livro que me deu?

— Na loja do museu — sussurro. — Na Broadway. Luke, sinto tanto... eu...
Paro num silêncio hediondo. Posso sentir o coração martelando; o sangue pulsando nos ouvidos. Não sei o que dizer; como me redimir.
Luke me encara inexpressivo, depois assente, vira-se e estende a mão para a maçaneta.

Quando a porta se fechou atrás dele, fico bem imóvel durante um tempo, olhando direto em frente. Não posso acreditar que tudo isto está mesmo acontecendo. Há apenas algumas horas nós nos brindávamos com Bellinis. Eu estava usando meu vestido Vera Wang e nós dançávamos ao som de Cole Porter e eu estava tonta de felicidade. E agora...
O telefone começa a tocar, mas não me mexo. Só no oitavo toque me mexo e atendo.
— Alô?
— Alô! — diz uma voz animada. — É Becky Bloomwood?
— É — digo cautelosamente.
— Becky, é Fiona Taggart do *Daily Herald*. Estou tão feliz por ter encontrado você! Becky, nós estamos muito interessados em fazer uma matéria em duas partes sobre você e seu... probleminha, podemos chamá-lo assim?
— Eu não quero falar disso — murmuro.
— Então você nega?
— Sem comentários — digo, e bato o telefone com

a mão trêmula. Imediatamente ele toca de novo, e eu atendo.

— Sem comentários, certo? — exclamo. — Sem comentários! Sem...

— Becky? Querida?

— Mamãe! — ao som de sua voz eu me sinto dissolver em lágrimas. — Ah, mamãe, eu lamento tanto! — engulo em seco. — É tão horrível! Eu estraguei tudo. Eu simplesmente não sabia... não percebi...

— Becky! — sua voz vem pela linha, familiar e tranqüilizadora. — Meu amor! Você não precisa se lamentar! São esses repórteres sórdidos que deviam se lamentar. Inventando todas essas histórias. Colocando palavras na boca das pessoas. A pobre Suze telefonou, muito perturbada. Você sabe, ela deu três biscoitos de bourbon e um KitKat àquela garota e este é o agradecimento que recebe. Um monte de mentiras absurdas! Quero dizer, fingindo que era do imposto de capitalização. Eles deveriam ser processados!

— Mamãe... — fecho os olhos, quase incapaz de dizer. — Não é tudo mentira. Eles... eles não inventaram tudo. — Há um silêncio curto, e eu posso ouvir mamãe respirando ansiosa. — Eu estou meio... meio endividada.

— Bom — diz mamãe depois de uma pausa, e eu posso ouvi-la engrenando a marcha para ser positiva. — Bom. E daí? Mesmo que esteja, isso é da conta deles? — Ela faz uma pausa, e eu ouço uma voz ao fundo. — Exatamente! Seu pai está dizendo: se a economia americana pode estar devendo bilhões e ainda sobreviver, você também pode. E olhe para o ministério da economia daqui, diz o seu pai.

Meu Deus, eu adoro meus pais. Se eu dissesse que cometi assassinato, eles logo encontrariam um motivo para o crime ser perfeitamente justificado e botar a culpa na vítima.

— Acho que sim — engulo em seco. — Mas hoje é a grande reunião de Luke, e todos os investidores dele terão visto isso.

— E daí? Não existe essa coisa de publicidade ruim. Agora levante a cabeça, Becky! Pise com o pé direito. Suzie disse que você tem um teste de câmera hoje. É mesmo?

— É. Só não sei a que horas.

— Então bem. Faça um rosto corajoso. Tome um banho e uma bela xícara de chá com três cubos de açúcar. E um conhaque, seu pai disse. E se algum repórter ligar, só diga para eles se f...!

— Algum repórter andou chateando vocês? — pergunto alarmada.

— Um cara veio fazer perguntas hoje cedo — diz mamãe toda lépida. — Mas papai foi para cima dele com a tesoura de podar.

Mesmo contra a vontade, dou uma risada trêmula.

— É melhor desligar, mamãe. Mas eu telefono depois. E... obrigada.

Quando pouso o telefone, me sinto um milhão de vezes melhor. Mamãe está certa. Simplesmente tenho de ser positiva, ir ao teste de câmera e fazer o máximo possível. E Luke provavelmente reagiu um tanto exageradamente. Na certa vai voltar num humor bem melhor.

Ligo para a recepção e digo para não repassar nenhum telefonema, a não ser da HLBC. Depois tomo banho, esvazio um vidro inteiro de óleo de banho energizante da Sephora e me delicio durante meia hora em rosa, gerânio e malva. Enquanto me enxugo, ligo a MTV e danço pelo quarto ao som de Robbie Williams — e quando estou vestida para matar, na minha roupa da Barney's, estou me sentindo bem positiva, ainda que meio trêmula. Eu posso fazer isso. Eu *posso*.

Eles ainda não ligaram para dizer a hora de ir, por isso pego o telefone e ligo para a recepção.

— Oi — digo. — Só estou checando se a HLBC telefonou para mim hoje de manhã.

— Acho que não — diz a garota em tom agradável.

— Tem certeza? Eles não deixaram recado?

— Não, senhora.

— Certo. Obrigada.

Desligo o telefone e penso durante alguns instantes. Bom, tudo certo, vou ligar para eles. Puxa, eu preciso saber a hora do teste, não é? E Kent me disse para ligar para ela a qualquer hora, para qualquer coisa que eu precisasse. Ela disse para não hesitar.

Pego seu cartão na minha bolsa e cuidadosamente digito o número.

— Alô! — diz uma voz animada. — Sala de Kent Garland, aqui é a secretária dela, Megan, em que posso ajudar?

— Alô. Aqui é Rebecca Bloomwood. Eu poderia falar com Kent, por favor?
— Kent está numa reunião agora — diz Megan em tom agradável. — Quer deixar um recado?
— Bom, só estou telefonando para saber a hora do meu teste de câmera hoje. — Só dizer isso me dá confiança. Quem se importa com a merda do *Daily World*? Eu vou para a televisão americana. Vou ser uma celebridade gigantesca.
— Sei — diz Megan. — Becky, se você puder esperar um momento...
Ela me coloca na espera, e eu me pego ouvindo uma versão minúscula de "Heard it through the Grapevine". A música termina e uma voz me diz como é importante minha ligação para a HLBC... e então ela começa de novo... quando subitamente Megan está de volta.
— Oi, Becky? Acho que Kent vai ter de adiar o teste de câmera. Ela liga para você se quiser marcar de novo.
— O quê? — digo, olhando inexpressiva para meu rosto maquiado no espelho. — Adiar? Mas... por quê? Você sabe para quando vai ser remarcado?
— Não sei — diz Megan toda agradável. — Kent está muito ocupada agora, com a nova série *Consumer Today*.
— Mas... o teste de câmera era para isso! A nova série *Consumer Today*! — Respiro fundo, tentando não parecer ansiosa. — Sabe para quando ela vai remarcar?
— Eu realmente não poderia dizer. No momento a agenda dela está muito cheia... e depois ela vai tirar duas semanas de férias...

— Escute — digo, tentando ficar calma. — Eu realmente gostaria de falar com Kent, por favor. É muito importante. Não poderia me passar para ela? Só um segundo.

Há uma pausa — e então Megan suspira.

— Vou ver se consigo contatá-la.

A musiquinha começa de novo — então Kent está na linha.

— Oi, Becky. Como vai?

— Oi! — digo, tentando parecer relaxada. — Estou bem. Só queria saber o que aconteceu hoje. Com relação ao teste de câmera?

— Certo — diz Kent pensativamente. — Para dizer a verdade, Becky, surgiram uns problemas que nós precisamos resolver. Certo? De modo que vamos deixar o teste de lado enquanto decidimos.

Problemas? De que problemas ela está falando? O que ela...

De repente me sinto paralisada de medo. Ah, meu Deus. Ah, por favor, não.

Ela viu o *Daily World*, não viu? É disso que ela está falando. Agarro o fone com força, com o coração martelando, querendo desesperadamente explicar tudo; querendo dizer que tudo parece pior do que realmente é. Que metade nem mesmo é verdadeiro; que isso não significa que eu não seja boa no que faço...

Mas não consigo me obrigar. Não consigo me obrigar ao menos a mencionar.

— Então a gente mantém contato — diz Kent. —

Desculpe por desmarcar você hoje, eu ia pedir a Megan para ligar mais tarde...
— Tudo bem! — digo, tentando parecer alegre e tranqüila. — Então, para quando você acha que a gente pode marcar?
— Realmente não tenho certeza... Desculpe, Becky. Eu preciso sair correndo. Há um problema no estúdio. Mas obrigada por ter ligado. E aproveite o resto da sua viagem!
O telefone fica silencioso e eu o desligo lentamente.
Não vou fazer meu teste de câmera, afinal. Eles não me querem, afinal.
E eu comprei uma roupa nova e tudo.
Ah, meu Deus. Ah, meu Deus.
Posso sentir a respiração ficando mais e mais acelerada, e por um momento medonho acho que vou chorar.
Mas então penso em mamãe — e me obrigo a erguer a cabeça. Não vou me permitir desmoronar. Vou ser forte e positiva. A HLBC não é o único peixe no mar. Há um monte de gente que me quer. Um monte! Puxa, olha... olha o Greg Walters. Ele disse que queria que eu me encontrasse com o seu chefe de desenvolvimento, não disse? Sim! Talvez no fim do dia de hoje eu tenha meu próprio programa!
Rapidamente acho o número e digito nervosamente, e, para minha alegria, sou atendida diretamente. Assim é melhor. Direto ao topo.
— Oi, Greg? É Becky Bloomwood.
— Becky! Que fantástico falar com você! — diz Greg, parecendo meio distraído. — Como vai?

— Hum... bem! Foi realmente ótimo o encontro com você ontem — digo, sabendo que minha voz está aguda de nervosismo. — E fiquei muito interessada em todas as suas idéias.

— Bom, isso é ótimo! Então... está gostando da viagem?

— Sim! Sim, estou. — Respiro fundo. — Greg, ontem você disse que eu deveria me encontrar com o seu chefe de desenvolvimento...

— Sem dúvida! — diz Greg. — Eu sei que Dave adoraria conhecer você. Nós dois achamos que você tem um potencial enorme. Enorme.

O alívio me inunda. Graças a Deus. Graças...

— Então, na próxima vez que você vier à cidade — diz Greg — ligue para mim, e a gente marca alguma coisa.

Olho para o telefone, arrepiada de choque. Na próxima vez em que eu vier à cidade? Ele não quer...

— Promete que vai fazer isso?

— Humm... certo — digo, tentando impedir que a perplexidade cada vez maior apareça na minha voz. — Seria ótimo!

— E talvez a gente se encontre quando eu for da próxima vez a Londres.

— Certo! — digo animada. — Espero que sim. Bem... vejo você. E prazer em conhecê-lo!

— Prazer em conhecê-la também, Becky!

Ainda estou sorrindo meu sorriso falso e luminoso quando o telefone emudece. E dessa vez não consigo impedir as lágrimas de se juntarem nos olhos e pingarem lentamente pelo rosto, levando junto minha maquiagem.

Fico sentada sozinha no quarto do hotel durante horas. A hora do almoço vem e vai, mas não posso encarar nenhuma comida. A única coisa positiva que faço é ouvir os recados da secretária e apagar todos, menos o de mamãe, que ouço repetidamente. É o que ela deve ter deixado logo que viu o *Daily World*.

"Bom", diz ela. "Está acontecendo uma certa agitação aqui por causa de um artigo idiota no jornal. Não ligue para isso, Becky. Só lembre que a foto estará indo amanhã para um monte de casinhas de cachorro."

Por algum motivo isso me faz rir a cada vez que ouço. Então fico ali sentada, meio chorando, meio rindo, deixando um lago de lágrimas se juntar na minha saia e nem me incomodando em enxugar.

Ah, meu Deus, quero ir para casa. Pelo que parece uma eternidade fico sentada no chão, balançando para trás e para a frente, deixando meus pensamentos girarem e girarem. Como é que eu pude ser tão estúpida? O que vou fazer agora? Como posso encarar qualquer pessoa algum dia?

Sinto-me como se tivesse estado numa montanha-russa maluca desde que cheguei a Nova York. Como em algum brinquedo mágico da Disney — só que, em vez de girar no espaço, eu estive girando em lojas, hotéis, entrevistas e almoços, cercada por luz, brilho e vozes me dizendo que eu sou o próximo grande sucesso.

E eu não fazia idéia de que não era real. Acreditei em cada momento.

Quando, finalmente, ouço a porta se abrindo, sinto-me quase doente de alívio. Tenho uma ânsia desesperada de me jogar nos braços de Luke, irromper em lágrimas e ouvi-lo dizer que está tudo bem. Mas quando ele entra, sinto todo o meu corpo se contrair de medo. Sua expressão é tensa e dura; ele parece ter o rosto esculpido em pedra.

— Oi — digo finalmente. — Eu... eu fiquei imaginando onde você estaria.

— Fui almoçar com Michael — diz Luke rapidamente. — Depois da reunião. — Ele tira o paletó e coloca cuidadosamente num cabide enquanto eu olho temerosa.

— Então... — mal ouso fazer a pergunta. — A coisa foi bem?

— Não particularmente bem, não.

Meu estômago dá um salto-mortal nervoso. O que isso significa? Sem dúvida... sem dúvida não pode ser...

— Foi... foi cancelado? — consigo finalmente.

— Boa pergunta. O pessoal da JD Slade disse que precisava de mais tempo.

— Por que eles precisam de tempo? — pergunto lambendo os lábios.

— Eles têm algumas reservas — diz Luke inexpressivamente. — Não especificaram exatamente que reservas.

Ele tira a gravata com movimentos bruscos e começa

a desabotoar a camisa. Ah, meu Deus, ele nem está me olhando. É como se não conseguisse se obrigar.
— Você... — engulo em seco. — Você acha que eles viram a matéria?
— Ah, acho que sim. — Há uma irritação em sua voz, que faz com que eu me encolha. — É, tenho certeza de que viram.
Ele está abrindo o último botão da camisa. De repente, irritado, arranca-a.
— Luke — digo desamparada. — Eu... eu sinto tanto! Não sei o que fazer. — Respiro fundo. — Vou fazer tudo que for possível.
— Não há nada — diz Luke peremptoriamente.
Ele vai para o banheiro, e depois de alguns instantes ouço o som do chuveiro. Não me mexo. Nem consigo pensar. Sinto-me paralisada, como se estivesse agachada numa laje alta, tentando não escorregar.
Finalmente Luke sai e, sem nem tomar conhecimento de mim, veste uma calça de jeans preta e uma camisa de gola rulê preta. Serve-se de uma bebida e há silêncio. Pela janela posso olhar por cima de Manhattan. O ar está ficando crepuscular, e luzes começam a surgir nas janelas em toda parte, até a distância. Mas o mundo se encolheu até o tamanho deste quarto; dessas quatro paredes. Eu não saí o dia inteiro, percebo abruptamente.
— Eu também não tive o meu teste de câmera — digo finalmente.
— Mesmo? — A voz de Luke soa desinteressada, e mesmo contra a vontade sinto uma fagulha de ressentimento.

— Você nem quer saber por quê? — pergunto, puxando a franja de uma almofada. Há uma pausa, e então Luke fala, como se fizesse um esforço tremendo.

— Por quê?

— Porque ninguém está mais interessado em mim. — Aliso o cabelo para trás. — Não foi só você que teve um dia ruim, Luke. Eu destruí todas as minhas chances. Ninguém mais quer me conhecer.

A humilhação se arrasta sobre mim enquanto me lembro de todos os recados telefônicos que tive de ouvir hoje cedo, educadamente cancelando reuniões e almoços.

— E eu sei que é tudo culpa minha — continuo. — *Sei* disso. Mas mesmo assim... — Minha voz começa a falhar traiçoeiramente, e eu respiro fundo. — As coisas também não estão boas para mim. — Levanto os olhos, mas Luke não se mexeu um centímetro. — Você poderia... você poderia demonstrar um pouco de simpatia.

— Demonstrar um pouco de simpatia — ecoa Luke, inexpressivo.

— Eu sei que eu mesma provoquei isso...

— Isso mesmo! Você provocou! — A voz de Luke explode numa frustração contida, e finalmente ele se vira para me olhar. — Becky, ninguém obrigou você a sair e gastar tanto dinheiro! Puxa, eu sei que você gosta de fazer compras. Mas, pelo amor de Deus. Gastar assim... É irresponsável pra cacete. Você não podia ter se controlado?

— Não sei! — respondo trêmula. — Provavelmente. Mas não sabia que isso ia se transformar numa... numa droga de questão de vida ou morte, sabia? Não fiz isso de propósito. — Para meu horror, sinto uma lágrima descendo pelo rosto. — Você sabe, eu não fiz mal a ninguém. Não matei ninguém. Talvez tenha sido meio ingênua...

— Meio ingênua. Essa é a declaração mais amenizada do ano.

— Certo, então eu fui ingênua! Mas não cometi nenhum crime...

— Você não acha que jogar uma oportunidade fora é crime? — diz Luke furiosamente. — Porque da minha parte... — Ele balança a cabeça. — Meu Deus, Becky! Nós dois estávamos com tudo. Nós *tínhamos* Nova York. — Suas mãos se fecham. — E agora, olhe para nós dois. Tudo porque você é tão *obcecada* por compras.

— Obcecada? — grito. Não suporto mais seu olhar acusador. — *Eu* sou obcecada? E você?

— O que você quer dizer? — pergunta ele, sem dar importância.

— Você é obcecado por trabalho! Como vencer em Nova York! A primeira coisa que você pensou quando viu aquela matéria não foi em mim ou... ou em como eu estava me sentindo, foi? Foi em como isso afetava o seu negócio. — Minha voz se eleva trêmula. — Você só se importa com o seu sucesso, e eu sempre venho em segundo lugar. Puxa, você nem se incomodou em me *contar* sobre Nova York até estar tudo decidido! Você só esperou que eu... entrasse na linha e fizesse exatamente o que você queria. Não é de espantar que Alicia tenha dito que eu estava a reboque!

— Você não está a reboque — diz ele com impaciência.

— Estou, sim! É assim que você me vê, não é? Como uma ninguém insignificante, que tem de ser... de ser encaixada em seu plano grandioso e magnífico. E eu fui tão estúpida, simplesmente fui atrás...

— Eu não tenho tempo para isso — diz Luke, levantando-se.

— Você nunca tem tempo! — digo lacrimosa. — Suze tem mais tempo para mim do que você! Você não teve tempo para chegar ao casamento de Tom; nosso fim de semana juntos se transformou numa reunião; você não teve tempo para visitar meus pais...

— Então eu não tenho muito tempo! — grita Luke subitamente, deixando-me num silêncio chocado. — Então eu não posso ficar sentado batendo um papo idiota com você e Suze. — Ele balança a cabeça em frustração. — Você percebe *quanto* eu trabalho, porra? Tem alguma idéia de como esse negócio é importante?

— *Por que* é importante? — ouço-me berrando. — Por que é tão importante vencer na América? Para poder impressionar a vaca da sua mãe? Porque se está tentando impressioná-la, Luke, eu desistiria agora! Ela nunca vai ficar impressionada. Nunca! Puxa, ela nem se incomodou em *ver* você! Meu Deus, você comprou uma echarpe Hermès para ela, e ela nem pode alterar a agenda e ter cinco minutos para você!

Paro, ofegando, num silêncio completo.

Ah, porra. Eu não deveria ter dito isso.

Lanço um olhar para Luke, e ele está me encarando, com o rosto cinza de raiva.

— De que você chamou minha mãe? — diz ele devagar.

— Olha, eu... eu não quis dizer isso. — Engulo em seco, tentando manter o controle da voz. — Eu só acho... que tem de haver um senso de proporção nessa coisa toda. Tudo que eu fiz foi umas compras...

— Umas compras — repete Luke, zombando. — *Umas* compras. — Ele me olha longamente. Depois, para meu horror, vai até o enorme guarda-roupa de cedro onde estive guardando minhas coisas. Abre em silêncio e nós dois olhamos as bolsas que se atulham até o teto.

Ao ver tudo aquilo, sinto uma náusea me dominando. Todas aquelas coisas que pareciam tão vitais quando comprei, todas aquelas coisas que me deixaram tão empolgada... agora só parecem uma grande pilha de sacos de lixo. Eu mal poderia lhe dizer o que há em qualquer um dos pacotes. São só... coisas. Pilhas e pilhas de coisas.

Sem dizer nada, Luke fecha a porta de novo, e eu sinto a vergonha me encharcando como se fosse água quente.

— Eu sei — digo numa voz que é praticamente um sussurro. — Eu sei. Mas eu vou pagar tudo. Vou mesmo.

Viro-me, incapaz de encarar seu olhar, e de repente simplesmente tenho de sair deste quarto. Tenho de ir para longe de Luke, de mim mesma no espelho; de todo esse dia horrendo.

— Eu... eu vejo você depois — murmuro, e sem olhar para trás vou em direção à porta.

O bar lá embaixo é mal iluminado, tranqüilizador e anônimo. Afundo numa suntuosa poltrona de couro, sentindo-me fraca e trêmula, como se estivesse gripada. Quando um garçom se aproxima, peço suco de laranja, depois, enquanto ele se afasta, mudo o pedido para um conhaque. Chega numa taça enorme, quente e restaurador, e eu tomo alguns goles — depois ergo os olhos quando uma sombra aparece sobre a mesa na minha frente. É Michael Ellis. Meu coração afunda. Realmente não estou com vontade de falar com ele.

— Olá — diz ele. — Posso? — Ele faz um gesto para a cadeira à frente e eu concordo com a cabeça, fraca. Ele se senta e me dá um olhar gentil enquanto eu bebo. Por um tempo ficamos ambos quietos. — Eu poderia ser educado e não mencionar — diz ele finalmente. — Ou poderia dizer a verdade: que eu senti muito por você hoje cedo. Os jornais de vocês na Inglaterra são maldosos. Ninguém merece esse tipo de tratamento.

— Obrigada — murmuro.

Um garçom aparece e Michael pede mais dois conhaques sem nem perguntar.

— Só posso lhe dizer que as pessoas não são idiotas — diz enquanto o garçom se afasta. — Ninguém vai usar isso contra você.

— Já usaram — digo, olhando para a mesa. — Meu teste de câmera na HLBC foi cancelado.

— Ah — diz Michael depois de uma pausa. — Que pena.

— Ninguém me quer mais. Todos estão dizendo que "decidiram fazer outra coisa" ou que "sentem que eu não sou realmente adequada para o mercado americano" e... você sabe. Basicamente, apenas "vá embora".

Eu queria *tanto* contar isso ao Luke. Queria botar para fora todos os meus espantos, e que ele me desse um abraço enorme, sem crítica. Que dissesse que a perda era dos outros, e não minha, como meus pais fariam, ou como Suze faria. Mas em vez disso ele fez com que eu me sentisse ainda pior comigo mesma. Ele está certo; eu joguei tudo fora, não foi? Tive oportunidades que as pessoas se matariam para ter e desperdicei.

Michael está assentindo, sério.

— Isso acontece — diz ele. — Acho que esses idiotas são como um rebanho de carneiros. Se um se assusta, todos se assustam.

— Eu só acho que estraguei tudo — digo, sentindo a garganta apertar. — Eu ia ter um emprego fantástico, e Luke seria um sucesso enorme. Tudo ia ser perfeito. E eu simplesmente joguei no lixo. É tudo culpa minha.

Para meu horror, lágrimas me escorrem dos olhos. Não posso impedir. E então solto um soluço enorme. Ah, isso é tão embaraçoso!

— Desculpe — sussurro. — Eu sou um desastre completo.

Enterro o rosto quente nas mãos e espero que Michael Ellis se afaste educadamente e me deixe sozinha. Em vez disso, sinto a mão dele na minha, e um lenço sendo posto nos meus dedos. Enxugo o rosto agradecida com o algodão fresco e acabo levantando a cabeça.

— Obrigada — engulo em seco. — Desculpe.

— Está tudo bem — diz Michael calmamente. — Eu agiria igual.

— É, é mesmo — murmuro.

— Você deveria me ver quando eu perco um contrato. Abro o berreiro. Minha secretária tem de sair para comprar uma caixa de lenços de papel a cada meia hora.

— Ele parece tão sincero que eu não consigo evitar um sorrisinho. — Agora, tome o seu conhaque e vamos esclarecer algumas coisas. Você convidou o *Daily World* para tirar fotos suas com uma teleobjetiva?

— Não.

— Você ligou para eles oferecendo uma exclusiva sobre seus hábitos pessoais e sugerindo opções de várias manchetes ofensivas?

— Não — não consigo evitar um sorriso.

— Então — ele me dá um olhar interrogativo. — Isso tudo seria culpa sua por quê?

— Eu fui ingênua. Deveria ter percebido. Deveria ter... visto a coisa vindo. Fui estúpida.

— Você teve pouca sorte. — Ele dá de ombros. — Talvez tenha sido meio tola. Mas não pode jogar toda a culpa em você.

Um borbulho eletrônico brota do peito dele, e ele pega o celular.

— Com licença um momento — diz ele, e se vira.
— Oi.
Enquanto ele fala baixo ao telefone, eu fico dobrando e dobrando um guardanapo de papel. Quero perguntar uma coisa — mas não sei se quero ouvir a resposta.
— Desculpe isso — diz Michael, guardando o telefone. Ele olha para o guardanapo amarfanhado. — Está se sentindo melhor?
— Michael... — eu respiro fundo. — Foi culpa minha o negócio melar? Quero dizer, o negócio do *Daily World* interferiu?
Ele me lança um olhar incisivo.
— Nós estamos sendo francos, não estamos?
— Estamos — digo, sentindo uma pontada de apreensão. — Estamos sendo francos.
— Então, para ser honesto, não posso dizer que tenha ajudado nas negociações. Várias observações foram feitas hoje cedo. Algumas piadinhas sem graça. Tenho de admitir: o Luke recebeu tudo muito bem.
Encaro-o, sentindo frio.
— Luke não me disse isso.
Michael dá de ombros.
— Eu não creio que ele quisesse repetir particularmente nenhum dos comentários.
— Então *foi* culpa minha.
— Não, não foi isso que eu disse. — Michael balança a cabeça e se reclina na poltrona. — Becky, se esse negócio estivesse realmente forte, teria sobrevivido a uma pequena publicidade negativa. O que eu acho é

que a JD Slade usou o seu pequeno... problema como desculpa. Há algum motivo maior, que eles estão escondendo.

— O quê?

— Quem sabe? O boato sobre o Bank of London? Uma diferença de ética empresarial? Por algum motivo, eles parecem ter sofrido uma perda geral de confiança na idéia como um todo.

Encaro-o, lembrando o que Luke disse.

— As pessoas realmente acham que Luke está perdendo o jeito?

— Luke é um indivíduo muito talentoso — diz Michael cautelosamente. — Mas alguma coisa tomou conta dele com relação a esse negócio. Ele está quase impulsionado *demais*. Eu lhe disse hoje cedo, ele precisa estabelecer prioridades. Obviamente há algum problema com o Bank of London. Luke deveria falar com eles. Tranqüilizá-los. Francamente, se ele perdê-los, vai ficar bem encrencado. — Michael se inclina para a frente. — Se você me perguntar, eu acho que ele deveria pegar um avião de volta para Londres esta tarde.

— E o que ele quer fazer?

— Ele já está marcando reuniões com cada banco de investimentos de Nova York de que eu já ouvi falar. — Michael balança a cabeça. — Aquele garoto botou na cabeça que tem de vencer na América.

— Acho que ele quer provar alguma coisa — murmuro. *Para a mãe dele*, quase acrescento.

— Então, Becky. — Michael me dá um olhar gen-

til. — O que você vai fazer? Tentar marcar mais algumas reuniões?
— Não — digo depois de uma pausa. — Para ser franca, acho que não tem sentido.
— Então, vai ficar aqui com Luke?
Uma imagem do rosto congelado de Luke atravessa minha mente, e eu sinto uma pontada de dor.
— Acho que também não tem sentido fazer isso. — Tomo um gole comprido de conhaque e tento sorrir. — Sabe de uma coisa. Acho que estou indo para casa.

Quatorze

Saio do táxi, ponho a mala na calçada e olho triste para o cinzento céu da Inglaterra. Não posso acreditar que tudo acabou.

Até o último minuto eu tinha uma esperança secreta e desesperada de que alguém mudasse de idéia e me oferecesse um emprego. Ou que Luke me implorasse para ficar. Cada vez que o telefone tocava eu sentia um espasmo de nervosismo, esperando que um milagre fosse acontecer. Mas nada aconteceu. Claro que não.

Quando me despedi de Luke, foi como se eu estivesse representando um papel. Queria me jogar em cima dele cheia de lágrimas, bater na sua cara, *alguma coisa*. Mas simplesmente não pude. Tinha de manter algum tipo de dignidade. Por isso a coisa foi quase comercial, o modo como telefonei para a companhia aérea, arrumei minhas coisas e pedi um táxi. Não consegui me obrigar a beijá-lo na boca quando saí, por isso dei um beijo rápido em cada bochecha e me virei antes que qualquer um de nós pudesse dizer alguma coisa.

Agora, doze horas depois, sinto-me completamente exausta. Fiquei acordada durante todo o vôo noturno, paralisada de sofrimento e desapontamento. Há apenas alguns dias eu estava viajando para lá, pensando que iria começar uma vida nova e fantástica na América, e em vez disso estou de volta aqui, com menos ainda do que eu comecei. Não somente isso — todo mundo, mas *todo mundo*, sabe. Duas garotas no aeroporto obviamente me reconheceram e começaram a sussurrar e a rir enquanto eu esperava as malas.

E ah, meu Deus, sei que eu teria agido do mesmo modo se eu fosse elas. Mas naquele momento estava tão cheia de humilhação que quase irrompi em lágrimas.

Arrasto as malas desajeitadamente pela escada e entro no apartamento. E por alguns instantes só fico ali parada, olhando em volta para os casacos, as cartas velhas e as chaves na tigela. O mesmo velho corredor. A mesma velha vida. De volta ao ponto de partida do jogo. Vejo meu reflexo desalinhado no espelho e rapidamente desvio o olhar.

— Oi! — chamo. — Tem alguém em casa? Eu voltei.

Há uma pausa — e então Suze aparece na porta, vestida com um roupão.

— Bex? — exclama ela. — Não esperava que você voltasse tão cedo! Você está bem? — Ela chega mais perto, apertando o roupão em volta do corpo e olha preocupada para o meu rosto. — Ah, Bex. — Ela morde o lábio. — Não sei o que dizer.

— Tudo bem. Eu estou bem. Honestamente.

— Bex...

— Verdade. Estou bem. — Viro-me antes que a visão do rosto ansioso de Suze me reduza às lágrimas e enfio a mão na bolsa. — Bom, de qualquer modo... eu trouxe aquele negócio da Clinique que você pediu, e o creme facial especial para a sua mãe... — Entrego os frascos e começo a remexer de novo. — Tem mais coisas para você em algum lugar aqui...

— Bex... não se preocupe com isso. Venha se sentar. — Suze agarra os vidros da Clinique e me encara insegura. — Gostaria de uma bebida?

— Não! — Obrigo-me a sorrir. — Eu estou bem, Suze. Decidi que a melhor coisa é ir em frente e não pensar no que aconteceu. De fato... eu preferiria que a gente nem falasse nisso.

— Verdade? Bem... tudo certo. Se você tem certeza de que é isso que quer.

— É isso que eu quero. — Respiro fundo. — Verdade. Eu estou bem. E então, como *você* está?

— Estou bem. — Suze me dá outro olhar ansioso. — Bex, você está realmente pálida. Comeu alguma coisa?

— Comida de avião. Você sabe. — Tiro o casaco com dedos trêmulos e penduro num gancho.

— O... o vôo foi bom?

— Foi ótimo! — digo com ânimo forçado. — Passaram o novo filme do Billy Crystal.

— Billy Crystal! — diz Suze. Em seguida me dá um olhar hesitante, como se eu fosse alguma paciente psicótica que tem de ser tratada com cuidado. — Era um... filme bom? Eu adoro Billy Crystal.

— É, era. Era um filme bom. Eu gostei mesmo. — Engulo em seco. — Até que os meus fones de ouvido pararam de funcionar no meio.

— Nossa! — diz Suze.

— Era numa parte bem crucial. Todo mundo no avião estava rindo, e eu não conseguia ouvir nada. — Minha voz começa a falhar traiçoeiramente. — Então eu... eu pedi à aeromoça um fone de ouvido novo. Mas ela não entendeu o que eu disse e ficou muito chateada comigo porque queria servir as bebidas... e então eu não quis pedir de novo. Por isso não sei direito como o filme terminou. Mas, afora isso, era bastante bom... — De repente dou um soluço enorme. — E, sabe, eu sempre posso pegar na locadora ou algo assim.

— Bex! — O rosto de Suze se desmorona de consternação e ela larga os frascos da Clinique no chão. — Ah, meu Deus, Bex. Venha cá. — Ela me envolve num abraço e eu enterro a cabeça em seu ombro.

— Ah, é horrível — choro. — Foi tão humilhante, Suze! Luke foi tão grosso... e eles cancelaram meu teste de câmera... e de repente era como se... como se eu tivesse alguma doença infecciosa. E agora ninguém quer me conhecer, e eu não vou mais me mudar para Nova York...

Levanto a cabeça, enxugando os olhos — e o rosto de Suze está todo rosa e perturbado.

— Bex, eu me sinto tão mal! — exclama ela.

— *Você* se sente mal? Por que você deveria se sentir mal?

— Foi tudo minha culpa. Eu fui uma imbecil! Deixei aquela garota do jornal entrar aqui, e ela provavelmente meteu o bedelho enquanto eu estava fazendo um café estúpido para ela. Puxa, por que eu tinha de oferecer café? Foi tudo minha culpa, estúpida.

— Claro que não foi!
— Algum dia você vai me perdoar?
— Se vou perdoar *você*? — Encaro-a, com o rosto tremendo. — Suze... eu deveria estar pedindo para você *me* perdoar! Você tentou me controlar. Tentou me alertar, mas eu nem me incomodei em ligar de volta... fui tão... estúpida, tão *descuidada*...

— Não, não foi!
— Fui. — Dou outro soluço enorme. — Simplesmente não sei o que me aconteceu em Nova York. Fiquei maluca. Só... as lojas, todas aquelas reuniões... era tudo tão empolgante... eu ia ser uma estrela gigantesca e ganhar um monte de dinheiro... E então tudo simplesmente desapareceu.

— Ah, Bex! — Suze também está praticamente chorando. — Eu me sinto tão mal!

— Não é sua culpa! — Pego um lenço de papel e assôo o nariz. — Não é culpa de ninguém, é do *Daily World*.

— Eu *odeio* o *Daily World*! — diz Suze selvagemente. — Eles deveriam ser amarrados e chicoteados. É o que Tarkie disse.

— Ah, certo — falo depois de uma pausa. — Então... ele... viu, não é?

— Para ser franca, Bex, acho que a maioria das pessoas viu — diz Suze com relutância.

Sinto uma pontada dolorosa quando penso em Janice e Martin lendo. Em Tom e Lucy lendo. Todos os meus antigos colegas de escola e professores lendo. Todas as pessoas que já conheci, lendo meus segredos mais humilhantes.

— Olha, anda — diz Suze. — Deixe suas coisas aí. Vamos tomar uma bela xícara de chá.

— É — digo depois de uma pausa. — Vai ser bom. — Sigo-a até a cozinha e me sento, encostando-me no aquecedor em busca de conforto.

— Então, como vão as coisas com Luke agora? — pergunta Suze cautelosamente enquanto põe a chaleira no fogo.

— Não muito bem. — Cruzo os braços com força. — De fato, não estão indo.

— Verdade? — Suze me olha consternada. — Meu Deus, Bex, o que aconteceu?

— Bom, nós tivemos uma briga enorme...

— Por causa da matéria?

— Mais ou menos. — Eu pego um lenço de papel e assôo o nariz. — Ele disse que eu estraguei o negócio dele e que eu era obcecada por compras. E eu disse que ele era obcecado por trabalho e que a mãe dela era uma... uma vaca...

— Você chamou a mãe dele de *vaca*? — Suze está tão pasma que eu dou um risinho trêmulo.

— Bom, ela é! Ela é medonha. E nem gosta do Luke. Mas ele não enxerga isso... só quer fazer o maior negócio do mundo para impressioná-la. Não consegue pensar em mais nada.

— Então o que aconteceu? — Suze me entrega uma caneca de chá.

Mordo o lábio, lembrando a última e dolorosa conversa que tivemos, enquanto eu estava esperando o táxi para o aeroporto. As vozes educadas e contidas; o modo como não nos encarávamos.

— Antes de eu sair, falei que achava que ele não tinha tempo para um relacionamento adequado no momento.

— Verdade? — Os olhos de Suze se arregalam. — Você rompeu?

— Eu não queria. — Minha voz mal passa de um sussurro. — Queria que ele dissesse que *tinha* tempo. Mas ele não disse nada. Foi... horrível.

— Ah, Bex. — Suze me olha por cima de sua caneca. — Ah, Bex.

— Mesmo assim, não importa — digo, tentando parecer positiva. — Provavelmente foi para o bem. — Tomo um gole de chá e fecho os olhos. — Ah, meu Deus, isso é bom. Isso é *tão* bom! — Fico quieta um tempo, deixando o vapor esquentar meu rosto; sentindo-me relaxar. Tomo mais alguns goles, depois abro os olhos. — Eles simplesmente não sabem fazer chá na América. Eu fui a um lugar e eles me deram uma... xícara cheia de água quente e um saquinho de chá. E a xícara era *transparente*.

— Uuuh. — Suze faz uma careta. — Argh. — Ela estende a mão para a lata de biscoitos e pega dois Hobnobs. — Mas quem precisa da América? — diz ela cheia

de ânimo. — Quero dizer, todo mundo sabe que a TV americana é uma porcaria. Você está melhor longe de lá.
— Talvez esteja. — Olho minha caneca por um tempo, depois respiro fundo e levanto a cabeça. — Sabe, eu pensei um bocado no avião. Decidi que vou transformar isso num momento decisivo na minha vida. Vou me concentrar na carreira e terminar o livro, e ficar realmente concentrada, e só...
— Mostrar a eles — termina Suze.
— Exato. Só mostrar a eles.

É espantoso o que um pouco de conforto doméstico faz pelo espírito. Meia hora e três xícaras de chá depois estou me sentindo um zilhão de vezes melhor. Estou até gostando de contar a Suze sobre Nova York e todas as coisas que eu fiz. Quando conto sobre a ida ao spa e onde exatamente eles queriam botar a tatuagem de cristal, ela começa a rir tanto que quase engasga.
— Ei — digo, com um pensamento súbito me atravessando. — Você acabou com os KitKats?
— Não. — Suze enxuga os olhos. — Parece que eles vão embora mais devagar quando você não está por perto. Então, o que a mãe de Luke disse? Ela quis ver os resultados? — E começa a soltar risinhos de novo.
— Espera aí, só vou pegar dois — digo, e começo a ir para o quarto de Suze, onde eles são guardados.
— Na verdade — diz Suze, e seu riso pára abruptamente. — Não, não entre aí.
— Por quê? — pergunto, parando com surpresa. —

O que há no seu... — deixo a frase no ar enquanto as bochechas de Suze ficam lentamente rosadas. — Suze! — digo, recuando silenciosamente para longe da porta. — Não. Tem alguém aí?

Encaro-a, e ela puxa o roupão em volta do corpo, defensivamente, sem dizer nada.

— Não acredito! — Minha voz guincha, incrédula. — Meu Deus, eu saio durante cinco minutos e você começa a ter um caso tórrido!

Isto está me alegrando mais do que qualquer outra coisa. Não há nada como ouvir uma fofoca suculenta para levantar o ânimo.

— Não é um caso tórrido! — diz Suze finalmente. — Nem é um caso.

— Então quem é? Eu conheço?

Suze me lança um olhar agonizado.

— Tudo bem, só... eu só preciso explicar. Antes que você... tire as conclusões erradas ou... — Ela fecha os olhos. — Meu Deus, isso é difícil.

— Suze, o que há de errado?

Há um som de algo se mexendo no quarto de Suze, e nós nos encaramos.

— Tudo bem, ouça. Foi só uma transa — diz ela rapidamente. — Só uma transa impetuosa, estúpida... quero dizer...

— O que há de errado, Suze? — Faço uma careta. — Ah, meu Deus, não é Nick, é?

Nick é o último namorado de Suze — o que ficava constantemente deprimido, se embebedava e culpava

Suze. Um pesadelo completo, para ser honesta. Mas, puxa, isso foi há meses.
— Não, não é Nick. É... Ah, meu Deus.
— Suze...
— Tudo bem! Mas você tem de prometer...
— O quê?
— Não... reagir.
— Por que eu reagiria? — digo, rindo um pouco. — Quero dizer, eu não sou puritana! Nós só estamos falando de...

Deixo no ar enquanto a porta de Suze se abre — e é só Tarquin, não parecendo muito mal, de calça de sarja e com o casaco que eu lhe dei.
— Ah — digo surpresa. — Eu achei que você ia ser o novo...

Paro e olho para Suze com um riso.

Mas ela não ri de volta. Está roendo as unhas, evitando meus olhos — e seu rosto está ficando cada vez mais vermelho.

Olho para Tarquin — e *ele* desvia o olhar também.
Não. *Não.*
Ela não pode querer dizer...
Não.
Mas...
Não.
Meu cérebro não suporta isso. Alguma coisa está para ter um curto-circuito.
— Humm, Tarquin — diz Suze numa voz aguda. — Poderia ir comprar uns *croissants*?

— Ah, é... tudo bem — diz Tarquin, meio formal.
— Bom dia, Becky.
— Bom dia! Prazer em... ver você. Belo... casaco.

Há um silêncio congelado na cozinha enquanto ele sai, que permanece até ouvirmos a porta da frente bater. Então, muito devagar, eu me viro para encarar Suze.

— Suze...

Nem sei como começar.

— Suze... aquele era o Tarquin.
— É, eu sei — diz ela, examinando atentamente a bancada da cozinha.
— Suze... você e Tarquin...
— Não! — exclama ela, como se tivesse sido escaldada. — Não, claro que não! É só... nós só... — Ela pára.
— Vocês só... — digo, encorajando.
— Uma ou duas vezes...

Há uma pausa longa.

— Com Tarquin — digo, só para ter certeza.
— É.
— Certo. — Confirmo com a cabeça, como se esta fosse uma opção totalmente razoável. Mas minha boca está se retorcendo e posso sentir uma estranha pressão crescendo por dentro, meio choque, meio riso histérico. Puxa, Tarquin. *Tarquin.*

Um risinho me escapa e aperto a mão sobre a boca.

— Não ria! — geme Suze. — Eu sabia que você ia rir!
— Eu não estou rindo! — protesto. — Eu acho óti-

mo! — Dou outro risinho fungado e tento fingir que
estou tossindo. — Desculpe! Desculpe. Então... como
aconteceu?

— Foi naquela festa na Escócia! — geme ela. — Não
havia mais ninguém lá a não ser um monte de tias
velhíssimas. Tarquin era a única outra pessoa com menos de noventa anos. E de algum modo... ele parecia todo
diferente! Estava com aquele belo casaco Paul Smith, e
o cabelo estava legal, e foi tipo: esse é mesmo o Tarquin?
E eu enchi a cara um bocado, e você sabe o que isso faz
comigo. E ali estava ele... — Ela balança a cabeça, desamparada. — Não sei. Ele estava simplesmente... transformado. Deus sabe como aconteceu!

Há um silêncio. Agora posso sentir minhas bochechas ficando vermelhas.

— Sabe de uma coisa, Suze? — admito sem graça
finalmente. — Acho que meio que pode ter sido... minha culpa.

— *Sua* culpa? — Ela levanta a cabeça e me encara.
— Como assim?

— Eu dei o casaco a ele. E o penteado. — Encolho-me diante da expressão dela. — Mas puxa, eu não tinha
idéia de que daria... nisso! Eu só fiz dar a ele um novo
look!

— Bom, você tem uma responsabilidade enorme! —
exclama Suze. — Eu andei tão estressada! Só ficava
pensando: eu devo ser uma total pervertida.

— Por quê? — digo com os olhos se iluminando. —
O que ele obriga você a fazer?

— Não, sua idiota! Porque nós somos primos.
— Aaaaah. — Faço uma careta. Então percebo que isso não é exatamente educado. — Mas, puxa, não é contra a lei nem nada, é?
— Ah, meu Deus, Bex! — geme Suze. — Isso realmente faz com que eu me sinta melhor.

Ela pega sua caneca e a minha, leva até a pia e abre a torneira.

— Simplesmente não consigo acreditar que você está tendo um relacionamento com Tarquin — digo.
— Nós não estamos tendo um relacionamento — guincha Suze. — Esse é o ponto. Ontem à noite foi a última vez. Nós dois concordamos totalmente. Nunca vai acontecer de novo. *Nunca*. E você não deve contar a ninguém.
— Não vou.
— Não, estou falando sério, Bex. Você não deve contar a ninguém. Ninguém!
— Eu não vou! — prometo. — Na verdade — digo, tendo uma idéia súbita. — Eu tenho uma coisa para você.

Corro até o corredor, abro uma das minhas malas e procuro a bolsa da Kate's Paperie. Pego um cartão na pilha, rabisco "Para Suze, com amor, Bex", e levo de volta à cozinha, estendendo o envelope.

— É para mim? — pergunta Suze, surpresa. — O que é?
— Abra!

Ela abre, olha a foto de um par de lábios brilhantes

e fechados com zíper, e lê em volta a mensagem impressa:

Colega — seu segredo está em segurança comigo.

— Uau! — diz ela arregalada. — Isso é legal demais! Você comprou especialmente? Mas, puxa... — Ela franze a testa. — Como você sabia que eu tinha um segredo?
— É... só uma intuição. Sexto sentido.
— Sabe, Bex, isso me faz lembrar — diz Suze, abrindo e fechando o envelope entre os dedos. — Você recebeu um bocado de correspondência enquanto esteve fora.
— Ah, sei.
Na perplexidade de ficar sabendo sobre Suze e Tarquin, eu meio que tinha esquecido de todo o resto. Mas agora a histeria que vinha me animando começa a se evaporar. Enquanto Suze traz uma pilha de envelopes inamistosos, meu estômago dá uma reviravolta, e eu desejo nunca ter voltado para casa. Pelo menos enquanto eu estava longe não precisava saber de tudo isso.
— Certo — digo, tentando parecer natural e no controle das coisas. Folheio as cartas sem olhar de verdade, depois as largo. — Vou olhar isso mais tarde. Quando puder dar toda a atenção.
— Bex... — Suze faz uma careta. — Acho que é melhor você abrir esta agora. — Ela estende a mão para a pilha e pega um envelope com a palavra INTIMAÇÃO na frente.

Encaro-o, sentindo-me quente e fria. Uma intimação. Era verdade. Eu fui intimada. Pego o envelope com Suze, incapaz de encará-la, e abro com dedos trêmulos. Examino a carta sem dizer nada, sentindo um frio crescendo na base da coluna. Não posso acreditar que alguém me levaria ao tribunal. Puxa, tribunal é para criminosos. Como traficantes de drogas e assassinos. Não para gente que simplesmente não pagou algumas contas.

Enfio a carta de volta no envelope e ponho na bancada, respirando com dificuldade.

— Bex... o que você vai fazer? — pergunta Suze, mordendo o lábio. — Você não pode simplesmente ignorar isso.

— Não vou ignorar. Vou pagar.

— Mas você tem dinheiro para pagar?

— Terei de ter.

Há um silêncio, afora o pinga-pinga da torneira de água fria na pia. Levanto os olhos e vejo o rosto de Suze contorcido de preocupação.

— Bex, deixe-me dar algum dinheiro a você. Ou Tarkie. Ele pode facilmente fazer isso.

— Não! — digo, mais incisivamente do que pretendia. — Não, eu não quero nenhuma ajuda. Eu só... — esfrego o rosto. — Vou ver o cara do banco. Agora mesmo.

Com determinação, pego a pilha de cartas e levo para o quarto. Não vou deixar que tudo isso me derrote. Vou lavar o rosto, passar um pouco de maquiagem e recolocar a vida em ordem.

— O que você vai dizer? — pergunta Suze, seguindo-me pelo corredor.
— Vou explicar a situação honestamente, pedir um limite maior no cheque especial... e partir daí. Vou ser independente, forte e me manter nos meus dois pés.
— Bom para você, Bex! — diz Suze. — Isso é realmente fantástico. Independente e forte. Isso é realmente ótimo! — Ela fica olhando enquanto eu tento abrir a mala com dedos trêmulos. Enquanto luto com o fecho pela terceira vez, ela vem e põe a mão no meu braço. — Bex... você gostaria que eu fosse junto?
— Sim, por favor — digo numa voz débil.

Suze não me deixa ir a lugar nenhum enquanto não me sento e tomo dois conhaques para ganhar coragem. Depois me conta que leu uma matéria um dia desses, dizendo que a melhor arma de negociação que a gente tem é a aparência — de modo que devo escolher muito cuidadosamente a roupa para me encontrar com John Gavin. Vamos direto ao meu guarda-roupa e terminamos com uma saia preta simples e um cardigã cinza que eu admito que alardeia: "simples, sóbria e estável". Depois ela precisa escolher sua roupa de "amiga sensível e que dá apoio" (calça azul-marinho e camisa branca). E estamos quase prontas para ir quando Suze decide que, se nada mais der certo, devemos seduzir vergonhosamente o gerente, de modo que as duas trocamos a roupa por outra mais sensual. Depois me olho no espelho e de repente decido que estou sem graça demais. Por isso troco rapidamente o cardigã por um rosa-claro — o que significa mudar o batom.

Finalmente saímos da casa e chegamos à agência Fulham do Endwich Bank. Quando entramos, a antiga secretária de Derek Smeath, Erica Parnell, está se despedindo de um casal idoso. Cá entre nós, ela e eu nunca nos demos exatamente muito bem. Não acho que ela consiga ser muito humana — ela usa exatamente os mesmo sapatos azul-marinho todas as vezes em que a vejo.

— Ah, olá — diz ela, lançando-me um olhar de desagrado. — O que você quer?

— Gostaria de falar com John Gavin, por favor — digo, tentando parecer casual. — Ele está disponível?

— Acho que não — diz ela com frieza. — Não sem marcar hora.

— Bom... você poderia só verificar?

Erica Parnell revira os olhos.

— Espere aqui — diz ela, e desaparece atrás de uma porta onde há uma placa de "Acesso restrito".

— Meu Deus, eles são horríveis aqui! — diz Suze, encostada numa divisória de vidro. — Quando eu vou ver meu gerente, ele me dá uma taça de xerez e pergunta sobre toda a família. Sabe, Bex, acho que você deveria mudar para o Coutts.

— É, bem. Talvez.

Estou me sentindo ligeiramente trêmula enquanto folheio uma pilha de folhetos de seguros. Estou me lembrando do que Derek Smeath disse sobre John Gavin ser rigoroso e inflexível. Ah, meu Deus, estou com saudade do velho Smeathie.

Ah, meu Deus, estou com saudade do Luke.

O sentimento me acerta como uma marretada. Desde que voltei de Nova York estive tentando não pensar nele. Mas parada aqui, tudo que queria era poder falar com ele. Queria poder vê-lo me olhando como antes de tudo dar errado. Com aquele sorrisinho interrogativo no rosto e os braços me apertando com força.

O que será que ele está fazendo agora? Como será que as reuniões dele estão indo?

— Pode vir — diz a voz de Erica Parnell, e minha cabeça se levanta bruscamente. Sentindo-me enjoada, sigo-a por um corredor acarpetado de azul até uma salinha fria mobiliada com uma mesa e cadeiras de plástico. Quando a porta se fecha, Suze e eu nos entreolhamos.

— Será que devemos sair correndo? — digo, só meio de brincadeira.

— Vai ficar tudo bem — diz Suze. — Ele provavelmente vai acabar sendo bem legal! Você sabe, antigamente meus pais tinham um jardineiro que parecia muito malencarado, mas depois nós descobrimos que ele tinha um coelhinho de estimação! E foi como se... ele fosse um homem totalmente diferente...

Ela pára quando a porta se abre e entra um sujeito de cerca de trinta anos. Tem cabelos escuros ralos, usa um terno horrível e está segurando um copo de plástico com café.

Ah, meu Deus, ele não parece ter um único osso amigável no corpo. De repente sinto vontade de não ter vindo.

— Certo — diz ele, franzindo a testa. — Eu não tenho o dia inteiro. — Qual de vocês duas é Rebecca Bloomwood?

Pelo modo como ele diz, é como se estivesse perguntando qual das duas é a assassina.

— Humm... sou eu — digo nervosa.

— E quem é esta?

— Suze é...

— Gente dela — diz Suze cheia de confiança. — Eu sou gente dela. — E olha a sala em volta. — Você tem xerez?

— Não — diz John Gavin, olhando-a como se ela fosse retardada. — Não tenho xerez. Bom, de que se trata isto?

— Certo. Em primeiro lugar — digo nervosamente — eu lhe trouxe uma coisa. — Enfio a mão na bolsa e lhe entrego outro envelope da Kate's Paperie.

Foi minha idéia lhe trazer uma coisinha para quebrar o gelo. Afinal de contas, tudo se trata de boa educação. E no Japão é assim que os negócios são feitos o tempo todo.

— Isto é um cheque? — pergunta John Gavin.

— Humm... não — digo, ficando ligeiramente ruborizada. — É um... um cartão feito à mão.

John Gavin me lança um olhar, depois abre o envelope e pega o cartão impresso em prata, com peninhas cor-de-rosa coladas nos cantos.

Agora que olho, talvez eu devesse ter escolhido um menos feminino.
Ou então não deveria ter trazido nenhum. Mas parecia tão perfeito para a ocasião!
— *Amigo, eu sei que cometi erros, mas será que podemos recomeçar?* — lê John Gavin incrédulo. Em seguida vira-o, como se suspeitasse de uma piada. — Você *comprou* isso?
— É bonito, não é? — diz Suze. — A gente consegue estas coisas em Nova York.
— Sei. Vou me lembrar disso. — Ele o coloca na mesa e todos olhamos para o cartão. — Srta. Bloomwood, por que, exatamente, está aqui?
— Certo! — digo. — Bom. Como declara meu cartão, eu tenho consciência de que — engulo em seco — talvez não tenha sido a cliente perfeita... ideal. Mas tenho confiança de que podemos trabalhar juntos como uma equipe e alcançar a harmonia.
Até agora tudo bem. Eu decorei essa parte.
— O que significa que... — diz John Gavin. Eu pigarreio.
— Hum... devido a circunstâncias fora do meu controle, eu recentemente me peguei num pequeno... problema financeiro. Então estava imaginando se o senhor poderia, temporariamente...
— Muito gentilmente — intervém Suze.
— Muito gentilmente... talvez aumentar meu limite de cheque especial... numa...
— Boa vontade — exclama Suze.

— Boa vontade... numa base... temporária... e de curto prazo. Obviamente para ser pago assim que for factível e humanamente possível. — Paro e prendo o fôlego.

— Terminou? — pergunta John Gavin, cruzando os braços.

— Humm... sim. — Olho para Suze, buscando confirmação. — Sim, terminamos.

Há um silêncio enquanto John Gavin batuca sobre a mesa. Depois ele ergue os olhos e diz:

— Não.

— Não? — Encaro-o, perplexa. — É só... não?

— Só não. — Ele empurra a cadeira para trás. — De modo que, se me der licença...

— O que quer dizer com não? — pergunta Suze. — Você não pode simplesmente dizer não! Tem de pesar os prós e os contras.

— Eu pesei os prós e os contras. Não há prós.

— Mas esta é uma das suas clientes mais valiosas! — A voz de Suze se ergue, consternada. — Esta é Becky Bloomwood, famosa na TV, que tem uma carreira gigantesca e brilhante pela frente!

— Esta é Becky Bloomwood, que teve o limite de cheque especial aumentado seis vezes no último ano — diz John Gavin numa voz bastante desagradável.

— E que em todas as vezes deixou de se manter dentro do limite. Esta é Becky Bloomwood, que mentiu constantemente, que constantemente evitou reuniões, que tratou os funcionários do banco com pouco ou nenhum respeito e que parece achar que todos estamos aqui somente para financiar seu apetite por sapatos. Eu olhei sua ficha, Srta. Bloomwood. Conheço a realidade.

Há um pequeno silêncio contido. Sinto as bochechas cada vez mais quentes até ficar com a terrível sensação de que posso chorar.

— Acho que você não deveria ser tão desagradável! — diz Suze subitamente. — Becky acaba de passar por um problema terrível. *Você* gostaria de sair nos tablóides? *Você* gostaria de ter alguém perseguindo-o?

— Ah, sei. — A voz dele brilha com o sarcasmo. — Você espera que eu sinta pena.

— Sim! — digo. — Não. Não exatamente. Mas acho que deveria me dar uma chance.

— Você acha que eu deveria lhe dar outra chance. E o que você fez para *merecer* outra chance? — Ele balança a cabeça, e há um silêncio.

— Eu só... pensei que se eu explicasse tudo... — Paro debilmente e lanço um olhar desesperançado para Suze, como se dissesse: Vamos só esquecer disso.

— Ei, está fazendo calor aqui dentro, não está? — diz Suze numa súbita voz rouca. — Ela tira o paletó, sacode os cabelos para trás e passa uma das mãos pelo rosto. — Estou me sentindo realmente... com calor. Você está com calor, John?

John Gavin lança-lhe um olhar irritado.

— O que, precisamente, você quer me explicar, Srta. Bloomwood?

— Bom. Só que eu queria resolver as coisas — digo, com a voz tremendo. — Você sabe, eu quero dar uma reviravolta nas coisas. Quero ficar nos meus próprios pés e...

— Ficar nos seus próprios pés? — interrompe John Gavin, cheio de desprezo. — Você chama pegar empréstimo bancário de "ficar nos seus próprios pés"? Se você estivesse realmente nos seus próprios pés, não usaria cheque especial. Teria alguns *bens* agora! Você, logo você, não deveria precisar que lhe dissessem isso.

— Eu... eu sei — digo, com a voz praticamente num sussurro. — Mas o fato é que estou com o limite estourado. E pensei...

— Pensou o quê? Que você é especial? Que é uma exceção porque aparece na TV? Que as regras normais não se aplicam a você? Que este banco lhe *deve* dinheiro?

Sua voz parece uma furadeira na minha cabeça, e de repente me sinto estalar.

— Não! — grito. — Não acho isso. Não acho nada disso. Sei que fui estúpida e sei que andei errada. Mas acho que todo mundo anda errado ocasionalmente. — Respiro fundo. — Você sabe, se olhar para as suas fichas, vai ver que eu *paguei* meu cheque especial. E que *paguei* os cartões das lojas. E tudo bem, estou endividada de novo. Mas estou tentando solucionar. E tudo o que você pode fazer é... zombar. É, tudo bem. Vou dar um jeito sem a sua ajuda. Venha, Suze.

Ligeiramente trêmula, fico de pé. Meus olhos estão quentes, mas *não* vou chorar na frente dele. Há um raio de determinação dentro de mim, que fica mais forte quando me viro para encará-lo.

— Endwich: porque nos importamos — digo.

Há um silêncio longo e tenso. Depois, sem dizer mais nada, abro a porta e saio.

Enquanto andamos para casa, sinto-me quase cega de determinação. Vou mostrar a ele. Vou mostrar àquele John Gavin. E a todos eles. Ao mundo inteiro.

Vou pagar todas as minhas dívidas. Não sei como — mas vou fazer isso. Vou pegar um trabalho extra como garçonete, talvez. Ou vou fundo e termino meu livro de auto-ajuda. Vou ganhar o máximo de dinheiro possível, o mais rapidamente possível. E depois vou àquele banco com um cheque enorme e jogar na frente dele, e numa voz digna mas objetiva, vou dizer...

— Bex? — Suze agarra meu braço, e eu vejo que estou passando direto pela nossa casa. — Você está bem? — pergunta Suze quando entramos. — Honestamente, que sacana.

— Estou bem — digo, levantando o queixo. — Eu vou mostrar a ele. Vou pagar as dívidas. Espere só. Vou mostrar a todos eles.

— Isso mesmo! — diz Suze. Ela se abaixa e pega uma carta no capacho. — É para você. Do *Morning Coffee*.

— Ah, ótimo! — Enquanto estou abrindo o envelope, sinto um enorme salto de esperança. Talvez estejam me oferecendo um trabalho novo. Alguma coisa com um salário gigantesco, suficiente para pagar minhas dívidas imediatamente. Talvez tenham demitido Emma e eu vá pegar o lugar dela como a principal apresentadora! Ou talvez...

    Ah, meu Deus. Ah, meu Deus, não.

MORNING COFFEE
East-West Television
Corner House
Londres NW8 4DW

Srta. Rebecca Bloomwood
Apto. 2
4 Burney Road
Londres SW6 8FD

2 de outubro de 2001

Querida Becky

Em primeiro lugar, que lamentável sua infeliz publicidade recente! Eu senti realmente por você, e sei que também falo pelo Rory, por Emma e pelo resto da equipe.

Como você sabe, a família Morning Coffee é ferozmente leal e sempre dá apoio, e nossa política é jamais deixar que a publicidade adversa fique no caminho do talento. Mas, por total coincidência, nós estivemos analisando recentemente o trabalho de todos os nossos colaboradores regulares. Depois de algumas discussões, decidimos deixá-la fora de nossos quadros durante um tempo.

Devo enfatizar que é apenas uma medida temporária. Mas agradeceríamos se você devolvesse seu crachá da East-West TV no envelope anexo, e também se assinasse o documento de rescisão contratual anexo.

O trabalho que você fez para nós foi fabuloso (obviamente!). Nós sabemos que seu talento vai florescer em outros lugares, e que esta situação não será um empecilho para alguém tão dinâmico como você!

Desejando tudo de bom

Zelda Washington
Produtora Executiva

Paradigm, Livros de Auto-ajuda, Ltda.
695 Soho Square
Londres W1 5AS

Srta. Rebecca Bloomwood
Apartamento 2
4 Burney Road
Londres SW6 8FD

4 de outubro de 2001

Querida Becky

Muito obrigada por seu primeiro esboço de *Administre o dinheiro como Becky Bloomwood*. Nós apreciamos o cuidado posto em seu trabalho. Seu texto tem ritmo e fluência, e certamente você levantou alguns pontos interessantes.

Infelizmente, 500 palavras — por mais excelentes que sejam — não bastam para um livro de auto-ajuda. Sua sugestão de que poderíamos "encher o resto com fotografias" infelizmente não funciona.

Lamentavelmente, decidimos, portanto, que este não é um projeto viável e, como resultado, pedimos que devolva seu adiantamento.

Desejando tudo de bom

Pippa Brady
Editora

LIVROS PARADIGMA: AJUDANDO VOCÊ A SE AJUDAR

JÁ NAS LIVRARIAS! *Sobrevivência na selva*, do Brigadeiro Roger Flintwood (falecido)

Quinze

Durante os dias seguintes não saio de casa. Não atendo ao telefone e não falo com ninguém. Sinto-me fisicamente péssima, como se o olhar das pessoas, ou suas perguntas, ou mesmo a luz do sol, pudesse me machucar. Preciso ficar num local escuro, sozinha. Suze foi a Milton Keynes para uma grande convenção de vendas da Hadleys, de modo que estou sozinha no apartamento. Peço comida para viagem, bebo duas garrafas de vinho tinto e não tiro o pijama nem uma única vez.

Quando Suze volta, estou sentada no chão, onde ela me deixou, olhando inexpressiva para a TV, enfiando KitKats na boca.

— Ah, meu Deus — diz ela, deixando a bolsa no chão. — Bex, você está bem? Eu não deveria ter deixado você sozinha.

— Estou bem! — digo, levantando a cabeça e forçando o rosto rígido a se torcer num sorriso. — Como foi a convenção de vendas?

— Bem, na verdade, foi boa — diz Suze, parecendo pasma. — As pessoas ficavam me parabenizando pelo modo como minhas molduras venderam. Todos ouviram falar de mim! E fizeram uma apresentação dos meus projetos novos, e todo mundo adorou.

— Isso é realmente fantástico, Suze — digo, e aperto a mão dela. — Você merece.

— Bom. Você sabe. — Ela morde o lábio; em seguida anda pela sala, pega uma garrafa de vinho vazia no chão e põe na mesa.

— E então... Luke ligou? — pergunta ela hesitante.

— Não — digo, depois de um longo silêncio. — Não ligou. — Olho para Suze, depois desvio o olhar de novo.

— O que você está assistindo? — pergunta ela quando surge um anúncio de Diet Coke.

— *Morning Coffee*. A sessão de aconselhamento financeiro vem em seguida.

— O quê? — O rosto de Suze se franze, consternado. — Bex, vamos virar a página. — Ela tenta pegar o controle remoto, mas eu o agarro.

— Não! — digo, olhando rigidamente para a tela. — Quero ver.

A música familiar do *Morning Coffee* explode na tela enquanto a computação gráfica de uma xícara de café aparece, e então se funde com uma tomada do estúdio.

— Olá — diz Emma toda animada para a câmera. — Bem-vindos de volta. E está na hora de apresentar nossa nova especialista em dinheiro, Clare Edwards!

— Quem é Clare Edwards? — pergunta Suze, olhando para a tela enojada.

— Eu trabalhei com ela no *Successful Saving* — digo sem mexer a cabeça. — Ela ficava sentada perto de mim.

A câmera gira e mostra Clare sentada no sofá diante de Emma, olhando séria de volta.
— Ela não parece muito divertida — diz Suze.
— Ela não é.
— Então, Clare — diz Emma toda animada. — Qual é a sua filosofia básica sobre o dinheiro?
— Você tem um bordão? — exclama Rory alegremente.
— Eu não acredito em bordões — diz Clare, dando um olhar desaprovador para Rory. — As finanças pessoais não são uma coisa trivial.
— Certo! — diz Rory. — Claro que não. Humm... então, você tem alguma dica para os poupadores, Clare?
— Não acredito em generalizações fúteis e equivocadas. Todos os poupadores devem escolher uma carteira de investimentos adequada às suas necessidades e à sua condição individual.
— Sem dúvida! — diz Emma depois de uma pausa. — Certo. Bem, vamos aos telefonemas, certo? E é Mandy, de Norwich.
Quando o primeiro telefonema é posto no áudio, o telefone da nossa sala toca.
— Alô? — diz Suze, atendendo e baixando o som da televisão. — Aah, olá, Sra. Bloomwood. Quer falar com Becky?
Ela ergue as sobrancelhas para mim e eu me encolho. Só falei com mamãe e papai brevemente depois da volta. Eles sabem que não vou me mudar mais para Nova York — mas até agora só foi isso que falei. Simplesmente não

posso encarar a hora de dizer que todo o resto também acabou.

— Becky, meu amor, eu estava assistindo ao *Morning Coffee*! — exclama mamãe. — O que aquela garota está fazendo? Dando aconselhamento financeiro?

— Está... está tudo bem, mamãe, não se preocupe! — digo, sentindo as unhas se cravando na palma da mão. — Eles só... a puseram para cobrir enquanto eu estava fora.

— Bom. Poderiam ter escolhido alguém melhor! Ela tem um rosto horroroso, não é? — A voz de mamãe fica abafada. — O que foi, Graham? Seu pai disse que pelo menos ela demonstra como *você* é boa! Mas sem dúvida, agora que você voltou, eles podem tirá-la, não é?

— Acho que não é tão simples assim — digo depois de uma pausa. — Contratos e... coisas.

— Então, quando você vai voltar para lá? Porque eu sei que Janice vai ficar perguntando.

— Não sei, mamãe — digo desesperada. — Escute, eu tenho de desligar, certo? Tem alguém na porta. Mas falo com você logo!

Desligo o telefone e enterro a cabeça nas mãos.

— O que eu vou fazer? — digo desesperançada. — O que eu vou fazer, Suze? Não posso dizer a eles que fui demitida. Simplesmente não posso. — Para minha frustração, sinto lágrimas se espremendo para fora dos olhos. — Eles têm tanto orgulho de mim. E eu só fico deixando os dois na mão.

— Você não deixou os dois na mão! — reage Suze acaloradamente. — Não foi sua culpa o estúpido programa ter reagido de modo tão exagerado. E aposto que estão se arrependendo agora. Puxa, *olha* só para ela!

Suze aumenta o som, e a voz de Clare ecoa séria na sala.

— Os que não conseguem preparar-se para a própria aposentadoria são o equivalente a sanguessugas para o resto de nós.

— Ora — diz Rory. — Isto não é meio duro demais?

— Puxa, escuta só — diz Suze. — Ela é medonha!

— Talvez seja — digo depois de uma pausa. — Mas mesmo que eles se livrem dela também, nunca vão me chamar de volta. Seria como dizer que cometeram um erro.

— Eles cometeram um erro!

O telefone toca de novo e ela me olha.

— Você está ou não está?

— Não. E você não sabe quando eu volto.

— Certo. — Ela atende. — Alô? Sinto muito, Becky está fora no momento.

— Mandy, você cometeu todos os erros possíveis — está dizendo Clare Edwards na tela. — Nunca ouviu falar numa conta de poupança? E quanto a hipotecar sua casa para comprar um barco...

— Não, não sei quando ela volta — diz Suze. — Gostaria de deixar recado? — Ela pega uma caneta e começa a escrever. — Certo... tudo bem... sim. Sim, eu digo. Obrigada.

— Então — digo quando ela desliga. — Quem era?

E sei que é estúpido — mas quando olho para Suze, não consigo evitar um clarão quente de esperança. Talvez fosse o produtor de outro programa. Talvez fosse alguém querendo me oferecer uma coluna. Talvez fosse John Gavin, para pedir desculpas e oferecer um cheque especial gratuito e ilimitado. Talvez tudo vá ficar bem.

— Era Mel. A secretária de Luke.

— Ah. — Encaro-a, apreensiva. — O que ela queria?

— Parece que chegou um pacote ao escritório, endereçado a você. Dos Estados Unidos. Da Barnes and Noble?

Encaro-a com a expressão vazia — depois, com uma pontada, lembro subitamente uma ida à Barnes and Noble com Luke. Comprei uma pilha de livros de arte, e Luke sugeriu que eu mandasse pelo malote da empresa, em vez de ficar carregando de um lado para o outro. Parece que já faz um milhão de anos.

— Ah, sim, eu sei o que é. — Hesito. — Ela... mencionou o Luke?

— Não — diz Suze como se pedisse desculpas. — Só disse para você passar lá quando quisesse. E que lamentava muito o que aconteceu... e que se quiser bater um papo, é só ligar.

— Certo. — Curvo os ombros, abraço os joelhos e aumento o volume da televisão.

Nos dias seguintes digo a mim mesma que não vou me incomodar em ir. Não quero mais aqueles livros. E não posso enfrentar a idéia de ter de ir lá — de ter de encarar os olhares curiosos dos funcionários de Luke, levantar a cabeça e fingir que estou bem.

Mas depois de um tempo, começo a achar que gostaria de ver Mel. Ela é a única pessoa com quem posso conversar e que realmente conhece Luke, e seria bom falar de coração aberto com ela. Além disso, ela pode ter ouvido alguma coisa sobre o que está acontecendo nos Estados Unidos. Sei que Luke e eu estamos efetivamente rompidos, sei que agora isso não tem nada a ver comigo. Mas ainda não consigo evitar uma preocupação em saber se ele conseguiu o negócio ou não.

Assim, quatro dias depois, mais ou menos às seis da tarde, ando lentamente para a porta da Brandon Communications com o coração martelando. Felizmente quem está de serviço é o porteiro amigável. Ele já me viu ir lá vezes suficientes e simplesmente sinaliza para eu entrar, de modo que não preciso fazer grandes anúncios da minha chegada.

Subo o elevador até o quinto andar e, para minha surpresa, não há ninguém na recepção. Que estranho. Espero alguns segundos — depois passo pela mesa e sigo pelo corredor principal. Gradualmente meus passos ficam mais lentos — e meu rosto fica apreensivo. Há alguma coisa errada aqui. Alguma coisa diferente.

Está silencioso demais. Todo o lugar está praticamente morto. Quando olho pelo espaço aberto, a maioria das cadeiras está vazia. Não há telefones tocando, não há gente andando; não há sessões de *brainstorming*.

O que está acontecendo? O que aconteceu com a movimentada atmosfera da Brandon C? O que *aconteceu* com a empresa de Luke?

Quando passo pela máquina de café, dois caras que reconheço de vista estão parados, conversando. Um está com uma expressão descontente e o outro concordando — mas não dá para ouvir o que dizem. Eles me lançam olhares curiosos, depois se entreolham e se afastam, antes de começar a falar de novo, mas em voz baixa.

Não dá para acreditar que isto é a Brandon Communications. Há uma sensação totalmente diversa no ar. É como uma empresa falida, onde ninguém se importa com o que está fazendo. Vou até a mesa de Mel, mas, junto com todo o resto, ela já foi para casa. Mel, que normalmente fica pelo menos até as sete, depois toma uma taça de vinho e se troca no banheiro para qualquer noite fantástica que tenha planejado.

Procuro atrás da mesa dela até achar o pacote endereçado a mim e rabisco um bilhete para ela num Post-It. Depois me levanto, agarrando o pacote pesado, e me digo que tenho o que vim pegar. Agora devo ir embora. Não há nada que me retenha.

Mas em vez de sair, fico imóvel. Olhando a porta fechada da sala de Luke.

A sala de Luke. Provavelmente há fax dele lá. Mensagens sobre como as coisas estão em Nova York. Talvez até mensagens sobre mim. Enquanto olho a madeira lisa, sinto-me quase esmagada por uma ânsia de entrar e descobrir o que puder.

Mas... exatamente o que vou fazer? Olhar o arquivo dele? Ouvir sua secretária eletrônica? Puxa, e se alguém me pegar?

Estou ali parada, indecisa — sabendo que não vou *realmente* remexer nas coisas dele, mas incapaz de simplesmente ir embora — quando subitamente me enrijeço, chocada. A maçaneta de sua porta começa a se mexer.

Num momento de puro pânico, abaixo-me, escondida, atrás da cadeira de Mel. Enquanto me enrolo numa bola minúscula, sinto um arrepio de terror, como uma criança brincando de esconde-esconde. Ouço vozes murmurando, depois a porta se abre e posso ver que é uma mulher, e que ela está usando aqueles sapatos Chanel novos que custam uma fábula. É seguida por dois pares de pernas masculinas, e os três começam a andar pelo corredor — e, claro. É Alicia, a Vaca do Pernão, com Ben Bridges e um homem que parece familiar, mas que eu não situo direito.

Bom, acho que é bem justo. Ela está no comando enquanto Luke está fora. Mas será que precisa ocupar a sala dele? Puxa, por que não pode usar a sala de reuniões?

— Sinto muito nós termos de nos encontrar aqui — ouço-a dizendo. — Obviamente na próxima vez será na King Street, 17.

Eles continuam falando até chegar aos elevadores, e eu rezo desesperadamente para que todos entrem em um deles e desapareçam. Mas quando as portas se abrem com um *ping*, só o homem de aparência familiar vai embora — e um momento depois Alicia e Ben estão voltando.

— Só vou pegar essas pastas — diz Alicia, e volta à sala de Luke, deixando a porta aberta. Enquanto isso, Ben está encostado no bebedouro, apertando os botões do relógio e olhando atentamente para a tela minúscula.

Ah, meu Deus, isto é horrível! Estou presa aqui até eles irem embora. Meus joelhos estão começando a doer e eu tenho uma sensação medonha de que se me mexer um centímetro um deles vai estalar. E se Ben e Alicia ficarem a noite inteira? E se vierem à mesa de Mel? E se decidirem *transar* na mesa de Mel?

— Certo — diz Alicia, aparecendo na porta. — Acho que é isso. A reunião foi boa.

— Acho que sim. — Ben ergue o olhar do relógio. — Você acha que Frank está certo? Você acha que ele pode processar?

Frank! Claro. O outro homem era Frank Harper. O cara da publicidade do Bank of London. Eu costumava vê-lo nas coletivas.

— Ele não vai processar — diz Alicia calmamente. — Ele iria perder a moral.

— Ele já perdeu um bocado — diz Ben, levantando as sobrancelhas. — Ele vai ser o homem invisível dentro de pouco tempo.

— Verdade — diz Alicia, e dá um risinho de volta. Ela olha a pilha de pastas que tem nos braços. — Eu peguei tudo? Acho que sim. Certo, vou sair, Ed vai estar me esperando. Vejo você amanhã.

Eles desaparecem no corredor, e desta vez, graças a Deus, entram num elevador. Quando tenho certeza de que foram embora, sento-me nos calcanhares, franzindo a testa, perplexa. O que está acontecendo? Por que estavam falando de processar? Processar quem? E por que o cara do Bank of London estava aqui?

Será que o Bank of London vai processar Luke?

Por um tempo só fico imóvel, tentando deduzir tudo. Mas realmente não estou chegando a lugar nenhum — e de repente me ocorre que devo sair enquanto posso. Levanto-me, encolhendo-me por causa da cãibra no pé, e sacudo a perna para a circulação voltar. Depois pego meu pacote e, o mais casualmente possível, vou pelo corredor até os elevadores. Quando estou apertando o botão, meu celular toca dentro da bolsa, e eu dou um pulo de susto. Merda, meu celular! Graças a *Deus* isso não aconteceu enquanto eu estava escondida atrás da mesa de Mel!

— Alô? — digo, entrando no elevador.

— Bex! É Suze.

— Suze. — Eu dou um risinho. — Você não faz idéia de como quase me colocou numa encrenca! Se tivesse ligado há uns cinco minutos, teria...

— Bex, escute — diz Suze ansiosa. — Você acaba de receber um telefonema.

— Ah, é? — aperto o botão para o térreo. — De quem?

— De Zelda, do *Morning Coffee*! Ela quer falar com você! Perguntou se quer se encontrar com ela para um almoço rápido amanhã.

Naquela noite mal consigo dormir uma hora. Suze e eu ficamos acordadas até tarde, decidindo o que eu devo usar, e quando vou para a cama fico acordada, olhando o teto, sentindo a mente girar como um peixe. Será que vão me oferecer o velho cargo de volta? Será que vão me oferecer outro serviço? Talvez me promovam! Talvez me dêem meu próprio programa.

Mas de madrugada todas as minhas fantasias loucas se desbotaram, deixando a verdade simples. A verdade é que eu só quero realmente meu velho emprego. Quero poder dizer a mamãe para começar a assistir ao programa de novo, e começar a pagar minhas dívidas... e recomeçar a vida. Outra chance. É só isso que eu quero.

— Está vendo? — diz Suze na manhã seguinte enquanto me apronto. — Está vendo? Eu *sabia* que eles iam querer você de volta. Aquela Clare Edwards é uma merda! Completa e absolutamente...

— Suze — interrompo. — Como é que eu estou?

— Muito bem. — Suze me olha de cima a baixo, aprovando. Estou usando minha calça da Banana Republic e um *blazer* claro e ajustado sobre uma blusa branca, e uma echarpe verde-escura no pescoço.

Teria usado a echarpe Denny and George — de fato, cheguei a pegá-la na penteadeira. Mas então, quase imediatamente, larguei-a de novo. Não sei bem por quê.

— De arrasar — acrescenta Suze. — Onde vocês vão almoçar?

— No Lorenzo's.

— *San Lorenzo*? — Seus olhos se arregalam impressionados.

— Não, acho que não. Só... Lorenzo's. Nunca estive lá antes.

— Bom, certifique-se de pedir champanhe. E diga a eles que você está com um monte de outras ofertas, de modo que se a quiserem de volta, eles terão de pagar uma grana preta. Esse é o trato, é pegar ou largar.

— Certo — digo, abrindo o delineador.

— Se as margens de lucro deles sofrerem, tanto faz — diz Suze enfaticamente. — Para um produto de qualidade é preciso pagar preços de qualidade. Você quer fechar o negócio no *seu* preço, nos *seus* termos.

— Suze... — paro, com a escovinha do rímel nos cílios. — Onde você aprendeu isso tudo?

— Isso o quê?

— Isso... margens de lucro, fechar o negócio e coisa e tal.

— Ah, isso! Na convenção da Hadleys. Nós tivemos um seminário de um dos principais gerentes de vendas dos Estados Unidos. Foi fantástico! Sabe, um produto só é tão bom quanto a pessoa que o vende.

— Se você diz... — Pego a bolsa e verifico se estou com tudo. Depois levanto a cabeça e digo com firmeza: — Certo, estou indo.

— Boa sorte! — diz Suze. — Só que, você sabe, não existe sorte nos negócios. Há apenas empenho, determinação e mais empenho.

— Certo — digo em dúvida. — Vou tentar me lembrar disso.

O endereço que me deram do Lorenzo's é uma rua no Soho, mas quando entro nela, não posso ver nada que se pareça obviamente com um restaurante. São principalmente prédios comerciais, com lojinhas do tipo agências de notícias, uma cafeteria e...

Espere aí. Páro e olho o letreiro acima da cafeteria. LORENZO'S CAFETERIA E SANDUÍCHE-BAR.

Mas sem dúvida... não pode ser aqui que vamos nos reunir.

— Becky! — Minha cabeça se levanta bruscamente, e eu vejo Zelda andando pela rua na minha direção, vestida com jeans e um agasalho bufante. — Você achou o lugar!

— É — digo, tentando não parecer sem graça. — É, achei.

— Você não se importa se a gente comer um sanduíche rápido, se importa? — diz ela, puxando-me para dentro. — É que este lugar é conveniente para mim.

— Não! Quero dizer... um sanduíche está ótimo.

— Bom. Eu recomendo o de frango italiano. — Ela me olha de cima a baixo. — Você está bem elegante. Está indo para algum lugar chique?

Encaro-a, sentindo uma pontada de mortificação. Não posso admitir que me vesti especialmente para vê-la.

— Humm... é. — Pigarreio. — Uma... uma reunião que eu tenho mais tarde.

— Ah, bem, não vou segurar você muito tempo. Só

uma propostazinha que nós queríamos oferecer. — Ela me lança um sorriso rápido. — Nós achamos que seria melhor dizer cara a cara.

Não era exatamente isso que eu tinha imaginado para nosso almoço glamouroso. Mas enquanto olho o cara dos sanduíches pondo frango italiano no nosso pão, acrescentando salada e cortando cada sanduíche em quatro pedaços, começo a me sentir mais animada. Tudo bem, talvez este não seja um lugar grandioso, com toalhas de mesa e champanhe. Talvez eles não estejam gastando os tubos. Mas, afinal de contas, talvez seja bom! Isso demonstra que ainda me vêem como parte da equipe, não é? Alguém com quem comer um sanduíche tranqüilamente e discutir idéias para a próxima temporada.

Talvez me queiram como consultora de programas. Ou me treinar para virar produtora!

— Todos nós sentimos terrivelmente por você, Becky — diz Zelda enquanto vamos até uma mesinha minúscula, equilibrando as bandejas com sanduíches e bebidas. — Como vão as coisas? Você tem algum emprego acertado em Nova York?

— Hum... não exatamente — digo, e tomo um gole de minha água mineral. — Isso está meio... parado. — Vejo-a me olhando avaliadoramente, e acrescento depressa: — Mas estive considerando várias ofertas. Você sabe, vários projetos e... idéias em desenvolvimento...

— Ah, bom! Fico muito feliz. Nós todos nos sentimos muito mal por você ter de ir. E quero que você saiba, não foi decisão minha. — Ela põe a mão na minha brevemente, depois tira para dar uma mordida no sanduíche. — Então, aos negócios. — Sinto meu estômago estremecer de nervosismo. — Você se lembra do nosso produtor, Barry?

— Claro que lembro! — digo, ligeiramente pasma. Será que eles esperavam que eu já tivesse esquecido o nome do produtor?

— Bom, ele teve uma idéia bem interessante. — Zelda sorri para mim, e eu sorrio de volta. — Ele acha que os espectadores do *Morning Coffee* estariam muito interessados em ouvir sobre o seu... probleminha.

— Certo — digo, sentindo o sorriso congelar no rosto. — Bom, não... não é realmente um...

— E ele achou que talvez você fosse ideal para participar de uma discussão e/ou debate com telefonemas sobre o assunto. — Ela toma um gole de refrigerante. — O que acha?

Encaro-a confusa.

— Você está falando sobre eu voltar para o meu segmento normal?

— Ah, não! Quero dizer, nós não poderíamos ter você dando aconselhamento financeiro, poderíamos? — Ela dá um risinho. — Não, seria mais uma matéria única, tópica. "Como as compras destruíram minha vida." Esse tipo de coisa. — Ela come um pedaço de sanduíche. — E, em termos ideais, seria uma... como é que eu posso dizer? Uma matéria *emocional*. Talvez você pudesse desnudar a alma um pouco. Falar sobre seus pais,

sobre como isso arruinou a vida deles também... problemas com sua infância... dificuldades de relacionamento... são só idéias, obviamente! — Ela levanta os olhos.
— E sabe, se você conseguir chorar...
— Conseguir... chorar? — repito incrédula.
— Não é obrigatório. De jeito *nenhum*. — Zelda se inclina séria para a frente. — Nós queremos que seja uma experiência boa para você também, Becky. Queremos ajudar. Por isso teremos Clare Edwards no estúdio também, para lhe dar conselhos...
— Clare Edwards?
— Sim! Você já trabalhou com ela, não foi? Por isso nós pensamos em procurá-la. E você sabe, ela é um tremendo sucesso! Realmente diz o que é preciso dizer a quem telefona. Por isso decidimos trocar o nome dela para Clare Assustadora e lhe dar um chicote para ela estalar!

Ela sorri para mim, mas não consigo sorrir de volta. Todo o meu rosto está pinicando de choque e humilhação. Nunca me senti tão diminuída.
— Então, o que acha? — pergunta ela, chupando o refrigerante.

Pouso o sanduíche, incapaz de dar outra mordida.
— Acho que minha resposta é não.
— Ah! Haverá um pagamento, claro! Eu deveria ter mencionado isso no início.
— Mesmo assim. Não estou interessada.
— Não responda ainda. Pense a respeito! — Zelda me lança um sorriso afável, depois olha o relógio. —

Preciso ir correndo. Mas foi ótimo falar com você, Becky. E fico *tão* feliz em saber que as coisas estão indo bem para você!

Depois de ela sair eu fico imóvel um tempo, tomando minha água mineral. Por fora estou calma — mas por dentro queimo com uma fúria mortificada. Eles querem que eu vá lá e chore. É só isso que querem. Uma matéria num tablóide de merda — e de repente eu não sou Becky Bloomwood, a especialista em finanças. Sou Becky Bloomwood, olha só ela chorar e molhar o lenço.

Bom, eles podem muito bem enfiar os seus lenços... lá. Podem pegar seus lenços estúpidos, de merda, estúpidos, estúpidos, nojentos...

— Você está bem? — pergunta o homem da mesa ao lado, e para meu horror percebo que estou murmurando em voz alta.

— Estou bem. Obrigada. — Pouso o copo e saio do Lorenzo's, com a cabeça erguida e o queixo rígido.

Ando pela rua e viro uma esquina sem nem mesmo perceber aonde vou. Não conheço a área e não tenho um lugar aonde precise ir — por isso simplesmente ando, quase me hipnotizando com o ritmo dos passos, pensando que vou acabar achando uma estação de metrô.

Meus olhos começam a arder e eu digo a mim mesma que é o ar frio. É o vento. Enfio as mãos nos bolsos, trinco o queixo e começo a andar mais rápido, tentando manter a mente vazia. Mas há um pavor opaco dentro de mim; um pânico oco que vai ficando cada vez pior. Não tenho meu trabalho de volta. Nem tenho a perspectiva de um trabalho. O que vou dizer a Suze? O que vou dizer a mamãe?

O que vou fazer da minha vida?

— Ei! Cuidado! — grita alguém atrás de mim. E para meu horror vejo que parei na rua, na frente de um ciclista.

— Desculpe — digo rouca, enquanto o ciclista dá a volta, me fazendo um sinal obsceno. Ah, meu Deus, isso é ridículo. Tenho de dar um jeito em mim. Puxa, para começar, onde é que eu estou? Ando mais devagar pela calçada, olhando para as portas de vidro dos escritórios, procurando o nome da rua. E já estou para perguntar a um guarda de trânsito, quando de repente vejo uma placa. King Street.

Por um momento olho-a inexpressivamente, imaginando por que o nome me faz pensar em alguma coisa. Então, com um choque, lembro. King Street, 17. Alicia.

O número na porta de vidro mais próxima é 23. O que significa... devo ter acabado de passar pelo número 17.

Agora estou completamente consumida pela curiosidade. Que diabos acontece na King Street, 17? Por que Alicia estava falando em se encontrarem lá? Meu Deus, não me surpreenderia se ela fosse uma bruxa nas horas vagas.

Todo o meu corpo está formigando de curiosidade enquanto volto até estar perto de uma modesta porta dupla com o número 17. Obviamente é um prédio com muitas pequenas empresas dentro, mas quando passo os olhos pela lista, nenhuma parece familiar.

— Oi! — diz um cara com jaqueta de jeans, segurando um copo de café. Ele vem até a porta, aperta um código na fechadura e abre. — Você parece perdida. Está procurando alguém?

— Na verdade, não tenho certeza — digo, hesitando. — Eu achei que conhecia alguém que trabalhava aqui, mas não lembro o nome da empresa.

— Qual é o nome dela?

— É... Alicia — digo, e imediatamente desejo não ter falado. E se esse cara conhecer Alicia? E se ela estiver em algum lugar lá dentro e ele for chamá-la?

Mas ele está franzindo a testa.

— Não conheço nenhuma Alicia. Mas, veja bem, há algumas caras novas por aqui no momento... Que tipo de coisa ela faz?

— Relações Públicas — digo depois de uma pausa.

— Relações Públicas? Aqui a maioria faz projeto gráfico... — De repente o rosto dele se anima. — Ei, talvez ela seja da empresa nova. B e B? BBB? Alguma coisa assim. Eles ainda não abriram ao público, por isso nós não conhecemos o pessoal. — Ele toma um gole de cappuccino e eu o encaro. Minha mente está começando a se torcer.

— Uma nova empresa de RP? Aqui?

— Pelo que eu sei, é. Eles ocuparam um espaço grande no segundo andar.

Pensamentos estão faiscando na minha cabeça como fogos de artifício.

B e B. Bridges e Billington. Billington e Bridges.

— Você... — tento ficar calma. — Você sabe que tipo de relações públicas?

— Ah! Bom, isso eu *sei*. Financeiras. Parece que um dos maiores clientes deles é o Bank of London. Ou vai ser. O que deve render uma graninha boa. Mas, como falei, nós ainda não nos conhecemos, por isso... — Ele me olha e seu rosto muda de expressão. — Ei. Você está bem?

— Estou bem — consigo dizer. — Acho. Só tenho de... tenho de dar um telefonema.

Digito três vezes o número do Four Seasons — e a cada vez desligo antes de me obrigar a perguntar por Luke Brandon. Finalmente respiro fundo, digito o número de novo e peço para falar com Michael Ellis.

— Michael, aqui é Becky Bloomwood — digo quando ele atende.

— Becky! — diz ele, parecendo genuinamente feliz em me ouvir. — Como você está?

Fecho os olhos, tentando ficar calma. O som de sua voz me levou de volta ao Four Seasons numa fração de segundo. De volta àquele saguão pouco iluminado e caro. De volta ao mundo de sonhos de Nova York.

— Eu... — respiro fundo. — Estou bem. Você sabe... de volta à vida normal. Ocupada, ocupada!

Não vou admitir que perdi o emprego. Não vou querer ninguém com pena de mim.

— Eu estou indo para o estúdio — digo, cruzando os dedos. — Mas queria trocar uma palavrinha. Acho que sei por que corre o boato de que Luke vai perder o Bank of London.

Digo exatamente o que entreouvi no escritório, como fui à King Street e o que descobri.

— Sei — diz Michael a intervalos, parecendo sério. — Sei. Você sabe que há uma cláusula no contrato proibindo os funcionários de fazer isso? Se eles roubarem um cliente, Luke pode processá-los.

— Eles falaram nisso. Parecem achar que ele não vai processar porque perderia a moral.

Há um silêncio. Quase posso ouvir Michael pensando do outro lado da linha.

— Eles têm alguma razão — diz ele finalmente. — Becky, eu tenho de falar com o Luke. Você fez um grande trabalho descobrindo o que descobriu.

— Não é a única coisa — digo. — Michael, alguém tem de falar com Luke. Eu fui à Brandon Communications e a sede está completamente morta. Ninguém está fazendo nenhum esforço. Todo mundo está indo para casa cedo... é uma atmosfera totalmente diferente. Não está bom. — Mordo o lábio. — Ele precisa voltar para casa.

— Por que você mesma não diz isso a ele? — pergunta Michael com gentileza. — Tenho certeza de que ele gostaria de ouvir de você.

Michael parece tão gentil e preocupado que sinto uma coceira súbita no nariz.

— Não posso. Se eu ligar para ele, ele vai pensar... vai pensar que eu estou tentando provar alguma coisa, ou que não passa de uma fofoca estúpida... — paro, e engulo em seco. — Para ser sincera, Michael, eu preferiria que você me mantivesse fora disso. Finja que outra pessoa falou com você. Mas alguém precisa dizer a ele.

— Eu vou encontrá-lo dentro de meia hora. Vou falar com ele. E, Becky... você fez muito bem.

Dezesseis

Depois de uma semana, desisto de ter notícias de Michael. O que quer que ele tenha dito a Luke, nunca vou descobrir. Sinto como se toda essa parte da minha vida tivesse terminado. Luke, América, televisão, tudo. Hora de recomeçar.
 Estou tentando me manter positiva e dizer a mim mesma que tenho um monte de portas abertas. Mas qual é o próximo passo na carreira de uma ex-especialista em finanças pela TV? Liguei para uma agente de TV e, para minha consternação, ela pareceu exatamente igual às pessoas da América. Disse que estava empolgada pela minha ligação, que não teria problema em me conseguir um trabalho — se é que não minha própria série — e que ligaria de volta com um monte de novidades empolgantes. Desde então, não tive notícias.
 De modo que agora estou reduzida a folhear o *Guardian*, procurando empregos que eu deveria ter alguma chance de conseguir. Até agora liguei para um cargo de redator no *Investor Chronicle*, de assistente de editor no *Personal Investment Periodical* e de editor do *Annuities Today*. Não sei muito sobre anuidades, mas sempre posso inventar.

— Como está indo? — pergunta Suze, entrando na sala com uma tigela de flocos de milho Crunchy Nut.
— Ótima — digo, tentando conseguir um sorriso. — Vou chegar lá. — Suze pega um bocado de flocos de milho e me encara pensativa.
— O que você tem planejado para hoje?
— Não muita coisa — digo morosamente. — Você sabe, só estou tentando conseguir um emprego. Resolver essa bagunça da minha vida. Esse tipo de coisa.
— Ah, certo. — Suze faz uma cara simpática. — Já achou alguma coisa interessante?
Aponto na direção de um anúncio marcado com um círculo.
— Achei que devo tentar o de editora do *Annuities Today*. O candidato certo também pode ser considerado para editar o suplemento anual de Devolução de Imposto!
Ela faz uma careta involuntariamente, depois acrescenta às pressas.
— Puxa... isso parece bom! Realmente interessante!
— Devolução de imposto? Suze, por favor.
— Bom... você sabe. Falando relativamente.
Pouso a cabeça nos joelhos e olho o tapete da sala de estar. O som da televisão foi abaixado, e há silêncio no quarto, a não ser pela mastigação de Suze.
— Suze... e se eu não conseguir arranjar trabalho? — digo num rompante.
— Você vai arranjar um trabalho! Não seja boba! Você é uma estrela da TV!

— Eu *fui* uma estrela da TV. Até arruinar tudo. Até minha vida se desmoronar.

Fecho os olhos e afundo ainda mais no chão, até a cabeça estar pousada no assento do sofá. Sinto que poderia ficar ali o resto da vida.

— Bex, eu estou preocupada com você. Você não sai há dias. O que mais está planejando fazer hoje?

Abro os olhos brevemente e a vejo me encarando ansiosa.

— Não sei. Assistir ao *Morning Coffee*.

— Você *não* vai assistir ao *Morning Coffee!* — diz Suze com firmeza. — Qual é! — Ela fecha o *Guardian*.

— Tive uma idéia ótima.

— O quê? — digo cheia de suspeitas enquanto ela me arrasta até meu quarto. Abre a porta, me leva para dentro e abre os braços mostrando a bagunça em toda parte.

— Acho que você deveria passar a manhã livrando-se desse entulho.

— O quê? — Encaro-a horrorizada. — Eu não quero me livrar desse entulho.

— Quer, sim! Sinceramente, você vai se sentir fantástica, como eu me senti. Foi brilhante! Me senti ótima depois.

— É, e não tinha mais roupas! Teve de pegar calcinhas emprestadas comigo durante três semanas.

— Bom, está certo. Talvez eu tenha ido um pouco longe demais. Mas o fato é que isso transforma completamente sua vida.

— Não, não transforma.
— Transforma! É *feng shui*. Você precisa deixar as coisas *saírem* da sua vida para deixar as coisas boas e novas *entrarem*.
— É, sei.
— É verdade! No momento em que eu me livrei das coisas velhas, a Hadleys me telefonou com uma oferta. Anda, Bex. Só um pouquinho, vai lhe fazer um bem danado.

Ela abre meu armário e começa a examinar as roupas.
— Puxa, olha isto — diz ela, puxando uma saia de lona com bainha azul. — Quando você usou isso pela última vez?
— Recentemente — digo, cruzando os dedos nas costas. Comprei aquela saia numa barraca em Portobello Road sem experimentar. E quando cheguei em casa, vi que era pequena demais. Mas nunca se sabe, eu posso perder um monte de peso um dia.
— E essa... e essa... — Ela me dá um olhar incrédulo. — Nossa, Bex, quantas calças pretas você tem?
— Só uma! Duas, talvez.
— Quatro... cinco... seis... — Ela está passando os cabides, puxando as calças com a cara séria.
— Estas são só para quando eu me sinto gorda — digo na defensiva, enquanto ela pega minha velha e confortável Benetton curta, para usar com botas. — E essas são jeans! — exclamo quando ela começa e revirar no fundo. — Jeans não contam como calças!
— Quem diz?

— Todo mundo! É de conhecimento comum.

— Dez... onze...

— É... e esta é para esquiar! É uma coisa completamente diferente. É *roupa de esporte*. — Suze se vira para me olhar.

— Bex, você nunca esquiou.

— Eu sei — digo depois de um curto silêncio. — Mas... você sabe. Só para o caso de me convidarem. E estava em liquidação.

— E o que é isso? — Ela pega minha máscara de esgrima cautelosamente. — Isso poderia ir direto para o lixo.

— Eu vou fazer esgrima — digo indignada. — Vou ser a dublê de Catherine Zeta Jones.

— Eu nem entendo como você consegue enfiar tudo isso aqui. Você *nunca* tira as coisas? — Ela pega um par de sapatos decorados com conchas. — Puxa, isso aqui. Você ainda usa?

— Bom... não. — Vejo a expressão dela. — Mas esse não é o ponto. Se eu jogasse fora, a moda de conchas voltaria no dia seguinte e eu teria de comprar um par novo. De modo que é como... um seguro.

— Conchas *nunca* vão voltar à moda.

— Podem voltar! É como o clima. Nunca se pode dizer.

Suze balança a cabeça e abre caminho entre a pilha de coisas no chão, indo para a porta.

— Vou lhe dar duas horas, e quando voltar quero ver um quarto transformado. Quarto transformado é igual a vida transformada. Agora, comece!

Ela desaparece e eu me sento na cama, olhando desconsolada o quarto em volta.

Bom, certo, talvez ela tenha alguma razão. Talvez eu devesse dar uma arrumadinha. Mas nem sei por onde começar. Puxa, se eu começar a jogar coisas fora só porque nunca uso, onde vou parar? Vou terminar sem nada.

E é tão difícil! É um *esforço* tão grande!

Pego um suéter, olho alguns segundos e depois largo de novo. Só o pensamento de tentar decidir se devo ficar com ele me exaure.

— Como está indo? — vem a voz de Suze do outro lado da porta.

— Ótima — grito de volta, animada. — Muitíssimo bem!

Qual é, eu tenho de fazer alguma coisa. Tudo bem, talvez eu devesse começar num canto e ir dando a volta. Vou até o canto do quarto, onde uma pilha de coisas se equilibra sobre a penteadeira, e tento deduzir o que é aquilo tudo. Há todo aquele material de escritório que eu encomendei pela Internet... há aquela tigela de madeira que comprei há séculos porque saiu na *Elle Decoration* (e depois vi exatamente a mesma na Woolworths)... um *kit* de tingimento... sal marinho para massagem... O que *é* todo esse bagulho, afinal? O que é esta caixa que eu nem abri?

Abro o pacote e olho para um rolo de cinqüenta metros de papel de alumínio. Papel de alumínio? Por que eu compraria isso? Será que eu estava planejando assar um peru? Perplexa, pego a carta em cima e vejo as palavras: "Bem-vinda ao mundo da Country Ways. Estamos felizes porque sua boa amiga, a Sra. Jane Bloomwood, recomendou nosso catálogo para você..."

Ah, meu Deus, claro. É aquele negócio que mamãe encomendou para ganhar seu brinde grátis. Uma caçarola, papel de alumínio... alguns daqueles sacos plásticos em que ela estava enfiando as almofadas... alguma coisa esquisita para colocar no...

Espere aí.

Espere só um minuto. Largo o negócio esquisito e lentamente pego os sacos plásticos de novo. Uma mulher de cabelo louro e curto está me olhando orgulhosa de cima de um edredom enrolado e encolhido, e um balão saindo de sua boca diz: "Com até 75 por cento de redução no volume, eu tenho muito mais espaço em meu armário agora!"

Cautelosamente abro a porta e vou na ponta dos pés até o armário de vassouras. Enquanto passo pela sala, olho e, para meu espanto, Suze está sentada no sofá com Tarquin, conversando sérios.

— Tarquin! — digo, e os dois levantam a cabeça cheios de culpa. — Não ouvi você chegar.

— Olá, Becky — diz ele, não me encarando.

— Nós só tínhamos que... falar uma coisa — diz Suze, me lançando um olhar embaraçado. — Terminou?

— Quase — digo. — Só pensei em passar o aspirador no quarto. Para que fique bom de verdade.

Fecho a porta depois de entrar e tiro os sacos da embalagem. Certo. Isso deve ser bem fácil. É só enchê-los e

sugar o ar para fora. Dez suéteres por saco, é o que diz — mas, francamente, quem vai contar?
    Começo a enfiar roupas no primeiro saco, até estar o mais atulhado possível. Ofegando pelo esforço, fecho o zíper plástico — depois prendo o bico do aspirador no buraco. E não acredito. Funciona. Funciona! Diante dos meus olhos, minhas roupas estão se encolhendo até o nada!
    Ah, isto é fantástico. Vai revolucionar minha vida! Por que, diabos, jogar fora quando você pode simplesmente encolher?
    Há oito sacos — e quando todos estão cheios, enfio-os no armário e fecho a porta. Está meio espremido, e eu posso ouvir uma espécie de sibilo quando forço a porta a se fechar — mas o fato é que eles estão dentro. Estão contidos.
    E olha só o meu quarto agora! É incrível! Tudo bem, não está exatamente imaculado — mas muito melhor do que antes. Rapidamente enfio algumas coisas soltas debaixo do meu edredom, arrumo umas almofadas em cima e recuo. Olhando em volta, sinto-me toda quente e orgulhosa de mim mesma. Nunca vi meu quarto tão bem antes. E Suze está certa — eu me sinto diferente, de algum modo.
    Sabe, talvez o *feng shui* tenha alguma coisa a ver, afinal de contas. Talvez este seja o ponto de virada. Minha vida vai se transformar de agora em diante.
    Dou um último olhar de admiração, depois grito:
    — Terminei!

Quando Suze chega à porta, eu me empoleiro toda presunçosa na cama e sorrio de sua expressão atônita.

— Bex, isto é fantástico! — diz ela, espiando incrédula o espaço liberado. — E você foi tão rápida! Eu demorei séculos para dar um jeito nas minhas coisas!

— Bom, você sabe. — Dou de ombros casualmente. — Uma vez que eu decido alguma coisa, eu faço.

Ela dá alguns passos para dentro e olha pasma para a minha penteadeira.

— Meu Deus, eu nunca soube que essa penteadeira tinha tampo de mármore!

— Eu sei — digo com orgulho. — É bonita, não é?

— Mas onde está o entulho todo? Onde estão os sacos de lixo?

— Eles... eu já me livrei deles.

— Então você levou a bagulhada para fora? — pergunta ela, olhando para o tampo da lareira quase vazio. — Você deve ter levado!

— Uma... boa parte — digo evasivamente. — Você sabe, no fim eu fui bem implacável.

— Estou tão impressionada! — Ela pára diante do armário e eu a encaro nervosa.

Não abra, rezo em silêncio. Simplesmente *não* abra.

— Você ainda tem alguma coisa? — pergunta ela com um riso, e abre a porta do guarda-roupa. E nós duas gritamos.

É como a explosão de uma bomba de pregos.

Só que, em vez de pregos, são roupas.

Não sei o que aconteceu. Não sei *o que* eu fiz errado. Mas um dos sacos se rompe, jogando suéteres em toda parte e expulsando todos os outros sacos. Então outro se rompe, e mais um. É uma tempestade de roupas. Suze fica completamente coberta por blusas de malha. Uma saia de lantejoulas pousa sobre o abajur. Um sutiã dispara pelo quarto e acerta a janela. Suze está meio gritando e meio rindo, e eu estou balançando os braços loucamente e gritando "Pára! Pára!" como o rei Canuto.

E ah, não.

Ah, não. Por favor, pare. Por favor.

Mas é tarde demais. Agora uma cascata de bolsas de lojas de presentes está se derramando de seu esconderijo na prateleira de cima. Uma após a outra, saindo à luz do dia. Estão acertando Suze na cabeça, caindo no chão e se abrindo — e revelando o mesmo conteúdo em cada uma. Caixas cinzas e brilhantes com um S C-S prateado rabiscado na frente.

Umas quarenta.

— O que... — Suze tira uma camiseta de cima da cabeça e olha para elas, boquiaberta. — Onde, diabos, você... — Ela revira entre as roupas que atulham o chão, pega uma das caixas, abre e olha em silêncio. Ali, embrulhada em papel de seda turquesa, está uma moldura feita de couro castanho.

Ah, meu Deus. Ah, meu Deus, *por que* elas tinham de cair?

Sem dizer nada, Suze se curva e pega uma bolsa da Gifts and Goodies. Abre e um recibo cai lentamente no chão. Em silêncio ela tira as duas caixas de dentro — e abre cada uma delas, revelando uma moldura de *tweed* púrpura.

Abro a boca para falar — mas não sai nada. Por um momento, simplesmente nos encaramos.

— Bex... quantas dessas você tem? — pergunta Suze finalmente, numa voz ligeiramente estrangulada.

— Hm... não muitas — digo, sentindo o rosto esquentar. — Só... você sabe. Algumas.

— Deve haver umas... cinqüenta aí!

— Não!

— Sim! — ela olha em volta, com as bochechas ficando rosadas de perturbação. — Bex, elas são muito caras.

— Eu não comprei tantas assim! — e dou um riso distraído. — E não comprei todas de uma vez.

— Você não deveria ter comprado *nenhuma*! Eu disse que fazia uma para você.

— Eu sei — digo meio sem jeito. — Eu sei que você disse. Mas eu queria comprar uma. Só queria... dar uma força para você.

Há um silêncio enquanto Suze pega outra bolsa da Gifts and Goodies e olha as duas caixas dentro.

— É você, não é? — diz ela subitamente. — Você é o motivo de eu ter vendido tão bem.

— Não é! Honestamente, Suze...

— Você gastou todo o seu dinheiro comprando minhas molduras. — Sua voz começa a falhar. — Todo o seu dinheiro. E agora está com dívidas.

— Eu não comprei!
— Se não fosse você, eu não teria fechado o contrato.
— Teria! — digo consternada. — Claro que teria. Suze, você faz as melhores molduras do mundo. Puxa... olha só esta aqui! — Pego a caixa mais próxima e tiro uma moldura feita de jeans desbotado. — Eu teria comprado esta, mesmo que não conhecesse você. Teria comprado todas!
— Não teria comprado tantas assim. — Ela engole em seco. — Você teria comprado talvez... três.
— Eu *teria* comprado todas. Elas são um presente perfeito, ou um... enfeite para a casa.
— Você só está dizendo isso — diz ela toda lacrimosa.
— Não estou! — insisto, sentindo lágrimas vindo aos olhos. — Suze, todo mundo adora as suas molduras. Eu vi pessoas nas lojas dizendo como você é fantástica.
— Não viu, não.
— Vi! Havia uma mulher admirando uma na Gifts and Goodies um dia desses, e todo mundo na loja estava concordando.
— Verdade? — diz Suze numa voz miúda.
— É! Você é tão talentosa e tão bem-sucedida... — Olho meu quarto bombardeado e sinto uma onda de desespero. — E eu sou uma bagunça tão grande. John Gavin está certo, eu já deveria ter algum bem. Deveria ter resolvido tudo. Eu só... sou inútil.
— Não é, não! — diz Suze horrorizada. — Você não é inútil.

— Sou! — Arrasada, deixo-me afundar no tapete de roupas no chão. — Suze, olhe para mim. Estou desempregada, não tenho nenhuma perspectiva, estou sendo levada ao tribunal, devo milhares e milhares de libras e nem sei como vou começar a pagar tudo...

Há uma tosse desajeitada junto à porta. Levanto os olhos e Tarquin está parado ali, segurando três canecas de café.

— Um cafezinho? — pergunta ele, abrindo caminho pelo quarto.

— Obrigada, Tarquin — digo fungando, e pego uma caneca. — Desculpe isso tudo. Não... não é uma ocasião muito boa.

Ele se senta na cama e troca olhares com Suze.

— Está meio curta de dinheiro? — pergunta ele.

— É — engulo em seco, e enxugo os olhos. — É, estou. — Tarquin dá outro olhar a Suze.

— Becky, eu ficaria muito feliz em...

— Não. Não, obrigada. — Sorrio para ele. — Verdade.

Há um silêncio enquanto os três tomamos o café. Um facho de luz invernal está atravessando a janela, e eu fecho os olhos, sentindo o calor agradável no rosto.

— Isso acontece nas melhores famílias — diz Tarquin, simpático. — Meu tio Monty Maluco vivia falindo, não é, Suze?

— Meu Deus, é mesmo! O tempo todo! — diz Suze.

— Mas ele sempre dava a volta por cima, não é?

— Sem dúvida — diz Tarquin. — Sempre e sempre.

— O que ele fazia? — pergunto, erguendo a cabeça com uma fagulha de interesse.
— Geralmente vendia algum Rembrandt — diz Tarquin. — Ou um Stubbs. Alguma coisa assim.
Fantástico. O que é que há com esses milionários? Puxa, até Suze, que eu adoro. Eles simplesmente não entendem. Eles *não sabem o que é não ter dinheiro.*
— Certo — digo, tentando sorrir. — Bom... infelizmente eu não tenho nenhum Rembrandt sobrando por aí. Só tenho... um zilhão de calças pretas. E algumas camisetas.
— E uma roupa de esgrima — completa Suze.
Na sala, o telefone começa a tocar, mas nenhum de nós se mexe.
— E uma tigela de madeira que eu odeio. — Dou algo que é um meio risinho, meio soluço. — E quarenta molduras de fotos.
— E uma suéter de *griffe* com dois pescoços.
— E um vestido de noite Vera Wang. — Olho meu quarto em volta, subitamente alerta. — E uma bolsa Kate Spade nova em folha... e... e um guarda-roupa inteiro cheio de coisas que eu nunca usei... Suze... — Eu estou quase agitada demais para falar. — Suze...
— O quê?
— Só... pense só. Não é que eu não tenha nada. Eu *tenho* bens! Quero dizer, eles devem estar um pouquinho depreciados...
— O que quer dizer? — pergunta Suze. Depois seu

rosto se ilumina. — Aaah, você tem um pecúlio e não estava lembrando?

— Não! Não um pecúlio!

— Não estou entendendo! — geme Suze. — Bex, de que você está falando?

Estou abrindo a boca para explicar quando a secretária eletrônica se liga na sala e uma séria voz americana começa a falar, o que me faz enrijecer e virar a cabeça.

— Alô, Becky? Aqui é Michael Ellis. Acabei de chegar a Londres e estava imaginando... será que a gente poderia se encontrar para bater um papo?

É tão estranho ver Michael aqui em Londres! Na minha mente ele pertence com firmeza a Nova York, ao Four Seasons. Mas aqui está, grande como a vida, no River Room do Savoy, com o rosto aberto num sorriso. Quando me sento à mesa, ele levanta a mão para um garçom.

— Um gim-tônica para a senhorita, por favor. — Michael levanta as sobrancelhas para mim. — Estou certo?

— Sim, por favor. — Dou um sorriso agradecido. Mesmo que nós tenhamos conversado tanto em Nova York, estou me sentindo meio tímida ao vê-lo de novo.

— Então — diz ele, enquanto o garçom me traz a bebida. — Um bocado de coisas aconteceu desde que nós conversamos pela última vez. — Ele levanta o copo. — Saúde.

— Saúde. O quê, por exemplo?

— Por exemplo, Alicia Billington e quatro outros foram demitidos da Brandon Communications.
— *Quatro* outros? — encaro-o boquiaberta. — Todos estavam tramando juntos?
— Parece que sim. Ficamos sabendo que Alicia estava trabalhando nesse projeto há algum tempo. Não era só uma tramazinha no esquema celestial. Era um negócio bem organizado e bem pensado. Bem financiado também. Sabe que o futuro marido de Alicia é muito rico?
— Não sabia — digo, depois me lembro de seus sapatos Chanel. — Mas faz sentido.
— Ele levantou o financiamento. Como você suspeitou, eles estavam planejando pegar a conta do Bank of London.
Tomo um gole de gim-tônica, adorando o sabor pungente.
— Então o que aconteceu?
— Luke veio de repente, pegou todos de surpresa, levou-os até uma sala de reuniões e revistou as mesas deles. E achou um monte de coisas.
— Luke fez isso? — Sinto uma pancada forte no estômago. — Quer dizer... Luke está em Londres?
— Está.
— Há quanto tempo ele voltou?
— Há três dias. — Michael me dá um olhar rápido. — Então acho que ele não telefonou para você.
— Não — digo, tentando esconder o desapontamento. — Não telefonou. — Pego meu copo e tomo um gole grande. De algum modo, enquanto ele ainda

estava em Nova York, eu podia me dizer que nós não estávamos nos falando mais por causa da geografia do que qualquer outra coisa. Mas agora que ele está em Londres, e ainda não ligou, a sensação é diferente. Parece meio... definitiva. — Então... o que ele está fazendo agora?

— Limitação de danos — diz Michael com um riso torto. — Levantando o moral. Parece que assim que Luke partiu para Nova York, Alicia se ocupou espalhando boatos de que ele ia fechar totalmente a filial da Inglaterra. Por isso a atmosfera ficou ruim. Os clientes foram negligenciados, todos os funcionários estavam procurando outros empregos... francamente, uma bagunça. — Ele levanta a cabeça. — Aquela garota é encrenca.

— Eu sei.

— Bom, há uma coisa que eu estive pensando. *Como você sabe?* — Ele se inclina para a frente e parece interessado. — Você entendeu Alicia de um jeito que nem Luke nem eu entendemos. Isso se baseava em alguma coisa?

— Na verdade, não — digo honestamente. — Só pelo fato de ela ser uma completa vaca.

Michael joga a cabeça para trás e gargalha.

— Intuição feminina. Por que haveria outro motivo?

Ele continua rindo por alguns instantes, depois pousa o copo e me dá um sorriso piscando o olho.

— Por falar nisso, eu soube mais ou menos o que você disse ao Luke sobre a mãe dele.

— Verdade? — Encaro-o horrorizada. — Ele contou?

— Ele me falou a respeito, perguntou se você tinha me dito alguma coisa.

— Ah! — Sinto um calor se espalhando no meu rosto. — Bom, eu estava... com raiva. E não *queria* dizer que ela era uma... — Pigarreio. — Só falei sem pensar.

— Mas ele levou a sério. — Michael levanta a sobrancelha. — Ele ligou para a mãe, disse que de jeito nenhum iria para casa sem falar pessoalmente com ela e combinou um encontro.

— Verdade? — encaro-o, sentindo-me intrigada. — E o que aconteceu?

— Ela não foi. Mandou um recado dizendo que tinha de sair da cidade. Luke ficou muito desapontado. — Michael balança a cabeça. — Cá entre nós, acho que você estava certa sobre ela.

— Ah. Bem.

Dou de ombros, sem jeito, e pego o *menu* para esconder o embaraço. Não posso *acreditar* que Luke contou a Michael o que eu disse sobre a mãe dele. O que mais ele contou? O tamanho do meu sutiã?

Por um tempo encaro a lista de pratos sem escolher nenhum — depois levanto os olhos e vejo Michael me olhando seriamente.

— Becky, eu não disse a Luke que foi você quem me deu a dica. A história que contei foi que recebi um bilhete anônimo e decidi olhar.

— Parece bastante justo — digo, olhando para a toalha da mesa.

— Você é basicamente responsável por ter salvado

a empresa dele — diz Michael com gentileza. — Ele deveria ser muito grato a você. Acha que ele deveria saber?

— Não. — Encolho os ombros. — Ele só pensaria... pensaria que eu estava...

Não posso acreditar que Luke voltou há três dias e não telefonou. Quero dizer, eu sabia que estava tudo acabado. Claro que sabia. Mas, secretamente, uma parte minúscula de mim achava...

De qualquer modo. Obviamente, não.

— O que ele pensaria? — pergunta Michael.

— Não sei — murmuro mal-humorada. — O fato é que tudo acabou entre nós. De modo que é melhor eu... não me envolver.

— Bom, acho que posso entender isso. — Michael me dá um olhar gentil. — Vamos fazer o pedido?

Enquanto comemos, falamos de outras coisas. Michael fala sobre sua agência de publicidade em Washington e me faz rir com histórias dos políticos que ele conhece e todas as encrencas em que eles se metem. Eu falo sobre minha família, sobre Suze e o modo como consegui o trabalho no *Morning Coffee*.

— Na verdade, tudo está indo bem — digo ousadamente, enquanto mergulho na mousse de chocolate. — Tenho perspectivas ótimas, e os produtores realmente gostam de mim... estão pensando em expandir minha participação.

— Becky — interrompe Michael gentilmente. — Eu ouvi falar. Eu sei sobre o seu trabalho.

Encaro-o feito uma idiota, todo o rosto formigando de vergonha.
— Eu me senti péssimo por você. Isso não deveria ter acontecido.
— Luke... Luke sabe? — pergunto com voz rouca.
— Sim. Acho que sim.
Tomo um grande gole de vinho. Não suporto a idéia de Luke sentindo pena de mim.
— Bom, eu tenho um monte de opções abertas — digo desesperadamente. — Quero dizer, talvez não na televisão... mas estou me candidatando para vários cargos como jornalista...
— No *FT*?
— Ah... bem... no *Personal Investment Periodical*... e no *Annuities Today*...
— *Annuities Today* — diz Michael, incrédulo. Diante de sua expressão, eu não consigo evitar um risinho fungado e trêmulo. — Becky, algum desses trabalhos realmente empolga você?
Estou para dar minha resposta padronizada: "As finanças pessoais são mais interessantes do que você imagina!" — quando percebo que não posso continuar fingindo mais. As finanças pessoais *não* são mais interessantes do que você imagina. Mesmo o *Morning Coffee* só era interessante quando as pessoas que telefonavam começavam a falar de seus relacionamentos e suas famílias.
— O que você acha? — digo em vez disso, e tomo outro gole de vinho. Michael se recosta na cadeira e enxuga a boca com um guardanapo.

— Então por que está indo atrás desse tipo de coisa?

— Não sei que outra coisa fazer. — Dou de ombros, desesperançada. — Finanças pessoais são a única coisa que já fiz. Eu estou meio que... acomodada.

— Quantos anos você tem, Becky? Se não se incomoda por eu perguntar.

— Vinte e seis.

— Acomodada aos vinte e seis? — Michael balança a cabeça. — Acho que não. — Ele toma um gole de café e me dá um olhar avaliador. — Se surgisse alguma oportunidade na América, você aceitaria?

— Eu aceitaria qualquer coisa — digo francamente. — Mas o que vai haver para mim na América agora?

Há um silêncio. Muito lentamente Michael pega um bombom de chocolate, desembrulha e põe na beira de seu prato.

— Becky, eu tenho uma proposta para você — diz ele, erguendo os olhos. — Nós temos uma vaga na agência de publicidade, de chefe de comunicações corporativas.

Encaro-o, com a xícara de café a caminho dos lábios. Não ousando imaginar que ele está dizendo o que eu acho que ele está.

— Nós queremos alguém com conhecimentos editoriais, que possa coordenar um boletim mensal. Você seria ideal nesses dois sentidos. Mas também queremos alguém que seja bom com as pessoas. Alguém que possa captar os rumores, certificar-se de que as pessoas estejam satisfeitas, informar qualquer problema à diretoria... —

Ele dá de ombros. — Francamente, não posso pensar em ninguém melhor.

— Você... você está me oferecendo um trabalho? — digo incrédula, tentando ignorar os saltos de esperança dentro do peito; as pancadinhas de empolgação. — Mas... mas e o *Daily World*? As... compras?

— E daí? — Michael dá de ombros. — Então você gosta de fazer compras. Eu gosto de comer. Ninguém é perfeito. Desde que você não esteja numa lista negra internacional de "mais procurados"...

— Não. Não — digo apressadamente. — De fato, eu estou para resolver tudo isso.

— E a imigração?

— Eu tenho um advogado. — Mordo o lábio. — Não tenho certeza se ele gosta muito de mim.

— Eu tenho contatos na imigração — diz Michael em tom tranqüilizador. — Tenho certeza de que podemos dar um jeito. — Ele se recosta na cadeira e toma um gole de café. — Washington não é Nova York. Mas também é um lugar divertido. A política é uma área fascinante. Tenho a sensação de que você vai gostar. E o salário... Bom, não vai ser o que a CNN poderia ter lhe oferecido. Mas como uma estimativa... — Ele rabisca um número num pedaço de papel e empurra sobre a mesa.

Não acredito. É mais ou menos o dobro do que eu conseguiria com qualquer um daqueles trabalhos de merda no jornalismo.

Washington. Uma agência de publicidade. Toda uma nova carreira.

América. Sem Luke. Por minha própria conta. Não consigo absorver tudo isso na cabeça.

— Por que você está me oferecendo isso? — consigo dizer finalmente.

— Eu fiquei muito impressionado com você, Becky — diz Michael, sério. — Você é inteligente. É intuitiva. Percebe as coisas. — Encaro-o, sentindo que começo a me ruborizar. — E talvez eu tenha deduzido que você merecia uma chance — acrescenta ele gentilmente. — Bom, você não precisa decidir logo. Eu vou ficar mais alguns dias aqui, de modo que, se você quiser, podemos falar de novo sobre isso. Mas, Becky...

— Sim?

— Agora estou falando sério. Quer você decida aceitar minha oferta ou não, não se acomode em nenhuma outra coisa. — Ele balança a cabeça. — Não se acomode. Você é jovem demais para se acomodar. Olhe no seu coração e vá atrás do que você quer de verdade.

Dezessete

Não decido imediatamente. Levo umas duas semanas andando de um lado para o outro no apartamento, bebendo xícaras intermináveis de café, falando com meus pais, Suze, Michael, meu velho chefe Philip, a tal agente de televisão, Cassandra... basicamente com todo mundo em quem consigo pensar. Mas no fim eu sei. Sei no coração o que realmente quero fazer.

Luke não telefonou — e, para ser sincera, acho que nunca mais vou falar com ele de novo. Michael disse que ele está trabalhando umas dezessete horas por dia, tentando simultaneamente salvar a Brandon Communications e manter o interesse aceso nos Estados Unidos, e está muito estressado. Parece que ainda não superou o choque de descobrir que Alicia tramava contra ele — e que o Bank of London preferiu seguir com ela. O choque de descobrir que ele não era "imune à merda", como disse Michael de modo tão poético. "Esse é o problema de o mundo inteiro amar você", disse ele no outro dia. "Um dia você acorda e ele está flertando com seu melhor amigo. E você não sabe o que fazer. Fica arrasado."

— Então... Luke ficou arrasado com tudo isso? — perguntei, torcendo os dedos até dar um nó.

— Arrasado? — exclamou Michael. — Ele foi jogado no pasto e pisoteado por uma manada de javalis.

Várias vezes peguei o telefone com um desejo súbito de falar com ele. Mas sempre respirei fundo e desliguei de novo. Essa é a vida dele, agora. Eu tenho de continuar com a minha. Com toda a minha vida nova.

Há um som na porta, e eu olho em volta. Suze está parada, olhando para meu quarto vazio.

— Ah, Bex — diz ela, em voz sofrida. — Eu não gosto disso. Ponha tudo de volta. Deixe o quarto bagunçado de novo.

— Pelo menos agora ele é todo *feng shui* — digo, tentando sorrir. — Provavelmente vai trazer muita sorte.

Ela entra e anda por cima do meu tapete vazio indo até a janela, depois se vira.

— Parece menor — diz lentamente. — Deveria parecer maior sem todo o entulho, não deveria? Mas de algum modo... a coisa não funciona assim. Parece uma caixinha vazia.

Há silêncio durante um tempo, enquanto eu olho uma aranha minúscula subindo pelo vidro da janela.

— Você decidiu o que vai fazer com ele? — digo finalmente. — Vai arranjar alguém para dividir o apartamento?

— Acho que não. Quero dizer, não há pressa, há? Tarkie sugeriu: por que não deixá-lo como minha oficina durante um tempo?

— Foi? — Eu me viro para olhá-la com as sobrancelhas erguidas. — Isso me lembra. Será que eu ouvi Tarquin de novo aqui ontem à noite? E saindo de fininho hoje de manhã?

— Não — diz Suze, parecendo agitada. — Quero dizer... sim. — Ela me encara e ruboriza. — Mas foi totalmente a última vez. Definitiva.

— Vocês fazem um casal tão lindo! — digo, rindo.

— Não *diga* isso! — exclama ela horrorizada. — Nós não somos um casal.

— Tudo bem. Você é que sabe. — Olho para o meu relógio. — Você sabe, a gente devia estar indo.

— É. Acho que sim. Ah, Bex...

Olho para Suze — e seus olhos estão cheio de lágrimas.

— Eu sei. — Aperto sua mão com força e por um momento nenhuma de nós diz nada. Depois pego meu casaco. — Venha.

Vamos até o *pub* King George no fim da rua. Passamos pelo bar e subimos um lance de escadas de madeira até um salão com cortinas de veludo vermelho, um bar e um monte de mesas sobre cavaletes dos dois lados. Uma plataforma foi montada numa das extremidades, e há fileiras de cadeiras de plástico no meio.

— Olá! — diz Tarquin, olhando quando nós entramos. — Venham tomar uma bebida. — Ele levanta seu copo. — O tinto não é de todo ruim.

— A listagem está atrás do balcão? — pergunta Suze.

— Sem dúvida — diz Tarquin. — Tudo organizado.

— Bex, isso é por nossa conta — diz Suze, encostando a mão em mim quando pego a bolsa. — É um presente de despedida.

— Suze, vocês não precisam...

— Eu quis — diz ela com firmeza. — E Tarkie também.

— Deixe-me pegar umas bebidas para vocês — diz Tarquin, e depois acrescenta, baixando a voz: — É uma reviravolta bastante boa, não acham?

Enquanto ele se afasta, Suze e eu examinamos o salão. Nas mesas arrumadas junto às paredes, as pessoas se juntam olhando as pilhas muito bem arrumadas, com roupas, sapatos, CDs e bricabraques variados. Numa mesa há uma pilha de catálogos xerocados, e as pessoas fazem anotações neles enquanto andam.

Posso ouvir uma garota de calças de couro dizendo:

— Olha este casaco! Uuh, e essas botas Hobs! Definitivamente vou dar um lance por elas! — Do outro lado do salão, duas garotas estão pondo calças diante do corpo enquanto os namorados pacientemente seguram as bebidas delas.

— Quem *são* todas essas pessoas? — pergunto incrédula. — Você convidou todas elas?

— Bom, eu usei meu caderno de endereços. E o de Tarquin. E o de Fenny...

— Ah, bem — digo, rindo. — Isso explica.

— Oi, Becky! — diz uma voz animada atrás de mim e eu giro, vendo Milla, a amiga de Fenella, com duas garotas que eu conheço de vista. — Vou dar um lance pelo seu cardigã púrpura! E Tory vai tentar aquele vestido com a pele, e Annabel viu umas seis mil coisas que ela quer! Nós estávamos imaginando se há uma seção de acessórios.

— É ali — diz Suze, apontando para o canto do salão.

— Obrigada! — diz Milla. — Vejo vocês depois! — As três garotas se misturam à confusão, e eu ouço uma delas dizendo: — Eu realmente *preciso* de um cinto bom...

— Becky! — diz Tarquin, vindo atrás de mim. — Aqui está, um pouco de vinho. E deixe-me apresentar Caspar, meu colega da Christie's.

— Ah, olá! — digo, virando-me e vendo um cara de cabelos louros, camisa azul e um enorme anel de ouro com sinete. — Muito obrigado por fazer isto! Estou realmente agradecida.

— Por nada, por nada — diz Caspar. — Bom, eu examinei o catálogo e tudo parece certo. Você tem uma lista dos preços de reserva?

— Não — digo sem dar pausa. — Nada de reservas. Tudo deve ir embora.

— Ótimo. — Ele sorri para mim. — Bem, vou arrumar as coisas.

Enquanto ele sai, eu tomo um gole de vinho. Suze foi olhar umas mesas, por isso eu fico sozinha durante um tempo, olhando a multidão que cresce. Fenella chega à porta e eu aceno — mas ela é imediatamente engolida por um grupo de amigas guinchando.

— Oi, Becky — diz uma voz hesitante atrás de mim. Giro, chocada, e me vejo olhando para Tom Webster.

— Tom! O que você está fazendo aqui? Como soube disto? — Ele toma um gole de seu copo e dá um riso.

— Suze ligou para a sua mãe, e ela me contou tudo. Ela e minha mãe fizeram alguns pedidos. Ele tira uma lista do bolso. — Sua mãe quer sua máquina de cappuccino. Se estiver à venda.

— Ah, está à venda. Vou dizer ao leiloeiro para garantir que você fique com ela.

— E minha mãe quer aquele chapéu com pluma que você usou no nosso casamento.

— Certo. Sem problema. — Ao lembrar do casamento dele, sinto-me um pouquinho aborrecida.

— Então, como é a vida de casado? — pergunto examinando uma das minhas unhas.

— Bom... você sabe... — Ele se fixa no copo, com um olhar ligeiramente assombrado. — Seria irreal esperar que tudo fosse perfeito de cara. Não é?

— Acho que sim.

Há um silêncio desajeitado entre nós. À distância posso ouvir alguém dizendo:

— Kate Spade! Olha, nova em folha!

— Becky, eu realmente sinto muito — diz Tom apressadamente. — O modo como nós nos comportamos com você no casamento.

— Está tudo bem! — digo, um pouco animada demais.

— Não está tudo bem. — Ele balança a cabeça.
— Sua mãe estava certa. Você é uma das minhas amigas mais antigas. Eu me senti muito mal desde aquele dia.
— Honestamente, Tom. Foi minha culpa também. Puxa, eu deveria simplesmente ter admitido que Luke não estava lá. — Dou um sorriso pesaroso. — Teria sido muito mais simples.
— Mas se Lucy estava pegando pesado com você, eu realmente posso entender por que você sentiu que tinha de... de... — Ele pára e toma um gole de sua bebida. — De qualquer modo, Luke pareceu um cara legal. Ele vem hoje?
— Não — digo depois de uma pausa, e forço um sorriso. — Não vem.

Depois de cerca de meia hora as pessoas começam a ocupar seus lugares nas filas de cadeiras de plástico. No fundo do salão há cinco ou seis amigos de Tarquin segurando celulares, e Caspar me explica que eles estão na linha para os que vão dar lances por telefone.
— Há gente que ouviu falar, mas não pôde vir, por algum motivo. Nós distribuímos muitos catálogos, e há um monte de gente interessada. Só o vestido Vera Wang atraiu um bocado de atenção.
— Sim — digo, sentindo uma onda de emoção. — Espero que sim. — Olho em volta, para os rostos iluminados e cheios de expectativa; para as pessoas que ainda dão uma última olhada nas mesas. Uma garota

está examinando uma pilha de jeans; alguém está experimentando o fecho da minha maletinha branca e graciosa. Não posso acreditar que depois desta noite nenhuma dessas coisas será mais minha. Vão estar no guarda-roupa de outras pessoas. No quarto de outras pessoas.

— Você está bem? — pergunta Caspar, seguindo meu olhar.

— Sim! — digo animada. — Por que não estaria?

— Eu já fiz um monte de vendas domésticas — diz ele com gentileza. — Sei como é. A gente fica muito ligado aos nossos pertences. Seja um *chiffonier* do século XVIII ou... — ele olha o catálogo — um casaco com estampa de leopardo rosa.

— Na verdade... eu jamais gostei muito desse casaco. — Dou-lhe um sorriso resoluto. — E de qualquer modo, esse não é o problema. Eu quero recomeçar e acho, eu *sei*, que este é o melhor modo. — Sorrio para ele. — Anda. Vamos lá, certo?

— Sem dúvida! — Ele bate no pódio e levanta a voz. — Senhoras e senhores! Primeiro, em nome de Becky Bloomwood, gostaria de dar as boas-vindas a todos vocês. Nós temos muita coisa para ver, de modo que não vou atrasá-los, a não ser para lembrar que vinte e cinco por cento de tudo que for levantado esta noite irá para várias instituições de caridade, além de qualquer coisa que restar depois de Becky pagar a todos os seus credores.

— Espero que eles não estejam prendendo o fôlego

— diz uma voz seca no fundo, e todo mundo ri. Olho a multidão para ver quem é. E não acredito. É Derek Smeath, parado ali com uma cerveja numa das mãos e um catálogo na outra. Ele me dá um sorriso, e eu dou um aceno tímido de volta.

— Como é que ele soube disso? — sibilo para Suze, que veio se juntar a mim na plataforma.

— Eu contei, claro! Ele disse que achou uma idéia maravilhosa. Disse que, quando você usa o seu cérebro, ninguém pode se igualar à sua engenhosidade.

— É mesmo? — Olho de novo para Derek Smeath e ruborizo ligeiramente.

— Então — diz Caspar. — Apresento o Lote Um. Um par de sandálias laranja-claro, em muito boas condições, praticamente sem uso. — Ele levanta-as sobre a mesa e Suze aperta minha mão com simpatia. — Alguém dá um lance?

— Ofereço quinze mil libras — diz Tarquin, levantando a mão imediatamente.

— Quinze mil libras — diz Caspar, parecendo meio pasmo. — Eu tenho uma oferta de quinze mil...

— Não, não tem — interrompo. — Tarquin, você não pode oferecer quinze mil libras.

— Por que não?

— Você tem de oferecer preços *realistas*. — Dou-lhe um olhar sério. — Caso contrário, vai ser banido do leilão.

— Certo... mil libras.

— Não! Você pode oferecer... dez libras — digo com firmeza.

— Tudo certo, então. Dez libras. — Ele baixa a mão humildemente.

— Quinze libras — diz uma voz às minhas costas.

— Vinte! — grita uma garota na frente.

— Vinte e cinco — diz Tarquin.

— Trinta!

— Trint... — Tarquin capta meu olhar, ruboriza e pára.

— Trinta libras. Alguém dá mais?... — Caspar olha em volta, com os olhos subitamente como os de um falcão. — Quem dá mais?... Feito... feito... feito! Para a garota de casaco de veludo verde. — Ele ri para mim, rabisca alguma coisa num pedaço de papel e entrega as sandálias a Fenella, que está encarregada de distribuir as peças vendidas.

— Suas primeiras trinta libras! — sussurra Suze no meu ouvido.

— Lote dois! — diz Caspar. — Três cardigãs bordados da Jigsaw, nunca usados, ainda com etiqueta de preço. Posso começar os lances em...

— Vinte libras! — diz uma garota de rosa.

— Vinte e cinco! — grita outra.

— Eu tenho uma oferta de trinta pelo telefone — diz um cara levantando a mão no fundo.

— Trinta libras num lance por telefone... Alguém dá mais de trinta? Lembrem-se, senhores e senhoras, este leilão *estará* levantando verbas para a caridade...

— Trinta e cinco! — grita a garota de rosa, e se vira para a vizinha. — Puxa, cada um vale mais do que isso na loja, não é? E nunca foram usados!

Meu Deus, ela está certa. Puxa, trinta e cinco pratas por três cardigãs é nada. Nada!

— Quarenta! — ouço-me gritando, antes que possa me impedir. Todo o salão se vira para me olhar, e eu me sinto ruborizando furiosamente. — Quero dizer... alguém quer dar um lance de quarenta?

O leilão continua e continua. E estou espantada em ver quanto dinheiro é levantado. Minha coleção de sapatos rende pelo menos mil libras, um conjunto de jóias Dinny Hall sai por duzentas — e Tom Webster faz um lance de seiscentas libras pelo meu computador.

— Tom — digo ansiosa quando ele vem à plataforma preencher sua ficha. — Tom, você não deveria ter feito um lance tão alto.

— Por um Mac novo em folha? Vale isso. Além do mais, Lucy vem dizendo há um tempo que quer um computador. — Ele dá um meio sorriso. — Eu estou ansioso para dizer que ela vai ficar com o que você não quer mais.

— Lote setenta e três — diz Caspar ao meu lado. — Um lote que eu sei que vai atrair muito interesse. Um vestido de noite Vera Wang. — Lentamente ele levanta o vestido púrpura, e há um som ofegante vindo da multidão.

Mas, na verdade — acho que não consigo olhá-lo ir embora. É doloroso demais; recente demais. Meu lindo vestido brilhante, de estrela de cinema. Nem posso olhar para ele sem lembrar de tudo, como um filme em câmera lenta. Dançando com Luke em Nova York; tomando coquetéis; aquela empolgação feliz, tonta. E então acordando e vendo tudo desmoronar em volta.

— Com licença — murmuro, e me levanto. Saio rapidamente do salão, desço a escada e vou para o ar fresco da noite. Encosto-me na parede do *pub*, ouvindo o riso e as conversas lá dentro, e tento me concentrar em todos os bons motivos pelos quais estou fazendo isso.

Alguns instantes depois Suze aparece ao meu lado.

— Você está bem? — pergunta ela, e me entrega uma taça de vinho. — Aqui. Tome um pouco.

— Obrigada. — E tomo um gole comprido. — Eu estou bem. É só que... acho que a coisa está batendo em mim. O que eu estou fazendo.

— Bex... — Ela faz uma pausa e esfrega o rosto sem jeito. — Bex, você sempre pode mudar de idéia. Pode ficar. Quero dizer, depois desta noite, com alguma sorte, todas as suas dívidas vão ser pagas. Você pode conseguir um trabalho, ficar no apartamento comigo...

Olho-a por alguns instantes silenciosos, sentindo uma tentação tão forte que quase dói. Seria muito fácil concordar. Ir para casa com ela, tomar uma xícara de chá e cair de volta na antiga vida.

Mas então balanço a cabeça.

— Não. Não vou voltar para nada. Achei uma coisa que eu realmente quero fazer, Suze, e vou fazer.

— Rebecca. — Uma voz nos interrompe, e nós duas

olhamos e vemos Derek Smeath saindo pela porta do *pub*. Está segurando a tigela de madeira, uma das molduras de Suze e um grande atlas de capa dura que eu me lembro de ter comprado quando achei que poderia abrir mão de minha vida ocidental e sair viajando.

— Oi! — digo, e balanço a cabeça para a sua carga. — Você se deu bem.

— Muito bem. — Ele levanta a tigela. — É uma peça muito bonita.

— Já saiu uma vez na *Elle Decoration* — digo. — Muito chique.

— Verdade? Vou dizer à minha filha. — Ele a coloca ligeiramente sem jeito debaixo do braço. — Então você vai para a América amanhã.

— É. Amanhã de tarde. Depois que eu fizer uma visitinha ao seu amigo John Gavin.

Um sorriso torto passa no rosto de Derek Smeath.

— Tenho certeza de que ele ficará feliz em vê-la. — Derek estende a mão do melhor modo que consegue, para apertar a minha. — Bom, boa sorte, Becky. Mande notícias.

— Vou mandar — digo com um sorriso caloroso. — E obrigada por... Você sabe. Tudo.

Ele confirma com a cabeça, depois some na noite.

Fico do lado de fora com Suze durante um bom tempo. As pessoas estão indo embora, levando suas aquisições e dizendo umas às outras o quanto conseguiram. Um cara passa segurando o minipicotador de papel e vários potes de mel de lavanda, uma garota leva um saco de lixo cheio de roupas, outra pessoa está com os convites com os pedacinhos de pizza brilhantes... No momento em que começo a sentir frio, uma voz nos chama da escada.

— Ei! — grita Tarquin. — É o último lote. Quer ver?

— Anda — diz Suze, apagando seu cigarro. — Você precisa ver a última coisa ir embora. O que é?

— Não sei — digo, enquanto subimos. — A máscara de esgrima, talvez?

Mas quando voltamos ao salão, sinto um choque. Caspar está segurando minha echarpe Denny and George. Minha preciosa echarpe Denny and George. Luminosa, azul, de veludo e seda, impressa num azul mais claro e com contas iridescentes.

Fico olhando-a, com um aperto crescendo na garganta, lembrando com uma nitidez dolorosa o dia em que a comprei. Com que desespero eu a queria. Como Luke me emprestou as vinte libras de que eu precisava. O modo como contei a ele que estava comprando para minha tia.

O modo como ele me olhava sempre que eu a usava.

Meus olhos estão ficando turvos, e eu pisco com força, tentando manter o controle.

— Bex... não venda sua echarpe — diz Suze, olhando para ela, perturbada. — Fique com uma coisa pelo menos.

— Lote 126 — diz Caspar. — Uma echarpe muito bonita, de seda e veludo.

— Bex, diga que você mudou de idéia!
— Eu não mudei de idéia — digo, olhando fixamente adiante. — Não há sentido em me agarrar a isso agora.
— Qual é o lance para esse acessório de Denny and George?
— Denny and George! — diz a garota de rosa, erguendo os olhos. Ela tem a pilha de roupas mais gigantesca em volta, e eu não tenho idéia de como ela vai levar tudo aquilo para casa. — Eu coleciono Denny and George! Trinta libras!
— Tenho um lance de trinta libras — diz Caspar. Ele olha em volta, mas o salão está se esvaziando rapidamente. As pessoas estão fazendo fila para pegar suas mercadorias ou comprar bebida no bar, e os poucos que restam sentados nas cadeiras estão principalmente batendo papo.
— Mais algum lance para esta echarpe Denny and George?
— Sim! — diz uma voz às minhas costas, e eu vejo uma garota de preto levantando a mão. — Tenho um lance de trinta e cinco libras, pelo telefone.
— Quarenta libras — diz prontamente a garota de rosa.
— Cinqüenta — diz a garota de preto.
— Cinqüenta? — diz a garota de rosa, girando na cadeira. — Quem está fazendo o lance? É Miggy Sloane?
— A pessoa quer permanecer anônima — diz a garota de preto depois de uma pausa. Ela capta meu olhar e por um instante meu coração se imobiliza.

— Aposto que é Miggy — diz a garota, virando-se de volta. — Bom. Ela não vai me vencer. Sessenta libras.

— Sessenta libras? — diz o sujeito ao lado dela, que está olhando a pilha de coisas com um ligeiro alarma. — Por uma echarpe?

— Uma echarpe *Denny and George*, estúpido! — diz a garota de rosa, e toma um gole de vinho. — Vale pelo menos duzentas na loja. Setenta! — Ahh, idiota. Não é a minha vez, é?

A garota de preto esteve murmurando baixinho ao telefone. Agora ela olha para Caspar.

— Cem.

— Cem? — A garota de rosa gira na cadeira de novo. — Verdade?

— O lance está em cem — diz Caspar calmamente. — Eu tenho um lance de cem libras por essa echarpe Denny and George. Mais algum lance?

— Cento e vinte — diz a garota de rosa. Há alguns instantes de silêncio, e a garota de preto fala baixinho ao telefone de novo. Depois ergue os olhos e diz:

— Cento e cinquenta.

Há um murmúrio interessado no salão, e as pessoas que estiveram conversando no bar se viram de novo para o leilão.

— Cento e cinquenta libras — diz Caspar. — Eu tenho cento e cinquenta libras pelo lote 126, uma echarpe Denny and George.

— Isso é mais do que eu *paguei* por ela — sussurro a Suze.

— O lance está com o comprador pelo telefone. Cento e cinqüenta libras, senhores e senhoras.

Há um silêncio tenso — e de repente percebo que estou cravando as unhas na carne das mãos.

— Duzentas — diz a garota de rosa desafiadoramente, e há um som ofegante no salão. — E diga à sua suposta compradora anônima, a Srta. Miggy Sloane, que o que *ela* oferecer *eu* posso oferecer.

Todo mundo se vira para olhar a garota de preto, que murmura alguma coisa no fone, depois assente.

— Meu comprador desiste — diz ela, erguendo os olhos. Sinto uma inexplicável pontada de desapontamento, e rapidamente sorrio para escondê-la.

— Duzentas libras! — digo a Suze. — Isso é muito bom!

— Duzentas... duzentas... fechado — diz Caspar, e bate o martelo. — Para a moça de rosa.

Há uma salva de palmas, e Caspar ri feliz para todos. Ele pega a echarpe e está para entregar a Fenella, quando eu o impeço.

— Espere — digo. — Eu gostaria de entregar a ela. Se não tiver problema.

Pego a echarpe com Caspar e seguro-a, imóvel, alguns instantes, sentindo a familiar textura diáfana. Ainda posso sentir meu perfume nela. Posso sentir Luke colocando-a no meu pescoço.

A Garota da Echarpe Denny and George.

Então respiro fundo e desço da plataforma, em direção à garota de rosa. Sorrio para ela e entrego.

— Aproveite — digo. — Ela é muito especial.

— Ah, eu sei — diz ela em voz baixa. — Eu sei que é. — E só por um momento, enquanto nos entreolhamos, acho que ela entende completamente. Depois se vira e levanta-a no ar, em triunfo, como um troféu. — Dane-se, Miggy!

Viro-me e volto à plataforma, onde Caspar está se sentando, parecendo exausto.

— Muito bem — digo, sentando-me ao lado dele. — E muitíssimo obrigada de novo. Você fez um trabalho fantástico.

— Não tem de quê. Eu gostei. Para variar da porcelana alemã antiga. — Ele faz um gesto para as suas anotações. — E acho que conseguimos um bocado.

— Você foi brilhante! — diz Suze, vindo sentar-se também e entregando uma cerveja a Caspar. — Honestamente, Bex, agora você vai ficar completamente fora de perigo. — Ela dá um suspiro de admiração. — Sabe, fica evidente, você estava certa o tempo todo. Comprar é um investimento. Veja só quanto você ganhou com sua echarpe Denny and George!

— Hum... — fecho os olhos, tentando deduzir. — Uns... sessenta por cento?

— Sessenta por cento de lucro! Em menos de um ano! Está vendo? É melhor do que a velha bolsa de valores! — Ela pega um cigarro e acende. — Sabe, acho que eu deveria vender todas as minhas coisas também.

— Você não tem coisa nenhuma. Você jogou tudo fora.

— Ah, sim — a cara de Suze cai. — Meu Deus, por que eu fiz isso?

Recosto-me nos cotovelos e fecho os olhos. De repente, sem motivo real, sinto-me absolutamente exausta.

— Então você viaja amanhã — diz Caspar, tomando um gole de cerveja.

— Viajo amanhã — repito, olhando o teto. Amanhã deixo a Inglaterra e vou morar na América. Deixando tudo para trás e recomeçando. De algum modo, isso não parece real.

— Não é num daqueles vôos que saem de madrugada, espero — diz ele, olhando o relógio.

— Não, graças a Deus. Só vou viajar lá pelas cinco horas.

— Isso é bom — diz Caspar, assentindo. — Vai lhe dar bastante tempo.

— Ah, sim. — Sento-me empertigada e olho para Suze, que ri de volta. — Bastante tempo para fazer umas duas coisinhas que tenho de fazer.

— Becky! Estamos tão felizes por você ter mudado de idéia! — grita Zelda assim que me vê. Levanto-me do sofá onde estava sentada, na recepção, e lhe dou um sorriso rápido. — Todo mundo está tão empolgado porque você veio! O que a fez decidir?

— Ah, não sei — digo em tom agradável. — Só... uma coisa daquelas.

— Bom, deixe-me levar você direto à maquiagem... nós estamos num caos total, como sempre, por isso adiantamos sua entrada um pouquinho. Você perdeu peso?

— Um pouco, acho.

— Ah... estresse — diz ela sabiamente. — Estresse, o assassino silencioso. Nós vamos fazer uma matéria sobre isso na semana que vem. Agora! — exclama ela, levando-me para a sala de maquiagem. — Esta é Becky...

— Zelda, nós sabemos quem é Becky — diz Chloe, que fez minha maquiagem desde que apareci pela primeira vez no *Morning Coffee*. Ela faz uma careta para mim no espelho e eu contenho um risinho.

— É, claro que sim! Desculpe, Becky. É que eu botei você na cabeça como sendo uma convidada! Agora, Chloe. Não faça um trabalho muito bom em Becky hoje. Nós não queremos que ela pareça muito reluzente e feliz, não é? — Ela baixa a voz. — E use rímel à prova d'água. Na verdade, tudo à prova d'água. Vejo vocês depois!

Zelda sai da sala, e Chloe lança-lhe um olhar de escárnio.

— Tudo bem — diz ela. — Vou deixar você mais linda do que nunca. Superfeliz e superglamourosa.

— Obrigada, Chloe — digo, rindo para ela, e sento-me numa cadeira.

— Ah, e por favor não diga que você vai realmente precisar de rímel à prova d'água — acrescenta ela, me envolvendo com uma capa.
— De jeito nenhum — digo com firmeza. — Eles terão de atirar em mim primeiro.
— Então, provavelmente vão — diz uma garota do outro lado da sala, e todos começamos a rir a mais não poder.
— Só posso dizer que espero que eles estejam lhe pagando bem para fazer isso — diz Chloe, enquanto começa a passar a base na minha pele.
— Sim. Por acaso, estão. Mas não é por isso que eu estou fazendo.

Meia hora depois estou sentada na sala verde quando Clare Edwards entra. Está usando um conjunto verde-escuro que realmente não lhe cai muito bem — e será minha imaginação ou alguém a maquiou para ficar pálida demais? Ela vai ficar realmente branca debaixo das luzes.
Chloe, eu acho, e escondo um sorrisinho.
— Ah — diz Clare, parecendo sem jeito ao me ver. — Olá, Becky.
— Oi, Clare. Há quanto tempo!
— É. Bem. — Ela torce as mãos. — Eu senti muito quando soube dos seus problemas.
— Obrigada — digo afavelmente. — Mesmo assim... é uma adversidade, não é, Clare?

Clare imediatamente fica toda vermelha e desvia o olhar, e eu sinto um pouco de vergonha de mim mesma. Não é culpa dela eu ter sido demitida.

— Honestamente, fico satisfeita por você ter conseguido o trabalho — digo com mais gentileza. — E acho que você está se saindo muito bem.

— Certo! — diz Zelda, entrando correndo. — Estamos prontos para você. Agora, Becky. — Ela põe a mão no meu braço enquanto saímos. — Eu sei que isso vai ser muito traumático. Estamos preparados para que você demore quanto quiser... de novo, se você desmoronar completamente, começar a soluçar, qualquer coisa... não se preocupe.

— Obrigada, Zelda — digo, e assinto seriamente. — Não vou me esquecer disso.

Entramos no cenário, e lá estão Rory e Emma, sentados nos sofás. Olho para o monitor enquanto passo, e vejo que eles ampliaram aquela foto medonha onde eu estou em Nova York, deram um tom vermelho e puseram a manchete: "O Segredo Trágico de Becky."

— Oi, Becky — diz Emma quando me sento, e me dá um tapinha simpático na mão. — Você está bem? Gostaria de um lenço de papel?

— Humm... não, obrigada. — Baixo a voz. — Mas, você sabe. Talvez mais tarde.

— É uma coragem incrível a sua, vir fazer isto — diz Rory, e força a vista para as suas anotações. — É verdade que seus pais a deserdaram?

— Prontos no cinco — grita Zelda. — Quatro, três...
— Bem-vindos de volta — diz Emma sombriamente para a câmera. — Bom, hoje nós temos uma convidada muito especial. Milhares de vocês acompanharam a história de Becky Bloomwood, nossa ex-especialista em finanças. Becky, claro, segundo revelação do *Daily World*, estava longe de ter ela própria uma segurança financeira.

A minha foto aparece no monitor, seguida por uma série de manchetes de tablóides, acompanhada pela música "Hey Big Spender".

— Então, Becky — diz Emma, à medida que a música vai diminuindo. — Deixe-me começar dizendo o *quanto* nós lamentamos e somos solidários com você em seu sofrimento. Dentro de um minuto perguntaremos à nossa nova especialista em finanças, Clare Edwards, o que você deveria ter feito para impedir esta catástrofe. Mas agora, só para esclarecer nossos espectadores... você pode nos dizer exatamente quanto está devendo?

— Eu gostaria muito, Emma — digo, e respiro fundo. — No momento atual, minhas dívidas montam a... — faço uma pausa, e sinto todo o estúdio se preparando para um choque — ... nada.

— Nada? — Emma olha para Rory, como se quisesse verificar se ouviu direito. — *Nada?*

— Meu gerente de recursos de cheque especial, John Gavin, ficará satisfeito em comunicar que esta manhã, às 9:30, eu paguei totalmente minha dívida com o banco. Paguei todas as dívidas que eu tinha.

Permito-me um minúsculo sorriso quando me lembro do rosto de John Gavin enquanto eu lhe entregava maços e mais maços de dinheiro. Queria muito que ele se retorcesse, se espremesse e parecesse emputecido. Mas, para seu crédito, depois dos primeiros dois mil ele começou a sorrir, e chamou as pessoas em volta para olhar. E no fim apertou a minha mão calorosamente — e disse que agora entendia o que Derek Smeath falava sobre mim.

O que será que o velho Smeathie pode ter dito?

— Então, vejam bem, eu não estou em nenhuma dificuldade — acrescento. — De fato, nunca estive melhor.

— Certo — diz Emma. — Sei. — Há um ar distraído em seu olhar, e eu sei que Barry deve estar gritando alguma coisa em seu ponto eletrônico. — Mas ainda que sua situação financeira esteja temporariamente resolvida, sua vida ainda deve estar arruinada. — Ela se inclina simpática para a frente outra vez. — Você está desempregada... relegada pelos amigos.

— Pelo contrário, não estou desempregada. Esta tarde estou indo para os Estados Unidos, onde tenho uma nova carreira me esperando. Para mim é um certo jogo... e certamente será um desafio. Mas genuinamente acho que serei feliz lá. E meus amigos... — Minha voz falha um pouco, e eu respiro fundo. — Foram meus amigos que me ajudaram. Foram meus amigos que ficaram do meu lado.

Ah, meu Deus, não acredito. Depois de tudo aquilo estou com umas porcarias de lágrimas nos olhos. Pisco para controlá-las com o máximo de força que posso e dou um sorriso luminoso para Emma.
— Então, na verdade, minha história não é uma história de fracasso. Sim, eu contraí dívidas; sim, eu fui demitida. Mas fiz algo a respeito. — Viro-me para a câmera. — E gostaria de dizer a qualquer pessoa que tenha entrado numa situação difícil como a minha... você pode sair dessa também. Faça algo a respeito. Venda todas as suas roupas. Candidate-se a um trabalho novo. Você pode recomeçar, como eu estou fazendo.
Há silêncio no estúdio. E de repente, de trás das câmeras, há o som de aplausos. Olho chocada — e vejo Dave, o câmera, rindo para mim e movendo a boca num "muito bem". Gareth, o chefe de contra-regra se junta... e mais alguém... e logo todo o estúdio está aplaudindo, afora Emma e Rory, que parecem bastante perplexos — e Zelda, que está falando freneticamente em seu microfone.
— Bom! — diz Emma, acima do som dos aplausos. — Hum... vamos fazer uma rápida pausa agora. Mas voltamos em alguns instantes para saber mais sobre nossa história de hoje: A história... trágica... hmm... — ela hesita, ouvindo seu ponto eletrônico — ... ou melhor, a história... hum... *triunfante*... de Becky... hum...
A música tema explode num alto-falante e ela olha irritada para o aquário da produtora.

— Eu gostaria que ele se decidisse, droga!
— Vejo vocês — digo, e me levanto. — Estou indo.
— Indo? — pergunta Emma. — Você não pode ir ainda!
— Posso, sim. — Levo a mão ao meu microfone e Eddie, o cara do som, corre para soltá-lo.
— Falou bem — murmura ele enquanto tira o microfone do meu casaco. — Não engula essa merda deles. — Ele ri para mim. — Barry está subindo pelas paredes lá em cima.
— Ei, Becky! — A cabeça de Zelda se levanta bruscamente, horrorizada. — Aonde você vai?
— Eu disse o que vim dizer. Agora tenho de pegar um avião.
— Você não pode ir embora agora! Nós não terminamos!
— Eu terminei — digo, e pego minha bolsa.
— Mas as linhas telefônicas estão todas vermelhas! — diz Zelda, correndo para mim. — Os troncos estão congestionados! Todo mundo está telefonando e dizendo... — Ela me encara como se nunca tivesse me visto antes. — Quero dizer, nós não tínhamos idéia. Quem é que ia pensar...
— Tenho de ir, Zelda.
— Espere! Becky! — diz Zelda enquanto chego à porta do estúdio. — Nós... Barry e eu... nós estávamos tendo uma conversinha agora mesmo. E estávamos imaginando se...
— Zelda — interrompo gentilmente. — É tarde demais. Eu estou indo.

São quase três horas quando chego no aeroporto Heathrow. Ainda estou agitada do almoço de despedida que tive no bar com Suze, Tarquin e meus pais. Para ser sincera, há uma pequena parte de mim que tem vontade de abrir o berreiro e voltar correndo para eles. Mas ao mesmo tempo nunca me senti tão confiante na vida. Nunca tive tanta certeza de estar fazendo a coisa certa.

Há um estande promocional no centro do terminal, distribuindo jornais grátis, e ao passar pego um *Financial Times*. Só em nome dos velhos tempos. Além disso, se eu estiver segurando o *FT*, posso ser posta numa classe melhor. Estou dobrando-o para colocar debaixo do braço quando percebo um nome que me faz parar.

Brandon tenta salvar empresa. Página 27.

Com dedos ligeiramente trêmulos, desdobro o papel, acho a página e leio a matéria.

O empreendedor financeiro Luke Brandon está lutando para manter seus investidores no barco depois de uma séria perda de confiança devido à saída de vários funcionários de alto escalão. Dizem que o moral é baixo na agência de RP que já foi um marco na inovação, e os boatos de um futuro incerto para a companhia estão fazendo o pessoal abandonar as fileiras. Em reuniões a serem realizadas hoje para enfrentar a crise, Brandon procurará persuadir os investidores a aprovar seus planos de reestruturação radical, que supostamente envolvem...

Leio a matéria até o fim, e olho alguns segundos para a foto de Luke. Parece tão confiante como sempre — mas eu me lembro da observação de Michael sobre ele ter sido jogado no pasto. Seu mundo desmoronou em volta dele, como o meu. E as chances são de que sua mãe não esteja ao telefone dizendo para ele não se preocupar.

Por um momento sinto uma pontada de pena de Luke. Quase quero ligar para ele e dizer que as coisas vão melhorar. Mas não há sentido. Ele está ocupado com sua vida — e eu com a minha. Então dobro o jornal de novo e resolutamente ando para o balcão de *check-in*.

— Alguma bagagem? — diz a garota, sorrindo para mim.

— Não. Estou viajando com pouca coisa. Só eu e minha bolsa. — Casualmente levanto meu *FT* para que ela o veja. — Será que não há chance de me mudar para uma classe melhor?

— Hoje não, sinto muito. — Ela faz uma cara simpática. — Mas posso colocar você perto da porta de emergência. Há bastante espaço para as pernas lá. Então, posso pesar sua bolsa, por favor?

— Claro.

E quando estou me curvando para pôr a bolsa na esteira, uma voz familiar exclama atrás de mim.

— Espere!

Sinto uma pontada por dentro, como se tivesse caído três metros. Viro-me, incrédula — e é ele.

É Luke, vindo pelo saguão na direção do balcão de *check-in*. Está vestido com a elegância de sempre, mas seu rosto parece pálido e abatido. Pelas sombras debaixo dos olhos é como se ele estivesse numa dieta de noites acordadas e café.

— Aonde você vai, porra? — pergunta quando chega mais perto. — Vai se mudar para Washington?

— O que você está fazendo aqui? — respondo trêmula. — Não está numa reunião para resolver a crise com seus investidores?

— Estava. Até que Mel entrou para servir chá e disse que tinha visto você na televisão hoje cedo.

— Você *largou* sua reunião? — Encaro-o. — O quê? Bem no meio?

— Ela disse que você ia deixar o país. — Seus olhos escuros me examinam. — É verdade?

— É — digo, e aperto a minha bolsa pequena com mais força. — Vou.

— Assim, de uma hora para outra? Sem nem me dizer?

— É, assim — digo, colocando a bolsa na esteira. — Do mesmo modo como você voltou para a Inglaterra sem nem me dizer. — Há uma irritação na minha voz, e Luke se encolhe.

— Becky...

— Prefere janela ou corredor? — interrompe a garota do *check-in*.

— Janela, por favor.

— Becky...
Seu celular toca agudo, e ele o desliga irritado.
— Becky... eu quero falar.
— *Agora* você quer falar? — digo incrédula. — Fantástico. Senso de oportunidade perfeito. No momento em que eu estou embarcando. — Bato no *FT* com as costas da mão. — E a tal reunião para resolver a crise?
— Ela pode esperar.
— O futuro da sua empresa pode *esperar*? — ergo as sobrancelhas. — Isso não é meio... irresponsável, Luke?
— Minha empresa não *teria* nenhuma porra de futuro se não fosse você — exclama ele, quase com raiva, e mesmo contra a vontade sinto um arrepio por todo o corpo. — Michael contou o que você fez. Como desconfiava de Alicia. Como você avisou a ele, como descobriu tudo. — Ele balança a cabeça. — Eu não fazia idéia. Meu Deus, se não fosse você, Becky...
— Ele não deveria ter contado — murmuro furiosa. — Eu disse para não contar. Ele prometeu.
— Bom, ele contou! E agora... — Luke pára. — E agora eu não sei o que dizer — fala em voz mais baixa. — "Obrigado" nem chega perto.
Encaramo-nos em silêncio durante alguns instantes.
— Não precisa dizer nada — falo por fim, desviando o olhar. — Só fiz isso porque não suporto Alicia. Não há outro motivo.
— Então... pus você na fila 32 — diz a garota do *check-in* toda animada. — O embarque é às 4:30. — Ela

olha de novo para o meu passaporte e sua expressão muda.
— Ei! Você é a do *Morning Coffee*. Não é?
— Era — digo com um sorriso educado.
— Ah, certo — diz ela, parecendo confusa. Enquanto entrega meu passaporte e um cartão de embarque, seu olhar passa em meu *FT* e pára na foto de Luke. Olha para Luke. E para a foto de novo. — Espera aí. Você é ele? — diz ela, apontando para a foto.
— Era — diz Luke depois de uma pausa. — Anda, Becky. Deixe eu lhe pagar uma bebida, pelo menos.

Sentamo-nos a uma mesinha com copos de Pernod. Posso ver a luz do celular de Luke piscando a cada cinco segundos, indicando que alguém tenta ligar para ele. Mas ele nem parece notar.
— Eu queria ligar para você — diz ele, olhando para a bebida. — Todos os dias eu quis ligar. Mas sabia o que você ia dizer se eu ligasse e dissesse que só tinha dez minutos para falar. O que você disse sobre eu não ter tempo para um relacionamento, aquilo ficou na minha cabeça. — Ele toma um gole comprido. — Acredite, eu não tive muito mais de dez minutos recentemente. Você não sabe como tem sido.
— Michael me deu uma idéia — admito. — Eu estava esperando até as coisas diminuírem o ritmo.
— Então escolheu o dia de hoje. — Não consigo evitar um sorriso desanimado. — O dia em que todos os seus investidores vieram de avião falar com você.

— Não foi ideal. Isso tenho de admitir. — Um clarão divertido passa brevemente em seu rosto. — Mas como ia saber que você estava planejando se mandar do país? Michael é um sacana que guarda segredo. — Ele franze a testa. — E eu não podia ficar lá sentado e deixar você ir. — Ele empurra o copo sobre a mesa distraidamente, como se procurasse alguma coisa, e eu o encaro apreensiva. — Você estava certa — diz ele subitamente. — Eu estava obcecado por vencer em Nova York. Foi uma espécie de... loucura. Não conseguia enxergar mais nada. Meu Deus, eu fodi com tudo, não foi? Com você... conosco... com o negócio...

— Qual é, Luke — digo sem jeito. — Você não pode ficar com o crédito por tudo. Eu fodi com um bocado de coisas para você. — Paro quando Luke balança a cabeça. Ele esvazia o copo e me dá um olhar franco.

— Há uma coisa que você precisa saber. Becky, como você acha que o *Daily World* conseguiu os seus detalhes financeiros?

Encaro-o, surpresa.

— Foi... foi a garota do imposto de capitalização. A garota que foi ao apartamento e xeretou enquanto Suze estava... — paro quando ele balança a cabeça de novo.

— Foi Alicia.

Por um momento estou muito pasma para falar.

— Alicia? — consigo dizer por fim. — Como você... como é que ela...

— Quando nós revistamos a sala dela, achamos extratos bancários seus na mesa. E algumas cartas também. Só Deus sabe como ela conseguiu. — Ele solta o ar com força. — Hoje cedo finalmente consegui que um cara do *World* me revelasse a fonte. Eles só seguiram o que ela disse.

    Encaro-o, sentindo-me gelada. Lembrando-me daquele dia em que visitei o escritório dele. A bolsa da Conran com todas as minhas cartas dentro. Alicia parada junto à mesa de Mel, parecendo um gato que pegou um rato.

    Eu sabia que tinha deixado alguma coisa para trás. Ah, meu Deus, como posso ter sido tão *estúpida*?

    — Você não era o verdadeiro alvo dela — está dizendo Luke. — Ela fez isso para me desacreditar e à empresa. E para distrair minha atenção do que ela estava fazendo. Eles não quiseram confirmar, mas tenho certeza de que Alicia também era a "fonte interna" que deu todas aquelas citações a meu respeito. — Ele faz uma pausa, depois continua: — O fato, Becky, é que eu entendi tudo errado. Meu contrato não foi arruinado por sua causa. — Ele me encara com expressão trivial. — O seu foi arruinado por minha causa.

    Fico imóvel alguns instantes, incapaz de falar. É como se alguma coisa pesada estivesse sendo lentamente tirada de cima de mim. Não sei o que pensar ou sentir.

    — Eu lamento muito — diz Luke. — Por tudo que você passou...

— Não. — Respiro fundo. — Luke, não foi culpa sua. Nem foi culpa de Alicia. Talvez ela tenha dado os detalhes a eles. Mas, puxa, se eu não tivesse contraído dívidas, e se não começasse a comprar feito uma louca em Nova York, eles não teriam nada para escrever, não é? — Esfrego o rosto. — Foi horrível e humilhante. Mas, de um modo engraçado, ver aquela matéria foi bom para mim. Fez com que eu percebesse algumas coisas sobre mim mesma, pelo menos.

Pego meu copo, percebo que está vazio e ponho na mesa de novo.

— Quer outro? — pergunta Luke.
— Não. Não, obrigada.

Há silêncio entre nós. À distância, uma voz está dizendo aos passageiros do vôo BA 2340 para São Francisco para irem, por favor, ao Portão 29.

— Eu sei que Michael ofereceu um trabalho a você — diz Luke, e faz um gesto para a minha mala. — Presumo que isto significa que você aceitou. — Ele faz uma pausa, e eu o encaro, tremendo ligeiramente, sem dizer nada. — Becky, não vá para Washington. Venha trabalhar para mim.

— Trabalhar para *você*? — digo, pasma.
— Venha trabalhar na Brandon Communications.
— Você está louco?

Ele afasta o cabelo do rosto — e de repente parece jovem e vulnerável. Como alguém que precisa dar uma parada.

— Não estou louco. Meu pessoal foi dizimado. Preciso de alguém como você num nível de comando. E você conhece finanças. Você já foi jornalista. Você é boa com pessoas, já conhece a empresa...
— Luke, você vai achar facilmente alguém como eu. Vai achar alguém melhor! Alguém com experiência em RP, alguém que tenha trabalhado em...
— Tudo bem, eu estou mentindo — interrompe Luke. — Eu estou mentindo. Eu não preciso simplesmente de alguém como você. Preciso de você.
Ele me encara honestamente, e com um uma pontada percebo que não está falando da Brandon Communications.
— Eu preciso de você, Becky. Eu dependo de você. Não sabia disso até você não estar mais lá. Desde que você foi embora suas palavras ficaram girando e girando na minha cabeça. Sobre minhas ambições. Sobre nosso relacionamento. Até sobre minha mãe.
— Sua mãe? — encaro-o, apreensivo. — Ouvi dizer que você tentou marcar um encontro com ela...
— Não foi culpa dela. — Ele toma um gole de Pernod. — Aconteceu alguma coisa e ela não pôde ir. Mas você está certa, eu *deveria* passar mais tempo com ela. Conhecê-la melhor e tentar um relacionamento mais próximo, como o que você tem com sua mãe. — Ele levanta os olhos e franze a testa diante de minha expressão perplexa. — Era isso que você queria dizer, não era?
— Sim! — digo imediatamente. — Era exatamente isso que eu queria dizer. Sem dúvida.

— É isso que eu quero dizer. Você é a única pessoa que me diz as coisas que eu preciso ouvir, mesmo quando não quero. Eu deveria ter confiado em você desde o início. Eu fui... não sei. Arrogante. Estúpido.

Ele parece tão implacável e duro consigo mesmo que sinto uma pontada de consternação.

— Luke...

— Becky, eu sei que você tem sua carreira, e respeito isso completamente. Eu nem pediria se não achasse que poderia ser um bom passo para você também. Mas... por favor. — Ele estende a mão sobre a mesa e põe sobre a minha. Sinto o calor dela. — Volte. Vamos recomeçar.

Encaro-o desamparada, com a emoção crescendo dentro de mim como um balão.

— Luke, eu não posso trabalhar para você — engulo em seco, tentando manter o controle da voz. — Eu tenho de ir para os Estados Unidos. Tenho de aproveitar esta chance.

— Eu sei que parece uma grande oportunidade. Mas o que eu estou oferecendo também poderia ser uma grande oportunidade.

— Não é a mesma coisa — digo, apertando o copo com força.

— Pode ser a mesma coisa. O que quer que Michael tenha oferecido, eu ofereço uma coisa igual. — Ele se inclina para a frente. — Eu ofereço mais. Eu...

— Luke — interrompo. — Luke, eu não aceitei o trabalho de Michael.

O rosto de Luke se levanta bruscamente, num choque.

— Não? Então...

Ele olha para minha mala, e depois de novo para o meu rosto — e eu o encaro num silêncio resoluto.

— Entendo — diz ele por fim. — Não é da minha conta.

Ele parece tão derrotado que eu sinto uma pontada de culpa no peito. Quero contar a ele — mas não posso. Não posso me arriscar a falar sobre isso, ouvindo minhas argumentações vacilarem; imaginando se fiz a escolha certa. Não posso me arriscar a mudar de idéia.

— Luke, eu tenho de ir — digo, com a garganta apertada. — E... você tem de voltar à sua reunião.

— É — diz Luke depois de uma longa pausa. — É. Você está certa. Eu vou. Vou agora. — Ele se levanta e enfia a mão no bolso. — Só... mais uma coisa. Você não vai querer esquecer isso.

Muito lentamente ele puxa uma echarpe comprida, azul-clara, de seda e veludo, com contas iridescentes espalhadas.

Minha echarpe. Minha echarpe Denny and George.

Sinto o sangue fugir do rosto.

— Como foi que você... — engulo em seco. — A pessoa que estava comprando pelo telefone era você? Mas... você recuou. A outra pessoa comprou a... — paro e encaro-o, confusa.

— As duas pessoas disputando a compra eram eu.

Ele amarra a echarpe suavemente no meu pescoço, me olha durante alguns segundos e depois me beija na testa. Depois se vira e vai embora, misturando-se à multidão do aeroporto.

Dezoito

Dois meses depois

— Tudo bem. Então são duas apresentações, uma para a Saatchis e outra para o Global Bank. Um almoço de premiação com a McKinseys e jantar com a Merrill Lynch.
— É isso. É muita coisa. Eu sei.
— Vai dar certo — digo em tom tranqüilizador. — Vai dar certo.

Rabisco alguma coisa no meu caderno e olho, pensando intensamente. Este é o momento que mais amo no meu novo trabalho. O desafio inicial. Aí está o quebra-cabeça: encontre a solução. Por alguns instantes fico sentada sem falar, rabiscando intermináveis estrelinhas de cinco pontas e deixando minha mente deduzir, enquanto Lalla me olha ansiosa.

— Tudo bem — digo finalmente. — Já tenho. Seu terninho Helmut Lang para as reuniões, seu vestido Jil Sander para o almoço. E encontraremos alguma coisa nova para o jantar. — Franzo a vista para ela. — Talvez alguma coisa verde-escura.

— Eu não posso usar verde — diz Lalla.
— Você pode usar verde — digo com firmeza. — Você fica ótima de verde.
— Becky — diz Erin, enfiando a cabeça na porta. — Desculpe incomodar, mas a Sra. Farlow está ao telefone. Ela adorou o *blazer* que você mandou, mas há alguma coisa mais leve que ela possa usar esta noite?
— Tudo bem. Eu ligo de volta para ela. — Olho para Lalla. — Então, vamos achar um vestido de noite para você.
— O que vou usar com o meu terninho?
— Uma camisa. Ou uma camiseta de caxemira. A cinza.
— A cinza — repete Lalla cuidadosamente, como se eu estivesse falando árabe.
— Você comprou há três semanas, não foi? Armani? Lembra?
— Ah, sim! É. Eu acho.
— Ou então seu *top* cor de madrepérola.
— Certo — diz Lalla, assentindo séria. — Certo.
Lalla é uma figurona numa importante firma de consultoria de informática, com filiais em todo o mundo. Tem dois doutorados e um QI de mais ou menos um zilhão — e diz que tem uma séria dislexia no vestuário. A princípio achei que ela estivesse brincando.
— Anote isso — diz ela, estendendo uma agenda com capa de couro para mim. — Anote todas as combinações.
— Bem... Tudo certo... mas Lalla, eu achava que nós

íamos tentar deixar que você começasse a montar umas roupas sozinha, não é?

— Eu sei. Eu vou. Um dia, eu vou, prometo. Só... não esta semana. Não posso enfrentar essa pressão a mais.

— Ótimo — digo, escondendo um sorriso, e começo a escrever em sua agenda, franzindo o rosto enquanto tento me lembrar de todas as roupas que ela tem. Não tenho muito tempo, se for encontrar um vestido de noite para ela, ligar de volta para a Sra. Farlow e localizar aquela roupa de tricô que prometi para Janey van Hassalt.

Cada dia é completamente frenético. Mas, de algum modo, quanto mais ocupada fico e quanto mais desafios me são lançados — mais eu adoro.

— A propósito — diz Lalla. — Minha irmã, a que você disse que deveria usar laranja queimado...

— Ah, sim! Ela foi muito gentil.

— Ela disse que viu você na televisão. Na Inglaterra! Falando de roupas!

— Ah, sim — digo, sentindo um leve rubor no rosto. — Eu tenho feito um pequeno segmento num programa diário de comportamento. Becky da Barney's. É meio que um negócio sobre a moda em Nova York...

— Muito bem! — diz Lalla calorosamente. — Um segmento na televisão! Deve ser bem empolgante para você!

Paro, segurando um paletó bordado com contas, pensando: há alguns meses eu ia ter meu próprio programa na TV americana. E agora tenho um segmentozinho num programa diurno com metade da audiência do *Morning Coffee*. Mas o fato é que estou no caminho em que quero estar.

— É, sim — sorrio para ela. — É muito empolgante.

Não demoro muito para conseguir uma roupa para o jantar de Lalla. Quando ela vai embora, segurando uma lista de possíveis sapatos, Christina, a chefe do departamento, vem e sorri para mim.

— Como está indo?

— Ótima — digo. — Realmente bem.

O que é verdade. Mas mesmo que não fosse — mesmo que eu tivesse o pior dia do mundo —, nunca diria nada de negativo para Christina. Sinto-me muito grata a ela por se lembrar de quem eu era. Por ter me dado uma chance.

Ainda não posso acreditar em como ela foi gentil comigo quando telefonei hesitante, vindo do nada. Lembrei-a de como tínhamos nos conhecido e perguntei se haveria alguma chance de eu ir trabalhar na Barney's — e ela disse que se lembrava exatamente de quem eu era e perguntou como estava o vestido Vera Wang. Por isso terminei lhe contando a história inteira, e que ia ter de vender o vestido, e que minha carreira na TV estava acabada, e que eu adoraria ir trabalhar para ela... e ela ficou em silêncio um tempo — e depois disse que eu seria um bem valioso para a

Barney's. Um bem valioso! O segmento no programa de TV também foi idéia dela.

— Escondeu alguma roupa hoje? — pergunta ela, com um ligeiro brilho no olhar, e eu me sinto ruborizando. *Nunca* vou me livrar disso, vou?

Foi durante aquele primeiro telefonema que Christina também me perguntou se eu tinha alguma experiência com vendas. E, como uma completa imbecil, falei da vez em que fui trabalhar na Ally Smith e fui demitida quando escondi de uma cliente uma calça com estamparia de zebra porque realmente a queria para mim. Quando cheguei ao fim da história, houve um silêncio no telefone, e eu pensei que tinha destruído totalmente as minhas chances. Mas então veio uma gargalhada, tão alta que eu quase larguei o aparelho, em pânico. Na semana passada ela me contou que foi esse o momento em que decidiu me contratar.

Também contou a história a todas as nossas clientes regulares, o que é meio embaraçoso.

— Então. — Christina me dá um olhar longo e avaliador. — Você está pronta para a pessoa das dez horas?

— Sim. — Ruborizo ligeiramente sob seu olhar. — É, acho que sim.

— Quer escovar o cabelo?

— Ah. — Minha mão vai até o pescoço. — Está desarrumado?

— Na verdade, não. — Há uma ligeira fagulha em seu olhar, que eu não entendo. — Mas você quer ficar com a melhor aparência possível para nossa cliente, não é?

Ela sai da sala, e eu pego um pente depressa. Meu Deus, vivo esquecendo como a gente tem de ser arrumada em Manhattan. Tipo, eu faço as unhas duas vezes por semana num bar-manicure na esquina de onde moro — mas algumas vezes acho que deveria aumentar para dia sim/dia não. Puxa, são só nove dólares.

Que é dinheiro de verdade, é... Bem, são nove dólares.

Estou começando a me acostumar a pensar em dólares. Estou começando a me acostumar a um bocado de coisas. Meu apartamento é minúsculo e bem escuro, e nas primeiras noites eu não conseguia dormir por causa do barulho do trânsito. Mas o fato é que estou aqui. Estou aqui em Nova York, por minha própria conta, fazendo uma coisa que posso dizer honestamente que adoro.

O trabalho oferecido por Michael em Washington parecia maravilhoso. Em muitos sentidos teria sido muito mais sensato aceitá-lo — e sei que mamãe e papai queriam isso. Mas o que Michael disse naquele almoço — sobre não me acomodar em outras coisas, sobre ir atrás do que eu realmente queria — me fez pensar. Na minha carreira, na minha vida, no que eu realmente queria fazer para viver.

E para dar o devido crédito a mamãe, assim que expliquei o que implicaria esse trabalho na Barney's, ela me encarou e disse:

— Mas, amor, por que diabos você nunca pensou nisso antes?

— Oi, Becky? — Levo um pequeno susto, levanto os olhos e vejo Erin na porta. Nós duas passamos a ser boas amigas, desde que ela me convidou para ver sua coleção de batons e nós terminamos assistindo a vídeos de James Bond a noite inteira. — A pessoa das dez horas está aqui.

— Quem é a pessoa das dez horas? — pergunto enquanto pego um vestido Richard Tyler. — Eu não vi nada na agenda.

— Bem... é... — Seu rosto está todo brilhante e empolgado, por algum motivo. — Ah... aqui está ele.

— Muito obrigado — vem uma profunda voz masculina.

Uma voz profunda e inglesa.

Ah, meu Deus.

Congelo como um coelho, ainda segurando o vestido Richard Tyler enquanto Luke entra na sala.

— Olá — diz ele com um pequeno sorriso. — Srta. Bloomwood. Ouvi dizer que é a melhor especialista em compras da cidade.

Abro a boca e fecho de novo. Pensamentos giram na minha mente como fogos de artifício. Estou tentando me sentir surpresa, tentando me sentir tão chocada quanto sei que deveria estar. Dois meses de absolutamente nada — e agora aqui está ele. Eu deveria estar completamente abalada.

Mas, de algum modo — não me sinto abalada. No subconsciente eu sempre soube que ele viria.

No subconsciente, percebo, estive esperando por ele.

— O que está fazendo aqui? — digo, tentando parecer o mais composta possível.

— Como eu disse, ouvi falar que você é a melhor especialista em compras da cidade. — Ele me lança um olhar interrogativo. — Achei que talvez você pudesse me ajudar a comprar um terno. Este aqui está parecendo bem gasto.

Ele faz um gesto para seu imaculado terno Jermyn Street que, por acaso, sei que ele tem há apenas três meses, e escondo um sorriso.

— Você quer um terno.

— Quero um terno.

— Certo.

Jogando para ganhar tempo, ponho o vestido de volta num cabide, viro-me e coloco o cabide cuidadosamente na arara. Luke está aqui.

Ele está aqui. Quero rir, ou dançar, ou chorar, ou alguma coisa. Mas, em vez disso, pego meu bloco de anotações e, sem me apressar, viro-me.

— O que normalmente faço antes de qualquer coisa é pedir que meus clientes falem um pouco sobre si mesmos. — Minha voz está meio alterada e eu faço uma pausa. — Talvez o senhor pudesse... fazer o mesmo?

— Certo. Parece boa idéia. — Luke pensa um momento. — Eu sou um empresário inglês. Moro em Londres. — Ele encara meus olhos. — Mas recentemente abri um escritório em Nova York. De modo que vou passar um bocado de tempo aqui.

— Verdade? — Sinto uma onda de surpresa que tento esconder. — Abriu um escritório em Nova York? Isso... isso é muito interessante. Porque eu tenho a impressão de que alguns empresários ingleses estavam achando difícil negociar com investidores de Nova York. É só... uma coisa que eu ouvi dizer.

— Estavam — assente Luke. — Estavam achando difícil. Mas então eles reduziram os planos. Decidiram abrir o escritório numa escala bem menor.

— Escala menor? — Encaro-o. — E não se importaram com isso?

— Talvez — diz Luke depois de uma pausa — eles tenham percebido que foram ambiciosos demais na primeira vez. Talvez tenham percebido que tinham ficado obcecados a ponto de deixar todo o resto se prejudicar. Talvez tenham percebido que precisavam engolir o orgulho e deixar de lado seus grandes planos. E reduzir o ritmo um pouco.

— Isso... isso faz muito sentido.

— Então eles montaram uma nova proposta, acharam um investidor que concordou, e dessa vez nada ficou no caminho. Já estão de pé e correndo.

O rosto dele está brilhando com um prazer contido, e eu me pego rindo de volta.

— Isso é fantástico! Puxa... — pigarreio. — Certo. Sei. — Rabisco qualquer coisa no meu bloco. — Então... quanto tempo, exatamente, o senhor vai passar em

Nova York? — acrescento em tom formal. — Para minhas anotações, o senhor entende.

— Sem dúvida — diz Luke, imitando meu tom de voz. — Bem, eu quero manter uma presença significativa na Inglaterra. De modo que vou passar duas semanas por mês aqui. Pelo menos, esta é a idéia no momento. Pode ser mais, talvez menos. — Há uma longa pausa e seus olhos escuros encontram os meus. — Tudo depende.

— De quê? — pergunto, mal conseguindo respirar.

— De... várias coisas.

Há um silêncio imóvel entre nós.

— Você parece muito bem adaptada, Becky — diz Luke em voz baixa. — Muito situada.

— Eu estou gostando disso, sim.

— Você parece estar florescendo. — Ele olha em volta com um sorrisinho. — Este ambiente combina com você. O que eu acho que não é grande surpresa.

— Você acha que eu peguei esse emprego só porque gosto de fazer compras? — digo, levantando as sobrancelhas. — Acha que isto só tem a ver com... sapatos e roupas bonitas? Porque se é isso realmente que você acha, creio que está muito equivocado.

— Não é isso que eu...

— É muito mais do que isso. *Muito* mais. — Abro os braços num gesto enfático. — Tem a ver com ajudar pessoas. Tem a ver com ser criativa. Tem a ver com...

Uma batida na porta me interrompe, e Erin enfia a cabeça.

— Desculpe atrapalhar, Becky. Só para avisar, eu separei aqueles chinelinhos Donna Karan que você queria. O cinza-castanho e o preto, certo?
— Humm... é — digo apressadamente. — É, tudo bem.
— Ah, e a contabilidade ligou, dizendo que isso cobre o seu limite de descontos para este mês.
— Certo — digo, evitando o olhar divertido de Luke. — Certo. Obrigada. Eu... eu cuido disso depois. — Espero que Erin saia, mas ela está olhando para Luke com franca curiosidade.
— Então, como está indo? — pergunta para ele toda animada. — Já teve a chance de dar uma olhada na loja?
— Eu não preciso olhar — diz Luke com uma voz confiante. — Eu sei o que eu quero.
Meu estômago dá um pequeno salto mortal, e eu olho direto para o caderno, fingindo tomar algumas notas. Rabiscando qualquer bobagem.
— Ah, certo! — diz Erin. — E o que é?
Há um longo silêncio, e eu não suporto mais, tenho de olhar. Quando vejo a expressão de Luke, meu coração começa a bater com força.
— Eu estive lendo o que escreveu — diz ele, enfiando a mão no bolso e pegando um folheto intitulado "O Serviço de Compras Pessoais. Para gente ocupada que precisa de alguma ajuda e não pode se dar ao luxo de cometer erros."
Ele faz uma pausa, e minha mão aperta a caneta com força.

— Eu cometi erros — diz ele, franzindo a testa ligeiramente. — Queria corrigir esses erros e não cometê-los de novo. Queria ouvir alguém que me conheça.

— Por que veio à Barney's? — pergunto em voz trêmula.

— Só há uma pessoa em cujo conselho eu confio. — Seu olhar encontra o meu e eu sinto um ligeiro tremor. — Se ela não quiser dar, não sei o que vou fazer.

— Nós temos o Frank Walsh no departamento de roupas masculinas — diz Erin, solícita. — Tenho certeza de que ele...

— Cale a boca, Erin — digo sem mexer a cabeça.

— O que acha, Becky? — pergunta ele, virando-se para mim. — Você estaria interessada?

Durante alguns instantes não respondo. Estou tentando juntar todos os pensamentos que tive nos últimos dois meses. Organizar minhas palavras exatamente no que tenho de dizer.

— Eu acho... — digo finalmente. — Eu acho que o relacionamento entre uma compradora pessoal e um cliente é bastante íntimo.

— Era isso que eu estava esperando — responde Luke.

— Precisa haver respeito. — Engulo em seco. — Não pode haver cancelamento de consultas. Não pode haver reuniões súbitas que tenham prioridade.

— Entendo. Se você me aceitar, posso garantir que você sempre vai estar em primeiro lugar.

— O cliente tem de saber que algumas vezes a compradora pessoal sabe mais. E nunca simplesmente descartar a opinião dela. Mesmo quando ele achar que é só fofoca ou... papo furado.

Capto um vislumbre do rosto confuso de Erin, e de repente sinto vontade de rir.

— O cliente já percebeu isso — diz Luke. — O cliente está humildemente preparado para ouvir e ser colocado na linha. Na maioria das questões.

— Em *todas* as questões — retruco imediatamente.

— Não force a sua sorte — diz Luke, com os olhos brilhando de diversão, e eu sinto um riso involuntário se espalhar no meu rosto.

— Bom... — rabisco pensativa no meu bloco durante um momento. — Acho que *na maioria* seria aceitável. Dadas as circunstâncias.

— Então. — Seu olhar caloroso encontra o meu. — Isso é um sim, Becky? Você vai ser minha... compradora pessoal?

Ele dá um passo adiante, e eu estou quase tocando-o. Posso sentir seu perfume familiar. Ah, meu Deus, como senti saudade!

— Sim — digo toda feliz. — Sim, eu serei.

Segunda-feira, 28 de janeiro de 2002, 8:30h

De: Gildenstein, Lalla <L.Gildenstein@anabram.com>
Para: Bloomwood, Rebecca <R.Bloomwood@barneys.com>
Data: Segunda feira, 28 de janeiro de 2002, 8:22h
Assunto: SOCORRO! URGENTE!

Becky.

Socorro! Socorro! Perdi sua lista. Tenho um grande jantar formal esta noite com uns novos clientes japoneses. Meu Armani está na lavanderia. O que devo usar? Por favor, mande um e-mail o mais rápido possível.

Obrigada, você é um anjo.

Lalla

PS Soube da sua novidade — parabéns!

Este livro foi composto na tipologia *Bernhard modern* em corpo 13/16 e impresso em papel *offset* 90g/m² no Sistema Cameron da Divisão Gráfica da Distribuidora Record.

Seja um Leitor Preferencial Record
e receba informações sobre nossos lançamentos.
Escreva para
RP Record
Caixa Postal 23.052
Rio de Janeiro, RJ – CEP 20922-970
dando seu nome e endereço
e tenha acesso a nossas ofertas especiais.

Válido somente no Brasil.

Ou visite a nossa *home page*:
http://www.record.com.br